中国现代文学的自由理念研究

蒋进国◎著

上海交通大学出版社
SHANGHAI JIAO TONG UNIVERSITY PRESS

内容提要

　　本书从 liberty 与 freedom 的语义源流入手,结合欧洲大陆自由主义传统与英美自由主义传统的分野,辨析积极自由与消极自由的理念差异,再从欧洲浪漫主义文学撒旦派和湖畔派的交锋反观中国现代留日知识分子和留英美知识分子的论战。本书将中国现代文学思潮的历史乐章分为两个音部——"东游摩罗"狂飙突进、金刚怒目、决绝反抗、畅言革命的嘹亮高音部以及"西游绅士"容忍温和、理性多元、渐进改良、反对暴力的执拗低音部,正是两种自由理念的张力推动了现代文学"思"与"潮"的波澜起伏。本书适合中国现代文学的研究者、教育者以及对本领域感兴趣的读者阅读。

图书在版编目(CIP)数据

　　中国现代文学的自由理念研究/蒋进国著. —上海:
上海交通大学出版社,2024.5
　　ISBN 978 - 7 - 313 - 30691 - 3

　　Ⅰ.①中…　Ⅱ.①蒋…　Ⅲ.①中国文学－现代文学－
文学研究　Ⅳ.①I206.6

　　中国国家版本馆 CIP 数据核字(2024)第 094639 号

中国现代文学的自由理念研究
ZHONGGUO XIANDAI WENXUE DE ZIYOU LINIAN YANJIU

著　　者:蒋进国

出版发行:上海交通大学出版社　　　　地　　址:上海市番禺路 951 号

邮政编码:200030　　　　　　　　　　电　　话:021 - 64071208

印　　制:上海万卷印刷股份有限公司　经　　销:全国新华书店

开　　本:710mm×1000mm　1/16　　印　　张:15

字　　数:263 千字

版　　次:2024 年 5 月第 1 版　　　　　印　　次:2024 年 5 月第 1 次印刷

书　　号:ISBN 978 - 7 - 313 - 30691 - 3

定　　价:92.00 元

国家社科基金项目

"中国现代自由主义文学思潮研究(1917—1949)"

(16BZW140)

| 序 |

中国现代文学的自由理念是一个有趣而复杂的问题。正如蒋进国所说，它充满争议、悖论和陷阱，让人既困惑又欣喜，却又欲罢不能。"欲罢不能"表明它的学术魅力，"争议"和"悖论"说明它的内容芜杂。在西方思想史、哲学史上，自由理念是一个思想史问题，可称得上思想史上的元概念，如同中国传统思想文化中的"诚"和"道"一样。在西方语境中，它与理性主义、个人主义、功利主义、多元主义有关，涉及个人和社会的平等、权利、正义、民主、法治等问题。对现代中国而言，"自由"观念虽有传统渊源，以自由为核心而建构的自由主义却是西方社会政治、经济和文化思潮的移植和转化，它进入中国以后，也成了现代中国思想传统。但由于它思想内涵的驳杂以及接受语境的交替，中国现代自由主义观念及其文化思潮的行进之路，虽然披荆斩棘，不乏韧性，却也步履维艰。

蒋进国显然意识到了症结之所在，他没有将自由主义作为文化思潮研究，而集中讨论中国现代文学的自由理念。这足以证明作者选题的机智，也彰显出著作的特色。作者敢于面对自由主义文学思潮的难题，追问中国现代文学的思想方式，讨论中国现代文学自由理念的精神品格、文学版图、历史变迁、场域构型、价值选择等问题。作者高扬理性精神，删繁就简，区分自由理念和自由主义，借鉴西方自由主义的积极和消极观念，从辨析自由理念到描述文学思潮，进而反思中国现代文学自由理念的不同样态，认为中国文学思想中的自由理念也有英美传统和欧陆传统之别，有胡适、梁实秋、徐志摩、林语堂和梁启超、陈独秀、鲁迅、郁达夫、郭沫若等不同侧重和偏向，作者无意简单地判别其高下，而是持有一份难得的冷静和理性，由此得出真实可信的结论。

的确，自晚清以来，两种自由观在中国思想界和文学界纷纷出场，且被代言、传话或创生，既有交融之势，也有分殊之途。伴随中国现代文学自由理念和激进思想的消长离合，文学思潮的思维向度、行为方式和文学特质也被塑造出来，如左翼和右翼，激进和保守，可算是自由理念的不同显现或不同侧面。当然，中国现代文学的自由理念并非西方思想和文学的翻版，它们或交融或冲突，都与现代社会思潮，与作家人生经验，与民族国家境遇有关。它发端于晚清，汇合于五四新文化运动，转换于社会革命，再由社会政治和经济的渗入，分化出不同的自由理念群体。有出众的个人，也有蜂集的跟随；有政治的标杆，也有性情的张扬；有独立思考的思想者，也有鹦鹉学舌的传声筒。自由理念或自由主义者犹如一面镜子，它也映照出现代中国思想的众生相，包括思想空间的逼仄、文化观念的驳杂，以及深陷其中带来的个人命运的错愕。由于情景的重叠、时间的变更、空间的置换，现代中国也就缺少纯粹而博大的思想以及深邃或宁静的情感，包括自由理念和自由主义者。所以，当读到作者以"危机""困境""矛盾""乖离""悖论"等词语去描述和评价现代中国文学自由理念时，我认为，这是再恰当不过的了，而且，本书显然也有阐释者的切身感受。

记得曾有学生问，为何选择中国现当代文学进行研究。我说，那是因为20世纪80年代社会思想文化赋予研究者的思想视角和美学眼光。我想，蒋进国或许也是被中国现代文学复杂的思想命题所诱惑了吧，不然，何以如此深情而执着呢？

在此，我想给大家提供一点阅读感受，算是题外话。

王本朝

| 前　言 |

可能是一种缘分,笔者求学所在的城市和中国现代文学有着如此紧密的关联。重庆北碚是吴宓先生人生最后 28 年工作和生活的地方,而上海曾是 20 世纪 30 年代的文学中心。2006 年秋,笔者开始在王本朝先生门下攻读中国现当代文学专业硕士学位。西南大学文学院门口矗立着两尊雕像,高大魁梧的吴宓先生腋下夹着书卷,目视前方,拂袖疾走,长衫衣襟随风飘荡。吴宓的对面是斜靠藤椅的鲁迅先生。鲁迅先生手擎烟卷,目光温和,嘴角带着微笑,仿佛开口状。笔者的硕士论文选题是"吴宓视野里的新文学",笔者想从日记、书信、讲义和著作进入吴宓的世界,探寻他为何要在新文学的激流中螳臂当车,反对白话文、白话诗和简化字,一生扮演悲剧的堂吉诃德。

2009 年,笔者来到鲁迅人生最后 10 年生活和创作的上海,师从杨剑龙先生攻读现当代文学博士学位。上海 10 年,鲁迅火力全开,论战的主要对手不再是吴宓,而是另一群英美留学归来的"绅士",或者和他一样东洋归来的"摩罗"。在杨老师的指导下,"上海自由主义文学思潮"就成了笔者的博士论文选题。这一选题在随后的浙江省哲社规划课题"上海自由主义文学思潮论(1927—1937)"等项目中得到推进。2016 年,"现代自由主义文学思潮研究(1917—1949)"获国家社科基金立项。本书就是在项目书稿的基础上修订而成的。

自由理念和自由主义不能画等号,但探讨自由主义文学不能不考察自由理念,因为自由理念是自由主义文学思潮的坚硬内核。在考察现代文学自由理念的内部结构时,笔者采用"双方面并置"的方法,辨析积极自由和消极自由理念的分野及其在世界文学思潮中的具体表现,把现代中国文学的自由理念置于世界文学版图中,考察两种自由理念进入近现代中国文学思潮的历史轨迹及其对中国文学版图的塑造进程。需要说明的是,现代文学研究领域使用的"自由主义文学"称谓,一般是英美传统、消极自由维度的狭义概念,这一概念排除了留日作家的积极自由文学样态。

从语义衍变来看,liberty 与 freedom 存在古希腊、古罗马的"特权"与北欧岛国的"权利"之区别。理性的积极自由理念与经验主义的消极自由理念之差异,欧洲大陆自由主义传统与英美自由主义传统的区别,具有内在的逻辑对应关系。积极自由和消极自由理念的张力,不仅在欧洲浪漫主义文学思潮内部加剧了撒旦派和湖畔派之间的交锋,也随着欧风美雨的输入深刻影响并塑造了中国现代文学思潮的内部结构。

本书涉及的话题芜杂深邃,布满争议、悖论和陷阱,让人困惑又欣喜,无所措手又欲罢不能。一入此门深似海,仿佛打开了魔盒,这一话题涉及的中外哲学史、政治史、思想史著作浩瀚无边、深不可测。这也许就是文学思潮史研究的魅力所在。

| 目　录 |

中国现代文学自由内核的打开方式

　　自由是人类永恒的价值追求,"每个人的自由发展是一切人的自由发展的条件"①,马克思和恩格斯的这一论断永远不会过时。自由,是中国现代文学的核心品格之一,亦是文学思潮史、思想史的关键词之一。②《中国现代文学三十年》将马克思主义和自由主义视为新文学两大思潮,二者论争于 20 世纪 20 年代,鼎盛于 30 年代。③ 近代以来,负笈欧美的中国现代知识分子将自由主义思潮输入中国后,社会格局新变期和文化思潮转捩点都不会缺少它的身影。"'五四'初期,自由主义是挂在知识分子嘴边的口头禅"④,自由主义与马克思主义等众多思潮共同参与了现代中国的民族国家建构,成为新文化运动挑战传统礼教的重要思想武器。自由主义核心要义隐现于文学文本中,现代文学史架构亦离不开自由主义作家、社团、流派和思潮的支撑。在捍卫本土话语权的语境中,自由主义的舶来品属性易引发"西方中心论"焦虑,自由主义文学概念的政治学特质亦备受关注。故而,自由主义文学思潮的研究征途,来路筚路蓝缕,脚下崎岖坎坷,前路布满迷雾。

　　政治文化思潮制约着 20 世纪中国文学大多数时段的基本走向,有学者将

---

① 马克思、恩格斯:《马克思恩格斯选集》(第一卷),中共中央马克思恩格斯列宁斯大林著作编译局编。北京:人民出版社,1995,第 294 页。(本著仅在注释条目首次出现时标注完整版本信息,套装文集不同卷册亦不重复标注,下同。)

② 王本朝:《中国现当代文学思想史的对象、理念及方法》,《甘肃社会科学》2020 年第 5 期,第 14-21 页。

③ 钱理群、温儒敏、吴福辉:《中国现代文学三十年》(修订本),北京:北京大学出版社,1998,第 166 页。

④ [美]周策纵:《"五四"运动史》,陈永明等译,北京:世界图书出版公司北京公司,2016,第 286 页。

20 世纪称为"非文学的世纪"①。受制于历史、经济、文化等因素,20 世纪文学在整体上未能作为一个独立领域得到自足生长,文学本体性诉求未能充分展开。"非文学的世纪"之基本判断,暗合了学界对现代文学研究"思想史热""泛文化""现代性过度阐释"等问题的担忧②;亦有助于理解在现当代文学研究的"史学化"趋势中③,打通鲁迅研究"内外篇"的深意④;更契合当前"中国现当代文学思想史"研究的学术理路⑤。现代文学同中国的历史、政治、文化如此紧密咬合,仅从纯文学的审美角度去观照现代文学,可能有盲人摸象之忧。自由主义文学思潮是中国现代文学版图的重要组成部分,其源流、滥觞、发展及内部分野成为观察现代文学"非文学"特质的重要视角。

自由主义是舶来品,自由主义文学思潮具有"中国特色"。自由主义理念已渗透到西方社会生活各领域,是政治学、历史学研究重镇,但"自由主义文学"在当代西方文学研究中不具典型意义,此类成果少见。新文化运动知识分子用自由主义挑战传统纲常伦理,自由理念与文本特质和艺术审美特质桥接。于是,自由理念成为探寻现代文学思潮深层结构和内部纹理的切入口,自由主义也成为现代文学研究的关键词之一,相关成果蔚为大观。⑥

第一节　现代文学的自由品格及其文学史变迁

"现代"是时间,亦是空间,铭刻在中国文学存在巨链的转捩点上。自由理念是中国现代文学观念变革的逻辑起点之一,自由品格在现代文学思潮的转型流

---

① 朱晓进等:《非文学的世纪:20 世纪中国文学与政治文化关系史论》,南京:南京师范大学出版社,2004,第 3 页。

② 温儒敏:《谈谈困扰现代文学研究的几个问题》,《文学评论》2007 年第 2 期,第 110-118 页。

③ 郜元宝:《中国现当代文学研究的史学化趋势》,《中国现代文学研究丛刊》2017 年第 2 期,第 1-25 页。

④ 郜元宝:《打通鲁迅研究的内外篇》(代后记),《鲁迅六讲》(二集),北京:商务印书馆,2020,第 394 页。

⑤ 王本朝:《中国现当代文学思想史的对象、理念及方法》,《甘肃社会科学》2020 年第 5 期,第 14-21 页。

⑥ 截至 2024 年 1 月,JSTOR、SAGE、Frontiers 等外文数据库尚无以 liberalism literature 为核心关键词的文献。中国知网(https://www.cnki.net/)数据库显示,以"自由主义文学"为研究主题的学术论文有 277 篇,其中包括 24 篇博士学位论文和 43 篇硕士学位论文。

变中一以贯之。

首先，现代文学逻辑爆发点镌刻着自由关键词。新文化运动祭出"德先生"和"赛先生"，而"自由先生"却被历史隐匿。关键词统计显示，新文化运动到五四运动期间，"自由"是最高频词汇之一。从《青年杂志》创刊到第 7 卷，以"自由"为关键词的文章有 226 篇，占全部文章总数的 22.37%，"自由"共出现 1 110 次，其使用频次远高于"平等""权利""人权""独立""社会主义""民主"等关键词，其中以"民主"（含德先生）为关键词的文章共计 37 篇，"民主"共出现 156 次。从《青年杂志》创刊到《新青年》停刊的全部文章中，以"自由"为关键词的篇目以 325 篇高居第一，占全部文章的 22.25%。超过五分之一的《新青年》文章使用了"自由"关键词，"自由"共出现 1918 次，仅次于出现 2207 次的"社会主义"。"社会主义"在 1919 年前使用频次极少，1920 年以后才开始井喷。① 即便将时间段扩大到后"五四"时代，自由依然是稳定且持续的核心价值。林毓生将自由推举为五四新文化运动最首要的核心理念，"五四对自由、民主、法治、科学的要求是中国人民一致的愿望"②。自由是中国现代思想革命的旗帜之一，是"中国的文艺复兴"的核心价值观之一，也是当代中国社会主义核心价值观的有机组成部分。

其次，现代文学的文本美学彰显了自由精神。现代文学之"现代"，在于其价值理念、文本内涵和审美特征的新变。自晚清到新文化运动，从白话文学滥觞到"黄金三十年代"，从雄辩滔滔的《新民说》到壮怀激烈的《狮子吼》，从逢人便杀的《刀余生传》到抉心自食的《天狗》，从自我暴露的《沉沦》到不忍别离的《再别康桥》，从反抗母命的《终身大事》到哀恸忏悔的《伤逝》，从砸碎一切的《偶像破坏论》到呼唤青春中华的《〈晨钟〉之使命》，从召唤新生的《新青年》到排旧促新的《语丝》，从归复人生尊严的《新月》到张扬性灵的《人间世》，梁启超、陈独秀、李大钊、鲁迅、郁达夫、郭沫若、胡适、梁实秋、林语堂、徐志摩等，他们的诗歌、戏剧、小说、政论、文学批评等，或展现出金刚怒目的反叛突进气质，或彰显出坚决捍卫个体价值的执拗理念。现代文学在初始阶段迸发出反叛传统的巨大能量，其后数十年持续表现出涅槃民族对纲常礼教束缚人性的决绝反抗，以及对现代文明价值观的热切向往。

---

① 该数据基于章清博士制作的表格。参见金观涛、刘青峰：《中国现代思想的起源：超稳定结构与中国政治文化的演变》，北京：法律出版社，2011，第 372 页。

② ［美］林毓生：《中国意识的危机："五四"时期激烈的反传统主义》，穆善培译，贵阳：贵州人民出版社，1988，第 337 页。

　　学界对现代文学自由品格和自由主义文学思潮的体认,随社会思潮变迁和文学史更新而起伏沉落。现代自由主义文学思潮的研究成果散见于文本研究、作家论、社团研究中,亦有哲学、政治学和思想史学科交叉趋势,大多从文学史正名、概念厘定、研究范式等几个方面展开。

　　首先是自由主义文学的遮蔽、敞开和泛化。自由主义文学概念的文学史起源可追溯到 20 世纪 40 年代政治话语对文学的板块切割。1939 年,李何林将"欧化绅士文人"看作革命文学的劲敌,"梁实秋这种'人性''天才'的文学论,确是典型的资产阶级的学说"①。洪子诚认为,如此切割是为了剥夺自由主义文学参与当代文学生成的合法性。② 毛泽东的《在延安文艺座谈会上的讲话》规约了解放区文学的发展方向,并主导了中华人民共和国成立后半个多世纪的文艺方向。改革开放后,文学工具论的束缚渐松,自由主义作家的文化品格备受关注,易竹贤、耿云志的胡适研究,陆耀东的徐志摩研究等陆续付梓。20 世纪 90 年代中期出现自由主义作家、作品、流派发掘热潮,自由主义文学与左翼、通俗文学似成并局。其后,自由主义文学研究步入扩张期,正名变为矫枉过正,概念因泛化而丧失归约性,20 世纪 20 年代后的非左翼文学流派大都被自由主义文学版图收纳。"绝对主义思维方式和历史本质论"③倾向以及"趋向无限扩张的单向性"④思维逐步蔓延至现代自由主义文学研究领域,自由主义文学已经变成一个无所不包的大筐子⑤,被学者称为"泛自由主义"现象⑥。

　　其次是 21 世纪的创获及隐忧。2000 年前后,几部代表性专著付梓。胡梅仙的《中国现代自由主义文学话语之建构(1898—1937)》梳理了现代自由主义文学话语场的建构过程⑦,李火秀的《诗意回归与审美超越:中国现代自由主义文学研究》从知识分子现代化焦虑视角切入自由主义诗学⑧,胡明贵的《自由主义

① 李何林:《近二十年中国文艺思潮论》,西安:陕西人民出版社,1981,第 239 页。
② 洪子诚:《问题与方法:中国当代文学史研究讲稿》,北京:北京大学出版社,2010,第 170 页。
③ 张宁:《无数人们与无穷远方:鲁迅与左翼》,上海:复旦大学出版社,2006,前言第 2 页。
④ 高小康:《斯宾格勒魔咒:中国都市发展与文化生态困境》,《探索与争鸣》2011 年第 6 期,第 10 - 15 页。
⑤ 洪子诚:《问题与方法:中国当代文学史研究讲稿》,第 168 页。
⑥ 张体坤:《中国自由主义文学的话语建构与理论阐释》,《北京科技大学学报(社会科学版)》2010 年第 2 期,第 24 - 29 页。
⑦ 胡梅仙:《中国现代自由主义文学话语之建构(1898—1937)》,北京:中国社会科学出版社,2009。
⑧ 李火秀:《诗意回归与审美超越:中国现代自由主义文学研究》,杭州:浙江大学出版社,2012。

与新文学现代性品格》将自由主义思潮视为中国文学现代性转型的历史机遇①，而王俊的《四十年代自由主义文学研究》聚焦中国面临往何处去的特殊时期的文学与政治的复杂关系②。研究者对"自由主义文学"的内涵和外延理解依旧众声喧哗，研究者更倾向于用"自由的文学""自由话语""现代化焦虑"等关键词，这显示出学界在概念和理论建构问题上的不及物性。

第二节　自由主义文学思潮研究的三重迷局

数十年来，自由主义文学思潮研究在概念、思潮关系构型、作家个体认定等问题上陷入了重重迷局。

其一，概念属性迷局。自由主义文学的内涵和外延论争不断，研究者试图超越政治，又不得不返回文学政治学。殷海光认为中国的自由主义是西方的"翻版"而非"原版"，衡量自由主义知识分子的要素包括倡科学、求民主、尚自由、倾向进步、用白话文等。③ 若按此衡量，除胡适、徐志摩、林语堂、梁实秋等深受英美自由主义影响的知识分子以外，陈独秀、李大钊、鲁迅等《新青年》群体，郭沫若、郁达夫等《创造社》同人，均可被称为自由主义知识分子。欧阳哲生认为此界定过泛，自由主义知识分子的行动取向是：在群己关系中强调个人本位，在社会革新进程中主张渐进改良，在科学与信仰的对抗中主张实验路径，在文化思想格局中趋向多元选择。④ 这一判断似为留英美知识分子量身定做，将主张激进革命的欧陆自由主义传统排除在外。⑤

---

① 胡明贵：《自由主义与新文学现代性品格》，北京：人民出版社，2013。
② 王俊：《四十年代自由主义文学研究》，北京：中国社会科学出版社，2019。
③ 殷海光：《中国文化的展望》，北京：商务印书馆，2017，第 269 页。
④ 欧阳哲生：《中国近代文化流派之比较》，《中州学刊》1991 年第 6 期，第 65－71 页。
⑤ 胡伟希曾将严复这个"中国近代自由主义运动的真正开创者"的思想特征概括为：认识论上的实证主义、伦理观上的个体主义、历史观上的进化观以及经济思想上的放任主义。（胡伟希、高瑞泉、张利民：《十字街头与塔：中国近代自由主义思潮研究》，上海：上海人民出版社，1991，第 23 页。）许纪霖的定义更加严格，他强调自由主义者应该具有终极性的价值追求，认为"严、梁并不是自由主义者，只能算作自由主义的先驱。只是到了'五四'时代，当个性解放、人格独立和自由、理性的价值在新型知识分子群体之中得到普遍确认，而且具有形而上的意义时，中国方才出现了真正意义上的自由主义者"。（许纪霖：《现代中国的自由主义传统》，《二十一世纪》（香港）1997 年第 8 期。）他的观点将中国现代自由主义思潮的出现时间推后数十年。

为避免自由主义文学概念泛化,洪子诚主张将自由主义文学理解为自由主义在文学范畴内的政治诉求。① 支克坚持相同立场,他认为革命文学和自由主义文学的区别不仅在于作家本人是否赞成文艺与政治相结合,还在于作家是否反对革命。② 有学者尝试将政治观念与文本审美特质相桥接,发掘自由主义文学的文学性特质。中国自由主义文学疏离革命政治的创作倾向,以及超政治超功利、专注于人性探索和审美创造的特征,正是其文学政治学的表现。自由主义文学研究一时难以走出"超越政治"的文学政治学悖论。

其二,关系判定迷局。自由主义与浪漫主义的关系离合混杂,学界出现了自由主义批评家批判"自由主义文学"的逻辑悖反。杨义认为现代中国文学的自由主义与浪漫主义之间有紧密联系,以创造社为代表的尊重作家个性的"文学上的自由主义"亦是"文学上的浪漫主义"。③ 鲁迅也有类似判定。鲁迅在《摩罗诗力说》中张扬拜伦"立意在反抗,指归在动作"和"争天拒俗"的"摩罗精神"④,也将"自繇主义"称谓用在拜伦身上,强调"盖裴伦者,自繇主义之人耳"⑤。而梁实秋

---

① 洪子诚:《问题与方法:中国当代文学史研究讲稿》,第 167 - 168 页。

② 支克坚:《论中国现代自由主义文学思潮》(上),《鲁迅研究月刊》1997 年第 9 期,第 18 - 19 页。

③ 杨义:《中国现代小说史》(第一卷),北京:人民文学出版社,1986,第 530 页。

④ 鲁迅:《摩罗诗力说》,《鲁迅全集》(第一卷),北京:人民文学出版社,2005,第 68 页。

⑤ 鲁迅:《摩罗诗力说》,《鲁迅全集》(第一卷),第 82 页。原文"裴伦"即拜伦。青年鲁迅对"自由"和"自繇"的选用,可能深受严复转译西方名词的"古僻字翻译法"影响。北京鲁迅博物馆(北京新文化运动纪念馆)网站(http://www.luxunmuseum.com.cn/cx/)"鲁迅著作全编系统"查询显示,《鲁迅全集》共有 10 次"自繇"的使用记录,分别是《摩罗诗力说》6 次,《破恶声论》4 次。两篇文章均为文言,都发表于 1908 年。《摩罗诗力说》一文"自繇"与"自由"混用,"自由"出现 31 次。"由""繇"混用现象在汪征鲁等编《严复全集》中也有出现。综合来看,鲁迅在《摩罗诗力说》一文中表达正面或积极语义且为特定名词时使用"自繇",一般在形容词或者中性及负面语义情况下使用"自由"。鲁迅在《摩罗诗力说》和《文化偏至论》中使用的"自繇""特操"等词汇均为严译《群己权界论》的关键词。《摩罗诗力说》的行文显示,鲁迅通过严译和其他渠道对穆勒的自由主义和功利主义思想均有较好的接受。严复最初翻译穆勒的名著 On Liberty 时,初译名为《自繇释义》,1903 年出版时改名《群己权界论》。严复在《群己权界论》译凡例中说:"由、繇二字,古相通假,今此译遇自繇字,皆作自繇。不作自由者,非以为古也。视其字依西文规例……写为自繇,欲略示区别而已。"(严复:《群己权界论·译凡例》,《严复全集》(第三卷),汪征鲁等编,福州:福建教育出版社,2014,第 255 页。)可见,严复之所以取用"繇",是看中其构字法中"系"的"约束、规范、边界"之引申义,强调英美自由理念的"群己权界"内涵,以区别于中文"自由"的"放诞、恣睢、无忌惮"等"劣义"。青年鲁迅大致接受并沿用了严复的"自繇"用法。至于 1931 年鲁迅对严复《群己权界论》的译名感到费解,则体现了彼时二人翻译理念和思想理路的区别。故本书照录鲁迅和严复引文中的"自繇",不另注。

却在现代文学批评史上著名的《现代中国文学之浪漫的趋势》一文中，批判国内浪漫主义文学作家放纵情感轻视理性，"处处要求扩张，要求解放，要求自由"，而且"把一切的天然的和人为的纪律法则，都认为是阻遏天才的障碍，都一齐的打破"。① 若认同鲁迅和杨义的观点，梁实秋就是在以自由主义作家的身份批判"自由主义文学"，这在逻辑上难以自洽。

　　其三，个体认定迷局。现代作家能否戴上自由主义"帽子"，争议最大的对象是鲁迅。鲁迅"比那些以全盘西化为己任的自由主义者更接近西方自由思想的本质"②，但王彬彬认为，即便找到一千条他酷爱自由、一万条他远比同代人有着更多的心灵自由的证据，他也"不是自由主义者"③。当我们试图打开现代文学自由内核的时候，最先遇到的挑战是如何认定那些像鲁迅那样拥抱自由而又不能被戴上自由主义"帽子"的作家。那些具有日本教育背景、决绝地追求自由而又无法用自由主义概念统摄的作家群体，如以郁达夫、郭沫若为代表的狂飙突进的创造社同人，以及以鲁迅为代表的反抗压迫和奴役的左翼作家，他们追求的自由与留英美知识分子的自由可能有区别。当我们把概念限定在胡适、梁实秋、徐志摩、林语堂等留英美知识分子群体时，探究梁启超、陈独秀、鲁迅、郁达夫、郭沫若等留日知识分子思想体系中的自由内核，梳理新青年同人、语丝作家、左翼作家自由理念的反传统特质，就有方枘圆凿之憾。

　　21世纪前后，学界对鲁迅自由主义"帽子"的争论持续数年。陈漱渝认为，鲁迅除了在崇尚个性、主张独立思考方面与自由主义的精神相通以外，在其他方面跟自由主义格格不入甚至背道而驰。④ 邵建认为鲁迅虽酷爱自由却反对自由主义，鲁迅头上的自由主义"帽子"是"胡冠鲁戴"，"自由主义从根本上来说是一种制度诉求"，是胡适而不是鲁迅把建立自由主义政体作为终身目标。⑤ 支克坚也指出，鲁迅在20世纪30年代对文艺同政治结合持怀疑态度，但这并不能证明鲁迅就是自由主义者。⑥ 王彬彬坚决反对将鲁迅归为自由主义

① 梁实秋：《现代中国文学之浪漫的趋势》，《梁实秋文集》（第一卷），《梁实秋文集》编辑委员会编，厦门：鹭江出版社，2002，第42－51页。
② 郜元宝：《鲁迅与中国现代自由主义》，《书屋》1999年第2期，第43－45页。
③ 王彬彬：《鲁迅的脑袋和自由主义的帽子》，《鲁迅研究月刊》2000年第11期，第27－29页。
④ 陈漱渝：《"毋求备于一夫"：曹著〈鲁迅评传〉重印序言》，《鲁迅研究月刊》1999年第2期，第59－66页。
⑤ 邵建：《误读鲁迅（一）》，《小说评论》2002年第1期，第17－20页。
⑥ 支克坚：《中国自由主义文学在昨天和今天》，《中国现代文学研究丛刊》2003年第1期，第27－45页。

者,他认为"要证明鲁迅对自由主义冷淡甚至厌恶,比要证明鲁迅是一个自由主义者容易得多"。①

然而,曹聚仁判定鲁迅在《语丝》时期是"坚强的个人主义者",在他看来,如果一定要讨论鲁迅的政治主张,那只能说鲁迅是"自由主义者","说鲁迅是自由主义者,一点也不带附会的成分的"。② 郜元宝认为鲁迅在左翼和自由主义知识分子的夹缝中坚持自由理念,用独特的文学方式表达自由的实质。③ 胡梅仙从文化自由主义的角度认定鲁迅是真正的"文化自由主义者",她认为鲁迅不是反对自由主义,而是反对这种没有广泛群众基础的自由主义政治模式。④

鲁迅头上的自由主义"帽子",坚决要求摘去者有之,勇敢扶正者有之,时戴时取者亦有之。在对言论自由、创作自由、思想自由、经济自由的追求方面,鲁迅比自称"马克思主义的自由主义"的胡秋原等人更突出,更丝毫不亚于胡适等英美自由主义者。一个主张"任个人而排众数"、终生用行动实践"立人"使命的思想家,却对自由主义"不了然"⑤;一个高扬摩罗诗力、感佩拜伦自由精神、决绝地追求个人独立的斗士,却不是自由主义者;一个洞察法国大革命公意说"以众虐独"⑥之弊、体察阿Q们"积极的不自由"⑦之自由悖论者,却不是自由主义知识分子。这样的鲁迅的确让人无所措手。

第三节 世界而非英美的自由主义文学

由此,诸多追问接踵而来:现代文学的自由内核是本土原生的还是从西方舶来的? 现代作家都谈自由,为何批判对方的自由诉求? 新文化阵营分裂、胡鲁之争、左右翼分野的逻辑理路何在? 自由主义文学思潮的广义概念除包含狭义的英美自由传统之外,是否还包含左翼文学的自由传统? 中国传统思想中的自由

---

① 王彬彬:《鲁迅的脑袋和自由主义的帽子》,《鲁迅研究月刊》2000 年第 11 期,第 27 - 29 页。
② 曹聚仁:《鲁迅评传》,上海:东方出版中心,1999,第 83、256、258 页。
③ 郜元宝:《再谈鲁迅与中国现代自由主义》,《鲁迅研究月刊》2000 年第 11 期,第 16 - 24 页。
④ 胡梅仙:《鲁迅与中国现代自由主义》,《中国现代文学研究丛刊》2009 年第 6 期,第 1 - 13 页。
⑤ 鲁迅:《〈思想·山水·人物〉题记》,《鲁迅全集》(第十卷),第 299 页。
⑥ 鲁迅:《破恶声论》,《鲁迅全集》(第八卷),第 28 页。
⑦ 景凯旋:《东欧的两种现代性》,《关东学刊》2016 年第 7 期,第 10 - 24 页。

与西方的自由理念之间有何区别？这些追问大都指向自由主义的溯源问题。我们谈论的自由主义，大多指狭义上的英美自由主义传统，而非欧陆自由主义传统。自由主义不仅出现在英国和美国，还出现在法国、德国等国家。不谈法国和历次法国革命，就无法讲述自由主义的历史，德国对自由主义的历史贡献也不能被低估。自由主义诞生于欧洲，并由此向外扩散，"自由主义源于法国大革命，之后无论扩散到哪里，自由主义都与法国的政治发展保持密切联系并深受其影响"。① 若同时关注英美和欧陆自由主义传统，现代中国自由主义文学的三重迷局就有望解开。

一、哲学而非政治的自由之维

在概念厘定上，用 freedom 和 liberty 语义发生学"双方面并置"的方法②，从哲学而非政治学视阈切入中国现代自由主义文学思潮，变广义的"超越政治的文学政治学"为两种自由理念并置。现代作家的思想源流比较复杂，不同的时期亦有变化，用"自由主义"尺度度量某一作家，"在一定的限度内才有效"。③ 实际上，"确定所有版本的自由主义都必须满足的一组必要而充分的条件的定义"并不存在，"这就使得自由主义成为不可捉摸的东西"。④ 鲁迅和胡适，徐志摩和郭沫若，梁实秋和郁达夫，他们都在谈论"自由"，但他们说的"自由"并不相同。需回到逻辑起点，对"自由"实施语义学和词源学"开箱"，从知识发生学的角度，考察其西方源流和中国衍变。作为现代文学核心特质的自由，非老庄之无待和逍遥，而是法国大革命高扬的 liberty 和英美群己权界的 freedom。自由主义思潮非铁板一块，它在西方有分野，在中国有流变，对中国现代文学版图的塑造亦有迹可循。

西方自由传统大致包括欧陆传统和英美传统两种。古希腊的 liberty 与北欧岛国的 freedom 存在语义区隔，穆勒的《群己权界论》倡导的英美消极自由传统与法国大革命开启的积极自由传统的确有明显分野。以赛亚·伯林提出积极自由和消极自由概念⑤，两种自由理念成为当代自由主义哲学的重要理论成果，

---

① ［美］海伦娜·罗森布拉特：《自由主义被遗忘的历史：从古罗马到 21 世纪》，徐曦白译，北京：社会科学文献出版社，2020，第 3 - 5 页。
② 河西：《史华慈的东方正典》，《读书》2010 年第 5 期，第 43 页。
③ 洪子诚：《问题与方法：中国当代文学史研究讲稿》，第 169 页。
④ ［美］约翰·凯克斯：《反对自由主义》，应奇译，南京：江苏人民出版社，2003，第 1 页。
⑤ ［英］以赛亚·伯林：《自由论》，胡传胜译，南京：译林出版社，2011，第 167 页。

被视为广泛存在、无可否认、相辅相成的自由形态①。两种自由传统经由英美和日本留学生采撷回国,被视为中国崛起之圭臬,继而参与塑造了现代文学思潮的左、右翼格局,成为现代文学史上有迹可循的思潮样态。

因此或可以说,殷海光用两种自由兼备的广义概念观照中国现代自由主义知识分子,而欧阳哲生坚持狭义的英美自由主义标准。沿着英美消极自由传统和欧陆积极自由传统在中国现代文学版图上的分野路径,就会发现左翼作家的欧陆积极自由思潮与右翼作家的英美消极自由思潮相互比照,现代自由主义文学思潮的内部纹理逐渐清晰。

二、浪漫而又自由的思潮样态

在思潮关系构型上,考察文学思潮内部两种自由理念的分野,用欧洲 19 世纪湖畔派与撒旦派的交锋,观照中国现代作家群体中摩罗与绅士的争鸣,变"自由主义批评家批判自由主义文学"为"消极自由理念的批评家批判积极自由理念"。借用郜元宝"世界而非东亚的鲁迅"视角,可将中国现代文学思潮置于 19 世纪以来的世界文学版图中,观察"世界而非英美的自由主义文学"。② 19 世纪的欧洲文学主潮与 20 世纪初的中国现代文学主潮具有相似的肌理结构。新文化运动前后,李大钊的"青春中国"、陈独秀的"文学革命"以及创造社诸君的"苦闷沉沦",与卢梭的"忏悔"、歌德的"狂飙突进"和海涅的"青年德意志"的暗合不是历史巧合。创造社诚挚、激烈、鲜明的个性,彰显出 19 世纪欧洲浪漫主义的积极自由特质。就此而言,杨义将创造社的创作风格视为"文学上的自由主义",认为这种自由主义是"文学上的浪漫主义",这样的论断并无扞格之处。③

不受羁绊的决绝自由,不受约束的炙热激情,是积极浪漫主义的核心特质。以理性和秩序为圭臬的英美自由传统与反叛突进的浪漫主义确有抵牾,故梁实秋对现代文学的浪漫趋势持批判态度。就积极自由的反叛和战斗姿态而言,为谋取自由而冲破一切阻碍的摩罗诗力,亦是浪漫主义。梁实秋将浪漫主义放荡不羁、电闪雷鸣般的积极自由特质视为"不守纪律的自由活动",主张作者"要受

---

① 达巍、王琛、宋念申:《消极自由有什么错》,北京:文化艺术出版社,2001,第 68 页。
② 郜元宝:《世界而非东亚的鲁迅:鲁迅与法兰西文化谈片》,《学术月刊》2020 年第 1 期,第 121 – 141 页。
③ 杨义:《中国现代小说史》(第一卷),第 530 页。

相当的束缚，不能完全自由的东摭西拾"。① 从鲁迅踏倒"阻碍这前途者"②之快意决绝，到郭沫若气吞日月、星球和宇宙之涅槃气概，再到郁达夫"穷人要想求解放的时候，只有向富者的进攻，只有向富者的掠夺，才能恢复穷人的固有的权利"③之复仇冲动，积极自由展现的浪漫主义特质一脉相承。

　　与英国湖畔派和撒旦派的尖锐对立相比，梁实秋批判浪漫主义的言辞和力度稍显温和。勃兰兑斯将 19 世纪浪漫主义文学思潮称为"自由主义的微风"④，雨果则认为"浪漫主义其真正的定义不过是文学上的自由主义而已"⑤。鲁迅和杨义将浪漫主义和自由主义两种文学思潮合二为一，亦是步勃兰兑斯和雨果后尘。以华兹华斯、柯勒律治为代表的湖畔派和以雪莱、拜伦为代表的"撒旦派"或"恶魔派"，在文学理念上论争不断，思想取向显著对立，人生轨迹亦有明显分野。勃兰兑斯的天平向撒旦诗人倾斜，他无法抑制对积极自由的礼赞和对撒旦派的仰慕，反对保守派或消极自由派强加在积极自由头上的激进主义"帽子"，认为拜伦式的自由精神可以追溯到中世纪的自由传统，继承了法国大革命的自由理念。勃兰兑斯将撒旦派诗人称为"革命派诗人"，认为革命派诗人追求的自由才是自由的"本身"，即"真正的自由"。湖畔派虽然反对古典主义，强烈而真挚地歌颂自然，但作为"生活的旁观者"和"自封的社会的保护人"，他们被视为"消极浪漫主义"，而毫不妥协地反抗一切暴政、主张彻底解放被奴役者、视自由为神性的撒旦派则是"积极浪漫主义"。⑥

　　19 世纪 30 年代，作为法国浪漫主义文学运动旗手，雨果用诗剧《欧那尼》挑战古典戏剧的"三一律"，并在该剧"序言"中完成了他的浪漫主义宣言。他认为浪漫主义的真正意义在于文学的解放，新的人民、新的艺术呼吁文学家们粉碎各种理论、诗学和体系，突破古典文学各种陈规陋习的羁绊，争取艺术自由，反对体系、法典和规则的专制。雨果认为，浪漫主义冲破古典教条的羁绊、褪去纷繁复

---

① 梁实秋：《中国现代文学之浪漫趋势》，《梁实秋文集》（第一卷），第 35、47 页。
② 鲁迅：《忽然想到（五至六）》，《鲁迅全集》（第三卷），第 47 页。
③ 郁达夫：《卢骚的思想和他的创作》，《郁达夫全集》（第十卷），吴秀明编，杭州：浙江大学出版社，2007，第 385 页。
④ ［丹麦］勃兰兑斯：《十九世纪文学主流·德国的浪漫派》（第二分册），刘半九译，北京：人民文学出版社，1997，第 1 页。
⑤ ［法］维克多·雨果：《论文学》，柳鸣九译，上海：上海译文出版社，1980，第 92 页。
⑥ ［丹麦］勃兰兑斯：《十九世纪文学主流·英国的自然主义》（第四分册），徐式谷等译，北京：人民文学出版社，1997，第 89、94 页。

杂的外衣的关键就是争取艺术自由。向古典主义争取艺术自由的斗争，与向复辟王朝争取社会自由的政治运动异曲同工。积极浪漫主义文学思潮是法国大革命的"一种后果"，"文学自由正是政治自由的新生女儿"。① 雨果在用浪漫主义对抗古典主义的进程中，高扬自由主义文学大旗，展现出决绝的反叛姿态。雨果的浪漫主义创作方法，特别是"积极浪漫主义创作方法"②，与德国狂飙突进运动、青年德意志运动以及中国现代积极浪漫主义文学思潮，均有内在精神暗合，它们都是杨义所说的"文学上的自由主义"。

厘定浪漫主义的积极和消极特征，"自由"理念是核心。两种因素——"自由无羁的意志及其否认世上存在事物的本性"和"试图破除事物具有稳固结构这一观念"，"构成了这场价值非凡、意义重大的运动中最深刻也是最疯狂的一部分"。③ 雨果的浪漫主义宣言进一步印证了哲学家对浪漫主义的判断。若从勃兰兑斯和雨果对19世纪欧洲文学思潮内在张力结构的描述中反观中国现代自由主义文学思潮，聚焦"自由"的积极和消极内核，我们就能驱散笼罩在自由主义和浪漫主义文学思潮之间的迷雾，锚定梁实秋的《中国现代文学之浪漫的趋势》的立论基点，亦能深入理解鲁迅、杨义等在这一问题上的论断。

三、并置而非对立的作家个体

在个体作家认定上，用两种自由理念审视作家的自由思想特征，区分消极自由"群己权界"的机会概念与积极自由"反抗枷锁"的实践概念，变鲁迅"反自由主义的自由"为"反对消极自由的自由"。自由主义概念的外延杂糅含混，加之其政治学所指，其无力阐释诸如鲁迅这样具有丰富自由因子的对象。④ 鲁迅与自由主义之间的"在而不属于"关系，"是极值得重新探讨的"。⑤ 复杂、深邃和辽远的鲁迅，如黑洞般吸收所有靠近他的"主义"，他对欧陆积极自由传统和英美消极自由传统均有较深体认，非全盘吸收，而是有所取舍，偏重前者，超越后者。

伸张自由者并非一定是自由主义者，自由与自由主义并不等同。鲁迅"自由而不主义"，他"本质上是一个政治虚无主义者，对任何一种政治观念都不信

---

① ［法］维克多·雨果：《论文学》，第92页。
② ［法］维克多·雨果：《论文学》，译本序第21页。
③ ［英］以赛亚·伯林：《浪漫主义的根源》，吕梁等译，南京：译林出版社，2011，第118页。
④ 郜元宝：《再谈鲁迅与中国现代自由主义》，《鲁迅研究月刊》2000年第11期，第16-24页。
⑤ 王彬彬：《鲁迅的脑袋和自由主义的帽子》，《鲁迅研究月刊》2000年第11期，第27-29页。

服"。① 然而，自由主义必谈自由，"自由主义里没有自由，那就好像《长坂坡》里没有赵子龙，《空城计》里没有诸葛亮"②。鲁迅和自由主义之间的关系，亦是欧陆积极自由传统和英美消极自由传统之间的关系。反对鲁迅自由主义身份的陈漱渝、王彬彬、邵建等大都从英美政治思想史脉络出发，肯定鲁迅自由主义思想维度的曹聚仁等则从摩罗文化、个人独立、战斗精神等积极自由角度出发。

"两种自由理念"可以拨开笼罩在鲁迅周边的自由主义迷雾。鲁迅对严复翻译穆勒名著时舍"自繇"而取"群己权界"的做法颇有不解，这体现出鲁迅与严复的自由理念差异。穆勒在《论自由》中用大量篇幅论述"行己自繇明特操为民德之本"的"个体本位"。③ 严复担心国人"放任一切而无节度"，强调"必以他人之自繇为界"的客观个体本位。④ 而鲁迅认为"人必发挥自性，而脱观念世界之执持"，坚持"惟有此我，本属自由"的主观个体本位，还从穆勒自由思想中吸取了个人独立自主的"特操""独异"精神，步入"思想行为，必以己为中枢，亦以己为终极：即立我性为绝对之自由者也"之绝对自由之境界。⑤ 他盛赞易卜生《国民公敌》中的斯托克曼⑥"死守真理，以拒庸愚""而终奋斗，不为之摇"，堪称"地球上至强之人，至独立者也"。⑦ 鲁迅多次在文章中使用"特操""自繇"等严译专用词汇，他心目中的自由主义，是拜伦式的撒旦精神和摩罗意志。拜伦引发的激流，"汹涌翻腾，浪花如千堆白雪，轰隆隆的咆哮声奏出了一首直冲云霄的乐曲；……它们撕碎着自身以及阻挡着它们去路的一切。……把坚硬如铁的岩石也从底部掏空"⑧。激进主义和革命文学蕴含的战斗意志和积极自由精神，裹挟着摧枯拉朽的磅礴气势，在人类追求自由的天心划出一道灿烂无比的彩虹。这道彩虹背后，鲁迅的身影时隐时现。

鲁迅主张"无破坏即无新建设"，他认同"轨道破坏者"的精神气质，感叹国人

① 王彬彬：《鲁迅与梁启超》，《鲁迅研究月刊》2021 年第 3 期，第 4 - 19 页。
② 胡适：《自由主义》，《胡适全集》(第 22 卷)，季羡林主编，合肥：安徽教育出版社，2003，第 733 页。
③ 严复：《群己权界论》，《严复全集》(第三卷)，汪征鲁等编，福州：福建教育出版社，2014，第 302 页。
④ 严复：《群己权界论》，《严复全集》(第三卷)，第 254 页。
⑤ 鲁迅：《文化偏至论》，《鲁迅全集》(第一卷)，第 52 页。
⑥ 《国民公敌》的主人公，鲁迅译为斯托克曼，胡适译为斯铎曼，本书照录。本书其他类似外国人名、地名、书名等的中文翻译，均遵照文献，不另注。
⑦ 鲁迅：《摩罗诗力说》，《鲁迅全集》(第一卷)，第 81 页。
⑧ ［丹麦］勃兰兑斯：《十九世纪文学主流·英国的自然主义》(第四分册)，第 414 页。

中类似卢梭、尼采、易卜生等"大呼猛进"且"将碍脚的旧轨道不论整条或碎片,一扫而空"之人太少。① 鲁迅多次论及勃兰兑斯的《十九世纪文学主流》,认为其"很可看",并向友人推荐这套文学史。② 勃兰兑斯也高度赞扬拜伦的反抗激情,认为拜伦的自由才是"自由本身""真正的自由""终极的自由"③,这种自由就是"个人自由以及为争取个人自由所必需的'用骨肉碰钝了锋刃,血液浇灭了烟焰'的彻底的反抗和牺牲"④。用英美消极自由传统观照鲁迅,可以发现群己权界、容忍多元、渐进改良等与其几无相通,他不是自由主义者;用法国大革命开启的欧陆积极自由传统观照鲁迅,可以发现抨击礼教、反抗专制、挣脱束缚、砸碎锁链、冲决罗网、决绝突进、激情复仇的他与自己青年时期追慕的拜伦多么相似! 鲁迅带着"19 世纪欧洲大陆浪漫主义特质"和"受伤的民族情感和可怕的民族屈辱"⑤,追慕着给"那个时代的诗歌文学打上了最后的决定性印记"⑥的拜伦。若把勃兰兑斯对拜伦的赞誉原封不动地移植到鲁迅身上,俨然自洽。一个人如果认可追求战斗、反抗、解放和革命激情的撒旦派,亦会认可张扬摩罗诗力的鲁迅。

鲁迅不是自由主义的对立极,而是参照极。两种自由视阈下,胡适和鲁迅的关系,并非二元对立,无须扬胡贬鲁,亦无须抑胡扬鲁。鲁迅反抗束缚、激进不羁,是撒旦派的同道,其一生为人作文,无不在为自由决绝战斗。主张文化偏至和摩罗诗力的鲁迅,趋近革命,成为左翼作家联盟(简称"左联")旗手的鲁迅,抑或警惕"奴隶总管"的同路人鲁迅,不论角色和符号如何变换,反礼教、反名教、反专制、反奴役、反压迫、踏碎一切障碍、决绝傲然独立的内在气质始终如一。

自由主义英美传统和欧陆传统之间的主要区别在于积极自由和消极自由的理念分野。这种分野,在欧洲文学思潮内部呈现为湖畔派与撒旦派的论争,也随后显现在中国现代文学思潮场域中。以胡适为代表的英美消极自由主义知识分子倾向于理性秩序、群己权界、容忍多元和渐进改良,其作品的个人独立自主意识高于感时忧国的家国集体意识。而以鲁迅为代表的留日作家,背负沉重的民族国家创伤记忆,汲取带有反抗特质的欧陆积极自由理念,其作品展现出狂飙突

---

① 鲁迅:《再论雷峰塔的倒掉》,《鲁迅全集》(第一卷),第 202 页。

② 鲁迅:《致徐懋庸》,《鲁迅全集》(第十二卷),第 526 页。

③ [丹麦]勃兰兑斯:《十九世纪文学主流·英国的自然主义》(第四分册),第 94 页。

④ 郜元宝:《鲁迅与中国现代自由主义》,《书屋》1999 年第 2 期,第 43 – 45 页。

⑤ [英]以赛亚·伯林:《浪漫主义的根源》,第 44 页。

⑥ [丹麦]勃兰兑斯:《十九世纪文学主流·英国的自然主义》(第四分册),第 281 页。

进、反叛复仇、激进革命、冲决罗网等向度。两种自由理念在晚清以来的中国思想界和文学界逐渐显露，在新文化运动时期交融共进，在"五四"落潮后抵牾渐深，在大革命①后主次分明。在现代文学思潮内部各板块的消长离合进程中，两种自由理念塑造了不同流派作家的思维向度、行为方式和文本特质。数十年中，现代文学社团聚散，报刊兴替，文人之间互援互助，或同道同行，或乖离论战，甚至反目成仇，两种自由理念一直是扰动文坛的暗流。各种思潮交融和抵牾的背后，积极自由和消极自由的身影如草蛇灰线，时暗时明，现代文学思潮的内部格局和张力结构得到塑造。

---

① 大革命，亦称"第一次国内革命战争"。

| 第一章 |

双方面并置：自由的两副面孔

中国现代文学的自由内核具有舶来性，现代自由主义文学思潮对古代文学传统来说具有异质性，对中国传统社会价值理念来说具有反叛性。自由是一个复合结构概念(a complex-structured concept)①，"没有任何一种研究比对自由进行定义更加复杂"②。中国现代自由观念和自由主义思潮的溯源问题也面临与自由概念一样的困境。走出文学史对自由主义文学思潮的遮蔽及本领域的"泛自由主义"误区，需要一把"奥卡姆剃刀"，对自由的西方词源学、语义学进行知识考古，爬梳西方自由传统的思想史分野。

第一节　freedom 和 liberty：自由的语义学流脉

自由，是自由主义的"第一性"和"元问题"，是经过"奥卡姆剃刀"修剪后的自由主义内核，亦是现代自由主义文学思潮的本源性问题。"自由主义最浅显的意思是强调尊重自由。"③胡适主张："要把自由看做空气一样的不可少。"④在以"自由主义"为论题的文章和演讲中，胡适无一不先从"自由"切入。胡适的自由主义思想首先表现在他对"自由"这一核心观念的理解上。⑤ freedom 和 liberty 在绝

---

① Stanley I. Benn, *A Theory of Freedom* (New York: Cambridge University Press, 1988), p.308.

② Eric Foner, *The Story of American Freedom* (New York: W. W. Norton &Company, 1998), p. xvi.

③ 胡适：《自由主义》，《胡适全集》(第 22 卷)，第 733 页

④ 胡适：《新闻独立与言论自由》，《胡适全集》(第 22 卷)，第 757 页。

⑤ 胡伟希、田薇：《20 世纪中国自由主义的基本类型》，《中国人民大学学报》2003 年第 5 期，第 133－139 页。

大多数情况下同义且能互换，两者的语义差异时常引起困惑和争论①，两者的语义发生学脉络显示了西方自由传统微妙而重要的分野。

一、孪生的自由

在词汇考古过程中，我们得以穿越时空，与从未翻阅过的书籍、未曾谋面的智者、未曾造访的地点和未能经历的时代相遇。在考察自由的思想史内涵时，最常用的路径是从文献中发掘词汇的历史语境。② 英语中两个拼写截然不同的词汇表达同一含义的例子并不罕见，freedom 和 liberty 就是其一。大部分情况下，二者被视为同义词，可互换使用，常用的表达方式是 freedom and liberty 或 freedom or liberty。③ 严复在《群己权界论》中说 liberty "乃自繇之神号，其字与常用之 freedom 伏利当同义"④。现代英语早期，freedom 和 liberty 词义并无太大区别，都指人有自我选择权，能自我掌控意志，有别于奴隶的生存状态⑤，一般并用。19 世纪以来，英语世界基本默认 freedom 和 liberty 是同义词，视其为可以互相交换和替代的两种表述方式。除英语外，西方大部分语种都取 liberty 和 freedom 其一。⑥ 西方有关 freedom 和 liberty 的文学作品、论文和专著非常多，但聚焦两者区别的成果少见⑦，仅有少数学者从两个词汇的原始意义出发对两

① C. S. Lewis, *Studies in Words* (Cambridge: Cambridge University Press, 1960), p. 117; Hannah Fenichel Pitkin, "Are Freedom and Liberty Twins?" *Political Theory*, 16(1988): 523 - 552; Maurice Cranston, *Freedom: A New Analysis* (London: Longman, 1967), p. 128.

② 研究者在希腊民主、罗马共和国机制、中世纪的自然权利、文艺复兴时期的人文主义、路德的宗教神学改革、17 世纪英联邦传统、18 世纪不列颠反对派意识形态、洛克的著作、牛顿的科学论文、苏格兰道德哲学的文章、启蒙价值以及古典自由主义的名言语录中，都找到了这两个词汇的身影。

③ 自由主义者以赛亚·伯林就这样说过："freedom 或 liberty，我在同一意义上使用这两个词。"（［英］以赛亚·伯林：《自由论》，第 170 页。）

④ 严复：《群己权界论》，《严复全集》（第三卷），第 254 页。

⑤ David Hackett Fischer, *Liberty and Freedom: A Visual History of America's Founding Ideas* (New York: Oxford University Press, 2005), p. 4.

⑥ liberty 和 freedom 的词根分别是拉丁语 liberté 和日耳曼语 freiheit。日耳曼语只有 freiheit，没有 liberté；德语、丹麦语以及斯堪的纳维亚文化中只有 freedom，没有 liberty；拉丁语只有 liberté，没有 freiheit；西班牙语、法语、意大利语只有 liberty，没有 freedom。

⑦ C. S. Lewis, *Studies in Words*, pp. 111 - 117, pp. 124 - 125. 还有一位学者从更广泛的文本背景谈论这个问题［Hannah Fenichel Pitkin, "Are Freedom and Liberty Twins?" *Political Theory*, 16(1988):523 - 552.］。

者进行区分。"liberty 意味着个体或团体的独立、分离或自治,freedom 意味着某一自由社群、部落或民族的归属权和正式成员资格,而这两个词在同时出现的时候,则试图包含它们从古代到现代产生的不同内涵的总和。"①费希尔观点的启发性在于,liberty 指向个体或集体的独立、解放或摆脱奴役,而 freedom 更多指向个体获得的合法权益,前者单数复数皆可,后者大多指单数。

liberty 和 freedom 的词根在各自语系里历经数世纪衍绎,内涵微妙又复杂。有学者坦言:"我既不想讨论这个变化多端的词的历史,也不想讨论观念史家记录的有关这个词的两百多种定义。"②表面看,欧洲自由主义似乎是单一和谐的运动,立足于由霍布斯、洛克等人所建立的相对简单的理论基础上,历经数百年不变,然而自由的源流则要上溯更早。自由之源最终可追溯到古希腊人那里。③ 在漫长的时空位移中,自由理念的分化离合远超想象。

二、开箱 liberty

作为"排他性的政治学概念"的自由,其源头要追溯到古希腊和古罗马时期。④ 顾准认为自由起源于古希腊,"是城邦制度中的概念"。⑤ 英语 liberty 来自拉丁语 liberté 及其形容词 liber,同义词是古希腊文 eleutheria,意指"不被束缚、不被控制"或者"从被掌控的状态中解脱"。⑥ 希腊人用 eleutheria 描述一个自治城邦、独立的社群或者那些不被他人辖制的个人。在柏拉图和亚里士多德生活的古希腊时期,eleutheria 同时包含"脱离羁绊、获得自由"(liberty from)和"自主独立、自由行动"(liberty to)两层意义,但更倾向于分离和独立。⑦ 在古希腊和古罗马,自治自决之人被称为自由人(libertas),这种人既非奴隶,也不隶属

① David Hackett Fischer. *Liberty and Freedom: A Visual History of America's Founding Ideas*, p.10.译文为笔者所作,下同,不另注。
② [英]以赛亚·伯林:《自由论》,第 170 页。伯林对概念的陷阱有清醒的认知,在另一本浪漫主义的专著中说:"也许你们期待我的演讲一开始就给浪漫主义做些定义,或者试图做些定义,或者至少给些归纳概括什么的,以便阐明我所说的浪漫主义到底是什么。但我不想进入这个陷阱。"([英]以赛亚·伯林:《浪漫主义的根源》,第 9 页。)
③ [英]以赛亚·伯林:《自由论》,第 62 页。
④ Hannah Arendt, *Between Past and Future* (New York: The Viking Press, 1961), p.157.
⑤ 顾准:《顾准文集》,上海:华东师范大学出版社,2014,第 53 页。
⑥ David Hackett Fischer. *Liberty and Freedom: A Visual History of America's Founding Ideas*, p.5.
⑦ 《牛津英语词典》提供了很多在 17 世纪和 18 世纪与 liberty 相关的词汇。

于某一集团。执干戈为社稷就有参政权,奴隶参军即得解放,成为 libertas①。在其后的地中海文明中,libertas 的人口范围虽然有所扩大,但依然局限于小部分人群。大部分古罗马人出生时处于被约束状态,liberty 仅属于被豁免和释放的人。这意味着 liberty 是一项要争取的、而非与生俱来的公民权利。罗马共和国政府按其子民所属社会等级赋予他们不同程度的自由:法官和议员有言论自由,公民只有聆听和投票自由,侍者(servi)仅有观看自由。② 自由是上流社会贵族的附属品,是底层民众的奢侈品和稀缺品。

日耳曼人等欧洲内陆土著走出森林,开疆拓土,征服了罗马帝国,带有大陆游牧风尚的民族最后融汇到地中海文明之中,"使得那已经走到穷途末路的古希腊罗马文明得以开始新的生命"③。古希腊文明中的 liberty 传统也伴随这一过程在欧洲大陆生根发芽。19 世纪中叶,奥地利实行严苛的书报检查制度,要求从法国运来的瓷器上的 liberté 字样都需要清除。④ 这从一个侧面印证了欧洲大陆 liberty 传统的深刻烙印。"理论旅行"到欧洲腹地的 liberty 已经不再满足于等待被赐予,而是主动争取,不惜激烈反抗,乃至牺牲生命。法国大革命之后传入英国的 liberty 具有舶来属性,这个词在表达"慷慨"之外的意义时,会加上尾字母 e,或者用斜体来表示其外来语属性。⑤

三、溯源 freedom

liberty 是欧陆传统,freedom 才是英语世界政治学意义上的本土传统。freedom 源自古代北欧语系,从"友爱"衍变到"人生而自由"之意。英语 free(自由的)与 friend(朋友)共享词根,与北欧语 fri、德语 frei 紧密相关,这些语汇源自

---

① 罗马文 libertas 有两个含义:自由和慷慨。英文 liberality 即有慷慨之意。对古罗马人而言,自由的对立面是自私,是一种"奴隶性",即一种只从自己的需要、利益和享乐出发的思维方式和行为方式。([美]海伦娜·罗森布拉特:《自由主义被遗忘的历史:从古罗马到 21 世纪》,第 9 页。)拉丁形容词 liberaliter(相当于现代汉语"自如")意指个人举止优雅而又慷慨(graceful and generous),而能展现这种修养的人是那些出身高贵、生下来就享有许多自由权利的群体。

② Ch. Wirszubski, *Libertas as a Political Idea at Rome During the Late Republic and Early Principate* (Cambridge: Cambridge University Press, 1950), pp. 18-19.

③ 顾准:《顾准文集》,第 47 页。

④ 沈固朝:《欧洲书报检查制度的兴衰》,南京:南京大学出版社,1999,第 156 页。

⑤ [美]海伦娜·罗森布拉特:《自由主义被遗忘的历史:从古罗马到 21 世纪》,第 66 页。

印欧语系的 priya、friya 或者 riya，都含有"亲爱""友爱"之意①，这一含义与中世纪的 liberty 的"慷慨"和"乐于给予"的含义有部分重叠。南美索不达米亚语汇的 ama-ar-gi 与 freedom 也较接近，ama-ar-gi 的词根意思是"回家"或"回到母亲怀抱"，深层含义是"一个奴隶摆脱被束缚状态，回归家庭"。② free 意味着个体加入一个由血缘和亲缘关系组成的部落。在北欧和南美索不达米亚地区，freiheit 之人是非奴隶的自由人。自由人因血缘或情感纽带结合在一起，最终形成家庭、部落或团体。freedom 与 liberty 的行动方向正好相反：liberty 意味着脱离（separation），freedom 暗示联合（connection）。

　　freedom 与现代英美社会自由理念之间的关联，要追溯到 9 世纪。彼时，部分试图摆脱王权和压迫的北欧难民前往冰岛避难，他们有机会设计一个排除王权的新社会架构。他们商定新规则，民主选举聚居地首领，组建名为 Thing 的地方议事机构行使管辖权和判决权。③ 这一新建社会秩序最突出的特点是：只有法律，没有国王。④ 曾经饱受战乱、暴力和争斗之苦的自由人（freemen），珍视 Thing 保障的 freedom 内核，驱逐违法者。违法者的终极惩罚是放逐，即被剥夺一切权利。⑤ freemen 的后代被允许携带武器，出生即享有 free 身份。北欧人虽然出生在财富、权力和头衔不同的家庭，但是他们都享有自由这一自然权利。⑥ 北欧群岛的 freemen 创造了平等的基本原则，英国学者将这种古老的原

---

① Émile Benveniste, *Indo-European Language and Society* (Coral Gables: University of Miami Press, 1973), pp. 266 - 267.

② Åke W. Sjöberg, ed., *The Sumerian Dictionary of the University of Pennsylvania Museum vol. 1A. pt II.* (Philadelphia: Babylonian section of the University Museum, 1992), pp. 3208 - 3210, pp. 200 - 201.

③ Johannes Brondsted, *The Vikings* (Baltimore: Penguin Books Inc., 1967), p. 55. Thing 由一群 freemen 组成，他们携带武器进入议事会场，高举盾牌或拔剑出鞘来投票。冰岛的国家层面也有类似 Thing 的机构，包括首领委员会、司法和立法委员会。立法会选举出一个任期三年的发言人，每年立法会开会期间，发言人站在法石上，面对 freemen 代表朗诵法条。

④ Jesse L. Byock, *Medieval Iceland: Society, Sagas, and Power* (Berkely: University of California Press, 1988), pp. 51 - 71.

⑤ Magnus Magnusson and Hermann Pálsson, *Njál's Saga* (Harmondsworth: Penguin Books Inc., 1980), p. 240, p. 248, p. 251, p. 254.

⑥ Katherine Fischer Drew, *The Lombard Laws* (Philadelphia: University of Pennsylvania Press, 1973), p. 257.

则归纳为"All freemen are equal before the law"(法律面前人人平等)。① freedom 社区实现了从王权社会向法治社会的转型。逃离王权专制的北欧人(Vikings and Normans)在远离欧洲大陆的群岛部落,新建了异于地中海文明的社会架构。

17 世纪中期,英国部分哲学家提炼了 freedom 和 liberty 的共有特征,变 freedom and liberty 为 freedom or liberty,赋予两个词完全相同的内涵。② 从 16 世纪末英国殖民者在北美建立殖民地,到独立战争期间的约 190 年里,freedom 的历史遗产在北美大陆生根,但这并不意味着北美大陆将会产生类似冰岛移民那样的社会。直到 1620 年 11 月 11 日,一批英国离派清教徒抵达北美洲新英格兰殖民地,这一天标志着 freedom 远涉重洋后的再次重建③,北美大陆产生了最初由英国移民发展出来的益格鲁-撒克逊新教徒(White Anglo-Saxon Protestant)文明④。在王权统摄下的地中海沿岸国家,liberty 是需要奋力争取、上级赏赐的特权,而在没有绝对王权的新土地,freemen 生而自由。

四、自由的两个流脉

liberty 和 freedom 的语义学源流清晰显示了特权和权利的分野。北欧 freemen 生而自由的状态已经演变为权利(right),right 表示一种直接、正面和善意的内涵:自由与生俱来。在北欧的自治 freedom 部落,王权是社会之敌。⑤ 地中海语系没有与"权利"匹配的词汇,罗马只有与之相近的 privilegium 或者 immunitas。privilege 是后天获得、可以给予(might be given)的权利,而

---

① Sir Frederick Pollock and Frederick William Maitland, *The History of English Law before the Time of Edward I. vol. 1* (Cambridge: Cambridge University Press, 1968), p.412.

② 1649 年,英国国王查理一世(Charles I)被送上断头台之前说的话是"Truly, I desire their liberty and freedom as much as anybody whatsoever, but I must tell you that their liberty and freedom consists in having government."。(David Hackett Fischer, *Liberty and Freedom: A Visual History of America's Founding Ideas*, p.11.)临死前,国王捍卫王权,而把他送到断头台的清教徒们坚信,他们正在行使全体底层人民应该享有的权利,即 freedom。

③ 这些试图逃离王权压迫的人们选择扬帆远行,41 位成年男子在上岸之前签署了《五月花号公约》(The Mayflower Compact)。这些人并未否认自己是国王的臣民,但他们将服从一个基于被管理者的同意而建立的新政府,严格遵循契约和法治规范。

④ 钱满素:《自由的基因:美国自由主义的历史变迁》,北京:东方出版社,2016,第 8 页。

⑤ 这种自治(self-governing)传统一直持续,挪威的 Lagting(议会上院)存续到 1797 年,冰岛的 Althing(议会)存续到 1801 年,而不列颠议会则一直延续至今。

right 是出生即有、必须给予(must be given)的权利。在罗马帝国时代,自由的含义就是在帝国的权威统治下过自己喜爱的生活。如此一来,古罗马思想家爱比克泰德创立"幸福的奴隶"①哲学也就不难理解了。罗马帝国钱币上方雕铸暴君头像,而下面则镌刻 libertas 或者 privilegium,表示自由和特权由专制者赐予之意。除了雅典外,在包括罗马、斯巴达在内的其他所有城邦或共和国,社会的管辖权都毫无限制,"人仅仅是机器,它的齿轮与传动装置由法律来规制",个人以某种方式被国家所吞没,公民被城邦所吞没。② 地中海文明的自由是单向的,是君王给予少数臣民的特权。

古代北欧社会的自由是双向的,即权利和义务交互。出生于古代北欧的 freedom 部落之人,有服务部落其他成员的神圣义务。freemen 传统要求尊重他人权利,否则就会被放逐。freedom 与生俱来,不容任何专制者剥夺。③ 如此不难理解,拜伦为何对备受侵略和压迫的西班牙人民和希腊人民流露出真挚的怜悯。勃兰兑斯认为这是一个生而自由的英国人目睹别的国家不能摆脱异邦的奴役而产生的怜悯和愤怒,因为这种奴役是他自己的国家绝对不接受的。④

综上,可以将自由在语义上的分野大致归纳为表 1.1 所示的内容:

表 1.1　自由的欧洲语义源流⑤

地理范围	地中海地区 The Mediterranean World	北欧地区 The North European World
基本理念	自由 liberty, libertas, eleutheria	自由 freedom, freiheit, folcfre
内涵指向	分离、释放 separation, release	聚合、亲近 kinship to free people

① [古罗马]爱比克泰德:《哲学谈话录》,吴欲波等译.北京:中国社会科学出版社,2004,第 224 页。

② [法]邦雅曼·贡斯当:《古代人的自由与现代人的自由》,阎克文等译,上海:上海人民出版社,2017,第 72、73、78 页。支撑自由人参与城邦公共事务的前提是大量奴隶完成大部分劳动。古希腊自由人享有的自由,首先是公共事务的自由,也就是使用政治权利的自由,不是私人领域的自由。贡斯当称这种表现为"积极而持续地参与集体权力"的自由为"古代人的自由"。

③ 基督教盛行以来,freedom 和 liberty 在《圣经》里获得了新的内涵和外延。在 freedom 权利义务辩证关系与 liberty 特权传统融合的进程中,宗教改革发挥了一定的作用,但两者之间的差异并未抹平。

④ [丹麦]勃兰兑斯:《十九世纪文学主流·英国的自然主义》(第四分册),第 331-332 页。

⑤ 此表部分参考 David Hackett Fischer, *Liberty and Freedom: A Visual History of America's Founding Ideas*, p.10.

续　表

地理范围	地中海地区 The Mediterranean World	北欧地区 The North European World
法定内涵	特权(可能被给予) ius, fas, privilegium (which may be given)	权利(一定会拥有) right, folcricht (which must be given)
获得方式	后天争取 strive for	与生俱来 birthright of freemen
社会责任	一个人负责任的独立,自由思想者 to use one's independence responsibly, i. e. , not as a libertine	服务民众,尊重他人的自由权利 to serve and support a free folk, and to respect the rights of others who are free

以上可大致梳理出欧洲自由流脉的两个语义分野。其一,freedom 是指自由人群体的一员,指向归属;liberty 是指独立于他人意志,成为自主的个体或组织,指向分离。其二,freedom 的前提是剥离王权,自由与生俱来,是一个完整的定量,所有人都享有同等自由,自由要用法治体系来维护,freedom 受到侵犯后就要捍卫,带有消极被动性;liberty 自产生之日起就与君主和王权并存,是后天被统治者给予的特权(privilege),人生来就处于被束缚和奴役的状态,自由非人自出生就继承的权利。在等级制度下,privilege 是一个变量(variable possession),可以多得,也可能少获,可以被给予,也可能被剥夺。若要被给予更多的 liberty,就必须要争取,带有积极主动性。当地中海沿岸少数人期待后天获得 liberty 时,北欧群岛正逐步走上出生即自由的 freedom 之路。古希腊、古罗马的自由(liberty)向欧洲大陆渗透,北欧群岛剥离王权的自由(freedom)则影响了英国和随后的美国。freedom 和 liberty 构成了自由这枚硬币的两面,为自由主义传统浸润了两种底色。

第二节　积极自由和消极自由:自由的哲学考察

自由概念的不确定性与文学研究的经验性、审美性结合在一起,更难产生由严密逻辑和实证语言构成的定义。西方学者把自由定位为"本质上众说纷纭的概念"(essentially contested concept)①,但自由的不可界定性并不能成为回避它的理由,相反,我们更要有足够的勇气寻找相对有效的方法趋近自由的内核。中外学界切入自由概念的创获颇多②,哲学家的思辨让人印象深刻。freedom 和 liberty 两种语义的内涵亦可被自由的两种哲学理念检验。自由的哲学思辨,为切入中国现代自由主义文学思潮提供了一种重要方法论。

一、两种自由理念的提出

有哲学家尝试把自由的积极特性和消极特性凸显出来,提出了"两种自由理念"③。伯林指出,消极自由是"没有人和其他力量干涉我的活动",积极自由是"坚持做自己的主人",不再是非理性激情和财富的奴隶,自己努力实现更高水平的自由境界或者帮助甚至强迫他人达到这种境界。④ 积极自由,就是我可以做什么的自由,我可以做的越多,我的自由就越多,回答的问题是:"什么东西或什么人,是决定某人做这个、成为这样而不是做那个、成为那样的那种控制或干涉的根源?"⑤消极自由,就是我有不被干涉的自由,自由就意味着不被别人干涉,不受干涉的范围越大,我的自由就越大,回答的问题是:"主体(一个人或人的群体)被允许或必须被允许不受别人干涉地做他有能力做的事、成为他愿意成为的人的那个领域是什么?"⑥前者要成为自己的主人,后者不受他人强制。前者强调自主,或"成为某人自己的主人的自由";后者强调限度,或"不受别人阻止地做出选择的自由"。⑦

"两种自由理念"是元问题思维,是行为主体判断和评价自由与否的两种思

---

① W. B. Gallie, "Essentially Contested Concepts," *Proceeding of the Aristotelian Society*, 56(1956):167-198.

② 有学者用概念耦合法(coupling of concept)考察这两个词汇,即将自由与其他概念进行比较研究。有学者认为美国的自由理念必须在其他平等概念的基础上进行解读。[Michael Kammen, *Spheres of Liberty: Changing Perceptions of Liberty in American Culture* (Madison: University of Wisconsin Press, 1986).]这一研究方法在宪法学和政治学理论领域取得了较为显著的成效。

③ [英]以赛亚·伯林:《自由论》,第 167 页。

④ Isaiah Berlin, *Liberty: Incorporating Four Essays on Liberty*, ed. Henry Hardy (Oxford: Oxford University Press, 2002), pp.166-217.

⑤ [英]以赛亚·伯林:《自由论》,第 170 页。

⑥ [英]以赛亚·伯林:《自由论》,第 170 页。

⑦ [英]以赛亚·伯林:《自由论》,第 180 页。

考向度和思维模式。"这两种要求是如此的不同，以致最终导致了支配我们这个世界的意识形态的大撞击。"①自由的积极含义源自行为主体成为自己主人的愿望，即我的生活取决于我自己，不被外来力量掌控，我是行动主体，不是被动客体。自由的消极含义源自没有个人或集体干涉我活动的愿望，不受干涉的领域越大，自由的范围就越广。积极自由从内而外，指"去做……"的自由，聚焦主体行动的自决能力，以自己做主为要旨，争取最大限度的自由权利；消极自由从外而内，指"免于……"的自由，聚焦主体行动不受干扰的范围，以避免外力干涉为要旨，保障最低限度的个人权利。

两种自由理念并非原创，类似表述由来已久。两种自由理念与 liberty 和 freedom 的语义流脉暗合。liberty 侧重 to be free to do something，即个体不受约束而自主行动的能力，关键词是 power。freedom 侧重 to be free from something，即在与生俱来、天赋、原始、自然等最基本的意义上，个体行动免于外来控制的权利，关键词是 right。积极自由对应着 liberty，消极自由则对应的是 freedom，此推论在某种程度上亦可成立。② 争做自己主人的积极自由与 liberty 接近，而免于外来干涉的消极自由则与 freedom 接近。这并不是历史巧合。德语就有 freiheit zu 和 freiheit von 的区别：前者类似于"自由做某事"，后者类似于"免于某种干涉的自由"；前者是 positive、liberty to do something，后者是 negative、liberty from something。此外，犹太民族曾在长时间的迁徙流转中备受欧洲基督教迫害，犹太传统就有两个自由维度的区分，其一是"无人能干涉我的行动"（noninterference with my own activity），其二是"做自己的主人"（being one's own master）。③ 很可能是在对第二次世界大战种族灭绝悲剧的反思基础上，犹太人伯林提炼并深化了两种自由理念。

西方学界从未建立过一种严密的自由分类标准，亦无此类共识。若从严密逻辑上对自由进行分类，两种自由理念并不完全有效，因为可能有些自由超出了"无人能干涉我的行动"（noninterference with my own activity）和"做自己的主人"（being one's own master）的范围。某一特定的自由可能既包含积极自由，也包含消极自由，所以积极和消极概念并不能在逻辑上涵盖自由的所有内涵和外延。积

---

① ［英］以赛亚·伯林：《自由论》，第 180 页。

② Isaiah Berlin, *Liberty: Incorporating Four Essays on Liberty*, pp. 166 - 217.

③ David Hackett Fischer, *Liberty and Freedom: A Visual History of America's Founding Ideas*, p. 740.

极自由和消极自由不是互相排斥的,也不是没有交集的①,但两种自由理念有助于锚定思潮的地域时空连接点,对分析某一社会不同的自由类型具有启发性。

二、两种自由的哲学维度

以伯林的《自由论》为核心,结合《浪漫主义的根源》②《伯林谈话录》③等著作,辅以卢梭④、穆勒⑤、哈耶克⑥等欧洲思想家的相关论著,参考李石⑦、吕廷君⑧、达巍⑨等国内学者的相关论著,笔者对两种自由理念的哲学向度进行了梳理。

消极自由理念可归纳为三个哲学维度。第一,群己权界。追求非干涉的、免于……的自由(free from),保障最低限度的自由范围。"每一个人的行为都必须寻求一个确定的边界,以保障其他人的利益","任何人的行为都会或多或少地影响到他人的利益,所以社会应该对自由加以限定和规约"。⑩ 自由的前提是个人具有自己有保障的私人空间,在这一空间内别人无法干预自己。⑪ 第二,机会概念⑫。即便你没有选择这扇门,但你知道理论上有多少门向你敞开。"我能否主宰命运、自行选择是一个问题;供我们选择的机会是多还是少,却是完全不同的另外一个问题。"⑬大多数人从自由之中获取的好处,取决于他们如何利用自由

---

① W. B. Gallie, "Essentially Contested Concepts," *Proceeding of the Aristotelian Society*, 56(1956):167-198.

② [英]以赛亚·伯林:《浪漫主义的根源》,2011。

③ [伊朗]拉明·贾汉贝格鲁:《伯林谈话录》,杨祯钦译,南京:译林出版社,2011。

④ [法]卢梭:《社会契约论》,何兆武译,北京:商务印书馆,2003。

⑤ [英]约翰·密尔:《论自由》,许宝骙译,北京:商务印书馆,1959。该著作者的名字在多数情况下又被译为"穆勒",本书在论述中采用此译法。

⑥ [英]哈耶克:《自由宪章》,杨玉生等译,北京:中国社会科学出版社,2012。

⑦ 李石:《积极自由的悖论》,北京:商务印书馆,2011。

⑧ 吕廷君:《消极自由的宪政价值》,济南:山东人民出版社,2007。

⑨ 达巍、王琛、宋念申:《消极自由有什么错》,2001。

⑩ John Stuart Mill. *On Liberty* (New Haven: Yale University Press, 2003), p.139.

⑪ [英]哈耶克:《自由宪章》,第31页。

⑫ 达巍、王琛、宋念申:《消极自由有什么错》,第71页。

⑬ [英]哈耶克:《自由宪章》,第37-38页。此处,哈耶克举例说:"宫廷的侍臣尽管生活在奢华环境中,但他必须听从主人差遣,比起一个贫苦的农民或工匠,他的自由可能更少,因为他几乎不能自行安排生活和选择机会。同样,统率一支军队的将军或负责一项工程的主管,也可能大权在握,在某些方面,甚至是不受制约的权力,但比起一个农夫或牧人,他的自由也可能更少,因为只需上司一句话,他便不得不改弦易辙,也不能根据自己的需要来改变生活方式,作出对他来说最重要的抉择。"(见该著第38页。)

所提供的机会。个人权利的范围划定之后,我们不一定立即行使这个权利,但机会的大门应该敞开,不能让我们在进门的时候遇到阻挡。第三,认可现有秩序,主张渐进改良。自由涉及人与人之间的关系,是在既有社会秩序下能获得的个人权利,不是无视社会法则的绝对自由。要达到保障个体"在虽变动不居但永远清晰可辨的那个疆界内不受干涉"[1]的目的,必须处理个体自我和客观社会两个行为主体之间的关系。消极自由以国家力量确立界限,"在自由社会之中,强制的垄断权是只授予国家的,并将其限于防止个人之间的强制所必要的限度内"[2]。离开稳定社会秩序的保障,群己权界无法实现。消极自由的前提是尊重现有秩序的合法性,反对激烈革命推翻当权者,主张价值多元、宽容处事和社会渐进改良。

积极自由理念大致包括三个哲学维度。第一,个体或集体独立自主。积极自由强调行为主体自主自决(self-mastery、self-realization、self-direction),彰显个人意志和主观能动性,"个人不受自身欲念的干扰而根据既定的目标行动"[3],体现为反抗和突进精神。第二,操作概念。当一个社会无法保证人民最低限度的自由领域以及最基本的人权,人们饥寒交迫、衣不遮体、居无定所、颠沛流离时,为人们打开一扇扇空洞的门,告诉他们这些都是你的机会,并无实际意义。所以,自由不是理论预设,不是机会概念,而是与具体的社会、民族和国家语境息息相关的建构概念、实践概念和行动概念。第三,无行为界限设定。积极自由关心自我权利的实现,或由内而外的拓展和突进,每个人平等地拥有参与民主政治和分享统治权力的机会。[4]

三、两种自由的逻辑关系

两种自由理念既不是自由的两种严密逻辑分类,也不是自由的二级概念。区隔积极自由和消极自由是一种思维手段,而不是最终目的,自由本身才是。积极自由和消极自由是自由的两面,互为张力,互相补充。"谁是主人?"和"在什么范围内我是主人?"这两个问题都是自由的目的,无法分离。[5] 这两个概念"像同一块玻璃的两面,它们总是'纠缠'于同一问题的不同'映像'间的差异和错位,并

① [英]以赛亚·伯林:《自由论》,第175页。
② [英]哈耶克:《自由宪章》,第42-43页。
③ 李石:《积极自由的悖论》,第49页。
④ 李石:《积极自由的悖论》,第48页。
⑤ [英]以赛亚·伯林:《自由论》,第36页。

且从不同的视角得出不同的结论"①。从积极维度看,个体是自由的;从消极维度看,个体是受限的。通往自由之路上,有人从自我出发,要求个人自决;有人从他人考量,保障不受干涉。"对其中一种问题的回答并不必然决定对另一种问题的回答。两种自由都是人类的终极目的。"②积极自由"反对"某种力量,消极自由"主张"某种权利,前者为后者张目,后者为前者奠基。积极自由主义反对压迫,主要诉求是平等;消极自由主义主张个人权利,主要诉求是群己权界,分清个人领域和公共领域,划出一块不被政府干涉的领地。两种自由都非常重要,互为依托,不能被机械切割。某位现代作家表现为积极自由特征,但并非没有消极自由特征;某位现代知识分子具有消极自由倾向,但并非不追求积极自由。就具体时空语境而言,某一个体可能兼具积极自由和消极自由特征,但表现出的积极自由倾向更明显,或消极自由倾向更明显,于是就被描述为最明显的倾向。

消极自由是基本保障,积极自由是核心诉求。"如果我们把自由与奴役重新对照一下,就会看到自由的消极性丝毫不会降低自由的价值。"③"消极自由是自由主义的底线,积极自由是自由主义的最高诉求。"④没有个人安全、正义、幸福等最基本、最重要、最低限度的自由保障,其他价值都会化为乌有,"到头来就没有了生活"⑤。"自由的根本意义是挣脱枷锁、囚禁与他人奴役的自由。其余的意义都是这个意义的扩展或某种隐喻。为自由奋斗就是试图清除障碍;为个人自由而奋斗就是试图抑制那些人的干涉、剥削、奴役,他们的目标是他们自己的,而不是被干涉者的。"⑥当一个社会向人们敞开的大门很少,提供的资源极其有限,个体深受奴役和压迫之苦,几乎无路可走的时候,强调积极自由就有更充分的理由。

倾向积极自由者大都欣赏反叛和决绝斗争的文学作品。因此不难理解,勃兰兑斯为何对积极自由赞赏有加。他认为消极自由是"自由的总量",而积极自

---

① 李石:《积极自由的悖论》,第 64 页。

② [英]以赛亚·伯林:《自由论》,第 334 页。关于积极自由被滥用的案例,伯林举出两例:①强制他人自由,真正的自由就是完全服从;②每个问题只有一个答案,我知道这个问题的答案,你不同意我,你就是错的。(见该著第 335 - 336 页。)

③ [英]哈耶克:《自由宪章》,第 41 页。

④ 杨时革:《消极的自由与积极的自由:关于自由主义的理解》,《学术界》2007 年第 3 期,第 124 - 127 页。

⑤ [伊朗]拉明·贾汉贝格鲁:《伯林谈话录》,第 138 页。

⑥ [英]以赛亚·伯林:《自由论》,第 48 页。

由才是"自由本身",献身希腊人民独立自由事业的拜伦体现了"真正的自由""终极的自由",撒旦派"积极浪漫主义"的特质就是呼唤真正的自由。① 鲁迅也倾慕拜伦"为自繇张其元气,颠仆压制""凡有危邦,咸与扶掖"之摩罗精神。②

当勃兰兑斯站在积极自由一边时,也有思想家毫不掩饰对消极自由的向往,批判积极自由的"浪漫根源"。伯林认为消极自由才是更真实、更重要、更可持续的自由,"多元主义以及它所蕴涵的'消极'自由标准,在我看来,比那些在纪律严明的威权式结构中寻求阶级、人民或整个人类的'积极'自我控制的人所追求的目标,显得更真实也更人道"。③ 哈耶克也将反抗压迫的积极自由视为自由的"歧义"和"错误解释",自由的内涵,很容易从"没有强制"滑向"我们实现愿望没有障碍"或者"没有外在障碍"。④ 消极自由理论家一般认为,只有与他人和社会等外在环境发生关联的、群己权界的自由,才是真正的自由。消极自由是防守而非进攻,却始终捍卫个体本位价值。对此,勃兰兑斯也并不反对。他曾反思拜伦式积极自由"未免过于极端地理想化",以至于革命派诗人在实际问题上总是不能切中要害;"一切被压迫民族半野蛮的反抗,都被他们看做是尽善尽美的自由的曙光",他们没有意识到多元的"共和主义品质"非常稀少,以至于早早断送了作家的生命。⑤

秉持两种自由观的思想家们,均将自己宝爱的自由视为"真正的自由",表面多有抵牾,实则并不矛盾。以突进姿态为自由战斗,以防守姿态死守个人自由的领地,姿态迥异,路径不同,但最终殊途同归。

第三节 欧陆积极自由和英美消极自由: 自由的两个传统

liberty 和 freedom 的语义流变与两种自由理念的分野有耦合关系,这种耦合关系亦可延展到西方思想史版图的两种自由传统。自由传统的命名方式有多种,从 liberty 到 freedom,从欧陆自由到英美自由,或从法国自由到英国自由,它们的区别不在国别、地理或民族,而主要在其思想史分野。19 世纪以来,伴随现

---

① [丹麦]勃兰兑斯:《十九世纪文学主流・英国的自然主义》(第四分册),第89页。
② 鲁迅:《破恶声论》,《鲁迅全集》(第八卷),第36页。
③ [英]以赛亚・伯林:《自由论》,第219－220页。
④ [英]哈耶克:《自由宪章》,第36页。
⑤ [丹麦]勃兰兑斯:《十九世纪文学主流・英国的自然主义》(第四分册),第94页。

代民族国家的陆续崛起以及被压迫民族相继摆脱奴役走向独立,积极自由负载的反抗特质及其乌托邦蓝图,能够提供比消极自由更强大的思想动能,能够极大满足被压迫民族或个体的自尊和抱负。鉴于欧陆自由传统和英美自由传统的思想分野对中国现代知识分子的自由观念产生了巨大影响,辨析这两种传统的源流,不仅有益于反思和廓清法德式自由主义传统、盎格鲁-撒克逊自由主义传统①,更有助于观察这种分野如何塑造了中国现代自由主义文学思潮。

一、冲决罗网的欧陆自由传统

1848 年既是《共产党宣言》面世的时间,也是欧洲革命爆发之年。《共产党宣言》在气势恢宏的结尾中庄严宣告:"共产党人不屑于隐瞒自己的观点和意图。他们公开宣布:他们的目的只有用暴力推翻全部现存的社会制度才能达到。让统治阶级在共产主义革命面前发抖吧。无产者在这个革命中失去的只是锁链。他们获得的将是整个世界。"②《共产党宣言》对革命的预言即刻变为现实。这一年,平民和自由主义者对抗皇权和贵族的斗争,虽然大多以失败告终,但欧洲各国的封建专制基础被动摇,自由主义者开始觉醒。作为这场欧洲革命的参与者和见证者,马克思和恩格斯写下了《路易·波拿巴的雾月十八日》《德国的革命和反革命》等重要著作。从更长的历史时间段来看,1848 年欧洲革命和 1917 年俄国十月革命,可看作法国大革命的延续,也可看作现代中国革命的先声。这一系列革命的基本特征是冲决罗网,把毒蛇猛兽都消灭干净。

马克思主义有一个非常重要的概念:异化。马克思认为,"人的类特性恰恰就是自由的有意识的活动"③,但社会存在一种压迫个体的力量,这个让我们窒息的力量恰恰是我们自己贡献出来的。我们把自己的力量变成共同的异己力量,这个力量违反了我们每一个人的意愿。"每个人的自由发展是一切人的自由发展的条件"④,压迫个体的力量来自异化的社会体制,所以解决异化的问题,就要实现共产主义。虽然摒弃私产与英美自由主义的基本经济原则相悖,但马克思高扬个体自由对抗人类异化的主张,依然获得了包括伽达默尔在内众多思想家的认可。

---

① 刘淳:《严复:先驱者的无奈:从 20 世纪中国自由主义思想史的一桩公案说起》,《福建论坛》(文史哲版)2000 年第 3 期,第 79 - 83 页。

② 马克思、恩格斯:《马克思恩格斯选集》(第一卷),第 307 页。

③ 马克思、恩格斯:《马克思恩格斯选集》(第一卷),第 46 页。

④ 马克思、恩格斯:《马克思恩格斯选集》(第一卷),第 294 页。

　　人人渴望自由，革命也是一种自由。"革命是被压迫者和被剥削者的盛大节日"①，这是列宁对法国大革命的精准诠释。托克维尔认为欧洲任何国家的社会革命，"都不曾像在法国那样迅猛激进"②。马迪厄毫不掩饰对罗伯斯庇尔的崇敬之情③，米涅以阶级斗争视角铺陈法国大革命的不可避免性④，索布尔则立场鲜明地站在雅各宾派一边，对背景极其复杂的革命进行浪漫化处理⑤。在这场革命爆发次年，当人们为法国大革命欢欣鼓舞时，海峡对岸英国政治理论家爱德蒙·柏克的《法国革命论》⑥却发出异声。他警告说，如果我们追求纯粹的完美，结果可能正好相反，法国大革命的许多原则可能会走向专制和腐化。柏克拒绝用"自由"一词来评价法国革命，他认为这些革命者倡导的并不是自由。对反对革命暴力的英国思想家来说，法国大革命的血腥本质早已让自由蒙羞。法国教会组织和传统贵族的根基在法国大革命中摧毁殆尽，教会的财产悉数被没收，柏克担心的是法国大革命展现的人民主权（popular sovereignty）会跨越英吉利海峡。"暴力的不断升级以及愤怒的群众对事态不断施加的高压，严重损害了革命的声誉。"⑦国王和王后被处决之后，血腥的内战导致无数惨剧和伤亡。雅各宾专政将数千人送上断头台，一场全面的战争夺去了十几万人的生命。一直到1794年夏天雅各宾派领袖罗伯斯庇尔被处决，这场流血才暂时画上句号。

　　法国大革命究竟是自由带来的混乱，还是革命的歧途，抑或是革命合乎逻辑的发展结果，学界对此依然存有争议。英国历史学家卡莱尔虽然痛恨君主专制和不平等贵族制度，但为激进革命最后变成令人窒息的浩劫而感到痛心疾首。卡莱尔对法国大革命的反思，对严复校改《群己权界论》的译文产生重要影响。另一位反对法国大革命的理论家麦斯特认为革命的自由是"撒旦式"的⑧，而撒

① 中共中央马克思恩格斯列宁斯大林著作编译局：《列宁选集》（第1卷），北京：人民出版社，2012，第616页。

② ［法］阿列克西·德·托克维尔：《论美国的民主》，曹冬雪译，南京：译林出版社，2019，第7页。

③ ［法］马迪厄：《法国革命史》，杨人楩译，北京：商务印书馆，2011。

④ ［法］米涅：《法国革命史》，北京编译社译，北京：商务印书馆，2011。

⑤ ［法］阿尔贝·索布尔：《法国大革命史》，马胜利等译，北京：北京师范大学出版社，2015。

⑥ ［英］柏克：《法国革命论》，何兆武、许振洲、彭刚译，北京：商务印书馆，2010。

⑦ ［美］海伦娜·罗森布拉特：《自由主义被遗忘的历史：从古罗马到21世纪》，第46页。

⑧ Joseph de Maistre, *Consideration on France*, ed. Richard Lebrun (Cambridge: Cambridge University Press, 2003), p.41.

旦式的反叛、反抗和革命,正是青年鲁迅向往的"摩罗诗力"。

法国大革命的狂欢让无数知识分子血脉偾张,其中不乏以思辨和理性见长的哲学家。黑格尔、谢林、荷尔德林等德国知识分子,在法国国王被砍头后极为兴奋,他们在图宾根载歌载舞,高唱马赛曲,种下自由树。深深影响了法国大革命的卢梭曾这样暗示我们:"人的自然状态代表无束缚的自由,它是善,而恶乃由社会造成。"①"人是生而自由的,但却无往不在枷锁之中",一个人从自然状态下的"生而自由"到服从社会"枷锁",必须建立在"合法"契约基础上。② 个人自主权是一种道德价值,追求个人和集体自决是一种终极向善的意志力,一切束缚都是自由的反面,积极自由的反叛特质就极易占领道德高地。彼时欧洲大陆,浪漫的激情和反抗的气息弥漫在空气中。

总体而言,18世纪前后法德社会思潮的主流是积极自由。海涅认为,从马丁·路德到康德、费希特、谢林,再到黑格尔,其哲学的革命性逻辑一脉相承。③ 康德虽然对浪漫主义颇有微词,但自由是其念兹在兹的中心原则,他的自由意志哲学追求"最自由的状态",主张破除障碍,反对人被压制。人之外的所有事物都受制于因果律,而人却可以依照自己的意志自由选择。所以,康德反对任何对人的支配和奴役,包括人支配人。"文明就是成熟,成熟就是指自我决断——通过理性思考作出决断,不受某些我们自己无法控制的东西,特别是别人,即康德谓之的'一个家长式政府'的驱迫或摆布。"④康德的自由意志哲学,亦赋予反抗权威的道德合法性。

回溯18世纪中期以来欧洲大陆绵延不绝的革命传统,卢梭是绕不开的。卢梭是勃兰兑斯的《十九世纪文学主流》启幕阶段"流亡文学"的开端人物,是法国大革命思想资源第一人。最能体现卢梭自由观念的著作可能是《社会契约论》,卢梭在该著中立足"人是生而自由的",强调"个人自主",认为"一个人一旦达到有理智的年龄,可以自行判断维护自己生存的适当方法时,他就从这时候起成为自己的主人"。⑤ "我们每个人都以其自身及其全部的力量共同置于公意的最高指导之下,并且我们在共同体中接纳每一个成员作为全体之不可分割的一部分"

① 金观涛、刘青峰:《中国现代思想的起源:超稳定结构与中国政治文化的演变》,第342页。
② [法]卢梭:《社会契约论》,第4页。
③ [德]海涅:《论德国宗教和哲学的历史》,海安译,北京:商务印书馆,1974,第15页。
④ [英]以赛亚·伯林:《浪漫主义的根源》,第74页。
⑤ [法]卢梭:《社会契约论》,第5页。

可能是民约论最简洁的表达。① 卢梭主张的是古希腊、古罗马的人民主权，其公意说体现的积极自由是对 liberty 传统的赓续。伯林认为，卢梭之所以被称为"浪漫主义之父"，就是因为《社会契约论》这本著作，该著导致罗伯斯庇尔和雅各宾派思想的形成。② 罗素也将《社会契约论》视为"法国大革命中大多数领袖的圣经"，该著提出的公意说"使领袖和他的民众能够有一种神秘的等同"，公意说"实际上的最初收获是罗伯斯庇尔的执政"。③《社会契约论》虽然旨在建构自由平等的社会，并未直接呼吁反抗专制和暴力革命，但却为其后的法国大革命提供了重要的理论支撑。"卢梭的著作在罗伯斯庇尔手中成了摧毁旧制度的血迹斑斑的武器。"④穆勒认为，卢梭的"一些似非而是的议论""像炸弹一般爆发在一大堆结构紧密的片面性意见之中"。⑤ 民约论为包括中国在内的世界各国、各民族独立自由事业提供了强大思想支撑。在这个意义上，说卢梭是积极自由理念的奠基人，亦不为过。

二、群己权界的英美自由传统

和欧洲大陆革命反叛的自由传统不同，英美自由传统呈现另外一种形态：群己权界。这种传统大致从霍布斯的《利维坦》开始，突出代表是洛克的《政府论》，再到 19 世纪集大成者穆勒的《论自由》。在英国，个人权利和道德之间没有直接关联，个人权利是一种非道德的正当性。16 世纪以来，英国思想家就已经开始把自由、平等理解为一种权利和法治，主张限制政府权力，保证个人自由免受任何群体权力的威胁。⑥ 卢梭的《社会契约论》要寻找的个体和集体利益平衡之道，马基雅维利、霍布斯、洛克等都探讨过，只不过他们聚焦个人和权威之间的界限如何划分。霍布斯认为对行动者的强制和阻碍是自由的真正障碍，洛克主张限制政府权力，穆勒反对政府权力干涉私人领域。19 世纪以来，"在美国、斯堪的纳维亚与英联邦"，几百年的自由主义聚焦的是必须要划出每一个 individual

---

① ［法］卢梭：《社会契约论》，第 20 页。卢梭的《社会契约论》又译《民约论》。"社会契约论"与"民约论"是同一个概念。在作为一个思想理论名词使用时，"民约论"更常用。本书除了书名和引文外，取"民约论"。
② ［英］以赛亚·伯林：《浪漫主义的根源》，第 14 页。
③ ［英］罗素：《西方哲学史》（下），马元德译，北京：商务印书馆，1976，第 264-265 页。
④ ［英］以赛亚·伯林：《自由论》，第 168 页。
⑤ ［英］约翰·密尔：《论自由》，第 54 页。
⑥ 金观涛、刘青峰：《中国现代思想的起源：超稳定结构与中国政治文化的演变》，第 335 页。

权利的界限。① 对"自由"这个词的每一种解释,不管多么不同寻常,"必须存在一个在其中我不受挫折的领域",或者说"必须存在着自由的某些疆界,这些疆界是任何人不得跨越的"。② "只有权利,而非权力,才能被视为绝对的。"③ 几个世纪以来,英美政治哲学的传统具有明显的消极自由特点,即在个体和社会之间画一条线,明确个体(individual)权利和群体(individuals)权力的界限。

"群己权界",严复的四字译文精确传递了英美自由主义传统的核心要义。穆勒原著的书名 *On Liberty*,被坚守"信、达、雅"原则的严复命名为《群己权界论》。该著付梓后,胡汉民在《民报》上撰文指出,两千年来,政界沉沉,更无进化,内力荼弱,至为他族陵逼者,可综括为两大原因:一曰不知个人之有自由独立,二曰不知机关之性质。④ "欲明国家之性质,其最重者为分子团体间之关系,而吾国政界之蒙昧,亦于此点为最甚。"⑤胡汉民将个体和集体关系混乱不清视为历代中国政治制度的最大缺陷,切中严复书名的肯綮。在译文序言中,严复仿佛洞见了穆勒学说在自由主义发展史上承前启后的枢纽地位,对当时中国炙热的卢梭学说表示深重忧虑,想通过群己权界论"从罗伯斯庇尔的血案中抢救出曾被卢梭'公意'所吞噬的个体人权意识"⑥。《群己权界论》标志着中国现代自由主义思潮的起点已经与英美消极自由主义传统紧密相连。

《群己权界论》的宗旨在于"探讨社会所能合法施用于个人的权力的性质和限度"。⑦ 穆勒强调,集体意见对个人独立的合法干涉应该有一个限度,"要找出这个限度并维持它不遭侵蚀"。⑧ 权界是双向的,政府干涉个体要有限度,个体自由亦有限度。个体自由选择受到事物本身属性的限制,包括物理、化学、地质、气候、种族等自然规律。鸟儿飞翔是自由的,无拘无束,但没有空气的支撑,鸟儿即刻坠落。自由主义不提倡随心所欲、为所欲为,也不提倡自私自利、为一己之私损害他人。"从一开始,自由主义就清醒地指出自由的基础是限制,首先是限

---

① [英]以赛亚·伯林:《自由论》,第 84 页。

② [英]以赛亚·伯林:《自由论》,第 210 - 213 页。

③ [英]以赛亚·伯林:《自由论》,第 214 页。

④ 汉民:《述侯官严氏最近政见》,《民报》1906 年第 2 期,第 1 - 17 页。

⑤ 汉民:《述侯官严氏最近政见》,《民报》1906 年第 2 期,第 1 - 17 页。

⑥ 夏中义:《卢梭在当代中国的回响(上):从思想史看王元化重估〈社会契约论〉》,《探索与争鸣》2011 年第 1 期,第 8 页。

⑦ [英]约翰·密尔:《论自由》,第 1 页。

⑧ [英]约翰·密尔:《论自由》,第 5 页。

制公共权力,其次是限制个人,必须将一切自由限制在法律的范围内。"①"自由必须是有限度的,这是出于(最基本的)安全、幸福、正义、知识、秩序、社会团结及和平的需要。有些自由必须被限制,以便人们可以追求生活的其他最终目标。"②伯林如此强调消极自由群己权界的基本共识:

> 应该存在最低限度的、神圣不可侵犯的个人自由的领域;……必须划定私人生活的领域与公共权威的领域间的界限。……存在着一个私人生活的领域,除了特殊情况外,这个领域是不希望公共权力干涉的。③

现代英美自由主义思想家对"界限"的讨论从未停止。每个人的自由,每个国家的自由,都有限度,"当英国古典政治哲学家们使用自由这个词时,指的正是这个含义"④。消极自由的"群己权界"包括两个方面的"划界":第一,个体和集体之间的权责界限,即广义的、社会层面的"群己权界";第二,个体权利的内外划界,即个人生活中涉及个人部分和社会部分的划界,或曰人的私人属性和社会属性二分,这是狭义的、个人层面的"群己权界"。"凡主要关涉在个人的那部分生活应当属于个性,凡主要关涉在社会的那部分生活应当属于社会。"⑤前者是不受任何干涉的、绝对的、完全的自由领域,后者是应当接受社会辖制的、相对的自由领域。"个人的行动只要不涉及自身以外什么人的利害,个人就不必向社会负责交代。"⑥划界的原因基于以下两点:一是"无赖假定原则",即人性本恶,公权不受约束即会褫夺私权;二是道德自主,应该相信个人道德的力量,即个人有判断和裁夺私人事务的道德能力,他人不必干涉。

三、两种传统与两种自由理念

欧陆激进反叛哲学与积极自由,英美群己权界理论与消极自由的暗合关系,是两种自由理念的思想史基础。

首先,欧陆自由传统与积极自由理念暗合。欧陆建构理性与积极自由之间

---

① 钱满素:《自由的基因:美国自由主义的历史变迁》,第24页。
② [伊朗]拉明·贾汉贝格鲁:《伯林谈话录》,第138页。
③ [英]以赛亚·伯林:《自由论》,第172、289页。
④ [英]以赛亚·伯林:《自由论》,第172页。
⑤ [英]约翰·密尔:《论自由》,第89页。
⑥ [英]约翰·密尔:《论自由》,第112页。

具有内在一致性。积极自由的本质是把自由看作主体性并强调应该去实现自由这种价值。自由不仅是权利,更是一种善,追求自由就是一种向善的道德意志,积极自由之所以不同于消极自由,是因为它比消极自由具有更多的道德色彩,"个人权利完全转化为平等,自由也变成号召人们参与解放事业的一种公共意志"。① 自由的道德化赋予积极自由更强大的行动力。积极自由理念支撑的集体意志、民族主义及其对个体权利的辖制倾向,在法国大革命及其以后的历次革命中被证实。卢梭把自由分为自然自由和政治自由,前者是人生而自由,后者最终指向一种道德和义务。前者是英美消极自由的基石,但卢梭更强调后者。卢梭对人生而自由法则的修正,体现了他与消极自由理念的显著分野。

伯林将德国狂飙突进、青年德意志运动和 1848 年革命展现的激进反叛和狂放不羁特质看作积极自由表征。德国宗教和哲学的激进传统②,为德国社会革命奠定了思想基础。"费希特与谢林的浪漫信仰,在他们狂热的德国追随者那里,总有一天会产生反对西方自由文化的可怕后果。"③德国革命虽然没有法国大革命那样波澜壮阔,但激进反叛特质可能是酿成其后"二战"悲剧的思想源流之一。

其次,英美自由传统与伯林消极自由理论相契合。穆勒的"自由二分"和"自由三维"是英美自由传统的内容概括,伯林对自由的判断也基本沿着这一路径展开。穆勒主张"自由二分",即个人和社会二分,个人的归个人,社会的归社会,不妨碍他人的个人权利高度自主,不必向社会交代,没有任何力量能够干涉;对他人有害的行动属于社会,个人应该向社会交代,并且承担相应的社会的法律后果。④ 所谓"自由三维",即人类自由的领域包括三个维度:第一,内向的、意识的、良心的、绝对的思想自由,即 free will;第二,自己选择自己的生活,按照自己喜欢的方式去做的自由,即 free to do,这种自由即便是愚蠢和错误的,只要不妨

---

① 金观涛、刘青峰:《中国现代思想的起源:超稳定结构与中国政治文化的演变》,第 340 - 341 页。

② 歌德、席勒等人都呈现出积极自由倾向。黑格尔的《精神现象学》从客观意识、主观意识、绝对意识等若干层面进行梳理,认为艺术代表客观意识,宗教代表主观意识,哲学代表绝对意识,人类要在绝对意识里实现绝对自由,而绝对意识只有在哲学中才能反映出绝对精神走向的最高境界。号召工人阶级"砸碎锁链"的马克思,以及宣布"上帝死了"的尼采,也延续了欧洲大陆的革命性哲学精神传统。

③ [英]以赛亚·伯林:《自由论》,第 168 页。

④ [英]约翰·密尔:《论自由》,第 112 页。

碍他人就不能被干涉；第三，个人之间为了任何无害于他人的目的而相互联合的自由。① 这个分类有三个特点：第一，立论原则上，主张凡是不损害他人的思想自由、行动自由和结社自由不受外力干涉，即划分个体权利和群体权力的界限；第二，语义学上，凸显了"聚合"这一 freedom 的原始北欧属性；第三，理论姿态上，以被动守卫的姿态，周全地分析、繁复地推理和严密地演绎个体自由在道德、伦理和法律框架下的正当性和不可侵犯性，坚决捍卫个体自由的最低限度和最基本原则，最大限度地保障个体自由不受外来干涉和限制。划界、聚合和守护，这三个关键词既包含北欧 freedom 自由传统的基本要义，也展示了英美消极自由的思维模式。

英国和法国的自由传统之异，还在于自由是文明的产物还是人为建构的产物。英国自由传统认为自由并不是人们意识到其益处之后进行建构的，而是在其益处彰显后，人们开始完善和拓展自由的领域，并且探究自由社会发挥功能的各种形式。哈耶克认为法国人并没有像英国人一样"认识并懂得了自由"，英国立足经验主义理论传统，相信渐进改良和社会秩序，注重法治框架内的自由，而法国立足建构理性，设定人类有建构乌托邦的无限力量，视所有社会与文化现象为人为设计物，强调人们可能而且应该根据某一原则和计划重组社会架构。每一个个体都倾向于理性行动且生而就具有知识智慧和善意，这是欧陆自由传统的唯理主义的设计逻辑。这种建构逻辑在《社会契约论》中得到生动演示。"高卢自由"和"盎格鲁自由"的区别，就在于高卢自由是在统治中寻找自由，在组织中寻找最高程度的政治文明，或者说，"在政府组织做出的最高程度的干预中寻求政治文明"。② 这种干预是自由还是暴政，"完全决定于谁是干预者，以及这种干预对哪个阶级有利"。③ 在"盎格鲁自由"看来，这种干预可能是极权或贵族政制。④

由此，可以分辨出欧陆和英美在自由价值理念上的多维差异，"冲决罗网—革命公意"与"群己权界—渐进改良"的价值导向分野明显。在这种分野中，古希

<hr>

① ［英］约翰·密尔：《论自由》，第 14 页。
② ［英］哈耶克：《自由秩序原理》（上），邓正来译，北京：生活·读书·新知三联书店，1997，第 62-63 页。
③ ［英］哈耶克：《自由秩序原理》，第 63 页。
④ ［英］哈耶克：《自由秩序原理》，第 63 页。

腊 liberty 和北欧群岛 freedom 的痕迹依稀可辨。①

第四节　两种自由理念与 19 世纪欧洲文学思潮

在特定历史时空内,文学思潮内部的积极自由和消极自由并非势均力敌。积极自由负载的反叛、突进和激愤情感,比消极自由的容忍、温和、自然和优美特质更能凸显于文本,文学思潮的积极自由特征更易被体察。积极自由特征的文学思潮,大都与特定地域、种族或国家受到的内外压迫、剥夺和奴役密不可分。反叛传统、狂飙突进的新文化运动,就可视为积极自由理念在中国掀起的一排巨浪。此前,欧洲大陆的革命狂潮刚刚落幕。18 世纪中后期以来,从法国大革命之后的流亡文学、浪漫主义文学,到英国撒旦派,再到德国狂飙突进运动、青年德意志运动,欧洲文坛上掀起一次次积极自由文学运动。在众多 19 世纪前后的欧洲作家、流派和文学运动中都可以发现两种自由理念的塑造印记。

一、极境叙事和"文艺解放战争"

18 世纪中叶以来,西方最伟大的社会变革可能当属浪漫主义和革命。人类社会所有的意识形态转折都不及这场积极浪漫主义和革命运动重要。② 近代以来建立的文化结构被彻底颠覆和破坏,国家制度、社会结构、意识形态和文化版图都发生了深刻转型。一直到 20 世纪,人类社会依然沿着这条轨道前进。在这场伟大变革中,文学运动此起彼伏,积极自由成为西方文学思潮伟大变革的推动

---

① 两种自由传统的路径分野,在当代西方思想界愈加清晰。"二战"后,强调个体本位的英美自由传统对欧陆积极自由传统的批判力度渐增。有学者认为德国的自由主义的缺陷在于这个国家对于盎格鲁-撒克逊传统一直抱有敌意,从来没有真正理解政府的作用是保护个人权利。还有学者质疑德国是否真正有过自由主义的传统,因为德国的自由主义是国家自由主义,是把国家视为实现自由的工具的自由主义,这种自由主义的要义与自由主义背道而驰。哥伦比亚大学弗里茨·斯特恩教授认为,德国的传统是权威主义的传统,而不是自由主义的传统。20 世纪 70 年代,许多法国知识分子也开始反思法国的极权主义。他们认为法国的自由主义并不是土生土长的,而是一个很难生根的舶来品,法国大革命的"原始极权主义"使得法国的自由主义也有类似德国的国家主义倾向,缺少对个人权利的高度重视。参见[美]海伦娜·罗森布拉特:《自由主义被遗忘的历史:从古罗马到 21 世纪》,第 255 - 256 页。

② [英]以赛亚·伯林:《浪漫主义的根源》,第 9 - 10 页。

力量。

　　积极自由倾向的文学创作，大多通过塑造自我成就的人物以及情节的迅捷转换，突破束缚和成规，实现人的自由意志。解缚，是19世纪前后欧洲文学变革的重要推手，歌德和雨果就是这场文艺解放运动的重要旗手。歌德认为，"艺术作品的作用在于使我们自由，……把我们从各种限制、束缚和囚禁我们的传统分类中解放出来"①。他的小说《威廉·迈斯特》之所以被浪漫主义者推崇备至，不仅是因为其叙事成就，更因其描述了一个天才的自我塑造进程。小说通过叙事的迅捷转换挑战既有文学模式。主人公完全把握自我，自由行使高贵不羁的意志。歌德的另一部不朽经典《浮士德》创造了人类精神极境叙事模式。浮士德把灵魂卖给魔鬼孟菲斯托，打赌自己永远不会满足，如果满足了就让魔鬼拿走灵魂。一路上，孟菲斯托有求必应，接连满足浮士德的要求。直到走到荷兰的拦海大坝，浮士德被人类战胜自然的神迹深深折服，说太美好了，他满足了。此时，魔鬼要把他的灵魂拿走。天使半途拦住孟菲斯托，不让他把浮士德的灵魂拿走。魔鬼认为这是他们的约定。天使却认为他满足什么了？他满足于不满足！《浮士德》展现了19世纪初德国社会思潮的重要表征：人类精神追求的永不设限、永无止境。

　　雨果则掀起了一场"文艺解放战争"。1826年，雨果在《短曲与民谣集》的序言中擂响文艺自由运动的战鼓。这一运动针对文学领域的伪古典主义，同时也反抗法国复辟王朝的文学专制。作为法国新文学争取自由的战士，雨果反对模仿，反对古典主义在文学中人为地划定界限和范围，鼓励作家发挥独创性。② 在为戏剧《克伦威尔》所作的长篇序言中，雨果大胆挑战了古典戏剧的三一律以及模仿说，这篇序言被称为19世纪法国浪漫主义"新文学的纲领"③。雨果宣布，史诗时代已经日薄西山，世界和诗歌的另一个纪元即将开始，一种新的宗教、一个新的社会已在眼前。④ 文学在本质上"并不妨碍自由地表现一切真实"，"我们希望有一种自由、明晓而忠实的韵文，它敢于毫不做作地直抒胸臆，毫不雕琢地表现一切"。⑤ 因为挑战戏剧传统，《克伦威尔》演出无望，雨果干脆纵横驰骋，行

① [英]以赛亚·伯林：《浪漫主义的根源》，第112页。
② [法]维克多·雨果：《论文学》，第7页。
③ [丹麦]勃兰兑斯：《十九世纪文学主流·法国的浪漫派》（第五分册），李宗杰译，人民文学出版社，1997，第20页。
④ [法]维克多·雨果：《论文学》，第26、30页。
⑤ [法]维克多·雨果：《论文学》，第67-68页。

文随兴所至,向那个时代压在文学新生之路上的沉重的旧文学桎梏发起挑战,把文学从老旧的古典主义和虚假的真实中解放出来。

追求文学创作自由、破除束缚是自由主义文学思潮的内涵之一。1830 年,雨果挑战古典主义的戏剧《欧那尼》演出成功。该剧与古典戏剧的三一律惯例背道而驰,叙述了 16 世纪西班牙一个贵族出身的强盗反叛王权的故事。小说以主人公欧那尼和莎尔的爱情故事为经线,以欧那尼与国王的斗争为纬线,时间、空间和场景结构随意转换,悲剧和喜剧元素杂糅。雨果在该剧序言中宣告"文学自由正是政治自由的新生女儿","在不久的将来,文学的自由主义一定和政治的自由主义能够同样地普遍伸张。艺术创作上的自由和社会领域里的自由,是所有一切富有理性、思想正确的才智之士都应该同步亦趋的双重目的,是召集着今天这一代如此坚强有力、如此善于忍耐的青年人的两面旗帜"。① 雨果将追求自由视为文学和政治的共同目标,把政治自由主义与文学的自由主义置于同等重要的地位。

当文学的积极自由和浪漫主义合流在一起时,否定、反叛、粉碎、破坏和战斗就成为 19 世纪法国浪漫主义的关键词。雨果认定,积极浪漫主义文学是法国大革命的一种后果,浪漫主义的核心是自由主义。这种判断与杨义对创造社浪漫主义的看法极其相似。雨果认为,如果只从战斗性这一方面来考察,浪漫主义真正的定义不过是文学上的自由主义而已,浪漫主义冲破古典教条的羁绊,褪去纷繁复杂的外衣,其本质就是争取艺术的自由。② 积极浪漫主义的真正意义在于文学的解放,"在这个时代,自由就好象光明一样到处风行,唯独没有进入思想界,而思想界本是世界上生来最为自由的"。③ "我们要粉碎各种理论、诗学和体系。我们要剥下粉饰艺术的门面的旧石膏。什么规则、什么典范,都是不存在的。或者不如说,没有别的规则,只有翱翔于整个艺术之上的普遍的自然法则、只有从每部作品特定的主题中产生出来的特殊法则。"④雨果呼吁文学家力争艺术的自由,反对体系、法典和规则的专制,突破羁绊,"听从灵感的驱使,根据创作去改变模型",在艺术中首先规避教条主义。⑤ 柳鸣九将雨果的创作方法称为"极浪漫主义",并提醒我们这种积极的向度就是我们今天研究雨果文艺思想的

---

① [法]维克多·雨果:《论文学》,第 93 页。
② [法]维克多·雨果:《论文学》,第 92 页。
③ [法]维克多·雨果:《论文学》,第 58 页。
④ [法]维克多·雨果:《论文学》,第 58 - 59 页。
⑤ [法]维克多·雨果:《论文学》,第 73 页。

意义。① 雨果的浪漫主义高扬文学自由主义大旗，展现出决绝的反叛姿态，与伯林对浪漫主义积极自由特质的界定不谋而合。

1830 年前后的法国电光闪闪、火石烈烈、生气勃勃、强壮有力，勃兰兑斯称那个时代为世界历史上少有的时代。雨果和他同时代的浪漫派作家群"像是同谋的叛逆者"，"在所有的艺术中，需要和传统决裂，并以和传统决裂为目的"。② 他们"那么强烈地追求着热情，以致抒情诗和戏剧险些儿堕落成歇斯底里的痴情"③。在雨果的戏剧中，"热情的平民，报仇雪恨的人，感恩戴德的人，都作为主人公出现在舞台上了"④。积极自由负载的反叛突进力度，赋予了浪漫主义文学冲破一切阻碍的勇气和力量，造就了 19 世纪欧洲大陆浪漫主义文学的不朽经典。⑤

二、自然之美和电光石火

19 世纪欧洲文学思潮流脉中，既有不同民族国家之间两种自由理念的分野，亦有同一民族国家内两种自由理念的对立。勃兰兑斯梳理了英国自然主义和自由主义文学的发展轨迹，细密还原了 19 世纪英国浪漫主义文学思潮内部不同派别之间文学观念的深层差异。他指出，19 世纪初的几十年里，反拨古典主义的湖畔派形成了自然主义的浪漫诗学传统，这一传统从雪莱和拜伦手中发展为激进主义，"从反抗文学中的传统因袭发展到有力地反抗宗教与政治的反动，并在其自身的深处孕育着此后各个时期欧洲文明的一切自由主义思想与解放运动的胚芽"⑥。在反抗暴政、解放奴役的道路上，积极自由成为摩罗诗人手中的利剑。

勃兰兑斯的判断或是一种"文化偏至"。这种文化偏至促使他高度评价以法国为代表的西欧浪漫主义所蕴含的革命精神，以至于他在哥本哈根的激烈学术演讲上受到保守派打击，而被迫流亡。他对于投身希腊解放事业的拜伦无比钦

---

① ［法］维克多·雨果：《论文学》，译本序第 21 页。
② ［丹麦］勃兰兑斯：《十九世纪文学主流·法国的浪漫派》(第五分册)，第 15－16 页。
③ ［丹麦］勃兰兑斯：《十九世纪文学主流·法国的浪漫派》(第五分册)，第 16 页。
④ ［丹麦］勃兰克斯：《十九世纪文学主流·法国的浪漫派》(第五分册)，第 16 页。
⑤ 雨果的文学主张并非只有积极自由倾向。他一边热情讴歌突破传统，一边倡导自然的秩序和自由的分寸。正是积极自由和消极自由的张力，铸就了雨果文学思想的丰富性。参见雨果：《论文学》，第 88－94 页。
⑥ ［丹麦］勃兰兑斯：《十九世纪文学主流·英国的自然主义》(第四分册)，引言第 1 页。

佩，对为波兰亡国发出哀鸣的坎贝尔奉上溢美之词。作为书写"流亡文学"的流亡者，勃兰兑斯的反抗精神也深深感染着鲁迅，后者在《文化偏至论》《摩罗诗力说》中展现出强烈的抗争意志及对弱小民族的同情。今天看来，勃兰兑斯的"积极自由偏至"，是对伯林的"消极自由偏至"的反拨，有助于我们在两种自由理念之间互相审视。或许最能代表英国自由传统的，是湖畔派代表的略带保守的消极自由，是君主共和体制下的群己权界，而不是摩罗诗人的反叛突进。勃兰兑斯对英国自由精神的"误读"不难理解，那是在拿破仑帝国威胁下北欧弱小民族被激起的反抗意识。

湖畔诗人和撒旦诗人自由理念的差异令人印象深刻。以华兹华斯、柯勒律治和骚塞为代表的湖畔派与雪莱、拜伦等积极浪漫主义诗人，一般都被视为同属浪漫主义文学阵营，但这两个派别之间曾一度对立。"撒旦派"或"恶魔派"之谓，正取自湖畔诗人对拜伦的攻击。拜伦极少公开表示对华兹华斯或柯勒律治的好评，在风格上与湖畔派划清界限。对撒旦派而言，英国的社会秩序颇有瑕疵，于是撒旦派持续不断地对当下社会现实发起猛烈攻击。狂热追求自由的雪莱和拜伦，"在逆境中磨炼出了一种文学史上前所未见的独立精神"，其结果是流落异邦，孤立无援，最终"不免在激烈的斗争中过早地被毁灭"。① 而对湖畔派而言，"最为珍贵的东西则是个人探索和个人自由的权利"，能保障个人自由权利的君主立宪就是其心中瑰宝，所以在撒旦派激烈抨击社会秩序时，他们"却始终是生活的旁观者"，变成了自封的社会保护人。② 湖畔派认可现有秩序，注重群己权界格局下的个人自由；撒旦派则激烈攻击现政府，追求完美的自由状态，成为本国现有政治秩序的反抗者和挑战者，甚至流亡他国，成为被压迫民族自由解放事业的领导者。

表面看，湖畔派和撒旦派都是自由的追慕者，湖畔诗人"一向自称为自由的热情之友"③。华兹华斯、柯勒律治和骚塞在年轻时都曾受到法国大革命精神的感染，毫不掩饰对自由的赞美。骚塞在纪念弑君革命者马丁时，盛赞后者参加过反抗国王的叛乱，"他那颗火热的心驱使他设计过世上最美好的自由与和平的幸福蓝图"④。骚塞虽然觉得法国大革命的自由蓝图是狂热的空想，依然肯定其追

---

① ［丹麦］勃兰兑斯：《十九世纪文学主流·英国的自然主义》（第四分册），第 89 页。
② ［丹麦］勃兰兑斯：《十九世纪文学主流·英国的自然主义》（第四分册），第 89 页。
③ ［丹麦］勃兰兑斯：《十九世纪文学主流·英国的自然主义》（第四分册），第 90 页。
④ ［丹麦］勃兰兑斯：《十九世纪文学主流·英国的自然主义》（第四分册），第 95－96 页。

求人类自由理想的可贵精神。华兹华斯"自认为是公认的自由战士"①，曾经以白云、森林和浪花类比自由。为了区分湖畔诗人和撒旦诗人自由观的不同，勃兰兑斯把自由分为两种：要摆脱开什么东西的自由，以及要做什么事的自由。前者是衡量湖畔派的标准，后者是撒旦派的自由维度；前者偏保守，后者偏激进。这种分类标准与两种自由理念并不完全对等，但对自由逻辑起点的判断不失精准。对于湖畔派而言，自由是一种有明确界限、完全明确的东西。在当时的欧洲，自由似乎只有英国具有而在欧洲大陆几乎找不到，这种自由就是"一个国家不受外来统治者专横暴虐的统治而由它自身来治理本国的权利"②。湖畔诗社的自由是摆脱外国暴政统治的自由，在此基础上确保个人合法的权利不受干涉，而不追求行动上的绝对自由，即"要做什么事的自由"。

湖畔诗人强调自然、美和秩序，对本国的政治架构和人文成就深感自豪，对英国的现在和未来充满"情人或孩子般"③的憧憬，认为眼前的英国就是理想的国家。这个"完美无缺的自由的故乡"④授予他们桂冠诗人称号。湖畔诗人将宪政制度设计视为自由保障的核心，认为君主立宪限制了国王权力，保障了个体自由界限。他们反对独裁专制的君主和权力以及不受制约的国王，认为只要在共和政治架构下，"镇压便不算是镇压""暴政便不成其为暴政""对开明思想的敌视便不算是抱残守缺"。⑤ 他们将矛头对准拿破仑的暴政，哀叹被法国人征服的西班牙、瑞士等国家的不幸，拥护各个国家正统君主的身份，对法国大革命的暴力革命持有异议，对法国的历史人物和文艺成就评价颇低。华兹华斯歌颂云雀的自由灵动，但是他更看中其"高飞而不游荡"，忠贞于苍天也忠贞于家园，远走之后亦归巢。⑥ 华兹华斯心目中生活的智者是张弛有度、界限分明、不极端、不激进的。这样的自由理念是湖畔诗人艺术和精神的核心。勃兰兑斯对这种消极、保守的自由理念并不认同，认为湖畔派坚守的自由是"自由的总量——不是自由本身"，但是他不得不承认，消极浪漫派诗人虽然城府颇深，但是他们"没有像激进派诗人那样沉迷于大量的空想和操之过急"，湖畔诗人们"所赞颂的是一种具体的、实际存在的"自由，这种自由不凌空蹈虚，可以具体化为一种社会秩序、政

① ［丹麦］勃兰兑斯：《十九世纪文学主流·英国的自然主义》（第四分册），第 90 页。
② ［丹麦］勃兰兑斯：《十九世纪文学主流·英国的自然主义》（第四分册），第 90 页。
③ ［丹麦］勃兰兑斯：《十九世纪文学主流·英国的自然主义》（第四分册），第 91 页。
④ ［丹麦］勃兰兑斯：《十九世纪文学主流·英国的自然主义》（第四分册），第 214 页。
⑤ ［丹麦］勃兰兑斯：《十九世纪文学主流·英国的自然主义》（第四分册），第 92 - 94 页。
⑥ ［丹麦］勃兰兑斯：《十九世纪文学主流·英国的自然主义》（第四分册），第 261 页。

治架构和法律条文。①

撒旦派强调毫不妥协地反抗一切暴政,彻底解放被奴役者。他们视自由为神性,"对自由的爱是一种神圣的疯狂,是一片熊熊燃烧的圣火",在他们看来,"自由思想是一切精神生活首要的和不可缺少的基本要素"。② 雪莱"展开他向往自由的崇高而热情的羽翼直升清空",他笔下的云雀和华兹华斯完全不同:"像一片烈火的轻云/掠过蔚蓝的天心,/永远歌唱着飞翔,飞翔着歌唱。"③勃兰兑斯称雪莱的《致云雀》为"纯洁的自由精神的朝气蓬勃、清新无比、欢快之至的欢歌"④。雪莱这样歌颂自由:"但你的目光比雷电的闪光还要锐利,/你的步伐比地震的力波还要迅捷,你使大海的怒吼喑哑,你的凝视/使山火失明;和你相比,就连那中天的丽日/也不过是阴冷的一点磷火微辉。"⑤除了献给自由的颂歌或者呼唤自由的战歌,雪莱还有针砭时弊的檄文或者抨击反动派的政治讽刺诗,更有嘲笑英国当局腐败和愚蠢的喜剧。这些作品都在强烈控诉不公和虚伪,召唤同时代中能够敏锐捕捉到这种堕落的同道中人。拜伦就是其中一个,他们二人成为19世纪英国浪漫主义诗坛中狂飙突进的双子星座,这个星座的漩涡将欧洲诗坛的缓流扭转为瀑布,涤荡着欧洲文坛河床下坚硬如铁的岩石,"在这令人心惊胆战的一片惊涛骇浪之中",仪态万方地端坐着一位希腊彩虹女神,"高悬着一道作为自由与和平之象征的五彩长虹"。⑥ 拜伦对自由的热爱化为一种巨大能量,给予诗人摆脱人间苦厄和绝望的勇气。

> 这种自由不是我们能用手把握住的,或是能载入宪法作为一种恩惠授予人们的,或是能写在国教信条里的东西。它是人类精神永恒的呼唤,是其自身永无休止的要求;那是天上的圣火闪射的火花,普罗米修斯生起它的时候便把它放进了人类的心里,人类当中最伟大的人物的工作便是把这星星之火扇成熊熊烈焰;对于那些觉得生活没有了它便会像坟墓一样黑暗、像石块一样冰冷的人来说,它是光明和一切温暖的源泉。⑦

① [丹麦]勃兰兑斯:《十九世纪文学主流·英国的自然主义》(第四分册),第 94 页。
② [丹麦]勃兰兑斯:《十九世纪文学主流·英国的自然主义》(第四分册),第 93、333 页。
③ [丹麦]勃兰兑斯:《十九世纪文学主流·英国的自然主义》(第四分册),第 261 页。
④ [丹麦]勃兰兑斯:《十九世纪文学主流·英国的自然主义》(第四分册),第 261 页。
⑤ [丹麦]勃兰兑斯:《十九世纪文学主流·英国的自然主义》(第四分册),第 93 页。
⑥ [丹麦]勃兰兑斯:《十九世纪文学主流·英国的自然主义》(第四分册),第 414 页。
⑦ [丹麦]勃兰兑斯:《十九世纪文学主流·英国的自然主义》(第四分册),第 93 - 94 页。

　　勃兰兑斯站在撒旦诗人和积极自由这一边，他无法抑制对积极自由的礼赞和对撒旦派的仰慕之情，将拜伦式的自由精神追溯到中世纪，将法国大革命争取的政治自由囊括其中，反对保守派或消极自由派强加在积极自由头上的激进主义"帽子"。

　　撒旦派不仅要自我成就，还希望解放全世界，让自由之光照耀地球的每一个角落。他们为希腊的解放而欢欣鼓舞，为波兰的亡国而无比哀伤。拜伦对西班牙人民大声呼唤："醒来吧，西班牙的儿郎！醒来吧！前进！/听吧，这是你们古代的骑士女神呼叫的声音。"①更对苦等别国救援的希腊人民大声疾呼："世世代代做奴隶的人们！你们可知道/谁想获得自由，就必须自己拿起枪刀；/必须举起右手，才能把征服者打倒？/难道高卢人或者莫斯科人会给你们伸张公道？/不！他们也许会击败你们的骄横的掠夺者，/可是自由的祭坛决不会为你们明烛高烧。"②所以他们无意歌颂自己的国家和人民，也无意歌颂人类的美德。撒旦派在有生之年为自己的国家所摒弃，流亡在外，在文学史和思想史上的贡献迟迟未能得到国内认可。他们即便被流浪的国家驱逐，依然为其他国家和民族的解放事业奔走呼号。拜伦的《威尼斯颂》结尾写道："与其/沉浸在眼前的这一潭死水里变臭发霉，/倒不如投身于那已经绝灭的斯巴达人的先辈/依然自由屹立着的地方——他们那引以为豪的/忒摩皮尼山峡的白骨堆；或者是翱翔于大海之上，/把我们的涓涓细流注入于浩瀚无垠的洋水，/给我们祖先的英灵谱增添一个新魂的名字，/给你，亚美利加，增添一个自由人的同类！"③彼时，拜伦引领的英国浪漫主义诗歌运动，成为当时欧洲最激情澎湃的典范，"拜伦主义几乎就是浪漫主义的同义词"④。伯林认为，"自雨果起，法国浪漫派都是拜伦的信徒"⑤。拜伦笔下不屈的唯意志哲学，整个世界必须掌控在优秀人物手中的豪迈之气，成为当时欧洲浪漫主义的闪光印记。

　　两种自由理念的对立，体现为思想的交锋乃至文本的对立。湖畔诗人为英国王室唱颂歌的同时，对诗坛迅速崛起的新星和文学奇才拜伦敌视而冷淡，骚塞还攻击拜伦其文、其人继而整个诗派。骚塞几乎将所有能够想到的恶劣的言辞都一股脑儿倾泻到拜伦的长诗《唐璜》上，称《唐璜》为"集恐怖与嘲弄、放荡与不

①　[丹麦]勃兰兑斯：《十九世纪文学主流·英国的自然主义》，第332页。
②　[丹麦]勃兰兑斯：《十九世纪文学主流·英国的自然主义》（第四分册），第332页。
③　[丹麦]勃兰兑斯：《十九世纪文学主流·英国的自然主义》（第四分册），第405-406页。
④　[英]以赛亚·伯林：《浪漫主义的根源》，第131页。
⑤　[英]以赛亚·伯林：《浪漫主义的根源》，第132页。

虔诚于一身的荒诞作品"、污染英国诗歌的"淫秽书籍"、一种"腐蚀灵魂的道德病毒",认为《唐璜》破坏了长期以来国民风气改善的成就,摧毁了文学领域的"道德纯洁性",是对英国社会福祉的"最严重的危害之一"。① 他还对拜伦进行人身攻击,说其犯下了"无法估量的罪恶",还说拜伦"临终前的忏悔无论怎样痛苦"也不能勾销这些罪恶,要让法律铲除如此深重的"犯罪者"。② 骚塞还对以拜伦为代表的积极浪漫主义诗人群体及其文学审美提出严厉批评,说他们是一群"心灵染上病菌并为堕落的幻想所支配的人",这些人"自有其一套适合他们自己的不幸行为的理论,他们悍然反抗人类社会最神圣的准则",让别人同他们一样不幸。③ "他们的作品虽然就其淫秽部分而言呼吸着堕落的淫神的精神,就他们喜欢描绘的种种残忍与恐怖的可厌形象而言呼吸着异教食人恶神的气息,它们更主要的特征却是一种充满傲慢和无所顾忌地不信上帝的撒旦精神,而且这种精神还显露了与之相伴随的完全绝望的凄凉感。"④骚塞的攻击让拜伦怒不可遏,也让半个世纪后撰写文学思潮史的勃兰兑斯愤愤不平,骚塞被认为犯下了"一桩不能为历史所饶恕的罪行"⑤。作为一个诗人,以反道德和反宗教的名义煽动读者反对一位比自己伟大得多的诗人,骚塞背负了众多责难。

骚塞在激烈攻击拜伦的同时,也在为国王和托利党歌功颂德。托利党贵族反对法国大革命及其传递的激进主义,维护王权和贵族特权。在湖畔诗人歌颂托利党的时候,撒旦派仿佛看到这些年轻时歌颂自由的诗人已经成为变节者和自由的敌人,备受羞辱,忍无可忍,拜伦忍不住"要把骚塞像一个葫芦似的切成两半"⑥。雪莱在给华兹华斯的十四行诗里批判后者的蜕变:"在清贫中,你曾经以自己的声音/谱写成奉献给真理与自由的乐章——/如今却抛弃了这一切,我不禁为你悲伤,/过去是那样高尚,今天怎么会变成这样?"⑦湖畔派和撒旦派之争,可能是两种自由理念在 19 世纪欧洲文学流派间引发对立冲突的最醒目的案例之一。

---

① [丹麦]勃兰兑斯:《十九世纪文学主流·英国的自然主义》(第四分册),第 106 - 107 页。
② [丹麦]勃兰兑斯:《十九世纪文学主流·英国的自然主义》(第四分册),第 106 - 107 页。
③ [丹麦]勃兰兑斯:《十九世纪文学主流·英国的自然主义》(第四分册),第 106 - 107 页。
④ [丹麦]勃兰兑斯:《十九世纪文学主流·英国的自然主义》(第四分册),第 106 - 107 页。
⑤ [丹麦]勃兰兑斯:《十九世纪文学主流·英国的自然主义》(第四分册),第 106 页。
⑥ [丹麦]勃兰兑斯:《十九世纪文学主流·英国的自然主义》(第四分册),第 93 页。
⑦ [丹麦]勃兰兑斯:《十九世纪文学主流·英国的自然主义》(第四分册),第 93 页。

三、狂飙突进和"青年德意志"

始于反动,终于革命,这是勃兰兑斯描绘的 19 世纪欧洲文学思潮的主线。《十九世纪文学主流》梳理了从 18 世纪中后期到 19 世纪中期六大文学思潮板块,以卢梭流亡为起点、拜伦去世为中心、1848 年狂飙突进文学革命为终点,欧洲半个世纪的文学主潮留下了绚烂的反抗和革命痕迹。文学革命,是对旧文学传统的矫枉过正和反叛。自由这个词对那时候的人们来说具有激动人心的力量。① 18 世纪从法国吹来的"自由主义微风"越刮越大,"刮成了一场风暴,横扫了一切反对派"。② 19 世纪法国文学思潮是一次文艺解放运动。法国的积极浪漫主义思潮几乎为每一个文学门类都赋予了新活力,"曾经在艺术范围内带来了从未梦想过的题材,曾经让自己受到当代各种社会观念和宗教观念的滋润……作为一种鼓舞一切的力量渗入了政治"③。这一渗入政治的力量就是积极自由支撑的反抗精神和解放意志。

起源和形成于法国的流亡文学影响力溢出国界,在那段猛烈动荡的时期里,"旧秩序被推翻,合法原则被抛弃,统治阶级遭到屈辱和毁灭,正教被推到一边,人们从这一桎梏中解放出来与其说是由于科学修养,毋宁说借助于一种好斗哲学"④。从政治家、哲学家到作家,从法国大革命的罗伯斯庇尔,到德国的康德、费希特、歌德、席勒,再到英国的拜伦,他们都是卢梭的精神继承人。这是 19 世纪文学主流的第一阶段。第二阶段,德国浪漫派的反传统力度比流亡文学更甚;第三阶段,以雨果为代表的"法国的反动"标志着"战斗的胜利";第四阶段,为希腊人民争取自由而牺牲的拜伦成为 19 世纪文学主潮的中线;第五阶段,以雨果为核心的法国浪漫文学思潮形成;第六阶段,法国浪漫文学思潮传到德国,造就了青年德意志运动。⑤

鉴于德国文坛炽烈的积极自由文学运动深刻影响了李大钊、陈独秀等新文化运动知识分子,在此不妨多花一些笔墨。18 世纪 60 年代,德国一批拥抱自由和个性解放的青年作家发起了狂飙突进运动。虽然因这场运动得名的克林格尔

---

① [丹麦]勃兰兑斯:《十九世纪文学主流·流亡文学》(第一分册),张道真译,北京:人民文学出版社,1997,第 4 页。
② [丹麦]勃兰兑斯:《十九世纪文学主流·德国的浪漫派》(第二分册),第 1 页。
③ [丹麦]勃兰兑斯:《十九世纪文学主流·法国的浪漫派》(第五分册),第 400 页。
④ [丹麦]勃兰兑斯:《十九世纪文学主流·流亡文学》(第一分册),第 180 页。
⑤ [丹麦]勃兰兑斯:《十九世纪文学主流·流亡文学》(第一分册),第 3 页。

的戏剧《狂飙突进》曾被称为"四流、五流乃至六流的戏剧作品"①,但这部作品体现的反抗理念凝聚了这场运动的精义:强者压制,弱者就抗争。主人公维尔德犹如狂风中屋顶的风标,激情而又叛逆,逃亡北美,参加了本土居民反对英国殖民者的独立战争。环绕他左右的,是名曰"火"和"懒惰"的两位朋友,前者激情革命,后者无所事事。作者通过主人公与两个朋友的性格对比,清晰传递了反对专制、张扬个性和追求自由的理念。在克林格尔的另一部戏剧《孪生兄弟》中,热情狂放的哥哥杀死了软弱乖戾的手足,犹如"火"杀死了"懒惰",原因是后者不顺应自己恶魔般的发展路径。克林格尔告诉我们,弱肉强食是自然法则,狮子和羔羊不能共处,强弱之间的对立和冲突永远不能化解。对于弱者来说,除了奋起反抗,别无他途。积极自由的反抗叛逆倾向,成为"狂飙突进"文学运动的核心特质。

革命和颠覆,是以海涅为代表的 19 世纪上半叶德国文学的积极自由特质。青年德意志运动时期,反抗的激情已经升级为革命的行动,许多反对派知识分子最终成为革命派。对英美自由主义传统的非议,在这一时期的德国作家身上表现突出。青年德意志运动的精神领袖海涅是拜伦的伟大继承者,他的整个灵魂都写满自由的基因,他的"灵魂里没有一滴保守主义的血,他的血是革命的"②。海涅对自由的北美并不感兴趣,他说:"有时我想到/航行去美国,/到那个巨大的自由的厩圈,/那里面住着平等的俗汉。"③海涅热情赞颂《马赛曲》和拿破仑,是因为前者是法国大革命的图腾,后者是"腐朽的世界秩序的颠覆者"④。德国浪漫派文学的反动特质和绝对自我,凸显了反抗既有社会秩序、争取进步和自由的强烈诉求。浪漫主义的绝对自我,"是新的自由冲动,是自我的独裁和独立,而自我则以一个不受限制的君主的专横,使它所面对的整个外在世界化为乌有,这种自由狂热在一群非常任性的、讽嘲而又幻想的青年天才中发作开来了"⑤。从狂飙突进到青年德意志,随心所欲、为所欲为的自由理念一直延续到其后的两个世纪。

综上,可以将 19 世纪欧洲两种自由理念的文学思潮样态粗略归纳为表 1.2 所示的内容:

① [英]以赛亚·伯林:《浪漫主义的根源》,第 60 页。
② [丹麦]勃兰兑斯:《十九世纪文学主流·青年德意志》(第六分册),高中甫译,北京:人民文学出版社,1997,第 112 页。
③ [丹麦]勃兰兑斯:《十九世纪文学主流·青年德意志》(第六分册),第 112 页。
④ [丹麦]勃兰兑斯:《十九世纪文学主流·青年德意志》(第六分册),第 112 页。
⑤ [丹麦]勃兰兑斯:《十九世纪文学主流·德国的浪漫派》(第二分册),第 24-25 页。

表 1.2　19 世纪欧洲积极自由和消极自由文学思潮概览

	积极自由文学思潮	消极自由文学思潮
别称	积极浪漫主义	消极浪漫主义
运动流派	法国浪漫主义,德国青年德意志,狂飙突进运动,英国撒旦派或"恶魔派"	英国湖畔派
代表作家	歌德、雨果、拜伦、雪莱等	华兹华斯、柯勒律治、骚塞等
政治立场	反对专制,颂扬革命。猛烈攻击现有政府,追求完美的自由状态。成为现有政治秩序的反抗者和挑战者,或流亡他国,或成为被压迫民族追求自由解放的革命领导者	忌惮革命,认可现有秩序,注重群己权界格局下的个人自由,支持能保障个人自由权利的政体
自由观及其价值	视自由为神性,毫不妥协地反抗一切暴政。具有不屈的意志,彻底解放被奴役者。对自由的热爱化为一种巨大能量,打破事物的固定本质,给予人摆脱人间苦厄和绝望的力量。只要自由尚未在任何国家或宪法里完美实现,只要有专制、暴政、镇压和钳制,不管是国内还是国外,都应该奋起抗争。希望解放全世界,让自由之光照耀地球的每一个角落。积极自由精神如火焰一样的激情和进行曲一样的有力节奏,给那个时代的文学打上了决定性烙印	自由有明确界限,将制度设计视为自由保障的核心。确保个人合法权利不受干涉,而不去追求行动上的绝对自由自主。强调自然、美和秩序。生活的真谛是张弛有度,界限分明,不极端,不激进。不沉迷于大量的空想,不操之过急,不凌空蹈虚。认可具体的、实际存在的自由,一种可以具体化的社会秩序、政治架构和法律条文
情感特质	偏激进:反叛、激越、电光石火	偏保守:自然、理性
缺陷	"真正"或"终极"自由概念可能走向极端,导致无政府主义、泛革命主义	向王权妥协,向专制让步,软弱无力

　　为 19 世纪欧洲文坛注入源源不断的活力,并给文学思潮带来新变的,是积极自由的反叛特质。思想家们大都从反叛传统的角度肯定积极自由的重要价值。在德国 18 世纪中叶以来的浪漫主义运动中,人们"目睹了伦理上和政治上真理和有效性观念的毁弃"[1],无论是主观、相对的真理和有效性,还是客观、绝对的真理和有效性,都遭遇挑战和背叛,古典传统被全面反转。"这场运动转变了现代伦理和政治,其程度远比我们所曾解释的更加深刻。"[2]这场运动为中国

———————

[1] 达巍、王琛、宋念申:《消极自由有什么错》,第 3 页。
[2] 达巍、王琛、宋念申:《消极自由有什么错》,第 3 页。

的五四新文化运动提供了重要的思想资源,也对中国现代文学思潮中的激进派产生了巨大影响。

勃兰兑斯服膺积极浪漫主义蕴含的积极自由理念,将其奉为欧洲革命解放运动的助推剂,认为积极浪漫主义"给那个时代的诗歌文学打上了最后的决定性印记"①。"后代人从激进派诗人出于热爱自由而形成的偏激狂放之中,却获得了更多的艺术享受和教益。"②对于积极自由的浪漫主义特质,勃兰兑斯有一个非常形象而诗意的比喻:拜伦之前,"欧洲的诗歌犹如一条平静的河川缓缓地流动着,那些沿着河岸行走的人举目所及,看不到什么值得留意的特色";拜伦之后,"激流所到之处,下面的河床纷纷坍塌,从而形成了从一个水平线急转直下到另一个水平线的瀑布——这样,一切人的眼睛也就不由自主地全都转到水流变成瀑布的这一段河面上来了"。③ 激进主义和革命文学蕴含的战斗意志和积极自由精神,变平静的河川为翻腾的瀑布,掏空坚硬的河床,撕碎一切阻挡物,也撕碎自己,裹挟着摧枯拉朽的磅礴之气,在人类追求自由的天心划出一道灿烂的彩虹。

两种自由理念介入中国现代自由主义文学思潮的合理性和有效性,是自由的语义学、哲学和思想史流脉赋予的。freedom 和 liberty 的语义源流,积极自由和消极自由的哲学维度分野,以及英美和欧陆形成的两种自由传统,构成了语义学、哲学和思想史层面的对应关系。18 世纪以来的世界文学版图中,就文本、作家和文人社群的文学史影响力而言,积极自由文学思潮比消极自由文学思潮更加突出。凸显西方自由传统的两种流脉之别,并不意味着欧陆和英美社会中只有其中一种自由传统。两种自由传统在同一时空范围内并存,只是各有偏重罢了。"自由的意义不仅仅在于摆脱政府的专断权力。它还意味着免于贫困、肮脏和其他社会弊端带来的经济奴役的自由;它意味着不受任何形式的专断权力限制的自由。挨饿的人不是自由人。"④现代英美社会中依然葆有积极自由理念。19 世纪英国文学思潮同时存在湖畔诗人的消极自由倾向和撒旦派的积极自由倾向。正是同一时空内积极自由和消极自由理念的共存、交错、消长和争锋,才塑造了自由主义文学思潮的内部张力结构。

---

① [丹麦]勃兰兑斯:《十九世纪文学主流·英国的自然主义》(第四分册),第 281 页。

② [丹麦]勃兰兑斯:《十九世纪文学主流·英国的自然主义》(第四分册),第 94 页。

③ [丹麦]勃兰兑斯:《十九世纪文学主流·英国的自然主义》(第四分册),第 414 页。

④ William Beveridge, *Why I Am a Liberal* (London: Jenkins, 1945), p.64.

| 第二章 |

两种自由理念对中国现代文学版图的塑造

两种自由理念在哲学界引起的反响一直持续,在文学研究领域几无波澜。自由的哲学维度与文学维度具有相通之处。哲学与文学关注的核心问题都是人与世界、意识与存在之间的关系,只不过哲学注重思辨和理性,文学更关注审美和感性。两种自由的哲学命题,对文学审美和思潮流变的启发意义值得深入检视。特定时空内,文学思潮体现的自由倾向与两种自由理念对特定国家或民族的文学思潮之影响,可能是一个问题的两种表述方式。当我们探求两种自由理念对文学思潮发展进程产生的影响时,世界文学和中国现代文学版图上的一个个璀璨的名字、夺目的经典、闪光的流派和彪炳史册的文学运动,为我们提供了充分的观察契机。

第一节　中国自由传统的积极维度及其文学表征

自由输入中国的历程堪称西风东渐的典型样本。① "非西方世界的人们对于 freedom 和 liberty 的关注和思考如此之少,以至于在大部分人类语言中无法找到一种准确的概念与之相匹配。"② 在翻译穆勒名著 *On Liberty* 时,严复最初使用"自繇"而非"自由",以区隔西方自由理念与中国文化的自由传统,最终将其意译为"群己权界",足见中国语境中自由的"不可译"性。精研《群己权界论》的

---

① 章清:《"国家"与"个人"之间:略论晚清中国对"自由"的阐述》,《史林》2007 年第 3 期,第 9 - 29 页。

② Orlando Patterson, *Freedom: Volume 1: Freedom in the Making of Western Culture* (New York: Perseus Books Group, 1991), p.20.

中外学者,大都感佩严复深谙原著精义,用"群己权界"精准传达出穆勒的"自由"要义。但严复的"群己权界"译名,却让鲁迅"很费解"①。在中国首倡自由的严复,在鲁迅那里成为时代的落伍者。一如撒旦派批评湖畔派保守,严复秉持的英美消极自由传统,在反抗特质的积极自由传统面前,就略显保守了。鲁迅对严复译名的批评,与其说是鲁迅借此探究翻译的技术细节,不如说是显示了鲁迅与严复在自由理念上的分歧。"自由"到"群己权界"的语义纷争,既显示出自由语义学的衍绎分蘖之复杂,又显示出西方两种自由理念与中国自由传统之间的不可通约性。比照中国古代哲学和文学的自由因子与两种自由理念的差异,有助于深入理解现代文学自由品格的反传统特质。

一、逍遥无待的自由

中国思想界的"自由"一词,可能最早出自高诱的《淮南子注》,取道家"从自己出"②之意,即由自己做主,或不受限制和拘束。严复认为,"中文自繇,常含放诞、恣睢、无忌惮诸劣义。然此自是后起附属之诂,与初义无涉。初义但云不为外物拘牵而已,无胜义亦无劣义也"③。他发现,中国传统伦理道德中的"恕""絜矩"与西方自由理念相似但不相同。

严复认为,造成中国社会"自由"样貌的原因之一是:"夫自由一言,真中国历古圣贤之所深畏,而从未尝立以为教者也。"④儒家一般不使用"自由"这一概念,甚至因其"劣义"而对自由颇为忌惮。"自由"一词虽在中国古代典籍中频现⑤,但不是理道中枢,其含义与西方保障个人基本权利的消极自由理念迥异。最能代表中国古代哲学自由理念的思想流派,可能非道家莫属。《逍遥游》展现出绝对自由状态。"北冥有鱼,其名为鲲。鲲之大,不知其几千里也。化而为鸟,其名为鹏。鹏之背,不知其几千里也;怒而飞,其翼若垂天之云。"⑥《逍遥游》隐含着中国古代哲学的自由理念——"精神高于物外"⑦,这是一种高迈超越的精神境

① 鲁迅:《关于翻译的通信(并 J. K. 来信)》,《鲁迅全集》(第四卷),第 390 页。
② 郑开:《庄子哲学讲记》,桂林:广西人民出版社,2016,第 229 页。
③ 严复:《群己权界论·译凡例》,《严复全集》(第三卷),第 254 页。
④ 严复:《论事变之亟》,《严复全集》(第七卷),第 12 页。
⑤ 有学者进行过统计,"自由"在二十五史中出现 70 多次,在《大藏经》中出现 180 余次。参见黄克武:《自由的所以然:严复对约翰弥尔自由思想的认识与批判》,上海:上海书店出版社,2000,第 352 页。
⑥ 陈鼓应:《庄子今注今译》,北京:中华书局,1983,第 1 页。
⑦ 郑开:《庄子哲学讲记》,第 228 页。

界。杨义用"逍遥"和"游"的浪漫主义色彩观照自由主义文学这一概念,将自由理解为庄子的"由自己出"。他在《中国现代小说史》中认为自由主义在文学上是浪漫主义①,此论就带有浓厚的中国传统哲学色彩。

中国哲学传统中的自由与 liberty 或 freedom 存在明显差异。在《齐物论》中,事物被各种关系网络限定之态被称为"有待",而"无待"则是摆脱对其他事物的依赖。② "有待"之物有可能陷入异化之境,故庄子强调其对立面"无待"。"有待"强调事物有所凭借和依靠,或曰事物受制于一定的条件。像鸟儿一样自由飞翔的内在自由或者主观自由,是超越人的身体局限、按照自己的愿望去行动的能力。这种能力逾越所有障碍,接近哲学上的意志自由,而不是消极意义上的自由。③ 换言之,"有待"之物,才具备消极自由特性。

"无待""逍遥"与西方自由理念的重合点可能在积极自由维度上。事物若能摆脱所有关系网的束缚,最后只剩不可规约和让渡的内核,就能接近消极自由所批判的"绝对自由",即不受任何牵绊的自由。庄子的自由与老子的"道"或"大"相似,侧重精神层面的不受约束,着重强调事物的独立意识。老子把"寂兮寥兮,独立不改,周行而不殆"的事物称为"道"或"大",这样的事物才能为"天下母"。④ "道"和"大"遵循的规律是"自然",自然之道,独立不改,周行不殆。庄子的自由和老子的自然,都强调摆脱其他事物的限制,不依赖他者而自成意义。世界万物若不受制于他者,便既是独立,也是孤立。因此,传统中国文化的自由,其实质更指向"独立"。

中国古代哲学的自由理念强调无界的精神自由。精神自由一般不具备客体指向,自由不羁的意志是单向度的纯粹理念。庄子的自由观朴素含混,带有心性论色彩和万物等量齐观的"齐物"色彩,不将人类个体与客观世界进行主客观分割。人是万物之一,天人合一,万物平等。故在道家那里,平等和自由是相互统一的,没有平等就没有自由。

强调人与万物在终极层面的平等和自由,是中国自由传统的特色。青年时期的鲁迅置平等于自由之前,感佩法国大革命"扫荡门第,平一尊卑"。⑤ 大革命

① 杨义:《中国现代小说史》(第一卷),第 530 页。
② 郑开:《庄子哲学讲记》,第 230 页。
③ [英]哈耶克:《自由宪章》,第 35 - 36 页。
④ [魏]王弼:《老子道德经注》,楼宇烈校释,北京:中华书局,2011,第 65 页。
⑤ 鲁迅:《文化偏至论》,《鲁迅全集》(第一卷),第 49 页。

时期,左转进程中的鲁迅认同歌德"自由和平等不能并求"之言,亦先取平等。①郁达夫曾将卢梭的《社会契约论》精简为人类是自由的、权利是平等的、至上权在于民众和法律是一般意向的表现这四条要义,并将平等视为首要价值,主张为了平等而反抗革命。②"政治上的差等,当然造就了民众中间的阶级,不平等于是就成了一件必不能免的事实……要除去这一种不平,只有革命,只有向压制者、投机者起一种反抗的暴动。"③鲁迅和郁达夫在自由与平等问题上的相同排序,既显示出中国古代自由传统的留痕,也显示出欧陆积极自由理念反叛突进的特质。

西方自由理念强调主观个体在客观世界里的自我选择,人与物被区隔开来。人之所以自由,是因为人能够自由选择,能超越上帝和鬼神之力,自己决定自己的命运。康德的自由意志包括两个维度:一是人的自由意志体现为能摆脱自然因果律;二是人能掌控自然。康德认为人精神的绝对自由就是塑造自然,不但如此,人还具备动物、植物、无机物等不具备的、不受制于自然因果律的能力,可以"依照自己的意志自由选择"。④"当他处于最自由的状态时,当人性在他身上得到最大程度的张扬时,当他登峰造极时,他就能统治自然,也就是说,他能模塑自然,压倒自然,把自己的个性施与自然,我行我素。"⑤西方积极自由理念中人主自然理念与道家自由思想有明显区别。换言之,中国传统自由思想虽然接近不受羁绊的积极自由理念,但并不具备对自然和社会客体的突进和反叛力量。当康德的自由意志哲学为欧陆启蒙运动注入强大思想动能,继而推动一波又一波革命浪潮的时候,中国的"无待"和"逍遥"自由观不但无法助力社会变革,反而成为史官文化体制下不得志者排遣内心烦闷的安慰剂。晚明阳明心学及李贽"童心说"强调个体独立价值,具有"不唯儒家独尊"的思想解放特质,的确彰显出与天道皇权和纲常礼教迥异而宝贵的向度,遗憾的是最终并未发展成反叛突进的社会思潮。

二、中国文学传统的自由之维

在日常生活中寻找"逍遥""无待"的现实经验是困难的,因为我们经历的大

---

① 鲁迅:《〈思想·山水·人物〉题记》,《鲁迅全集》(第十卷),第300页。
② 郁达夫:《卢骚的思想和他的创作》,《郁达夫全集》(第十卷),第388-389页。
③ 郁达夫:《卢骚的思想和他的创作》,《郁达夫全集》(第十卷),第384-385页。
④ [英]以赛亚·伯林:《浪漫主义的根源》,第73-74页。
⑤ [英]以赛亚·伯林:《浪漫主义的根源》,第80页。

都是"不自由"。虽不能至，心向往之，道家自由观为中国文学提供了充足的"自由"滋养。若把道家典籍视为文学一脉，则可见傲然神游精神对中国文学传统的巨大影响。列子御风，犹有所待；遗世独立，方可无待。独者强也孤，立者大也寡，独立者可与天地精神独往来。乘物以游心，虚己以游世；道高物外，游目骋怀；随风东西，傲然神游。这种理想、风骨或者人生态度，数千年来在中国知识分子群体中从未消失和泯灭。庄子的自由不是客观存在的自由，而是一种精神境界和心性追求。中国传统哲学中的自由在西方哲学中找不到对应物，二者缺乏可资比照的共同语汇。用西方近现代哲学理念去描述中国传统文化的自由因子，只是隔靴搔痒罢了。不过，用"两种自由理念"观照中国古代文学中的自由观念，我们会发现中国传统自由观念的积极自由特性。庄子以降，南朝民歌、唐诗宋词和清代小说里，"自由"身影并不缺席。①

其一，文本主旨上，以种树之道治民。柳宗元《种树郭橐驼传》之主人公善种树，即便是别处移植而来的树木都能很好地生长，他的秘诀就是顺应树木自身的习性，精心栽种之后就放任不管，任其自由生长，不去干扰，不害其长，亦不抑耗其实。推而及治民之术，就是不要过多干涉个体民众的生活。管制太严、面面俱到不是爱民，而是害民。要相信民众有自我追求幸福的能力，若要"蕃吾生而安吾性"，就要"顺木之天，以致其性"。② 柳宗元此文或可视为中国古代文学作品中阐述官戒思想最具有"自由主义"色彩的文学篇目之一。

其二，文人生活方式上，隐居山林之避世。中国古代传统文人穷则独善其身，达则兼济天下，时运不济或官途不畅，则可能"退居内在城堡"。③ 从巢父、许由开始，春秋战国文人隐于自然，魏晋南北朝文人隐于超脱狂狷，唐宋文人隐于中道，元明清文人隐于苦涩。隐居人士看似闲适自由，实则郁郁寡欢，不得志者十有八九，酒隐也好，官隐也罢，出世入世难取舍。如李白"白日放歌须纵酒，青春作伴好还乡"之洒脱和狂放不羁，如阮籍酒醉不醒，如嵇康服药行散，如苏东坡"不择山林，而能避世。引壶觞以自娱，期隐身于一醉"。仕途受挫之后，苏轼从

---

① 从《后汉书》"赤眉贼率樊崇、逄安等共立刘盆子为天子，然崇等视之如小儿，百事自由"，到《孔雀东南飞》"吾意久怀忿，汝岂得自由"；从唐代刘商的《胡笳十八拍》"寸步东西岂自由，偷生乞死非情愿"，到杜甫的《和裴迪登蜀州东亭送客逢早梅相忆见寄》"此时对雪遥相忆，送客逢春可自由"，再到清代蒲松龄的《聊斋志异·巩仙》"野人之性，视宫殿如藩笼，不如秀才家得自由也"，等等。

② 柳宗元：《柳宗元集校注》，尹占华等校注，北京：中华书局，2013，第1172-1173页。

③ ［英］以赛亚·伯林：《自由论》，第183页。

老庄哲学和山林间找寻超然物外、随缘自适的精神慰藉。他向往"驾一叶之扁舟,举匏樽以相属。寄蜉蝣于天地,渺沧海之一粟。哀吾生之须臾,羡长江之无穷。挟飞仙以遨游,抱明月而长终"。这与庄子的"逍遥游"相近。竹林七贤追求"越名教而任自然",追求老庄无为,讲求黄老养生之术,隐居避世,醉情山水,群聚宴游,不拘一格,恣意酣畅,醉酒无度。"魏晋风度"不受羁绊之精神自由或隐逸自由,实则是清醒的现实主义。他们亦醉亦真、亦梦亦醒、亦虚妄亦执着,佯装痴傻,韬光养晦,"谈玄远祸"。竹林七贤之狂傲不逊似乎是对礼教的反抗,但那些对他们施以屠刀的当权者才是传统礼教的"不肖子孙"。因此,鲁迅认为嵇康们的"反骨"实则很可能是在卫道,"他们倒是迂夫子,将礼教当作宝贝看待的"①。竹林名士放浪形骸之举,彰显其放荡不羁、特立独行之个性,表露自己不与当权者同流的决心和不受名教约束的姿态,其真实用意并不在反礼教,而在用自己的行为方式反衬当权者道貌岸然之本相,揭开对方破坏礼教的遮羞布。魏晋名士"在药和酒的刺激下暂时摆脱现实不得志的压抑和痛苦,借虚幻的感觉漂浮于精神自由的境界,达到向往的玄学意境中获得快乐"②。为避祸乱而醉酒,为远纷争而服药,这些狂狷之行也是自戕之举。

其三,文学类型上,豪侠小说之绝对自由。侠文学自司马迁的《史记·游侠列传》始,从班固的《汉书·游侠传》等史传传统迈向小说一脉,东汉的《吴越春秋》、秦汉的《燕丹子》、魏晋的《世说新语》《搜神记》中均有豪侠篇,至唐代此文体蔚为大观,唐人小说中自成豪侠文学派,《太平广记》中列有详目。侠风、侠义滥觞于唐代,此后源远流长。侠之自由,乃随心所欲、不受羁绊、为所欲为之个人绝对自由,具有积极自由特性。以极端的方式矫枉过正地反对不自由,无拘无束、酣畅淋漓、豪放肆意、纵情挥洒,这才是自由,才是侠。③ 侠追求的自我支配地位是一种非官方地位,"其潜在心态则是一种不受人支配、不受物约束的自由意志"④。这是自我支配的积极自由,非群己权界的消极自由。"个体的力量必须强大或是超出常人才能实现他们所需之自由。"⑤武侠之"禁"非边界,乃专制皇

---

① 鲁迅:《魏晋风度及文章与药及酒之关系》,《鲁迅全集》(第三卷),第536页。
② 张兰花:《曹魏士风递嬗与文学新变》,浙江大学博士论文2012年,第261页。
③ 韩云波:《中国侠文化:积淀与承传》,重庆:重庆出版社,2004,第35页。
④ 韩云波:《论侠与侠文化的享乐特征:中国侠文化形态之三》,《天府新论》1994年第2期,第68-73页。
⑤ 吴安新、李玲:《侠与法的契合与分歧:基于自由维度的审视》,《西南大学学报(社会科学版)》2009年第6期,第38-41页。

权。游侠、豪侠、群侠,即便如《水浒传》之群雄蜂起除暴安良,最终大多难逃壮
烈赴死、被皇权收编或清剿之命运。侠之精神之所以令人神往,或许不是因为
其确能替天行道,而是因为在缺乏自由、公平和正义的社会中,人们渴望在虚
构的侠义世界中寻找自我寄托和自我实现的路径。侠文学传统中个人英雄主
义式的积极自由维度,以及侠文化精神的乌托邦性质,对中国文学的影响
深远。

其四,文学理论上,自我个性之自由。李贽的"童心说"可能是晚明文学理论
的最大收获之一。"咸以孔子之是非为是非,故未尝有是非耳"①"人必有私而后
其心乃见,若无私则无心矣"②等思想主张,以及不畏死、不怕人、不靠势、不执
一、不践迹、不媚权、不屈贵、孤傲自治、独立清奇的人生态度,使李贽成为晚明乃
至中国文学思想解放运动的先行者。天道之下,亦有人道;道心人心,亦是自我
之心;真心童心,诚意诚身;明心见性,由乎自然。"千万其人者,各得其千万人之
心,千万其心者,各遂其千万人之欲。是谓物各付物,天地之所以因材而笃也。
所谓万物并育而不相害也。"③每个人都有权追求和发展自己的兴趣爱好,每个
人选择的道路都值得尊重。李贽的自由,就是人们能够独立自主地按照自己的
意志去选择自己的行动,每个人都以自己的利益为准绳。这无疑解构了中国传
统文化的群体意识,凸显了个体价值和意义,将一己之"私"奉为圭臬。"'自由'
这个词的'积极'含义源于个体成为他自己的主人的愿望。我希望我的生活与决
定取决于我自己,而不是取决于随便哪种外在的强制力。我希望成为我自己的
而不是他人的意志活动的工具。"④从西方思想家的阐释中,可以审视李贽"童心
说"的积极自由向度。"天下之至文,未有不出于童心"⑤,"童心说"与"出自性灵
者为真诗"⑥的"性灵说"成为五四新文化运动的本土思想源流之一。

三、未完成和被压抑的自由

中国历史上并不缺少反抗皇权专制的理想人格,铁骨铮铮的中国传统士大

① 李贽:《藏书·世纪列传总目前论》,《李贽文集》(第二卷),张建业主编,北京:社会科学文献
　出版社,2000,第7页。
② 李贽:《藏书·德业儒臣后论》,《李贽文集》(第二卷),第626页。
③ 李贽:《古道录》,《李贽文集》(第七卷),第365页。
④ [英]以赛亚·伯林:《自由论》,第179-180页。
⑤ 李贽:《焚书》,《李贽文集》(第一卷),第92页。
⑥ 袁宏道:《袁宏道集笺校》(附录三),钱伯城笺校,上海:上海古籍出版社,2008,第1685页。

夫身上的傲气、骨气和责任心,亦彪炳史册。"我们从古以来,就有埋头苦干的人,有拼命硬干的人,有为民请命的人,有舍身求法的人。"①中国古代知识分子有依附王权、辅佐国家的角色设定,但儒家传统的理想人格构造中也不乏反抗典型。屈原自沉带有反抗意味,作为贵族,他爱国甚于忠君,不为群小左右,其独立人格和理想精神对后世影响极大。《报任安书》表明司马迁已经意识到知识分子的独立人格,即便死后被戳脊谩骂,还是要把对汉武帝的怨恨传递下去。随着纲常礼教的进一步固化,知识分子的委婉反抗更为多见。古代知识分子大都是官员,他们有多重身份:清官、能吏、孝子、慈父、贤夫,甚至是佛教徒。我们在他们的作品里可以看到某一种人格坚守。胡适更是从广泛意义上的自由主义出发,认定"二千多年的中国思想史,宗教史,时时有争自由的急先锋,有时还有牺牲生命的殉道者",还认为孟子是世界上第一个倡导自由主义政治思想的人,"贫贱不能移、富贵不能淫、威武不能屈"的"大丈夫"就是中国古代经典里自由主义的理想人物。②

中国儒家传统中亦有提倡民权、限制皇权的消极自由理念萌芽,但这种自由理念难以发展为主流社会思潮。其原因可能在于两方面。

首先,就积极自由层面而言,中国哲学不乏万物由心的绝对精神自由,但受到专制皇权的戕害和压制,未能发展为行动主体反叛突进和冲决罗网的社会实践。建安七子之一的孔融提出"父母无恩论",主张母亲和儿子是瓶与瓶中物的关系,瓶子把里面的东西倒出来也就完成使命。他还主张饥荒之时,食物有剩余也不给劣父,被曹操以不孝之名杀害。竹林七贤"差不多都是反抗旧礼教的","非汤武而薄周孔"的嵇康被篡权的司马昭所杀。③ 这些反抗的铮铮傲骨往往被"为帝王将相作家谱的所谓'正史'"所掩盖④,留下的是"风骨""骨气""脊梁"等精神层面的积极自由印记。借李欧梵"未完成的现代性"之论,或可将这一现象称为"未完成的积极自由"。

其次,就消极自由层面而言,中国文化中的群体理念压制个体独立自由。一己之利是被排斥的私德,"民贵君轻"之"民"是集体而非独立个体。一般来说,中国历史上,只有在与公共事务发生联系时,"个人"的意义才能凸显,"个人"本身

---

① 鲁迅:《中国人失掉自信力了吗》,《鲁迅全集》(第六卷),第122页。
② 胡适:《自由主义》,《胡适全集》(第22卷),第735-736页。
③ 鲁迅:《魏晋风度及文章与药及酒之关系》,《鲁迅全集》(第三卷),第532页。
④ 鲁迅:《中国人失掉自信力了吗》,《鲁迅全集》(第六卷),第122页。

并不具备独立的价值,"只有把个人的私权与全民族的公权结合起来以后,'个人'拥有的'私权'才具有正当性的意义"。① 严复感叹:"自繇之义,始不过谓自主而无挂碍者,乃今为放肆,为淫佚,为不法,为无礼。"② 即便黄宗羲等人提出鲜明的个性解放思想,个人在中国传统文化中"私"的负面内涵也一直难以祛除。杨念群认为,在中国的个人生活中,与"公"的正面意义相比,"私"从来就被认为是不好的东西,具有毋庸置疑的绝对负面意义。③ "个人即使有欲望,也被包裹在天理和公意之下,没有自立的可能。"④ 梁启超认为国家要强大,就要主张个体合群,合群的对立面是离群,即"独""私""己"。"独夫""一夫"之谓,"闻者莫不知为恶名"。⑤

中国文化中的个人主义因子极其稀薄,个人主义时常被诟病为"自私自利"的同义词。早在 1907 年,鲁迅就对此误解提出批评:"个人一语,入中国未三四年,号称识时之士,多引以为大诟,苟被其谥,与民贼同。意者未遑深知明察,而迷误为害人利己之义欤? 夷考其实,至不然矣。"⑥ 中国传统社会健全的个人主义传统阙如,群己权界含混不明。"中国社会之组织,以家族为单位,不以个人为单位。"⑦ 家族不被认为是群,家族被认为是私和己,家族和国家之间缺少有效的组织连接,以至民众现代国家意识淡薄,成为一盘散沙。自汉代大一统之后,百家争鸣时代远去,皇权专制愈深,纲常伦理固化愈甚,私权愈不得伸张。传统伦理纲常是套在健全的个人主义头上的绞索,个体自由和独立意识一抬头,即遭绞杀。晚明思想解放萌芽被清代专制扼杀,一直到晚清才有所发展。此或可被称为"被压抑的消极自由"。

"未完成的积极自由"和"被压抑的消极自由"是中国封建宗法社会里时而跳跃的浪花,无法生成排山倒海的巨浪,其肯綮可能在于史官文化。从孔子为王家整理礼乐典籍开始,史官就开始垄断中国文化格局。史官关注的唯一对象是皇权,而不是宇宙和世界问题。史官文化"以政治权威为无上权威,使文化从属于

---

① 杨念群:《五四的另一面:"社会"观念的形成与新型组织的诞生》,上海:上海人民出版社,2019,第 138 - 139 页。
② 严复:《群己权界论·译凡例》,《严复全集》(第三卷),第 255 页。
③ 杨念群:《五四的另一面:"社会"观念的形成与新型组织的诞生》,第 138 页。
④ 杨念群:《五四的另一面:"社会"观念的形成与新型组织的诞生》,第 138 - 139 页。
⑤ 梁启超:《饮冰室合集》(第 2 卷,文集第二册),北京:中华书局,2015,第 136 页。
⑥ 鲁迅:《文化偏至论》,《鲁迅全集》(第一卷),第 51 页。
⑦ 梁启超:《饮冰室合集》(第 21 卷,专集第五册),第 5599 页。

政治权威,绝对不得涉及超过政治权威的宇宙与其他问题"①。史官文化体制下,除了纲常礼教,没有学问;学问是为皇权服务而不为专制权力服务的学说,即便是宇宙玄学也会遭到打压。龚自珍曾在《乙丙之际著议第六》中层层剥笋式分析了中国古代皇权专制体系下史官文化结构的建构过程。王有天下,一代之学乃王者开,宰、史、大夫、士、师等,逐层下移,皆为本朝王道服务。顾准认为,内陆文明的统治者只有将文化和百工技术牢牢掌控在自己手中,才能建立王朝的权力机制。一个王朝,只有掌握了文化和百工,才能传播声教,对外征伐,也因此,文化和技术永远服从于政治权威,思想的主题就是政治权威,指向客观世界而非皇权的格物冲动就永远被压制,文化的创造性就枯竭了。②古代中国知识分子专心研究知识、探究宇宙奥秘没有出路,他们无法成为一个不依附皇权而生存的独立阶层,也没有摆脱专制威慑进行独立思考的空间。古代文学史上镌刻的自由性灵,如怒沉百宝箱的杜十娘、人鬼相恋的婴宁、替天行道的梁山好汉、腾云驾雾的孙大圣、行侠仗义的黑衣人等,大都被排除在主流精英文学样态之外。除了文以载道,史官文化体制内的作品多为借景抒怀之作,或曲笔影射,或引而不发。

　　清末三千年未有之大变局中,史官文化伴随传统社会超稳定结构的松动而解体,围困自由的铜墙铁壁逐渐被轰毁。甲午海战后,谭嗣同著《仁学》,主张要把那些将人的肉体和精神重重限制的一切罗网都冲决,无论是利禄、俗学、辞章、群学、君主、伦常、佛法,还是天道,都要打破。③谭嗣同冲决的罗网,包括人类社会的一切制度、规则、差别和界限,他批判三纲五常、皇权专制和男尊女卑,主张男女自由恋爱。谭嗣同的积极自由理念,比无政府主义更为激进,不仅在中国前所未有,放在西方思想史上也算独树一帜。近代思想史上,第一次有人如此鲜明地传递出与宗法制度和史官文化格格不入的"逆反价值",一种反抗的、激进的、放荡不羁的"积极有为精神"④。甲午海战的民族耻辱,成为点燃这种积极自由火焰的导火索。鲁迅吸收了欧陆积极自由,尤其是撒旦派的摩罗诗力,走上了决绝反礼教之路。严复、梁启超、陈独秀、李大钊、胡适等人,从西方思潮中获得观察古老民族的新视角。于是,新文化运动期间,"失独立自尊之气象"的贵族文

---

① 顾准:《顾准文集》,第 11 页。
② 顾准:《顾准文集》,第 103-104 页。
③ 谭嗣同:《谭嗣同全集》(上),蔡尚思等编,北京:中华书局,1981,第 104-109 页。
④ 金观涛、刘青峰:《中国现代思想的起源:超稳定结构与中国政治文化的演变》,第 259 页。

学,"失抒情写实之旨"的古典文学,以及深晦艰涩的山林文学,因目光"不越帝王权贵,神仙鬼怪,及其个人之穷通利达"而成为文学革命的批判对象,中国文学的现代变革进程即将拉开序幕。①

第二节　中国现代文学对两种自由理念的择取

前文之所以梳理 19 世纪英国浪漫主义两个流派的论争,是为了从更加宽阔的视野审视中国现代文学思潮内部两种流派的冲突。与古代文学相比,新文学在诸多价值层面发生了根本性变革,变革的主要思想资源来自西方。19 世纪末开始,中国文学获得了与世界文学相通的"共同语言",中国文学再也不可能在一种自给自足的封闭环境中自生自灭,而具有一种不是由实体本身而是由实体之间的关系而规定的"系统质"。② 作为世界文学版图的一部分,中国现代文学从西方获得了充足的反叛古代文学传统的"世界语言",自由理念就是其中之一。自由理念的"理论旅行",为新文学注入动能和活力。考察思潮流变就像是动物学家在用望远镜跟踪候鸟的迁移路线。探寻消极自由和积极自由两种理念在中国文学思潮版图中的旅行路线,是观察中国现代自由主义文学思潮内部结构的应有之义。"世界文化里的多种思潮,从时间上空间上都突然那么集中地拿到中国的土地上来表演,它们互相碰撞、交替、相融。它们之间的某些联系在它们各自的本土可能看不出来,但是拿到这里来之后由于某种原因,突然电光一闪,照亮了这种内在的关联。"③还有学者指出,"新文学的激进与自由并不是不同事物的不同特性,而是同一事物的不同侧面"④。所谓同一事物的不同侧面,或可理解为自由的积极和消极两面。从两种自由理念切入,既可以观察世界文学版图和中国现代文学思潮的内部结构,也可以观察两种自由传统对欧洲文学和中国现代文学思潮的塑造和影响。

① 陈独秀:《文学革命论》,《陈独秀著作选编》(第一卷),任建树主编,上海:上海人民出版社,2014,第 291 页。
② 陈平原、黄子平、钱理群:《世界眼光:"二十世纪中国文学"三人谈》,《读书》1985 年第 11 期,第 79 - 87 页。
③ 陈平原、黄子平、钱理群:《世界眼光:"二十世纪中国文学"三人谈》,《读书》1985 年第 11 期,第 79 - 87 页。
④ 王本朝:《日本经验与中国新文学的激进主义》,《晋阳学刊》2010 年第 3 期,第 114 - 118 页。

一、两种自由理念与现代文学的思想主题

有学者在反思我们对西方政治理念的认识时指出,我们以往过于偏重卢梭民约论和公意说,以及法国大革命学说,而对于英国经验主义的民主学说茫然无知:

> 自从自由、民主、人权等名词由西方传入中国以来,人们都会说,可是却很少有深入的钻研,结果在人们头脑中只剩下一个朦胧的概念或几个口号。就以民主作为一种政治学说来说,它的起源和发展流变,它在英美经验主义和大陆理性主义的不同思潮中形成怎样不同的学说和流派,以及当它传入中国以后,我国思想家对它作过怎样的诠释与发挥……这些问题都是建立现代民主社会、民主体制所必须弄清楚的。①

毛泽东在《新民主主义论》里将十月革命视为世界变革的分水岭,认为中国革命属于无产阶级社会主义革命的一部分。"十月革命一声炮响,给我们送来了马克思列宁主义","中国人找到了马克思列宁主义这个放之四海而皆准的普遍真理"。② 选择马克思主义的阶级革命之路而摒弃资产阶级渐进改良之路,是现代中国的必然历史选择。欧洲大陆的革命精神在法国大革命后一直延续,马克思主义通过十月革命影响了现代中国革命进程,彻底改变了现代中国的历史走向。受到这种积极自由理念的影响,在欧洲大陆留学的中国学子回国后大都走上革命道路。沿着法国大革命—俄国革命—中国革命的道路前进,革命文学随着中华人民共和国的建立而最终掌握文学话语权。

欧陆积极自由狂飙突进的基因进入现代中国革命母体时,反传统亦成为现代文学的主题之一。早在布尔什维克的炮声震动中国之前,布满民族创伤记忆的晚清士林早已弥漫着改弦更张的激进氛围。法国大革命、卢梭民约论、德国1848年革命等一次次刷新现代知识分子的思想视野。1902年,梁启超将拜伦称为"自由主义者",对其人其作的反叛突进激情激赏不已。1917年,陈独秀在《文学革命论》一文开篇认定灿烂庄严之欧洲全赖革命之赐,而文学艺术之革新和进化,亦是革命之硕果。他用"推倒—建设"的决绝反叛逻辑,为新文学自由意识的

---

① 王元化:《思辨录》,上海:华东师范大学出版社,2017,第15页。
② 毛泽东:《毛泽东选集》(第四卷),北京:人民出版社,1991,第1470－1471页。

觉醒张目。他还将君王、国家、三纲五常视为虚伪的偶像,高喊:"破坏! 破坏偶像! 破坏虚伪的偶像! 吾人信仰,当以真实的合理的为标准;宗教上、政治上、道德上、自古相传的虚荣,欺人不合理的信仰,都算是偶像,都应该破坏!"①从"无圣"与"革天"的章太炎和邹容等革命派,到"别求新声于异邦"、崇拜积极浪漫主义诗人"摩罗诗力"的青年鲁迅,从"振其自我之权威"的李大钊到"偶像破坏"的陈独秀,中国现代文学版图中热血偾张的进击号角响彻云霄。

鲁迅的文本最能体现积极自由对新文学美学特质和文本主题的强大塑造力。于日本留学期间,鲁迅接受了契合其生命体验的欧陆积极自由理念,踏倒"阻碍这前途者"②的决绝反抗,与欧陆浪漫主义的狂飙突进品格一脉相承。有了这种思想新质,鲁迅得以完成对中国传统自由思想的超越。他的积极自由理念已经摆脱史官文化羁绊,决绝而凌厉。魏晋风骨与侠文化在鲁迅笔下发生新变,谈玄避祸的魏晋风骨变成了"铁屋的呐喊",江湖豪侠传统也变成了决绝复仇。《铸剑》塑造了黑衣人宴之敖这一极富神秘气息的侠客,他说:"仗义,同情,那些东西,先前曾经干净过,现在却都成了放鬼债的资本。我的心里全没有你所谓的那些。我只不过要给你报仇!"③复仇的结局是同归于尽,一同毁灭。鲁迅将传统中国"未完成的积极自由"推进为实质的、行动的、反叛突进的积极自由。

在新文化运动负载的激进主义和浪漫主义思潮中,从反叛中国古典文学传统、攻击纲常礼教、颠覆皇权专制,到重构现代民族国家,积极自由理念都扮演了重要角色。郁达夫的小说具有一种由卢梭带来的源自古希腊的 liberty 气息,自我的解放、文本的解放、民族的解放,都混杂在一起。殷海光曾经这样定义中国现代早期的自由主义者:

> 中国早期的自由主义者多数只能算是"解放者"。他们是从孔制、礼教与旧制度里"解放"出来的一群人。他们之从孔制、礼教与旧制度里"解放"出来,正像一群妇女之从包小脚的束缚里"解放"出来一样。④

引用这段话,并非想证明郁达夫是一个自由主义者,而是想说明解放维度的

① 陈独秀:《偶像破坏论》,《陈独秀著作选编》(第一卷),第 423 页。
② 鲁迅:《忽然想到(五至六)》,《鲁迅全集》(第三卷),第 47 页。
③ 鲁迅:《铸剑》,《鲁迅全集》(第二卷),第 440 页。
④ 殷海光:《中国文化的展望》,第 269 页。

积极自由理念对现代中国知识分子的巨大影响。"如果他们要理解人类生活,表现人类生活,只有把自己从自身中解放出来才是最迫切的任务。"①"如果一个作家不深入到人类灵魂的本质,不深入到灵魂最深远的地方;如果他不敢,或者不能不顾后果而写作;如果他没有胆量像雕像这样赤裸裸地表现他的观念,不敢把人性如它们所显现的那样反映出来",那他的作品是毫无价值的。② 勃兰兑斯对法国浪漫派的评价,对郁达夫来说亦非常贴切。

中国人大都爱庄子的逍遥之境,即便我们在现实中无法达到这种境界,我们的精神也永远向往之。虽然中国现代知识分子具有"无待"和"逍遥"的传统自由观,但不受羁绊的精神自由并不能支撑现代文学的自由内核。现代文学反叛传统、冲决罗网的战斗精神,是卢梭公意说裏挟的革命热情,是尼采"重估一切价值"的狂人精神,是拜伦把全人类从专制和压迫中解放出来的决绝行动,不是庄子的"无待"和"逍遥"。现代文学积极自由的表现不仅是在哲学层面超越物质羁绊,更是在文化层面反叛传统,在社会层面革命斗争的勇气和激情。现代文学积极自由理念的核心,是由绝对意志和自由诉求转化而来的反抗意识,以及由此引发的反叛、决裂和革命信念。换言之,中国传统哲学的"无待"和欧陆哲学的自由意志哲学传统,都带有积极自由特质,但中国古代的自由传统无法为作为冲决罗网和解放奴役的积极自由实践提供思想支持。

二、中国现代知识分子择取自由的历史逻辑

中国现代知识分子择取自由的考量,与现代中国的时代语境息息相关。大到社会格局的新变,小到知识分子个体的自由观念,或可从各个维度观察现代中国社会重积极自由而轻消极自由的总体思潮倾向。严复、胡适、梁实秋、徐志摩、林语堂、梁启超、谭嗣同、陈独秀、鲁迅、郭沫若、郁达夫……如果这个名单一直罗列下去,秉持积极自由理念的知识分子会越来越多。在中国现代知识分子群体中,倾向积极自由理念的群体大于倾向消极自由理念的群体,更多知识分子走上反抗奴役、冲决罗网的革命道路。国家富强、民族独立和个体价值本位,孰重孰轻? 他们的择取合乎中国现代历史的内在逻辑,并非心血来潮。不同个体选择自由的维度,总离不开个体和民族的生存状况。"一个人或一个民族在多大程度上有如其所愿地选择自己生活的自由,必须与其他多种价值的要求放在一起进

---

① [丹麦]勃兰兑斯:《十九世纪文学主流·法国的浪漫派》(第五分册),第18-19页。
② [丹麦]勃兰兑斯:《十九世纪文学主流·法国的浪漫派》(第五分册),第19页。

行衡量。"①当我们在探讨中国现代知识分子倚重积极自由的原因时,需承认民族自由和个人自由、集体自由和个体自由之间巨大的理念鸿沟。

晚清以来,中国面临最紧迫的自由问题,是集体、民族或现代国家的 liberty,而不是个体本位的 freedom。所谓三千年未有之大变局,非治乱循环中的王朝兴替,亦非陆上他族侵扰,实乃来自海洋的、具有绝对力量优势的西方列强之凌辱。挽救国家民族与捍卫私权的最大区别在于,前者事关生死存亡,站着生或跪着死,无中间地带和界限可言;后者事关个体自由范围的大小,可渐进争取。在数千年的专制历史中,无数知识分子的肉身被踩下去,精神和文章升起来,老庄精神亦可慰藉抑郁的人生。晚清乱局是中华文明前所未有的危机,面对这种历史局面,从王道皇权到史官体系,从儒家到道家,从王侯将相到布衣书生,大家都不知所措,也无法在中华民族数千年来的政治、历史、文化和哲学智慧中找到解决方案。

我们理解胡适的选择,也要体认鲁迅和郁达夫的选择。被压迫的阶级与民族所要求的,"不是理性的立法者所设计的那个没有摩擦的、有机的国家中的地位的分配。他们所要求的,往往仅仅是承认他们……是人类活动的独立源泉,是有其自己意志的实体"②。被压迫者的自由诉求,与那些基本人权得到保障的国民并不一样,是不再被压迫和奴役,无妥协余地。

晚清危局激发了中国现代民族国家意识的觉醒。对传统中国而言,民族国家是一把双刃剑。民族国家集体认同一方面有助于摆脱被列强欺凌的被动现状,另一方面,也将瓦解一个内陆农耕文明数千年来封闭循环的王道纲常。这两个进程的确同时发生:中华民族摆脱帝国主义奴役、追求民族独立和富强的进程,同时伴随着清王朝的覆灭和名教纲常的解体进程。这两个进程,都给这个国家带来巨大的震荡和创伤,也唯其如此,这个久久沉睡的古老民族才能焕发新生。梁启超说:"世界之有完全国家也,自近世始也。"③"建立自己的民族国家并使之巩固和成熟,成为传统社会摆脱依附、走向发达的根本前提。"④现代民族国家是个体国民的保护性装置,一个国家只有集中动员社会的全部资源,建构一种保护性装置,才能使得民族共同体免于外敌的入侵和戕害。

---

① ［英］以赛亚·伯林:《自由论》,第 218 页。
② ［英］以赛亚·伯林:《自由论》,第 205 页。
③ 梁启超:《国家思想变迁异同论》,《饮冰室合集》(第 3 卷,文集第三册),第 472 页。
④ 李杨:《文学史写作中的现代性问题》,北京:北京大学出版社,2018,第 115 页。

　　当时的中国无力建成这种民族共同体保护装置。第一次鸦片战争中,英军突破广州虎门要塞沿江北上时,两岸聚集的居民静观朝廷与外夷作战。一盘散沙的天下顺民遇到高度聚合的现代民族国家装置,守卫皇权的兵勇儿无还手之力,观看中外对决大戏的看客们不免大失所望。这一场景中的民众,如鲁迅笔下的阿Q、闰土、祥林嫂般麻木,他们隔岸观火的身影诉说着现代民族国家建构的紧迫性。现代民族国家装置的缺失,或许注定了半个世纪之后,号称亚洲第一的北洋水师被东洋岛国彻底击溃。"战争的一方日本这时已成为一个现代国家,民族主义使它的政府和人民在共同的目标下团结起来对付中国,而作为另一方的中国,他的政府和人民基本上是各行其是的实体。"①从洋务运动到甲午海战,从戊戌变法到辛亥革命,现代民族国家建构的紧迫性始终存在,且愈加急迫。五四运动后,来华讲学的杜威依然惊诧于当时中国民众淡漠的现代国家意识。②

　　在中国民族国家现代化进程中,知识分子的角色困境似乎一直存在。"现代的国家主义、民族国家和现代化都是在英、法两国发生的",之后的其他国家,无论自愿还是被迫,主动结盟还是被动自卫,都必须改变。③不仅中国的现代民族国家进程是在外力压迫下被动推进的,德国、日本等都是在民族危机的被动应对中完成现代民族国家转型的。只不过,中国民族国家的转型异常艰难。与德国和日本的政府、知识分子和民众合力推动现代民族国家转型不同,中国现代民族国家建构不是自上而下的,而是经由现代知识分子的启蒙运动自下而上艰难推动的。苟延残喘的清王朝还在为维护皇权做最后的挣扎,百般阻挠和拖延维新。严复的《群己权界论》译稿初成,碍于时局不能出版,数年后才付梓。严复希望中国走西方现代民族国家的富强之路,呼唤"特操"之民气,但强调译书也要小心谨慎,以防触怒当局。1904年2月8日致信友人:"《权界论》长序一篇,文体散漫;又以身居京师,不欲过触时讳,故特删却。"④现代知识分子开启民智的努力遇到重重阻力:朝廷忌惮打压,贵族弹劾排斥,民众麻木不解。

　　中国现代民族国家的文化变革路径,实则是反抗压迫的文化偏至路径。民族国家文化认同是19世纪欧洲主权国家形成的文化基础,于中国是舶来品。民

① [美]费正清、刘广京:《剑桥中国晚清史(1800—1911年)》(下卷),中国社会科学院历史研究所编译室译,北京:中国社会科学出版社,1985,第108页。
② 张宝贵:《杜威与中国》,石家庄:河北人民出版社,2001,第31页。
③ [美]艾恺:《世界范围内的反现代化思潮:论文化守成主义》,贵阳:贵州人民出版社,1991,第18页。
④ 严复:《与熊元锷·二十》,《严复全集》(第八卷),第172页。

族国家的主体性认同是一种政治群体自觉。鲁迅的文化偏至路径延续了中国传统知识分子文化立国的思维模式，也带有鲜明的现代民族国家建构焦虑。"'文化'或者'culture'的现代含义是近代东西方遭遇的历史产物，这一遭遇促使本土知识分子不得不关注种族、发展、文明和民族认同的问题。"①《文化偏至论》的核心主题是重构民族国家的政治文化偏至，鲁迅的国民性改造和文化启蒙，也"只能在民族国家的政治框架中找到自己的归宿"②。

鲁迅的文化偏至路径，在西方文学史中亦常见。当拿破仑以建立一个遍及全球的帝国威胁着欧洲，"为了救亡图存，所有遭受威胁的民族，或是本能地或是有意识地，都在从本民族的生活源泉中汲取使自身重新振作起来的活力"③。除了18世纪德国的浪漫主义文学，欧洲其他被帝国铁蹄践踏的小国，也出现了诸多反抗和革命的新文学。"哥本哈根轰鸣的炮声，唤醒了一种新的民族精神，同时创造了一种新的文学。"④这种新文学样态，就是反抗的、解放的、民族主义的积极自由文学思潮。鲁迅将波兰这样受辱的弱小民族称为"华土同病之邦"，激赏其反抗突进的"爱国""自繇"文学，感叹"吾华土亦一受侵略之国也，而不自省也乎"。⑤

积极自由远比消极自由更能凸显弱者被压迫和被奴役的身份，契合中国现代知识分子对摆脱个体被戕害、民族被凌辱现状的期待，也更能承载他们的现代民族国家想象。国族危难，秩序失范，国人很难透过严复对穆勒消极自由要义的精准传达来把握群己权界的自由要义。从帝国主义铁蹄下谋求独立自由，远比尊重既有秩序、划分国家个体界限重要得多。何况皇权当抛，纲常待解，秩序全无，国人如何求得群己权界？这可能就是中国现代知识分子择取积极自由的核心历史逻辑。

三、中国现代自由主义文学思潮的张力结构

自由主义文学思潮是观察中国现代文学思想资源舶来特征的窗口。随着世界市场的开拓，所有国家的物质和精神生产及消费都成为世界的一部分，过去地方和民族自给自足和闭关自守的状态被民族国家间的互相往来和互相依赖代

---

① 刘禾：《跨语际实践：文学，民族文化与被译介的现代性》，宋伟杰等译，北京：生活·读书·新知三联书店，2008，第335页。
② 李杨：《文学史写作中的现代性问题》，第324页。
③ ［丹麦］勃兰兑斯：《十九世纪文学主流·英国的自然主义》（第四分册），第1页。
④ ［丹麦］勃兰兑斯：《十九世纪文学主流·英国的自然主义》（第四分册），第1页。
⑤ 鲁迅：《破恶声论》，《鲁迅全集》（第八卷），第35-36页。

替,"民族的片面性和局限性日益成为不可能,于是由许多种民族的和地方的文学形成了一种世界的文学"①。20世纪30年代中国知识界发生的社会史论战,是观察现代中国思想文化界明确转向的重要标志。在这场论战中,各方大都站在进化论立场,几乎无人对马克思主义的人类社会分阶段理论提出异议,少有人从《史记》《资治通鉴》等传统历史观里汲取营养。章太炎抛出的《易经》"生生不息"论,也很快淹没在历史的洪流中。

现代文学版图的左翼和右翼,革命文学和自由主义文学,与两种自由理念具有思想史的内在关联。积极自由附着在激进的革命形态中,消极自由表现为温和的社会改良和谏诤。现代文学的右翼和左翼分别根植于欧洲的两个思潮,一个是以霍布斯、洛克、穆勒为代表的英美消极自由传统,另一个是从法国大革命开始,以卢梭、马克思为代表的积极自由传统。右翼作家趋近英美传统,左翼作家趋近欧陆传统。前者包括胡适、梁实秋、徐志摩、林语堂等;后者是那些在欧陆留学或深受欧陆激进思潮影响的留日知识分子,如鲁迅、郁达夫、郭沫若、蒋光慈、瞿秋白等。大体而言,胡适主张通过改良保障人的freedom,鲁迅强调通过革命夺回人的liberty。前者是消极自由,后者是积极自由。胡适似乎对中国数千年来超稳定社会的强大历史惯性估计不足,从英美自由主义的传统出发,为生而自由的权利而努力,对社会渐进改良的实现抱有期待。鲁迅认清了中国皇权等级社会的现实,认为自由要通过战斗和反抗才能获得,他最终站在阶级革命和普罗大众一边。

个体自由和国族的集体自由都可能被剥夺。"无论是积极意义还是消极意义上的自由,都有可能以新的方式被剥夺,也的确曾经被剥夺过。"②在人类社会发展的不同时空维度中,不同个体、组织和民族会更加倚重两种自由理念的其中一种,由此产生行为方式、价值观念乃至社会思潮的张力。激进还是温和,浪漫还是理性,复仇还是建白,敌对还是合作,革命还是改良,诸如此类价值观念的权衡取舍中,自由的两副面孔或隐或现。"英美世界的思想家似乎为消极自由的论述作出了重要的持久的贡献,而欧洲大陆的理论家则在积极自由观上用心良苦。"③家庭出身、教育经历、生活方式、社会地位不同的知识分子,会对社会环境做出迥异的价值判断,进而展现出不同的话语和行为方式。人类对当下社会语

---

① 马克思、恩格斯:《马克思恩格斯选集》(第一卷),第276页。
② [英]以赛亚·伯林:《自由论》,第40页。
③ 顾肃:《自由主义基本理念》,南京:译林出版社,2013,第63页。

境的回应,"是从人类经验的共同世界中兴起的"①,每一种现象级的思潮涌动,都能在人类精神文化版图中找到内在线索。中国现代作家趋近、疏离甚至反叛传统文化和政治秩序,产出不同艺术特质的创作、翻译和批评成果。现代文学场域内,不同文学流派针锋相对、笔战不断,知识分子"叙拉古"母题反复上演,形成了文学与政治、刀剑与精神的博弈构型。

两种自由理念负载的情感特征、美学特质和思想主题,构成了现代文学思潮内部的重要张力结构。英国文学场域的论争与中国现代文学思潮的两个流脉接续在一起:撒旦精神成为青年鲁迅积极浪漫主义的精神源泉,而群己权界的消极自由,这一支撑英美文学消极浪漫主义思潮的精神内核,则成为留英美知识分子的思维范式。"每一种强烈的党派精神的火山大爆发都具有其一定的历史意趣。"②一个世纪之前英国诗坛的湖畔派和撒旦派之争,让中国现代文学思潮两种自由理念的分野不再显得突兀。

中国现代文学思潮两种自由理念的交锋,具有重要的文学史意义。现代文学是世界文学的一部分,我们不能关起门来谈论现代文学的思潮论争。左翼与右翼,左联与新月派,鲁迅与梁实秋的笔战,可以视为两种自由理念在现代中国语境中的交锋。勃兰兑斯认为,当时丹麦文艺界忽视译介和吸收外国文学作品及批评成果,导致国内文学独创性的缺失和文学界的衰微。鲁迅则引用勃兰兑斯的话,批评中国翻译界的不作为可能导致青年退化为"末人",他对中国文艺界的荒凉以及作家战斗意识的衰减提出警示,呼吁"竭力运输些切实的精神的粮食","将那些聋哑的制造者送回黑洞和朱门里面去"。③ 时至今日,当我们触及中国现代自由主义文学思潮这一重要话题时,我们不能对鲁迅九十多年前的警告置若罔闻。忽略勃兰兑斯和伯林在两种自由理念的文学思潮问题上的探讨,将是现代文学思潮研究的遗憾。

第三节　严梁之别与中国现代自由思想的滥觞

探讨了两种自由理念对世界和中国文学版图的整体塑造进程后,两种自由

---

① [美]林毓生:《史华慈思想史学的意义》,《世界汉学》2003 年第 1 期,第 32 - 37 页。
② [丹麦]勃兰兑斯:《十九世纪文学主流·英国的自然主义》(第四分册),第 107 页。
③ 鲁迅:《由聋而哑》,《鲁迅全集》(第五卷),第 295 页。

理念进入中国的时代语境及其在新文化运动之前数十年间的流变即成题中应有之义。两种自由理念的视角,为我们探讨一百多年前严复、梁启超等知识分子的自由观构型提供了方法论。王元化曾指出,当代中国对西方政治学说的介绍重欧陆而轻英美①,这种现象早在晚清时期就已经出现。对第一批睁眼看世界的知识分子来说,外来思潮摄取的混杂性,理念取舍的功利性,价值观的不稳定性,以及不同思潮之间的矛盾性特征历历在目。新文化运动之前,以谭嗣同、梁启超为代表的革命派和以严复为代表的群己权界派已成对立格局,思想界的积极自由和消极自由分野已初见端倪。

1903 年冬,严复在《群己权界论·译者序》中阐释翻译该著的动机:"十稔之间,吾国考西政者日益众,于是自繇之说常闻于士大夫。顾竺旧者既惊怖其言,目为洪水猛兽之邪说;喜新者又恣肆泛滥,荡然不得其义之所归。"②19 世纪末,国人对自由有"惊怖派"和"恣肆派"两种相反认知。严复自认翻译该著具有以正视听之效。自由既不如此邪恶,也不如此张扬,而是自有其群己权界。中国传统文化多对"自由"持负面评价,自不待言,那么严复所谓"恣肆派"是哪些人? 这个问题,有助于我们厘清世纪之交自由主义思潮发端的社会语境,由此认识胡适、鲁迅等现代知识分子青年时期成长的文化语境。

一、特操:严复"群己权界"之鹄的

毛泽东把严复列为鸦片战争失败之后"向西方寻找真理"的"先进的中国人"之一。③ 梁启超在《清代学术概论》中谈及自己为寻救国良药而饥不择食的窘境时,感佩严复系统且冷静输入西学之功。"西洋留学生与本国思想界发生关系者,复其首也。"④蔡元培也高度评价严复介绍西方哲学的贡献,"五十年来,介绍西洋哲学的,要推侯官严复为第一"。⑤ 学界一般将严复翻译《群己权界论》看作西方自由主义思潮进入中国的起点⑥,"中国近代自由主义运动的真正开创者则

① 王元化:《思辨录》,第 28 - 29 页。

② 严复:《群己权界论·译者序》,《严复全集》(第三卷),第 252 页。

③ 毛泽东:《毛泽东选集》(第四卷),第 1469 页。

④ 梁启超:《清代学术概论》,《饮冰室合集》(第 25 卷,专集第九册),第 6838 页。

⑤ 蔡元培:《五十年来中国之哲学》,《蔡元培全集》(第五卷),中国蔡元培研究会编,杭州:浙江教育出版社,1997,第 102 页。

⑥ 黄克武:《严复与中国式"个人主义"的起源与发展》,《中国近代启蒙思想家:严复诞辰 150周年纪念论文集》,黄瑞霖主编,北京:方志出版社,2003,第 293 页。

是严复"①。中国知识分子最早接受的自由主义是英美自由主义传统②,严复试图在国内推介的也正是英美消极自由理念。严复是消极自由理念和英美自由传统在国内的首位译介者和推广者,当属中国近现代知识分子群体中消极自由理念第一人。近代中国最早的官派留学生,其留学目的地是美国。从西学东渐的留学生视角来看,英美消极自由传统要比欧陆积极自由传统更早进入中国知识界。但是从戊戌变法后的晚清革命浪潮来看,思想界的积极自由表征更加明显。严复翻译的《原富》《群己权界论》《法意》等,最早将英美消极自由传统的政治、经济和社会理论译介到中国。《群己权界论》可视为中国现代自由主义思潮之滥觞,确切地说,是消极自由主义思潮的滥觞。

　　穆勒与伯林是自由主义理论谱系的两个重镇,前者区分了群己权界的英国传统与欧陆传统,后者区分了积极自由和消极自由③,这两种区分方式本质上并无二致。穆勒和伯林都可视为具有消极自由倾向的思想家。严复被派往英国留学期间,正值达尔文生物进化论兴起,穆勒逝世不久,其学说正盛。严复在翻译穆勒学说时,直言穆勒之自由与恣肆自由观念的区别。他认为维新变法前后十余年,国内研究西方政治学的人渐渐增多,但学界对西方自由学说的误读甚嚣尘上,或视之为洪水猛兽,或不得其真义,而只有明白"群己权界"的真义才能践行这一学说。

　　严复有借翻译穆勒之书阐明自由之理的个人动机,这种动机是学术性的。严复翻译此稿历经数载,庚子事变前成稿,译稿因战乱遗失,后失而复得,1903年付梓。"此稿既失复完,将四百兆同胞待命于此者深,而天不忍塞其一隙之明欤?"④他想用此书开启民智,"使中国民智民德而有进今之一时,则必自宝爱真理始"⑤。从严复其后的《政治讲义》等著述看,他翻译此书最重要的还是出于学术考量。他提出"国群"戕害自由说,"故所重者,在小己国群之分界"⑥。对于彼时卢梭民约论蜂起的社会思潮,严复并未进行激烈的意气之争,而试图从学理层面客观梳理其理论基点。"卢梭之说,其所以误人者,以其动于感情,悬意虚造,

① 胡伟希、高瑞泉、张利民:《十字街头与塔:中国近代自由主义思潮研究》,第23页。

② 金观涛、刘青峰:《中国现代思想的起源:超稳定结构与中国政治文化的演变》,第375页。

③ 杨时革:《消极的自由与积极的自由:关于自由主义的理解》,《学术界》2007年第3期,第124—127页。

④ 严复:《群己权界论·译凡例》,《严复全集》(第三卷),第256页。

⑤ 严复:《群己权界论·译凡例》,《严复全集》(第三卷),第256页。

⑥ 严复:《群己权界论·译凡例》,《严复全集》(第三卷),第256页。

而不详诸人群历史之事实。"①严复认为卢梭的民约论凌空蹈虚,对其适用于人类现实社会的前景甚为悲观。他认为人性的本质并不相同,权利分殊,无约可通,"卢梭之所谓民约者,吾不知其约于何世也"②。迥异于卢梭的《社会契约论》让人热血沸腾的磅礴气势和召唤性气质,穆勒的《论自由》显示出温和、理性和思辨的话语方式,这种话语方式与以严复、胡适为代表的具有消极自由倾向的知识分子产生共鸣,并在后者为人为文等诸多方面找到鲜明印记。

晚清危局和法国大革命的历史经验加深了严复对消极自由传统的体认。国家图书馆译书局的藏书显示,时任京师大学堂译书局总办的严复在改削《群己权界论》译稿时,同时涉猎了英国历史学家卡莱尔的《法国革命史》③。卡莱尔此书严厉批判法国大革命的血腥暴力,使严复对法国大革命有了全面的了解和认识,对其观察晚清革命以及翻译《群己权界论》均产生一定影响。从严复在卡莱尔英文原著上的批注可以看出,他对革命导致血污感到触目惊心。卡著英文编者认为,一个财政破产、国库腐败、课税无度、民不聊生、中产怨声载道的国家,一定会发生革命。而严复认为,即使这些情况出现在中国,中国也不会发生革命。革命是对抗官方的暴力的无政府主义,会导致非常严重的流血冲突。严复似乎左右为难:他既不希望中国步入类似法国大革命一样的血污之中,又对日俄在中国开战不满;既不希望翻译触怒当局,又希望中国能走上西方的民主共和道路。法国大革命的镜鉴历历在目,清王朝的背影千疮百孔,自由"惊怖派"抱残守缺,自由"恣肆派"趋向革命,严复皆不取。"总之,以今日之政府,撲文教,奋武卫,乃至商务、工农,无一可者。此吾国之所以不救也。"④面对晚清政府无一可救的颓局,严复久盼新政而不至,想通过《群己权界论》的翻译,在中国倡导一种既不积极革命又不抱残守缺的理性中道,一种"群己权界"的消极自由观。

穆勒消极自由和卢梭积极自由的不同点之一,是穆勒将个人自由视为一个防御性而非扩张性概念。自由是"对于政治统治者的暴虐的防御",重在"探讨社会所能合法施用于个人的权力的性质和限度"⑤。个体人身、财产、人格等神圣权利必须得到社会的认可,国家必须对其予以保护,这是个人自由最后的边界和

① 严复:《〈民约〉平议》,《严复全集》(第七卷),第 473 页。

② 严复:《〈民约〉平议》,《严复全集》(第七卷),第 474 页。

③ Thomas Carlyle, *The French Revolution: A History* (London: Chapman and Hall, 1837).

④ 严复:《与熊元锷》,《严复全集》(第八卷),第 173 - 174 页。

⑤ [英]约翰·密尔:《论自由》,第 1 页。

最基本的底线,跨越这条界限,公民"个别的抗拒或者一般的造反就可以称为正当"①。政府和集体不得越界侵犯个人界限,个人也不得越界侵犯他人界限。界限的约束力是双向的,不仅约束政府和集体,也约束个人。

群己权界维护的对象是个人权利,穆勒称之为 individuality。② individuality 与 personality(个性、性格)并不完全等同,严复将 individuality 翻译为"特操",译文较贴切。individual 强调个体而非集体、国群,核心是个体本位。穆勒原著凡五章,第二章篇幅最巨,深入辨析个人思想自由和言论自由要义。这一章实际上为第三章"特操"张目,因为一个人的独立品格和操守,正是通过独立思考、自由表达和自由行动实现的。实现言论自由和思想自由,"特操"即显。第三章"释行己自繇明特操为民德之本"的要旨可以归纳为"人道民德之最隆,在人人各修其特操"。③ 民众特操决定文明水准,因为文明教化和治学功业均由个体特操构建。"小己之发舒,与国群之约束,亦必有其相剂之道,而无虑于抵牾"④,个人特操和集体族群之间的关系亦得到调剂。

穆勒对个人特操与国群约束之关系的论述,对严复产生巨大影响。他在《译凡例》中特别强调坚守独立价值,不人云亦云;坚守个体价值本位之特操,不受国群和集体话语压制。他主张圣贤必不徇流俗,虽孔子所言,亦须明白讨个是非,盛赞伯夷特立独行,不为古人所欺,不为权势所屈,"使理真事实,虽出之仇敌,不可废也。使理谬事诬,虽以君父,不可从也"。⑤ 将穆勒原著第三章与严复《译凡例》对照可知,严复在翻译《群己权界论》时,最看重的核心关键词即"特操","特操"为"中国民智民德"进步的核心所在,亦是"群己权界"之鹄的。

二、国群:梁启超"论自由"之肯綮

严复指出,群己权界之敌,除了专制和贵族,还有群体。⑥ 戊戌变法之后,国内出现了对自由的两极认知。国内皇权专制和贵族精英大都是自由的"惊怖派",他们视西方自由思想为洪水猛兽,趋避不及。与此相反,梁启超则成了高扬自由大旗的"恣肆派"。世纪之交,在国内倡自由声浪最高者为梁启超,将自由视

---

① [英]约翰·密尔:《论自由》,第 2 页。
② [英]约翰·密尔:《论自由》,第 65 页。
③ 严复:《群己权界论》,《严复全集》(第三卷),第 302 页。
④ 严复:《群己权界论》,《严复全集》(第三卷),第 303 页。
⑤ 严复:《群己权界论·译凡例》,《严复全集》(第三卷),第 256 页。
⑥ 严复:《群己权界论·译凡例》,《严复全集》(第三卷),第 256 页。

为社会变革工具者为梁启超，为救国救民而寻"新民"解药者为梁启超，将自由视为"医国之国手"的还是梁启超。梁启超不但早在严复之前就在国内掀起"自由"的浪花，而且又将自由绑架在民族国家的战车上，走上严复所批判的国群压制个体之路。

　　首先，梁启超是晚清公开倡导西方自由理念的频率最高、声量最强者之一。梁启超的思想庞杂枝蔓，但他依然是晚清最有代表性的自由思想家之一。"自由之德者，非他人所能予夺，乃我自得之而自享之者也。"①他视自由为欧美立国之本，认为要拯救衰败的中国，"舍自由美德外，其道无由"②。在他看来，自由"使人自知其本性，而不受钳制于他人"③，中国要想成为独立的国家，必须先有独立的人民，"当先言个人之独立，乃能言全体之独立"④。所以，医治中国数千年腐败的病痛，再也没有比自由更猛的药剂了。1902 年，梁启超在《论政府与人民之权限》一文中阐述了与严复"群己权界"思想极为相似的观点：

　　　　使人民之权无限，其弊也，陷于无政府党，率国民而复归于野蛮……使政府之权无限，其弊也，陷于专制主义，困国民永不得进于文明……而纵观数千年之史乘，大率由政府滥用权限，侵越其民，以致衰致乱者，殆十有八九焉。若中国又其尤甚者也……政府之义务虽千端万绪，要可括以两言：一曰助人民自营力所不逮，二曰防人民自由权之被侵而已。⑤

　　政府的职责之一在于保护人民自由，这一点与自由主义群己权界的核心要义几乎完全一致。在严复的《群己权界论》付梓之前，梁启超就已经通过日译本《自由原理》领略穆勒原著要义。他指出，政府权限与个人权限成反比例，"政府依人民之富以为富，依人民之强以为强，依人民之利以为利，依人民之权以为权"。⑥ 他还总结了群己权界的核心要义："政府与人民立于平等之地位，相约而定其界也，非谓政府畀民以权也。"⑦梁启超通过日译本对穆勒群己权界论的总

① 梁启超：《十种德性相反相成义》，《饮冰室合集》（第 2 卷，文集第二册），第 429 页。
② 梁启超：《十种德性相反相成义》，《饮冰室合集》（第 2 卷，文集第二册），第 430 页。
③ 丁文江、赵丰田：《梁启超年谱长编》，上海：上海人民出版社，1983，第 235 页。
④ 梁启超：《十种德性相反相成义》，《饮冰室合集》（第 2 卷，文集第二册），第 428 页。
⑤ 梁启超：《论政府与人民之权限》，《饮冰室合集》（第 4 卷，文集第四册），第 859 - 860 页。
⑥ 梁启超：《论政府与人民之权限》，《饮冰室合集》（第 4 卷，文集第四册），第 861 页。
⑦ 梁启超：《论政府与人民之权限》，《饮冰室合集》（第 4 卷，文集第四册），第 863 页。

体把握亦属精准。

　　在自由与制裁的关系问题上，梁启超更强调人民服从公理和法律。他在《十种德性相反相成义》中提出自由与制裁之话题，指出法国自由传统不及英美自由传统，因为法国自由传统的约束力，即群己权界的力度不足，而越有制裁约束力的民族越自由。他说："顾吾尝观万国之成例，凡最尊自由权之民族，恒即为最富于制裁力之民族。其故何哉？自由之公例曰：'人人自由，而以不侵人之自由为界。'制裁者，制此界也；服从者，服此界也。"①界在何处？"一曰服从公理，二曰服从本群所自定之法律，三曰服从多数之决议。"②注重法治，服从秩序和公理，梁启超对群己权界论中个人行为界限的把握亦大致不差。

　　其次，梁启超因强烈的民族国家诉求走入自由悖论。若仅就《论政府与人民之权限》一文而言，严梁二人在倡导限制政府权力的消极自由维度上似乎并无二致。但仔细辨析就会发现，梁启超使用的"人民"是复数，而不是穆勒individuality或严复"特操"之单数。梁启超自由观念中的个体理念较为含混，群体概念相对明显，这是观察梁启超自由观的重要视角。《论政府与人民之权限》前后的诸多文献，显示出梁启超更为复杂、迥异于消极自由维度的自由观念。他在1896年的《说群》、1900年的《十种德性相反相成义》、1902年的《论小说与群治之关系》《论合群》《论自由》、1904年的《开明专制论》等一系列文章中，展示了现代知识分子在民族国家建构进程中择取自由维度的坎坷心路。

　　梁启超自由观的首要特征是个体因集体而存在，独从属群，独立必须合群。早在戊戌变法前，梁启超就在1896年的《说群》一文中指出，造物是合群，化物是离群，欲灭人国者灭其群即可。治国之术即合群之术。世间万物，从氧原子氢原子组成水分子，到根茎叶花组成植物体，再到眼耳鼻舌组成人体，"其所以生而不灭存而不毁者，则咸恃合群为第一义"③。群、族群、民族、国族也，合群即凝聚为民族之特性，形成民族主义。合群的对立面是离群，即"独""私""己"，个人主义也。"独夫""一夫"之谓，"闻者莫不知为恶名"。④ "以群术治群群乃成，以独术治群群乃败。"⑤梁启超对群术和独术的定义是："何谓独术？人人皆知有己，不知有天下。君私其府，官私其爵，农私其畴，工私其业，商私其价，身私其利，家私

① 梁启超：《十种德性相反相成义》，《饮冰室合集》（第2卷，文集第二册），第430页。
② 梁启超：《十种德性相反相成义》，《饮冰室合集》（第2卷，文集第二册），第430页。
③ 梁启超：《说群序》，《饮冰室合集》（第2卷，文集第二册），第137页。
④ 梁启超：《说群序》，《饮冰室合集》（第2卷，文集第二册），第136页。
⑤ 梁启超：《说群序》，《饮冰室合集》（第2卷，文集第二册），第136页。

其肥,宗私其族,族私其姓,乡私其土,党私其里,师私其教,士私其学……善治国者,知君之与民同为一群之中之一人,因以知夫一群之中所以然之理,所常行之事,使其群合而不离,萃而不涣,夫是之谓群术。"①鄙薄独术,赞扬群术,梁启超的倾向非常明显。

《十种德性相反相成义》中,独立与合群统摄全文,处于十种德性之首,决定其后四对的关系。梁启超在《论合群》一文中进一步阐明,群之竞争乃物竞天择,不群者必将淘汰。"自然淘汰之结果,劣者不得不败,而让优者以独胜云尔。优劣之道不一端,而能群与不能群,实为其总原。"②中华民族全体大群,抑或部分民众集合而成的小群,都不能形成合力,是因为国人缺乏"公共观念",不明群外"公敌何在"。梁启超认为,当时中国人尚未达到自由所需的道德基础,所以中国不可"言自治"。"人非群则不能使内界发达,人非群则不能与外界竞争,故一面为独立自营之个人,一面为通力合作之群体。"③很明显,梁启超用社会进化论来强化落后民族独立自由的群治路径。

梁启超自由观的第二个特征是重集体自由(liberty)、轻个体自由(freedom)。梁启超把个人自由视为集体自由的微观组成部分,个人自由之和等于集体自由,这种论断与穆勒的个体价值本位相反。梁启超直言:"团体自由者,个人自由之积也。"④梁启超将个人自由放在第二位,为了团体自由,个体自由必须被剥夺。在梁启超的价值体系中,团体之独立自由高于个体之独立自由。他在《十种德性相反相成义》中提倡个人独立的价值,但同时强调个人独立对于民族国家的意义。他指出,中国人要"合多数之独而成群",就要提倡合群之德,独乃群治"阿屯"(即原子的音译),"合无数'阿屯'而成一体,合群之义也"。⑤ 梁启超虽然认为个人主义和集体主义可以并行不悖,但他有非常明确的逻辑指向,"念念不忘的仍是怎样使中国人更加'合群',而不是如何保持'个性'"⑥。他最关注的不是个人而是集体,将个人主义视为达到群体凝聚力的手段而非目的。

1902年,梁启超在《新民说·论自由》中一面伸张有限度的自由,一面强调"服从"和团体自由。他直言:"自由云者,团体之自由,非个人之自由也。野蛮时

---

① 梁启超:《说群序》,《饮冰室合集》(第2卷,文集第二册),第136页。
② 梁启超:《新民说》,《饮冰室合集》(第19卷,专集第三册),第5058页。
③ 梁启超:《论政府与人民之权限》,《饮冰室合集》(第4卷,文集第四册),第859-860页。
④ 梁启超:《新民说》,《饮冰室合集》(第19卷,专集第三册),第5028页。
⑤ 梁启超:《十种德性相反相成义》,《饮冰室合集》(第2卷,文集第二册),第428-429页。
⑥ 杨念群:《五四的另一面:"社会"观念的形成与新型组织的诞生》,第151页。

代个人之自由胜,而团体之自由亡;文明时代团体之自由强,而个人之自由减。"①梁氏所言自由,实乃卢梭公意说之集体自由,而非个人自由。以至于有学者认为梁启超并不是一个西方自由主义精神的信仰者,因为他虽然偶尔提到个人自由,但其全身心地关注国家和民族的独立和自由,个人自由的意义只是在集体主义的架构里获得的。②

三、群治:自由声部里的嘹亮高音

严复对中国自由主义思潮有开山之功,他的翻译才华在近代中国亦堪称独步,他对英国思想家消极自由传统的体认也精到深刻。但数据显示,严译名著的影响力在世纪之交正隆,之后就渐趋冷落,以至于 20 世纪 30 年代鲁迅对其"群己权界"的译名感到费解。严复出版的译著中,1898 年首版的《天演论》共计发行 20 版,1903 年首版的《群学肄言》《群己权界论》各发行 10 版与 7 版,1909 年首版的《法意》只发行 4 版。③ 严译名著影响力渐趋冷落的最主要的原因,不在著作或严复本身,而是国内思潮新变。"随着逆反价值在革命暗潮中不断高扬,在广大青年心目中,英美经验主义和自由主义开始不如法国启蒙思潮有吸引力。"④两种自由理念在中国社会语境中,亦遵循思想界的进化论逻辑,中国的自由主义自始至终都和民族主义纠缠在一起。⑤ 近代以来,备受蹂躏的中华民族接受外来思潮,不可避免地受到民族主义的影响。19 世纪中叶以来国家沦丧局面激发的民族救亡焦虑,成为中国现代化进程中无法抹去的底色。

国家富强和民族独立的迫切需要,是现代知识分子吸纳外来思想的原动力。现代知识分子吸收西方思想的价值理性让位于工具理性,自由理念亦不例外。符合民族主义的积极自由理念被迅速吸纳并和国家富强紧密连接,而不利于"合群"的消极自由及个体价值本位时常被搁置。中国近代以来的大多数思想家,如严复、谭嗣同、梁启超、胡适、鲁迅等,在消极自由理念的基点——"个体自由"或

---

① 梁启超:《新民说》,《饮冰室合集》(第 19 卷,专集第三册),第 5026 - 5027 页。

② [美]张灏:《梁启超与中国思想的过渡(1890—1907)》,崔志海、葛夫平译,南京:江苏人民出版社,1995,第 135 - 146 页。

③ 数据参见金观涛、刘青峰:《中国现代思想的起源:超稳定结构与中国政治文化的演变》,第 376 页。

④ 金观涛、刘青峰:《中国现代思想的起源:超稳定结构与中国政治文化的演变》,第 376 页。

⑤ 胡梅仙:《中国现代自由主义文学话语之建构(1898—1937)》,第 112 页。

"个人独立"上葆有充分共识。严复"释行己自繇明特操为民德之本"①的"个体本位"、谭嗣同的"不失自主之权"②、梁启超的个人权利"六端"③与"政府与人民之权限"④、胡适的"健全的个人主义"⑤、鲁迅的"自觉之精神"和"极端之主我"⑥等等,都没有否认个体自由的价值。他们在个体价值问题上并无太多分歧,但是他们大多最终偏离了这个基点。梁启超就是一个在"寻求富强"进程中步入自由悖论的思想家。

梁氏自由思想的内在矛盾核心点在于民族主义。在自由的大旗下,他盛赞卢梭的民约论,大力鼓吹民族主义。撰写《卢梭学案》前一个月,他在《国家思想变迁异同论》中高扬"民族主义":"十八、十九两世纪之交,民族主义飞跃之时代也。……此一大主义,以万丈之气焰,磅礴冲激于全世界人人之脑中,顺之者兴,逆之者亡。"⑦他将民族主义和自由主义杂糅在一起,把自由主义理论作为民族复兴的工具。"民族主义者,世界最光明、正大、公平之主义也,不使他族侵我之自由,我亦毋侵他族之自由。"⑧他还推演了民族国家、个人以及皇权的历史走向,认为19世纪末至20世纪是"社稷为贵、民次之、君为轻"的时代,即民族和国家利益高于民众个体利益的国家主义时代。⑨ 他认为民族主义是西方诸列强立国之本、强盛之源,中国的民族主义尚未萌芽,与之抗衡犹如"卵石之势,不足道矣",所以中国的出路在于尽快培植民族主义,"知他人以帝国主义来侵之可畏,而速养成我所固有之民族主义以抵制之"。⑩

梁启超的自由思想带有极强的工具理性。在梁启超的价值体系中,自由主

---

① 严复:《群己权界论》,《严复全集》(第三卷),第 302 页。

② 周振甫:《谭嗣同文选注》,北京:中华书局,1981,第 187 页。

③ 梁启超:《新民说》,《饮冰室合集》(第 19 卷,专集第三册),第 5022－5023 页。

④ 梁启超:《论政府与人民之权限》,《饮冰室合集》(第 4 卷,文集第四册),第 859 页。该文指出:"政府之权限当如何? 曰:凡人民之行事,有侵他人之自由权者,则政府干涉之;苟非尔者,则一任民之自由,政府宜勿过问也。"(见该著第 861 页。)"权限乎,建国之本,太平之原,舍是曷由哉!"(见该著第 863 页。)

⑤ 胡适:《介绍我自己的思想》,《胡适全集》(第 4 卷),第 662 页。

⑥ 鲁迅:《文化偏至论》,《鲁迅全集》(第一卷),第 51 页。

⑦ 梁启超:《国家思想变迁异同论》,《饮冰室合集》(第 3 卷,文集第三册),第 479 页。

⑧ 梁启超:《国家思想变迁异同论》,《饮冰室合集》(第 3 卷,文集第三册),第 480 页。

⑨ 梁启超:《国家思想变迁异同论》,《饮冰室合集》(第 3 卷,文集第三册),第 482 页。

⑩ 梁启超:《国家思想变迁异同论》,《饮冰室合集》(第 3 卷,文集第三册),第 482 页。

义是救国工具。"主义初起时,大都是一种救时的具体主张。"①为救国家于危难中,梁启超遍寻解药,无论该解药是否有效,先拿来再说,他将各种主义均视为"医国之国手"。梁启超本人对这种饥不择食的"梁启超式的输入"窘态亦有深切体认:"无组织,无选择,本末不具,派别不明,惟以多为贵。"②早在1899年,梁启超就在《自由书》中大力倡导"破坏主义"或"突飞主义"的社会功效,主张速战速决。在此背景下,梁启超力推民约论,认为欧洲和日本已经实践卢梭的思想并获得成功,民约论就是天地大同的万能良药,接下来就期待民约论在中国展现"破坏"之威。③ 梁启超用工具理性微妙地嫁接了自由主义和民族主义,让二者并行不悖。这一现象,在随后的新文化运动期间也曾发生。主张消极自由的胡适,主张积极自由的陈独秀、李大钊、鲁迅等,均可在新文化运动的旗帜下同向而行。梁启超将自由作为国族强盛工具的方法论,与新文化运动知识分子的方法论具有逻辑一致性。

晚清以来的中国现代民族国家诉求,犹如交响乐中嘹亮的号角,是整体乐章的主旋律,不管有多少声部,号角一旦吹响,其他乐器就成陪衬,都要应和。梁启超的由民族主义主导的自由理念,是时代语境塑造的产物,历史局限性和历史合理性兼备。梁启超自由思想的倡导力度、话语密度、传播广度和受众认同度,都胜过严复的群己权界论。民族主义支撑的积极自由理念,成为大多数现代中国知识分子的思想底色。

当然,民族主义的高声部并不能完全覆盖自由主义的低声部。在中国的自由主义思潮发轫期,严复的《群己权界论》秉持的消极自由理念,犹如执拗的大提琴声,是现代中国社会思潮的低声部,是众声喧哗中的一个声线,高音起落,中音沉浮,大提琴声如怨如诉,执拗而持久,并未断绝。国家羸弱,备受欺凌,最能激发民族主义,民族主义能激起革命的热情,能启幕却不能落幕,知识分子必须思考中华民族自由独立之后的制度安排。严复认为西方政治的核心机制是自由为体、民主为用,"自由者,权利之表证也"。④ 自由是人的基本权利,是人存在的价

---

① 胡适:《问题与主义》,《胡适全集》(第1卷),第326页。
② 梁启超:《清代学术概论》,《饮冰室合集》(第25卷,专集第九册),第6837-6838页。
③ 梁启超:《自由书》,《饮冰室合集》(第18卷,专集第二册),第4791-4792页。梁启超提倡的破坏主义在新文化运动时期被陈独秀进一步推进。1918年8月,陈独秀在《偶像破坏论》一文中提出"宗教上、政治上、道德上、自古相传的虚荣,欺人不合理的信仰,都算是偶像,都应该破坏!"(陈独秀:《偶像破坏论》,《陈独秀著作选编》(第一卷),第423页。)
④ 梁启超:《十种德性相反相成义》,《饮冰室合集》(第2卷,文集第二册),第429页。

值所在。严复、梁启超等近现代知识分子在思考未来国家的政治安排时,英美消极自由理念主导的社会架构一直在他们的视野范围内。

梁启超与严复构成了新文化运动前中国思想界两种自由理念的张力。与其说严复翻译《群己权界论》是为了匡正时弊,洗清"惊怖派"泼在"自由"身上的脏水,不如说严复是为了给重国群而轻个体、以梁启超为代表的"恣肆派"泼一瓢凉水,给急速奔进的民族主义踩一脚刹车。这并不是说严复提倡群己权界论时,没有出于国家富强的民族主义考量,只不过严复的目光比民族主义更加理性和宽广。个人自由和民族自由似乎仅在自由主体的范围大小上有别,二者在情感维度上并无太大差异。主张个人自由者会支持民族自由,亦会支持某个民族摆脱外来强制。自由主义与民族主义并不是一对完全矛盾的概念。但是,支持民族独立者不一定主张个人自由,不一定完全认可独立的个体价值。不宁唯是,追求民族自由者极有可能支持剥夺一部分人的自由。出于以上考量,哈耶克将群体自由排除在自由之外,他认为,"当我们谈论一个民族,摆脱外人的奴役,决定自己命运的愿望时,这是将自由的概念用于集体,而非个人"。[1] 追求民族自由"有时还令人们宁可放弃异族多数人的自由统治,转而选择本民族的暴君;另外,它还为恣意限制少数派成员的个人自由提供了口实"。[2] 民族主义似乎是积极自由的同道,消极自由的对手。哈耶克的观点,让我们惊诧于一百多年前严复的超前洞察力,他敏锐地看到中国"民德"之进步系于个人之"特操",而戕害特操者,除了专制、贵族,更有社会、国群和流俗。对于近代中国而言,王朝专制和贵族甲胄或许并不难克,列强铁蹄下激发的民族国家集体诉求,才是"小己"之宿敌。因此,他对主张群己权界、寻找发抒小己和约束国群相济之道的穆勒的《群己权界论》寄予厚望。

严复和梁启超,两位从英国和日本取自由火种携入国门的先贤,两位深刻影响了中国现代作家的"开眼看世界"的先驱,两位开辟了中国现代自由主义文学思潮花圃的园丁,其自由观之别清晰可见,其影响力亦不相同。严复从行为方式到学术主张,都是一个典型的消极自由主义者。他既对时局不满,又不愿触怒清廷,译书作文不敢挑战当局秩序。他以"群己权界论"之书名取代"自繇释义",为自由洗涤"惊怖派"施加的污名,为自由剥离"恣肆派"的民族主义狂热,这显示出其超前的学术理性和视野。而梁启超则不然,他毫不掩饰御辱图强的民族主义,

---

① [英]哈耶克:《自由宪章》,第33页。
② [英]哈耶克:《自由宪章》,第34页。

高举"群治""合群""新民"之火炬,将"个人"与"独"置于民族国家话语之下,将穆勒之自由、卢梭之公意说杂糅错置,高倡"革命""突飞""破坏",其积极自由姿态更加显著。同倡自由,严梁分殊,中国现代自由主义思潮的滥觞期呈现出两种自由理念的分流态势,这一格局在现代自由主义文学思潮中基本得以延续。

第四节　清末民初社会小说的自由理念

自由主义思潮自传入中国之日起,就在文学版图中留下鲜活印记。现代自由主义文学思潮研究的起点,至少应上溯到戊戌变法前后。中国人自觉地学习外来文化是从戊戌变法以后开始的①,而晚清文学的自由主义性质,"可以从主体创作的精神自由状态和文学表达的自由解放意识两方面来看"②。清末文学转型时期的自由主义,不仅表现为个人独立自主的个体价值,还表现为反抗传统礼教纲常的反叛精神。鸦片战争以来,国家羸弱,列强觊觎,"有识者则已翻然思改革,凭敌忾之心,呼维新与爱国,而于'富强'尤致意焉"③。戊戌变法失败之后,维新派上层政治改良策略流产,变法失败的原因被归结为底层群众愚昧落后,内治与外交均视"新民为今日中国第一急务"④。改良派通过开启民智最终实现维新理想,于是大力提倡"小说新民"。"在当时的文学界,无论是诗歌、散文还是小说戏剧,都出现了前所未有的对自由民主政治制度的追求……大量涉及西方自由民主的文学被翻译进来,帮助中国文学转换价值观念。"⑤清末民初涌现的大量社会小说,无论是宣扬反叛传统、反抗专制、鼓吹革命的积极自由理念,还是倡导西方群己权界的消极自由理念,都显示出作家自由观的多维向度。

一、激发"国民魂"

学界大都对梁启超一百多年前首开"新民"之说津津乐道,感佩其高抬文学的社会地位,却忽视其附加在小说身上的诸多"恶名"。《论小说与群治之关系》

① 陈平原、黄子平、钱理群:《世界眼光:"二十世纪中国文学"三人谈》,《读书》1985 年第 11 期,第 79 - 87 页。
② 胡梅仙:《中国现代自由主义文学话语之建构(1898—1937)》,第 109 页。
③ 鲁迅:《中国小说史略》(下),《鲁迅全集》(第九卷),第 291 页。
④ 梁启超:《新民说》,《饮冰室合集》(第 19 卷,专集第三册),第 4983 页。
⑤ 袁进:《试论晚清人文精神思潮及其局限》,《文艺理论研究》2008 年第 2 期,第 59 - 63 页。

一文,在对小说新民之功和可爱之处大加渲染之后,指出小说让人却步之"可畏"。中国人"状元宰相之思想""佳人才子之思想""江湖盗贼之思想""妖巫狐鬼之思想"都来自小说,小说塑造社会秩序,也荼毒群众心智。国民相命、卜筮、祈禳之迷信,国民慕科第、趋爵禄、奴颜婢膝、寡廉鲜耻之官本位,国民轻弃信义、权谋诡诈、云翻雨覆、苛刻凉薄之无德无行,青年人多感、多愁、多病之靡靡之态,皆因小说之故。小说的可爱与可畏兼而有之,"今日欲改良群治,必自小说界革命始;欲新民,必自新小说始"。① 在这篇为新文学张目的文章中,小说之罪大恶极,触目惊心,已成亡族灭种之渊薮。为改良群治之终极目的,小说必须革命。至于小说如何革命,梁启超没有给出具体的方案。梁启超这篇论文实际上主张"用文艺包装政治",用文艺作为宣传工具,更具体来说,即用小说作为新民工具。

晚清最早发掘小说社会功能的并不是梁启超,而是夏曾佑。1897 年 10 月,夏曾佑在《国闻报》连载万字小说专论《本馆附印说部缘起》,提出复兴说部、开化人民的主张。夏曾佑认识到小说的群众性、普及性和教育性功能,将小说视为移风易俗、开启民智、启蒙救国的重要载体。也是在这一年,康有为在上海考察书店,发现小说最受欢迎,遂告梁启超小说的重要社会角色。变法失败逃亡日本后,梁启超与人合译日本小说《佳人奇遇》,并为此译本撰写序言。"小说为国民之魂",乃专指发表"有关切于今日中国时局"的"议论"。② 对于社会小说在美学特征、叙事艺术等方面的价值,文学史大都删繁就简。于润琦在其主编的《清末民初小说书系》中,将这一时期的小说分为社会、侦探、武侠、爱国、笑话、家庭、警世、言情、科学和伦理十种类型,社会小说位列其首。清末民初社会小说除女性自由和民族自由两个核心主题外,还蕴含着两种自由理念的复杂面向,其思想史价值大于文学审美特质,是现代自由主义文学思潮的滥觞。

二、解放"自由女"

从人权到女权,清末思想新变是在西方思潮助力下实现的。晚清传教士在孟子民本思想基础上更进一步,在华传播"天赋人权"思想。康有为更是吸收了民约论思想作《大同书》,呼吁男女平等,认为"男与女虽异形,其为天民而共受天权一也"。③ 平民与皇王同为天之子,纲常名教乃桎梏囹圄,受三纲五常压迫最

---

① 梁启超:《论小说与群治之关系》,《饮冰室合集》(第 4 卷,文集第四册),第 864－868 页。
② 梁启超:《译印政治小说序》,《饮冰室合集》(第 2 卷,文集第二册),第 238－239 页。
③ 康有为:《大同书》,章锡琛、周振甫校点,北京:古籍出版社,1956,第 44、130 页。

深者非妇女莫属。中国摆脱礼教权威和专制戕害的首要目标是争取女性解放和自由。除了康、梁，其他维新革命党人也将女性自由作为救国当务之急。上海主张女权的报刊如雨后春笋般涌现，如《女子世界》《新女子世界》《女铎报》《女报》《神州女报》《女学报》《中国女报》《妇女时报》《女学生杂志》等。《中国女报》创办者秋瑾说："男女平权天赋就，岂甘居牛后？"①曾创作《孽海花》前六回的金天翮齐声呼应，作《女界钟》，痛陈缠足、装饰、迷信和束缚之害，呼吁必须解放女子。他写道："二十世纪新中国、新政府不握于女子之手，吾死不瞑目。"②这与《孽海花》结尾的"专制国终撄专制祸，自由神还放自由花"交相辉映。1904 年 1 月，《女子世界》的发刊词借用梁启超的《论小说与群治之关系》的铺排气势说："女子者，国民之母也。欲新中国，必新女子；欲强中国，必强女子；欲文明中国，必先文明我女子；欲普救中国，必先普救我女子。"③更有小说家为"自由女"定调，认为自由女"开风气之先"，不仅在于"从交际自由而入婚姻自由"，更在于"别求意想中之自由天地"，最终实现"从家庭自由而入社会自由"。④ 女性解放，是中国现代自由主义文学思潮滥觞期的首要诉求和核心主题。

　　1903 年 12 月，自由社刊行了《自由结婚》。这部小说实际上冠以言情小说的书名，阐发自由和爱国之理。作者立论的前提是结婚自由天经地义，不需为此多费口舌。作者真正的目的并不在于为女性争取结婚自由权，而是以男女主人公的爱情为线索宣传爱国主义。小说为了宣传自由理念，将抽象的理论转化为日常生活，主张用寻常儿女的情，做英雄的事，将结婚自由和言论自由、思想自由等量齐观。这可视为现代文学革命加恋爱模式的早期雏形。另外，小说用隐喻方式，引发读者共情，号召大众如对待婚姻关系一样对待自己祖国。作者实际上想传达的核心理念是：专制横行，人民受难，个人爱情婚姻之幸福不足道，用民主革命推翻腐败政府才是大业。

　　1907 年 6 月，新社出版的小说《女子权》塑造了一位毕生争取女权的女主人公形象。主人公贞娘自幼聪颖，即将入北京高等女学堂深造，但早前父亲发现女儿保存少年海军邓述禹的名片，以为女儿行为不端，百般阻挠贞娘进京。贞娘投江反抗，被江上兵船所救，舰上偶遇邓述禹，受到邓的悉心照料。贞娘随后作女

① 秋瑾：《勉女权歌》，《中国女报》，1907 年 2 月第 2 期。
② 金天翮：《女界钟》，上海：上海古籍出版社，2003，第 64 页。
③ 金天翮：《女子世界·发刊词》，《中国近代思想家文库·金天翮 吕碧城 秋瑾 何震卷》，夏晓红主编，北京：中国人民大学出版社，2015，第 98 页。
④ 指严：《不知情》，《礼拜六》，1914 年 9 月第 14 期。

权论文,其论文风行全国,她也成为女权运动领袖。贞娘乘万国女工会开幕之机,出访英国、法国、俄国、美国等国,在美巧遇执行公务的邓述禹,匆匆晤面即作别。贞娘回国后被选为皇后翻译官,始终无法与邓述禹结合。最后,皇后得知贞娘曲折恋爱经过后,谕命二人结婚,有情人遂终成眷属。

1912 年,《民权报》连载李定夷的哀情小说《霣玉怨》。男主人公刘绮斋与女主人公史霞卿一见倾心,私订终身。类似鲁迅《伤逝》里的情节,史霞卿"不自由毋宁死"的豪言让刘绮斋听后着迷。史霞卿因父亲职务调动从上海迁往苏州,刘绮斋毕业后任职云南蒙自,情侣天各一方。史霞卿被匪徒掠走,又被逼婚市侩,悬梁自尽被侍女所救。刘绮斋收到消息前来求婚,后遇海难,被救于宁波卧病休养。史霞卿以为刘绮斋已死,一病而亡,最后刘绮斋削发为僧。《霣玉怨》的故事几经曲折,有情人难成眷属,确有深重的古代才子佳人小说痕迹。小说的婚恋观深受西方民主思想影响,穿插了西方列强凌辱中国、革命党人的反抗活动等社会背景,可视为晚清社会小说中观察自由理念的重要文本。

三、畅想"中国梦"

若说"自由女"是通过个人自由实现民权,那如何才能通过民族之独立实现国权?梁启超的回应是《新民说》,蔡元培的回应是新年一梦,陈天华的回应是东海孤岛世外桃源之狮子吼,陈景韩的回应是催醒术和咬牙切齿的"速成"之法。这几位"作家"的真实身份是革命家、政治家或社会活动家,但是他们却用文学的笔触描绘出具有科幻色彩的中国寓言。

为揭露沙俄侵略东三省,蔡元培办《俄事警闻》日报,假借报道俄事之名倡言革命,鼓动暴动和暗杀。1904 年 2 月,他在《俄事警闻》发表小说《新年梦》。主人公名叫"中国一民",他有一次白日一梦,梦见国家独立自由,摆脱帝国主义欺凌。中国一民学贯中西,十二岁离家混迹通商口岸,通晓英、法、德文,游历美、法、德、英、意、俄等欧美各国,以工业科目学成归国。他最爱平等,最爱自由,认为中国之所以贫弱,是因为国人观念中有家无国,只顾家不顾国,在私人家庭里浪费了太多的精力,要改造中国就要把中国人从"家人"变为"国人",进而变为"世界人"。中国传统的社会基本单位是家庭,不是个人,所以中国社会具有超强的复原能力,即便王朝更替、皇权易主,只要家庭伦理没有被摧毁,就会迅速在废墟之上重建一个与旧王朝如出一辙的新王朝,这就是中国传统皇权社会周期性从崩溃到复原的超稳定结构。在蔡元培看来,中国的家庭观念和宗族伦理不改变,不把人从父权、夫权和族权中解放出来,中国就不可能走出治乱循环、原地踏步的怪圈。

蔡元培有朴素的权利义务观念，认为中国"好好造起一个国来才好"，"老法子"全去掉，"一个人出多少力，就受多少享用，不出力的，就没有享用"。[1] 他主张"把冒充管账的逐了"，推翻对内专制、对外屈从的清政府，然后与各列强斗争，争取民族独立，"与取货的评理"，用瓮中捉鳖战术将列强全部逐出中国，回收全部割让的土地。[2] 至于如何改造中国，蔡元培并不像梁启超那样纠结于虚君共和或渐进改良，他认为共和与革命并行不悖，共和于中国最善，但我中华苦于专制久矣，不用激烈手段难以达成变革。中国一民主张每人每日做工八时，饮食谈话游八时，睡八时，如此把浪费在家里的力量充了公，就能造出个新中国。在婚姻自由维度上，他提出："没有夫妇的名目，两个人合意了，光明正大的在公园里订定，应着时候到配偶室去。"[3]蔡元培的主张带有无政府主义的痕迹，其"极端主我"的积极自由理念非常显著。

陈天华的《猛回头》《警世钟》可视为晚清宣传革命的代表性作品，而他1905年在《民报》连载的小说《狮子吼》也高举民族革命和政治革命的浪漫主义大旗。惊醒的亚洲睡狮振鬣怒吼，扑杀入园的外来野蛮人，中国得以独立自由。陈天华架空历史，虚构了地处舟山的绝世之岛民权村，村中有警察局、议事厅、体育会、医院、邮政局、图书馆等，试行欧美议事制度，男女平权，妇女天足，学堂大讲卢梭的《民约论》和黄宗羲的原君学说，岛上精英还试图将共和国的革命火种撒播全国。陈天华半途而辍，只写到这部小说的第六回。陈天华和蔡元培、梁启超一样，用政治理想牵引小说全身，小说的艺术价值粗糙，在近代小说序列中如过眼云烟，随风而逝。他们的小说大都凌空蹈虚，专注说教，人物苍白，情节模糊。然而，在这类小说传递的思想理念中，近代思想启蒙、民族主义和革命思潮的徘徊脚步清晰可辨，这些作品汇聚成中国现代自由主义文学思潮筚路蓝缕的起点。

借小说人物之口，陈天华在《狮子吼》中对卢梭公意说要旨和法国大革命精神做了较多阐发。在第三回中，舟山岛民权村学堂总教习文明种先生临别前对弟子有一番激情演说。文教习抨击数千年来"国家是君所专有，臣民是君的奴

---

① 蔡元培：《蔡元培文录》，张昌华编，北京：商务印书馆，2019，第78-93页。
② 蔡元培：《蔡元培文录》，第78-93页。
③ 蔡元培：《蔡元培文录》，第78-93页。

才"的家天下,主张民贵君轻,建立现代民族国家,强调为国而不是为家或为君。① 如卢梭《民约论》所言,先有人民,人民渐渐合并起来才成了国家。有民才有国,国家如公司,君是总办,民是股东,总办作弊,股东即罢免之。卢梭当世时,法国"暴君专制,贵族弄权,那情形和我现在中国差不远",卢梭"做了这一本《民约论》。不及数十年,法国遂连革了几次命,终成了一个民主国,都是受这《民约论》的赐哩"。② 国家利益至上,不管是君是民,是官府还是百姓,都要尽自己的责任。陈天华将卢梭的社会契约论理解为公司股东和总办的关系。这部小说充满极其强烈的民族主义和启蒙精神。小说倡导在国民中培育"精神上的学问",即"国民教育"和"民族主义"教育,民众要时时刻刻有替民族出力之心,不可仅顾自己。这部作品虽然烂尾,但其书名《狮子吼》想要表达的东亚雄狮再次奋起之民族国家想象已经展露无遗。

《狂人日记》开新文学白话启蒙之先河,而早在 1909 年,陈景韩就在小说《催醒术》的开篇描绘了类似的"狂人"启蒙者形象。"予"是被一个老人用竹竿点醒的人,民智已开的"予"看到自己遍体肮脏,就去清洗。自己洗干净后发现身边亲朋好友、桌椅床褥全都污秽不堪,街上更是恶臭难忍,于是陷入绝望。他试图唤醒身边人和他一起洗除污秽,可是他们只当"予"是个疯子。叫不醒愚昧的人,绝望的"予"发出呐喊:"嗟乎! 予欲以一人之力,洗涤全国,不其难哉?"③"予"渐觉无望,遂踏上寻找先知老者之路一去不回。陈景韩采用了直白浅近的叙述方式,语言节制冷峻,开头坦言此文为催醒沉睡的国人而作,主人公"予"的动作和言语描写虽比较简白,但读来令人深思。若将《催醒术》称为 1909 年的《狂人日记》亦不为过。鲁迅在尝试翻译时,的确较为关注陈景韩的作品,因为觉得有趣。陈景韩通过催醒术洗涤梦境中的污秽世界,表达对同胞"恨铁不成钢"的切齿之愤。

四、坎坷"自由路"

清末民初自由主义文学思潮滥觞期的自由观衍变理路及其主要特征可总结为以下几点:

首先,自由的逻辑理路由浅入深,解放是核心主题。晚清社会小说的自由理

---

① 陈天华:《狮子吼》,《陈天华集》,刘晴波、彭国兴编,饶怀民补订,长沙:湖南人民出版社,2011,第 117 - 119 页。
② 陈天华:《狮子吼》,《陈天华集》,第 117 - 119 页。
③ 冷:《催醒术》,《小说时报》,1909 年第 1 期,第 1 - 4 页。

念沿着天赋人权—女权—国权—国民启蒙的路径发展。鸦片战争后，传教士带来的天赋人权学说在国内产生了一定的影响，知识分子借此反思三纲五常，争取妇女解放的"自由女"小说一时盛行。妇女解放、恋爱自由、婚姻自由等主题进一步拓展，演变为民族国家的群体自由诉求。小说文本大都采用说梦、穿越、隐喻等方式架空历史，常出现作者对国家社会层面的整体性制度设计。法国大革命、英国虚君、美国议会、无政府主义、社会主义等，这些药方能否适用于积贫积弱的中国，能否有助于中华民族的独立和富强，都成为社会小说演绎和推理的对象。也正因如此，社会小说难以弥合政治理念与小说文本机械嫁接而导致的文本罅隙，一般开篇气势恢宏，但展露治国方案之后，其叙事格局难以为继。不过，政治家、革命家和思想家们念兹在兹的是宣扬救国良策，似乎并不在意能否终篇。若说个性解放是新文化运动的核心主题之一，摆脱传统礼教的束缚是新文学的重要思想维度，那么这类主题和思想的滥觞要追溯到清末民初。清末民初社会小说张扬的自由理念，成为转型时期推动思想变革的无形推手，是新文化运动自由思想的滥觞。这类小说绵延不绝，沿着民众启蒙的路径孜孜前行，直至汇入波澜壮阔的新文化运动大潮。

其次，自由理念的最大障碍是纲常名教。新文学自由品格的铸就步履维艰，自由理念从传统窠臼中脱胎异常艰难。蔡元培在《新年梦》中对中国家庭伦理展开批判，认为国人在家庭中耗糜太多精力，以至于无力考量国家民族大计。晚清"自由女"小说除了延续古代小说的才子佳人模式以外，《女子权》《赛玉怨》等小说还设定了"硕儒""严父"或官宦等父权形象，父权成为阻碍女性自由的主要障碍。不仅如此，《赛玉怨》的男女主人公敢于私订终身、公开恋爱，却又不敢挑战父母的绝对权威，随父命迁徙流转，无法真正自主决定婚姻。他们是自由的言说者，不是真正的行动者，有恋爱自由，无婚姻自由，终酿悲剧。《女子权》以"女子权"为名却处处展示"女子无权"，女权依然依赖父权、夫权和皇权的加持。女主人公纵然才华横溢依然读书无望，只能以死相争。男主人公唯唯诺诺，亦不敢主动追求个人幸福。有情人终成眷属的大团圆结局全仰仗皇后恩准。皇后这个终极人物设定更值得深思。皇后是所有女性中最有权力者，但这种权力由皇帝这个缺席的男性赋予，更由皇权专制赋予。因为有夫权和皇权的加持，皇后才达到"女子权"的巅峰。这部小说虽然用女儿投江反抗了父权，却又将女子权的实现寄托于皇权和夫权，女主人公与男友终成眷属，正是夫权和皇权合力促成的。

旧道德伦理在作者价值观念中设置的层层障碍时隐时现，这是"自由女"小说思想主题的时代局限性。《赛玉怨》作者李定夷身上的旧伦理包袱过于沉重，以至于他即便努力尝试用西方理念更新观念，亦难逃"提倡新政制，保守旧道德"之宗法伦理窠臼。① 若李定夷确想为女权张目而终难突破自身藩篱，那么张春帆的《自由女》、无名氏的《自由女请禁婚嫁陋俗禀稿》等作品就足以显示出作者伦理纲常卫道士、自由观念妖魔者的真面目。"自由女"畅行之时，对其的批判之声不绝于耳。很多旧式文人笔下的"自由女"乃贬义，非真自由。他们以自由标新立异，却又对自由焦虑和惶恐，于是有意将人物塑造成惊艳迷乱之态，文本暧昧又乖张。

再次，集体自由高于个体自由。不是穆勒的群己权界，而是卢梭民约论凸显的公意蓝图最符合被压迫民族的现代国家想象。社会小说对西方自由观念进行了"选择性误读"，强调集体自由而压制个人自由。《自由结婚》起初主张女子破除家庭桎梏，追求结婚自由，但结尾却号召女子为民族主义和爱国主义牺牲婚姻自由和个人幸福，这是对自由结婚的"始乱终弃"。受制于中国的史官文化和皇权专制，晚清知识分子接受西方自由主义思想时首先撷取其天赋人权、反皇权、倡民权之维度。单数的个人权利无法凝聚起足以和专制抗衡的力量，复数的民权才是反对皇权的武器。这一时期人们对民权的理解，主要是在"群体意识"上，常常还没有意识到"自由"应包括保障个体本位的自由。② 严复在《天演论》等译著中主张个体自由竞争，在《群己权界论》中倡导个体独立思考，凸显"特操"价值，强调"须知言论自繇，只是平实地说实话求真理，一不为古人所欺，二不为权势所屈而已。使理真事实，虽出之仇敌，不可废也。使理谬事诬，虽以君父，不可从也"③。但近现代知识分子从社会进化论中看到中华民族被丛林法则消灭的危险，从"特操"中发现中国国民之劣根性。国家民族自由为要，个人小己不可伸张，"屈己以卫群，群己两发达。屈群以利己，群败己亦拨"④。这是高旭《忧群》之核心观点，此观点几成晚清革命家的共识。

1908 年，《牖报》刊登的《个人主义之研究》堪称彼时的另类之音。"个人主义者，政治自由之极致也，变词言之，即谓国家之设，原为各个人，国家不得反藉群力而干涉个人之自由。"⑤作者莎泉生敏锐地察觉到，以爱国公益为名，不惜牺牲私利而使人民安乐、政府尊荣的想法，是对"个人主义"真义的误读。国人误以

① 包天笑：《钏影楼回忆录》，香港：大华出版社，1971，第 391 页。
② 陈伯海主编：《近四百年中国文学思潮史》，上海：东方出版中心，1997，第 393 页。
③ 严复：《群己权界论·译凡例》，《严复全集》（第三卷），第 256 页。
④ 高旭：《忧群》，《高旭集》，郭长海等编，北京：社会科学文献出版社，2003，第 23 页。
⑤ 莎泉生：《个人主义之研究》，《牖报》1908 年第 8 号，第 1—13 页。

为个人主义学说置国家民族于不顾,只考虑个人升官发财,仿佛一切自私自利的丑陋言行都被硬性挂在"个人主义"的招牌下面。"不仅对于'国家',即使对于'社会'而言,'个人'的存在也应该具有足够的优先性"①,这种稀缺声音在当时显得不合时宜,在民族国家的高音声部下显得微弱无力。

最后,反抗和革命的积极自由是主旋律,群己权界的消极自由亦不时闪现。在清末社会小说文本中,民族解放、国群自由等宏大叙事中亦混杂着自由女、自由恋爱、自由结婚等个体自由理念。《賈玉怨》女主人公史霞卿说:"自由真理,必本法律。自由在法律之中,固不容人之干涉;自由在法律之外,必戕害他人之自由,人人而咸得而干涉之,何况父母尊长乎。……若彼西哲所云,亦就法律范围以内而言之,非任人越法以求自由。"②李定夷虽不能完全摆脱传统礼教窠臼,但其笔下人物在自由恋爱中认识到法治和自由的辩证关系,并以群己权界论保护个人正当权利,其人物设定比《女子权》高妙许多。陈天华的《狮子吼》里呈现出杂糅的自由观理念,既有卢梭和法国大革命的积极自由,又有英美群己权界的消极自由。《狮子吼》用世外桃源民权村演绎群己权界理念主导下的社会自治进程。小说第四回,总教习文明种先生离开后,村内学堂从开始的散漫混乱到最后的建章立制、恢复秩序,可看作一个微缩的国家民主共和进程。起初,学生经先生鼓舞,"志气陡增了百倍,人人以国民自命",但"自由太过,少不得有些流弊",老师讲错题目学生就大叫起哄。③ 还有学生不服从学堂管理,给女生杨柳青写情书,杨柳青自觉羞愧,拿起一把裁纸刀就向咽喉刺去。这些闹剧说明"专任自由,必生出事故来"。小说借学生念祖之口写道:

> "自由"二字,是有界限的,没有界限,即是罪恶,如今的人醉心自由,说一有服从性质,即是奴隶了,不知势利是不可服从的,法律是一定要服从的,法律也不服从,社会上必定受他的扰害,又何能救国呢? 依愚的意见:总要共立一个自治会,公拟一个自治章程,大家遵守自己所立的法律,他日方能担当国家的大事。④

① 杨念群:《五四的另一面:"社会"观念的形成与新型组织的诞生》,第144页。
② 徐枕亚、吴双热、李定夷等:《中国近代小说大系:玉梨魂 孽冤镜 賈玉怨 雪鸿泪史》,南昌:百花洲文艺出版社,1993,第380页。
③ 陈天华:《狮子吼》,《陈天华集》,第120-122页。
④ 陈天华:《狮子吼》,《陈天华集》,第122页。

　　学生们自己起草章程,设立总理、书记、会计、稽查、弹正、代议士等,各司其职,"办得井井有条,嚣张之气,一扫而绝"。① 陈天华用小说的叙事手法推演了共和制度在中国试行的初步成效,检验了群己权界消极自由试行的成效。然而纵观全书,这种英美消极自由的浪花,淹没于雄狮震吼的反抗和革命浪潮中。同清末民初其他社会小说一样,《狮子吼》的文学思想史价值远高于其文学审美价值。陈天华在小说文本中对救国之路的艰难探索,生动显示了近现代知识分子在三千年未有之大变局中择取自由理念的心路历程。清末民初众声喧哗的文学场域中,社会小说负载的自由理念沿着救国新民的逻辑理路,最终汇入新文化运动洪流中。

　　近代中国知识分子审视西方社会的视角带有鲜明的"格式塔心理"特征,即将西方社会发展进程视为整体结构,从直接经验出发认定西方的文化思想是西方强大的根源,而较少关注西方文化思潮的层叠结构和内在肌理。西方自由理念伴随坚船利炮在中国登陆时,皇权专制的中国不具备消极自由生长的土壤,列强凌辱引发了近现代知识分子激烈的现代民族国家焦虑。近现代知识分子吸收外来思潮的工具理性大于价值理性,他们撷取自由主义学说,大都出于救亡图存的工具理性考量。即便深谙个体本位消极自由传统的严复,也始终带有民族自救的目的性。梁启超的器物、制度、文化三阶段学说,把西方器物、制度和文化视为拯救国族的"医国之国手"。在某种程度上,国家危难的历史语境规约了严复、梁启超等近代知识分子的社会角色。严复在《天演论》的导言中选择背离消极自由理念的核心要义,转而强调"两害相权,己轻群重"②。他在翻译孟德斯鸠的《法意》时曾反复权衡欧洲与东亚诸国社会形态的不同,主张"故所急者乃国群自繇,非小己自繇也"。③ 他看到中国社会"夫言自由而日趋于放恣,言平等而在在反于事实之发生"的严峻现实,联想到斯宾塞的《群宜篇》,不禁感叹道:"此真无益,而智者之所不事也。"④所以"自不佞言"地呼吁:"今之所急者,非自由也,而在人人减损自由,而以利国善群为职志。"⑤严复从深谙群己权界之消极自由精髓,到最后主张集体利益高于个人本位,其看似前后矛盾的论点,却隐藏着与时代语境相吻合的历史合理性。

---

① 陈天华:《狮子吼》,《陈天华集》,第 123 页。
② 严复:《天演论·导言十七善群》,《严复全集》(第一卷),第 113 页。
③ 严复:《法意·按语》,《严复全集》(第四卷),第 291 页。
④ 严复:《〈民约〉平议》,《严复全集》(第七卷),第 471 页。
⑤ 严复:《〈民约〉平议》,《严复全集》(第七卷),第 471 页。

| 第三章 |

现代自由主义文学思潮的场域构型

晚清以前,中国历史的编撰逻辑大都在链式循环中轮回,对这个"几千年来原封未动"的"静止"民族来说,大多数社会变革努力都被中国传统社会的超稳定结构惯性碾压。① 近代以来的历次社会变革,包括渐进的百日维新和激进的辛亥鼎革,亦无法在短时间内从根本上改变国民文化性格和社会结构。近现代知识分子负笈欧美后,传统文人得以在"横渠四句"以外找到生命意义和生活目标,他们念兹在兹的是现代民族国家而非家天下,他们秉持的是现代价值观念而非史官文化。新文化运动时期,自由主义与无政府主义、马克思主义等其他众多外来思潮一起,合力参与了中国现代民族国家的建构进程。在中国现当代文学思想史脉络中,自由主义和革命主义思想"既有各自独立发展的思想空间,也有相互冲突、并行或融合的历史节点"②。后"五四"时代,留日知识分子和留英美知识分子群体逐渐分道,两种自由理念加速分野,激进主义和自由主义区隔渐深,一系列话语纷争在北京产生。但随着 20 世纪 20 年代末文学中心南移,30 年代上海自由主义知识分子发起人权论战,大量文艺批评和文学文本在左右翼笔战中涌现出来,现代文学的两种自由理念得到充分展现。

第一节 新文化运动自由理念的张力结构

自由是新文化运动的核心价值理念之一。辛亥鼎革,共和初成;清帝退位,

---

① [英]约翰·密尔:《论自由》,第 85 页。
② 王本朝:《中国现当代文学思想史的对象、理念及方法》,《甘肃社会科学》2020 年第 5 期,第 14 - 21 页。

王纲解纽;革命中兴,名教式微;个人反抗传统纲常之压迫,国族摆脱帝国铁蹄之践踏;个人自由和国族独立成为第一要务。与晚清相比,新文化运动前夕的自由主义思潮已有新变。第一,忌惮西方自由理念的皇权专制瓦解,思想界不必像严复翻译《群己权界论》一样谨小慎微,担心触怒当局,也不再如梁启超远走日本才能畅言革命。第二,科举废除后知识分子脱离史官文化网格,解除了维护宗法道统的义务,获得相对独立的身份。严复回国后,"自思职微言轻,且不由科举出身,故所言每不见听"①。陈独秀在上海创办《新青年》,檄文频出却无此顾虑。第三,国民启蒙重任不再落于严梁等少数个体身上,而由现代知识分子群体承担。陈独秀、李大钊、鲁迅、胡适等现代知识分子由英、美、日等地陆续回国,形成《新青年》知识社群。第四,北京大学等现代大学为"理念人"传播思想提供了生存空间、受众群体和生产机制。以上诸因素决定了新文化运动期间的自由主义思潮表征更显著,范围更宽广,内部结构更复杂。新文化运动不仅是历史"应然",还是历史"必然"。探求两种自由理念在现代中国文学转捩点的地位、作用和价值,要从剖析新文化运动自由理念的内在结构出发。

一、以个性解放反抗纲常名教

新文化运动的思想启蒙加速了中国传统社会超稳定结构的破碎进程。袁氏当国和张勋复辟之后再没有出现过帝制,就是拜新文化运动所赐。新文化运动孕育了五四运动,经此事变,中国传统社会超稳定结构依赖的纲常伦理和史官文化体制彻底粉碎,新王朝迅速在废墟上重建的可能性亦微乎其微。"无论新文化运动看上去有多么复杂,都有着创造和追求新文化的含义,但从宏观的结构与历史功能来分析,它正好是一次意识形态更替运动。"②袁氏称帝和张勋复辟证明中国传统社会"崩溃—重建"超稳定结构的巨大历史惯性。中国虽然发现了人类前进的奥秘,并且有能力保持在世界的领先地位,但却已变成静止的了,"几千年来原封未动"③。严复在穆勒译文中感叹:"二千载之中,无进步之可指。"④"特操异撰之说"得不到伸张,"民品之繁殊,教育修养之途术至异"不能达成,中国的富

---

① 严璩:《侯官严先生年谱》,《严复集》(第5册),王栻主编,北京:中华书局,1986,第1547页。
② 金观涛、刘青峰:《开放中的变迁:再论中国社会超稳定结构》,北京:法律出版社,2011,第21页。
③ [英]约翰·密尔:《论自由》,第85页。
④ 严复:《群己权界论》,《严复全集》(第三卷),第316页。

强遥遥无期。① 不复保有个性的时候,就是一个民族停止下来的时候。② "凡性格力量丰足的时候和地方,怪僻性也就丰足;一个社会中怪僻性的数量一般总是和那个社会中所含天才异秉、精神力量和道德勇气的数量成正比的。今天敢于独行怪僻的人如此之少,这正是这个时代主要危险的标志。"③在中国人个性的镣铐愈加沉重时,"利刃断铁,快刀理麻,决不作牵就依违之想"才是最好的办法。④ 陈独秀高扬"自主的而非奴隶的""进步的而非保守的""进取的而非隐退的""世界的而非锁国的""实利的而非虚文的"和"科学的而非想象的"之"青年六义"。⑤ 新文化运动独立自主、进取有为、科学实利、民主自由的理念取代了三纲五常,华夏大地的沉疴旧病才有疗救希望。

维系中国传统社会超稳定系统的核心要素是封建道统和宗法制度。中国传统社会历经阶段性稳定运行周期以后,会进入大动乱和社会崩溃期,历经天灾人祸和农民起义的乱世之后,无组织力量会在新王朝建立过程中迅速修复。其修复机制主要依靠与旧王朝别无二致的意识形态:纲常名教和家国同构。"家庭是国家的同构体"⑥,只要家庭伦理和宗法制度存在,新王朝重建的基因就能迅速激活。饱读诗书的知识分子承载了国家机构的运行机制,只要史官文化体系培养的知识分子不被赶尽杀绝,辅佐"真龙天子"的贤相名臣就会迅速修复一个新的"家天下"。"家族制度是中国社会的根底,中国的一切社会特性无不出自此家族制度。"⑦新文化运动的核心对立面包括传统纲常名教以及维护纲常名教的传统知识分子。中国数千年来的伦理道德内化为一种民族精神,群体无意识的思维方式、抒情方式和行为方式自有其内在继承性,非辛亥鼎革能完全改移的。

个性解放是攻击纲常礼教的有效切入口。西方重个人性,我先群生,先己后人,本性求权,人人划界,权利义务相反相成,警惕人性之恶,权力架构重法律轻道德。新文化运动时期知识分子选择的西方个性主义逆反价值,成为反抗中国传统纲常名教最有力的武器。有学者这样描述自由主义思潮在新文化运动期间

① 严复:《群己权界论》,《严复全集》(第三卷),第 316 页。
② [英]约翰·密尔:《论自由》,第 84 页。
③ [英]约翰·密尔:《论自由》,第 79 页。
④ 陈独秀:《敬告青年》,《陈独秀著作选编》(第一卷),第 159 页。
⑤ 陈独秀:《敬告青年》,《陈独秀著作选编》(第一卷),第 159-163 页。
⑥ 金观涛:《在历史的表象背后》,成都:四川人民出版社,1984,第 114 页。
⑦ 林语堂:《吾国与吾民》,《林语堂文集》,北京:群言出版社,2010,第 155 页。本书所引林语堂作品集均出自该版《林语堂文集》,不另注。

的推动作用：

> "五四"新文化运动中，无论是陈独秀的文学革命论还是胡适的文学改良论，都明示着将中国文学转变为既是精神自由表现的工具又是精神自由发展的结果的渴望，无疑含有强烈的自由主义意蕴。……文学革命的动力是多种因素合成的，但自由主义、个人主义无疑是其主要的精神内驱力；文学革命的影响也是多侧面的复杂的，但它造成的文化自由主义思潮的广泛呼应是最为显赫的结果。①

把个人从家庭中解放出来，从父权、夫权、皇权中解放出来，是新文化运动的核心价值诉求之一。陈寅恪在王国维纪念碑碑铭中提出的"独立之精神、自由之思想"，比文白之争、新旧之争，更能体现"五四"的精神内核。"'五四'的个性解放精神、人道精神、独立精神、自由精神，都是极可贵的思想遗产，是我们应当坚守的文化信念。"②个性解放和人的觉醒是新文化运动最重要的思想遗产。

陈独秀是新文化运动期间倡导个性解放最有力者。他在 1915 年《青年杂志》创刊号中倡导"青年六义"，将"自主的而非奴隶的"作为第一义。他强调："等一人也，各有自主之权，绝无奴隶他人之权力，亦绝无以奴自处之义务。奴隶云者，古之昏弱对于强暴之横夺，而失其自由权利者之称也……解放云者，脱离夫奴隶之羁绊，以完其自主自由之人格之谓也……盖自认为独立自主之人格以上，一切操行，一切权利，一切信仰，唯有听命各自固有之智能，断无盲从隶属他人之理。"③同年，陈独秀在《东西民族根本思想之差异》中指出，中西文化思想的根本差异之一在于西方民族的"个人本位"与中国人的"家族本位"。在他看来，一切伦理道德、政治法律和国家设置都是为了拥护个人自由权利与幸福，这就是纯粹的个人主义之大精神。陈独秀之所以张扬西方个人主义本位思想，是因为在中国宗法社会的"家族本位"之下，"个人无权利，一家之人，听命家长"，这"损坏个人独立自尊之人格""窒碍个人意思之自由""剥夺个人法律上平等之权利""养成依赖性戕贼个人之生产力"，导致中国社会中种种卑劣、不法和衰微之象。④ 要

---

① 胡伟希、高瑞泉、张利民：《十字街头与塔：中国近代自由主义思潮研究》，第 255 页。
② 王元化：《思辨录》，第 27 页。
③ 陈独秀：《敬告青年》，《陈独秀著作选编》（第一卷），第 159 页。
④ 陈独秀：《东西民族根本思想之差异》，《陈独秀著作选编》（第一卷），第 194 页。

扭转这些现象，就要用个人本位主义替代家族本位主义。在 1916 年首卷《青年杂志》中，陈独秀勖勉青年，尊重个人独立自主之人格，勿为他人之附属品，"若以一人而附属一人，即丧其自由自尊之人格"。① 他还提出与鲁迅相近的"人国"概念："集人成国，个人之人格高，斯国家之人格亦高；个人之权巩固，斯国家之权亦巩固。"②三纲五常让民为君附属品，妻为夫附属品，子为父附属品，凡此种种都丧失独立自主之人格。

陈独秀并不是孤军奋战，北李与南陈遥相呼应。1916 年李大钊呼吁："犯当世之不韪，发挥其理想，振其自我之权威，为自我觉醒之绝叫。"③1918 年，胡适在《易卜生主义》中借摔门而出的娜拉重塑个人与社会的关系，强调个人独立，呼吁女性摆脱夫权控制，掌握个人命运。他宣扬易卜生的"为我主义"："我所最期望于你的是一种真益纯粹的为我主义。要使你有时觉得天下只有关于我的事最要紧，其余的都算不得什么。"④他认为，"社会国家没有自由独立的人格，如同酒里少了酒曲，面包里少了酵"⑤。1919 年，鲁迅在《我们现在怎样做父亲》中指出子女不是父母的私产，不是父权的附庸，孩子具有独立人格和存在价值，中国的父亲要为下一代打开闸门，让儿童从此自由地做人。中国人要人格独立，首先要摆脱家庭束缚，家庭最大的权威是父权，解构父权，破除个人对父权和家庭的依赖，才能成为独立的人。在破除家庭权威问题上，鲁迅的立场与蔡元培和孙中山一致。破除国人对家庭小群的依赖，解放个体，让个体融入民族国家的大群，一盘散沙的中华民族才能真正立国。冲破家庭牢笼，成为现代文学的重要思想主题，这一主题在巴金、曹禺等作家的文本中得以延续。

在个性解放主题上，新文化运动知识社群取得基本共识。秉持"推倒—建设"逻辑的陈独秀，痛斥社会吃人的鲁迅，主张女性摔门而出"救出自己"的胡适，都将中国的希望寄托于"人心的大革命"⑥，都投身于中国的文化批判和思想建设，都将个性解放视为"中国的文艺复兴运动"的思想基石。"自由主义大运动实

---

① 陈独秀：《一九一六年》，《陈独秀著作选编》(第一卷)，第 198 页。
② 陈独秀：《一九一六年》，《陈独秀著作选编》(第一卷)，第 199 页。
③ 李大钊：《〈晨钟〉之使命：青春中华之创造》，《李大钊全集》(第二卷)，朱文通等编，石家庄：河北教育出版社，1999，第 367 页。
④ 胡适：《易卜生主义》，《胡适全集》(第 1 卷)，第 612 - 613 页。
⑤ 胡适：《易卜生主义》，《胡适全集》(第 1 卷)，第 615 页。
⑥ 胡适：《易卜生主义》，《胡适全集》(第 1 卷)，第 611 页。

在是一大串'解缚'的努力。"①新文化运动的个性解放主题,是 19 世纪世界文学版图解放主题的赓续。广义上,个人主义和民族主义,人道主义和浪漫主义都是人类思想解放运动的有机组成部分。人道主义的个人主义,以及郁达夫的《沉沦》中夹杂着强烈浪漫主义的民族主义,都可视为 19 世纪以来人类思想解放运动的一部分。

二、以青春之"力"冲决罗网

新文化运动与欧陆积极自由之间的关联,突出体现在青年德意志精神感召下的"青春中国"想象。青年德意志运动的革命激情之所以体现在新文化运动的精神内核中,是因为这两种文化运动所处的社会环境具有相似性。在当时德国官方眼中,青年德意志作家群是"伤风败俗、使人腐化堕落"的流派。②"狂飙突进"运动是一批青年作家发动的"文学革命"。1848 年的德国知识分子虽然长时间生活在黑暗之中,深受压制和折磨之痛,对野蛮和虚伪司空见惯,但他们依然没有放弃对未来的希望。革命的一束微光乍现,随后是喷薄的火焰,地平线上触目皆是一片火海。人民扭动沉睡的躯体,把负载的黑暗过去全部甩掉,昂首阔步跟随热爱自由和乐于斗争的人群前进,去彻底摧毁衰朽的非正义。这让人想到丁玲的《水》中群情激奋的结尾。青年德意志运动之后,普适性的真理结构被打破,理性的终极目标被消解,社会发生思想变革,人们不再相信世上存在着普适性的真理、普适性的艺术正典;不再相信人类一切行为的终极目的是除弊匡邪;不再相信除弊匡邪的标准可以喻教天下,可以经得起论证;不再相信智识之人可以运用他们的理性发现放之四海皆准的真理。③ 徐志摩对这场运动的反叛精神的概括同伯林一致:"我们不承认已成的一切,不承认一切的现实;不承认现有的社会,政治,法律,家庭,宗教,娱乐,教育;不承认一切的主权和势力。我们要一切都重新来过。"④鲁迅在《〈呐喊〉自序》里展示的绝望与希望交织的沉痛,重估一切价值与打开黑暗闸门的决绝意志,与青年德意志知识分子的情感基调也相近。

李大钊将卢梭之后的笛卡尔、培根、康德等欧洲思想家视为"破坏者、怀疑主

---

① 胡适:《自由主义是什么?》,《胡适全集》(第 22 卷),第 726 页。
② [丹麦]勃兰兑斯:《十九世纪文学主流·青年德意志》(第六分册),第 247 - 248 页。
③ [英]以赛亚·伯林:《浪漫主义的根源》,第 20 页。
④ 徐志摩:《青年运动》,《徐志摩全集》(第二卷),韩石山编,天津:天津人民出版社,2005,第 15 页。

义者"，认为"清新之哲学、艺术、法制、伦理，莫不胚孕于彼等之思潮"。① 早在陈独秀的《文学革命论》发表之前，李大钊就已经将文学反传统的革命大旗高高竖立起来。欧洲浪漫主义文学的狂飙突进、浪漫激情和扫荡一切的破坏力从欧陆跨越国境，"传向任何一个存在某种社会不满的国家，尤其是那些被野蛮或高压或无能的一小撮上层人士所压迫的东欧国家"②。李大钊为青年德意志运动冲决罗网的气魄所感染，更为这种积极自由理念让德国焕发新生而感到欢欣鼓舞，憧憬着古老中国从沉睡中苏醒的未来。他毫不掩饰对青年德意志运动的向往："窃慕青年德意志之运动，海内青年，其有闻风兴起者乎？甚愿执鞭以从之矣。"③《〈晨钟〉之使命——青春中华之创造》一文先后提及 4 次"青年德意志"、11 次"德意志"，将青年德意志运动的实质概括为"掊击时政，攻排旧制，否认偶像的道德，诅咒形式的信仰，冲决一切陈腐之历史，破坏一切固有之文明，扬布人生复活国家再造之声"。④ 民族复活的希望，国家独立富强的前景，再造青春中华的宏伟蓝图，都寄托于奋起抗争的决心。李大钊将法国大革命和欧陆积极自由传统视为冲决罗网的典范。"法兰西人冒革命之血潮，认得自我之光明，而开近世自由政治之轨者，起于孟德斯鸠、卢骚、福禄特尔诸子之声也。"⑤法国大革命冲决罗网的气魄，是青春中华再造的契机。

1916 年，李大钊发表《青春》一文，呼唤青年新生，国家涅槃，复活更新，回春再造，"冲决过去历史之罗网，破坏陈腐学说之囹圄"。⑥ 陈独秀用自我牺牲的勇气号召青年奋起击杀，重建国家。"吾人首当一新其心血，以新人格；以新国家；以新社会；以新家庭；以新民族。"⑦徐志摩的《青年运动》也有青春中国的浪漫想象：

> 在葡萄丛中高歌欢舞的一种提昂尼辛的颠狂（Dionysian madness），已经在时间的灰烬里埋着，真生命活泼的血液的循环，已经被文明的毒质瘀住……所以我们要求的……决不是部分的，片面的补苴，决不是消极的慰

① 李大钊：《〈晨钟〉之使命：青春中华之创造》，《李大钊全集》（第二卷），第 367 页。
② ［英］以赛亚·伯林：《浪漫主义的根源》，第 131 页。
③ 李大钊：《〈晨钟〉之使命：青春中华之创造》，《李大钊全集》（第二卷），第 368 页。
④ 李大钊：《〈晨钟〉之使命：青春中华之创造》，《李大钊全集》（第二卷），第 368 页。
⑤ 李大钊：《〈晨钟〉之使命：青春中华之创造》，《李大钊全集》（第二卷），第 367 页。
⑥ 李大钊：《青春》，《李大钊全集》（第二卷），第 392 页。
⑦ 陈独秀：《东西民族根本思想之差异》，《陈独秀著作选编》（第一卷），第 198 页。

藉，决不是懦夫的改革，决不是傀儡的把戏⋯⋯我们要求的是，"澈底的来过"；我们要为我们新的洁净的灵魂造一个新的洁净的躯体，要为我们新的洁净的躯体造一个新的洁净的灵魂；我们也要为这新的洁净的灵魂与肉体造一个新的洁净的生活——我们要求一个"完全的再生"。①

除了青春中国的浪漫想象，德国浪漫主义还给新文化运动传递了行动力。这种"力"，成为鲁迅的摩罗诗力和陈独秀的性灵互动力。谢林主张艺术和自由就是力量、生命和活力。"人的本初原则"就是"种族的自由、完美和无限发展"，因此要通过"自由手段"追求"精神的永恒进步"，只有这样，一个民族才能在各个领域显示出创造力。② 艺术家最重要的工作就是挖掘他自身里面黑暗的无意识的力量，通过痛苦而暴烈的内部斗争把无意识提升到意识的层面。艺术作品的生命是"某种喷薄而出的力量、动力、能量、生命和活力"③。创造社诸君，尤其是郭沫若就在作品中大力宣扬这种"力"，一种无极限、不受羁绊、自我毁灭、自我涅槃的狂飙之力。陈独秀的自由理念亦有谢林式"力"的特征。他在《东西民族根本思想之差异》一文中，将西方自由三分：唯心论层面，自由是"性灵之活动力"；心理学层面，自由是"意思之实现力"；法律层面，自由是"权利之实行力"。④ 在他看来，自由是一种个人能动的、与个人利益息息相关的、不依赖外物而存在的内在权利，更是一种活动力、实现力和实行力，即一种实践性、操作性概念。

动物王国没有理性，奉行绝对自由法则，只有富有理性的人类才有相对自由。当陈独秀提倡冲决罗网、狂飙突进精神的时候，他并没有设限。陈独秀的"必以吾辈所主张者为绝对之是，而不容他人之匡正"⑤等主张，展现出真理在握、不容怀疑的激进态度。从庄子"鹏之背，不知其几千里也；怒而飞，其翼若垂天之云"之波谲云诡，到马克思激赏的"贵族老爷们让开路，让自由的灵魂翱翔远飞"⑥之撼动心弦，到鲁迅踏倒"阻碍这前途者"⑦之快意决绝，再到郁达夫"穷人

---

① 徐志摩：《青年运动》，《徐志摩全集》（第二卷），第 15 页。

② 转引自［英］以赛亚·伯林：《浪漫主义的根源》，第 88－89 页。

③ ［英］以赛亚·伯林：《浪漫主义的根源》，第 101 页。

④ 陈独秀：《东西民族根本思想之差异》，《陈独秀著作选编》（第一卷），第 194 页。

⑤ 陈独秀：《再答胡适之》，《陈独秀著作选编》（第一卷），第 338 页。

⑥ ［英］柏拉威尔：《马克思和世界文学》，梅绍武等译，北京：生活·读书·新知三联书店，1980，第 57 页。

⑦ 鲁迅：《忽然想到（五至六）》，《鲁迅全集》（第三卷），第 47 页。

要想求解放的时候,只有向富者的进攻,只有向富者的掠夺,才能恢复穷人的固有的权利"①之复仇激情,积极自由理念的特质一脉相承。②

三、独断推倒与改良建设

新文化运动时期自由主义思潮的内在张力,首先体现在"不容反对"之一元论与多元改良论之间的两歧性上。"文学革命"与"文学改良",陈胡两篇雄文的关键词明示了新文化运动思想结构的内部差异。在合力攻打传统礼教纲常营垒的战斗中,革命和改良的理念罅隙被更加宏大的反传统话语遮蔽。同陈独秀"否定他者的普遍主义"立场有明显不同,胡适一直秉持包容渐进的文化路线。"五四"落潮后,陈胡分道的核心点即在此。胡适的"文学八事"着眼于对原有语言体系进行改造,其话语方式是不作、务去、不用、不讲、不避,是渐进改良,非激烈革命。胡适《文学改良刍议》付梓后,陈独秀用改良之光点燃革命之火,发表《文学革命论》。陈独秀秉持全盘打倒、重新建设的逻辑,认为"际兹文学革新之时代,凡属贵族文学,古典文学,山林文学,均在排斥之列",倡导推倒三种旧文学,建设三种新文学。③ 胡适给陈独秀回信指出后者曲解自己原意,认为其文"未免多误会鄙意之处",提出"吾辈已张革命之旗,虽不容退缩,然亦决不敢以吾辈所主张为必是而不容他人之匡正也"。④ 见信后,陈独秀立即回信:"是非分明,必不容反对者有讨论之余地,必以吾辈所主张者为绝对之是,而不容他人之匡正也。"⑤陈独秀不给反对者辩解的机会,是因为他认为新文学天经地义,而反对者愚昧无知,"犹之清初历家排斥西法,乾嘉畴人非难地球绕日之说,吾辈实无余闲与之作此无谓之讨论也"。⑥ 新文化运动对传统矫枉过正和全盘否定的策略,以及"不容反对""不容匡正"的激进态度,显现出显著的积极自由特质。

反叛传统文化,就需要与其彻底决裂,引入另一种异质文化并建立起合法性。虽然对陈独秀的"不容他人匡正"说和"《晨报》馆该烧"论,胡适都表达了不

---

① 郁达夫:《卢骚的思想和他的创作》,《郁达夫全集》(第十卷),第 385 页。
② 鲁迅如此决绝地扫除传统文化阴霾,又难以割舍对闰土、祥林嫂、阿 Q 的温情和怜悯,至死也未能走出中国现代文化"巨大的历史性困惑"(林毓生:《现代知识贵族的精神:林毓生思想近作选》,丘慧芬编,香港:香港中文大学出版社,2020,第 485 页)。
③ 陈独秀:《文学革命论》,《陈独秀著作选编》(第一卷),第 291 页。
④ 胡适:《寄陈独秀》,《胡适全集》(第 1 卷),第 26 页。
⑤ 陈独秀:《再答胡适之》,《陈独秀著作选编》(第一卷),第 338 页。
⑥ 陈独秀:《再答胡适之》,《陈独秀著作选编》(第一卷),第 338 页。

同意见,但对用一种专制对抗另一种专制的行为方式,胡适无力反驳。① 王元化曾将新文化思想梳理为四派,陈胡分列两派。陈认为中西文化绝无相同之处,西学为人类公有之文明,反对调和论;胡虽不排拒传统,但以西学为主体,强调两种文化之共性。② 王元化将全盘反叛思维方式描述为"思想狂热,见解偏激,喜爱暴力,趋向极端",这种专横、霸气、非理性、谩骂的意气用事态度在某种程度上违背了新文化运动的理性、平等精神。③ 陈独秀所持的西方文化本位主义,积极自由姿态明显,而胡适的中西文化调和论展示出相对温和的改良策略,消极自由姿态明显。

　　除了胡适,彼时鲁迅与陈独秀的独断一元论也呈现出不同的面目,这是鲁迅思想复杂性的另一表现。1919 年,鲁迅在《我们现在怎样做父亲》一文中说:"我自己知道,不特并非创作者,并且也不是真理的发见者。……至于终极究竟的事,却不能知。"④鲁迅没有展示出真理在握的姿态,他承认未来终极目标的不可知性,这的确非同寻常。鲁迅着眼于解构父权,提醒做父亲者不可以绝对权威压制子女,要给予下一代自由和生机,不能做真理的发现者而穷极未来。解构父权与陈独秀志在破除古文为正宗的文学传统,其指向具有内在的一致性。鲁迅不做手握真理者的立场也是持续的,并未随着时代的推移而变化。1923 年,他在《〈呐喊〉自序》里强调:"决不能以我之必无的证明,来折服了他之所谓可有。"⑤1927 年,他又指出:"凡人们的言论,思想,行为,倘若自己以为不错的,就愿意天下的别人,自己的朋友都这样做。但嵇康阮籍不这样,不愿别人来模仿他。"⑥虽然鲁迅的自由理念总体上呈现出积极自由特征,但他和胡适都深受社会进化论影响。他们之所以没有像陈独秀那样独断和绝对,或可能是因为他们对进化论有更深入的洞察。社会进化受制于因果必然,但这种因果必然究竟是什么,并不完全明了。"怀疑论和不可知论作为认识论立场问题不少,但作为一种思想态度却是对独断论必不可少的疗救,是宽容和多元主义之母。"⑦真理是客观的,但不是绝对的,或者说不能是绝对的,不是因为这句话过于绝对化,而是

---

① 胡适:《致陈独秀(稿)》,《胡适全集》(第 23 卷),第 415 页。
② 王元化:《思辨录》,第 14 页。
③ 王元化:《思辨录》,第 27,30 页。
④ 鲁迅:《我们现在怎样做父亲》,《鲁迅全集》(第一卷),第 135 页。
⑤ 鲁迅:《〈呐喊〉自序》,《鲁迅全集》(第一卷),第 441 页。
⑥ 鲁迅:《魏晋风度及文章与药及酒之关系》,《鲁迅全集》(第三卷),第 536 页。
⑦ 张汝伦:《理解严复:纪念〈天演论〉发表一百周年》,《读书》1998 年第 11 期,第 45 - 53 页。

因为它可能"没有得到过任何经验的证实"①。承认个体认识的有限性,承认人类认识的有限性,并不意味着放弃对真理的追求,反而给予发现真理的过程更多时间和空间。

胡适用容忍多元论反驳陈独秀的独断一元论,前者的文字清晰地显现出穆勒群己权界论的身影。穆勒在《论自由》一书中极为耐心地阐释自由讨论和容忍反对声音的益处。首先,穆勒反对压制任何个体意见。"假定全体人类减一执有一种意见,而仅仅一人执有相反的意见,这时,人类要使那一人沉默并不比那一人(假如他有权力的话)要使人类沉默较可算为正当。"②之所以要包容不同意见,是因为如果剥夺反对者说话的权利,"假如那意见是对的,那么他们是被剥夺了以错误换真理的机会;假如那意见是错的,那么他们是失掉了一个差不多同样大的利益,那就是从真理与错误冲突中产生出来的对于真理的更加清楚的认识和更加生动的印象"③。对任何反对意见的压制,都是对自由思想的背离,是精神奴役的开始。其次,穆勒承认人类认识的有限性。"我们永远不能确信我们所力图窒闭的意见是一个谬误的意见;假如我们确信,要窒闭它也仍然是一个罪恶。"④胡适日记记载他读到梁启超倾向无政府主义的"破坏亦破坏,不破坏亦破坏"的口号时,深为感动,"他在那时代主张最激烈,态度最鲜明,感人的力量也最深刻"。⑤ 但是作为一个消极自由主义者,他亦有理性认知,曾劝告青年在无政府主义成风时,不要去赶时髦。当陈独秀对自己容忍反对意见的观点提出批评,主张不容任何反对意见时,胡适并未直接反击,而是接连发表《历史的文学观念论》《建设的文学革命论》《论文学改革的进行程序》《文学进化观念与戏剧改良》等文章,持续而渐进地申发立论。在这些文章中,胡适延续了"刍议"之风,"改良""建设""进化"等温和渐进的文学进化逻辑一以贯之,他始终坚守英美消极自由理念的容忍和多元价值观。

四、作为目的或工具的个人主义

个性解放共识与个体价值本位共识并不能画等号。个性解放是新文化运动的核心主题,也是"五四"知识分子的基本共识。无论是积极自由主义者陈独秀,

---

① 顾准:《顾准文集》,第152页。
② [英]约翰·密尔:《论自由》,第19页。
③ [英]约翰·密尔:《论自由》,第19-20页。
④ [英]约翰·密尔:《论自由》,第20页。
⑤ 胡适:《四十自述》,《胡适全集》(第18卷),第60页。

还是消极自由主义者胡适,都主张从纲常名教和专制伦理中把国人个性解放出来。新文化运动自由理念的"两歧性"还体现在两种个人主义的分野:以胡适为代表的个体价值本位、作为群己权界的个人主义,以陈独秀为代表的集体本位、作为解放工具的个人主义。

首先来看胡适等英美自由主义者坚守的个人主义。胡适将个体价值视为最终目的,主张个人合法权利不可被剥夺。胡适反对狭隘的国家主义,反对国家自由压制个人自由,维护个体本位价值观。他高喊:"争你们个人的自由,便是为国家争自由! 争你们自己的人格,便是为国家争人格!"①早在新文化运动时期,胡适就高扬易卜生主义的"为我主义"。在《易卜生主义》一文中,胡适对易卜生坚持写社会真实现状的勇气赞赏有加。"社会最大的罪恶莫过于摧折个人的个性,不使他自由发展。"②如果对社会戕害个体的现象视而不见,对败坏的社会习以为常,把黑暗的世界当作安乐窝,这个社会就永远没有希望。易卜生笔下的主人公,无论是娜拉,还是斯铎曼医生,面对丑恶,都奋起抵抗,不屈不挠地维护自己的合法权利,成为特立独行的伟大"捣乱分子"。在民初较长一段时间内,所谓资产阶级民主社会体制下,依然很少有人意识到个人自由是保障社会民主的根本,个人独立自主是民主社会的基石,"特操"不得伸张,救国强国亦南辕北辙。在此语境下,胡适坚持倡导个体价值本位的个人主义,确有价值。③

再看陈独秀等人的集体本位自由观。与胡适群己权界、捍卫个人权利的基点不同,陈独秀的自由观念表现出民族主义—个人主义—集体主义的曲折演变路径。陈独秀 1903 年在安徽发起爱国社时主张民族主义,反对因个人自由而放弃国家利益。1915 年他的思想发生变化,在《新青年》创刊号上提倡个人自由和个体权利,介绍世界文明的新方向,"若法兰西人,其执戈而为平等博爱自由战者,盖十人而八九也"④。个人的幸福不能坐等别人恩赐,要敢于争取,而那种敢于抗争的人,一定是个体精神和人格比较独立的人。这种人具有纯粹个人主义

---

① 胡适:《介绍我自己的思想》,《胡适全集》(第 4 卷),第 663 页。
② 胡适:《易卜生主义》,《胡适全集》(第 1 卷),第 614 页。
③ 此外,主治欧洲政治思想史的留日知识分子高一涵亦在《青年杂志》上发表了多篇主张个体本位的政论。参见高一涵:《共和国家与青年之自觉》,《青年杂志》一卷一号,1915 年 9 月 15 日,第 23 - 30 页;高一涵:《国家非人生之归宿论》,《青年杂志》一卷四号,1915 年 12 月 15 日,第 14 - 21 页。
④ 陈独秀:《法兰西人与近世文明》,《陈独秀著作选编》(第一卷),第 166 页。

之大精神，拥护个人之自由权利与幸福，因此能够谋个性之发展。[①] 不久，陈独秀的自由理念很快回转到 1903 年的集体主义状态，再次从国家独立自由的角度认识个人自由。在思考了国家与个人之间的关系之后，陈独秀认为："集人成国，个人之人格高，斯国家之人格亦高；个人之权巩固，斯国家之权亦巩固。"[②]五四运动后期转向社会主义的陈独秀强调集体意识，而这种倾向在新文化运动时期就已经显露出来。[③] 首先，陈独秀在倡导用个人主义代替家族本位时，并未设置个人主义的界限，而是强调用西方个人主义反抗中国传统礼教。其次，他倡导个人主义意在建设"人国"，其逻辑指向是现代民族国家。这两个特征隐藏着两种思维向度，其一是无制约的绝对个人主义，其二是作为民族国家群体有机组成部分的、工具化的个人主义。前者突破了个体与群体之间的界限，积极自由压制其他个人自由。后者将民族国家作为目的，个人自由则是实现集体自由的工具、手段和策略。

中国文学的历史长河里有强大的集体认同，从屈原的《离骚》到杜甫的《石壕吏》，从北朝民歌《木兰诗》到郁达夫的现代小说《沉沦》，再到穆旦的《赞美》，无一不显示出感时忧国的情感基调。这种情感基调的立足点不是个人本位，而是民族和国家的群体视角，这与西方文学源流中的个人抒情性特征有重要区别。"中国古典认知体系本身就不具备以个人为本位的思想，'个人主义'是纯粹的西方舶来品"，其西方思想的本义"明显悖离中国人的处事原则，终究难逃水土不服、昙花一现的命运"。[④] 中国人群体无意识中集体的分量远大于个体，中国人相信有国才有家，先集体再个人。"反抗少数人的专制"是为了"总体的民主"和"天下为公"，而不是为了个人。晚清仁人志士反抗专制的动力大多不是一己之私或独立个体的自由，而是多数人的自由。

陈独秀传达的严重偏离封建家国道统的个人主义思想，具有极端反叛品格，但他无法真正摆脱传统文化的集体无意识。新文化运动自由观的群体特征，从某个侧面体现了现代知识分子身上的传统文化认同。陈独秀反叛品格的时代背景，大都指向民国初年换汤不换药、新瓶装旧酒的政治乱象，这与陈独秀同年发表的另一篇文章《偶像破坏论》传达出来的反君主思路一致。[⑤] 他一方面承认文

---

① 陈独秀：《东西民族根本思想之差异》，《陈独秀著作选编》（第一卷），第 194 页。
② 陈独秀：《一九一六年》，《陈独秀著作选编》（第一卷），第 199 页。
③ 张灏：《重访五四：论五四思想的两歧性》，《开放时代》1999 年第 2 期，第 5-16 页。
④ 杨念群：《五四的另一面："社会"观念的形成与新型组织的诞生》，第 138 页。
⑤ 陈独秀：《偶像破坏论》，《陈独秀著作选编》（第一卷），第 423 页。

明是个人创造的,个人意志和快乐应该被尊重,另一方面又指出虽然社会是由个人集成的,但社会才是个人的总寿命,社会解散了,个人就没有意义,"个人之在社会,好像细胞之在人身"①。陈独秀传递出清晰的价值观:个体价值从属于社会价值。陈独秀1918年发表的《人生真义》可以清晰地展示他与梁启超一致的群体意识统摄下的个人主义真容。②

自由是新文化运动的重要价值观,但并不是其全部价值观。除了个体解放、个人觉醒和个人主义,诸如国家独立、民族解放等,亦举足轻重。李泽厚认为"五四"时期内忧外患的局面不可能给予个人主义发展的余地,个体解放的启蒙路径不得不一次次被打断,让位于迫在眉睫的民族救亡。③ 研究者往往把个人自由视为新文化的首要价值,这也有可能将新文化运动和五四运动的精神内涵窄化。因为在一个千百年来习惯于按照集体原则规范行动的民族中,个体价值本位能否真正成为实践的圭臬,是值得怀疑的。新文化运动时期无疑是中国思想史上从未有过的公开宣扬自由主义的历史时段。从这场运动的进程和结果来看,狭义的自由主义,即群己权界的消极自由,或个体价值本位的个人主义,仅仅是这场"文艺复兴运动"的沉重低音,持续被工具主义的个人主义,或曰集体本位的积极自由高音部所压制。

新文化运动交响曲,是由民族国家的高音、个人本位的低音等众多声部合奏而成的。汪晖曾指出,在各种思潮和主义混杂的新文化运动时期,众多缺乏统一的方法论基础、缺乏内在的历史和逻辑的千差万别的学说构建了一个"新文化运动"话语场,新文化运动的参与者在"同志感"中依然葆有"歧异"感。④ 这种"歧异"很多时候被新文化运动的话语场覆盖了。"五四新文化运动在'态度的同一性'背后,隐伏着不同的思想脉络。"⑤如果把新文化运动比作一场大规模的交响乐,这场交响乐吸纳了个人的声音,我们现在需要在震耳欲聋的时代交响乐中,仔细聆听,认真辨析,把不同的声线一一打捞,绘制出两种自由理念的波动曲线。

---

① 陈独秀:《人生真义》,《陈独秀著作选编》(第一卷),第386页。
② 相对而言,李大钊的个人和社会关系学说相对理性和客观。他指出,社会主义注重集体利益,但依然以尊重人的个性、关注个性发展为重要目标。这与穆勒的群己权界说接近。参见李大钊:《自由与秩序》,《李大钊全集》(第三卷),第579页。
③ 李泽厚:《中国现代思想史论》,天津:天津社会科学院出版社,2004,第27页。
④ 汪晖:《预言与危机(上篇):中国现代历史中的"五四"启蒙运动》,《文学评论》1989年第3期,第17-25页。
⑤ 袁一丹:《"耻辱的门":"五四"前后刘半农的自我改造》,《汉语言文学研究》2021年第1期,第73-83页。

新文化运动时期展现的个人主义、个人自由向度，显示出现代文学转捩点的非文学性维度。"自五四新文学开始，中国现当代文学就热衷于表达思想性和哲理性，喜欢追问和反思社会人生中的普遍性问题"①，这或许是一种审美缺憾。然而，正是新文学积极反思个体人生、介入社会变革的品质，成就了新文学的博大、厚重和深刻。梁启超感受到中华民族生死存亡的时代节点，为民族国家的独立富强尝遍百草而苦无良药。他预言变局将从文化和文学开始，却未曾预料到变局的高潮在 1915 年以后才到来。陈独秀的"青年六义"、李大钊的"青春中国"、鲁迅笔下狂人发现的"吃人"历史、胡适的"文学八事"，都不遗余力地朝着一个方向努力：解构传统中国的超稳定系统。在这场运动中，消极自由提供了个人独立、个性自由和个体价值本位的思想资源，但为这场运动提供巨大精神动力和道德支撑的，却是积极自由的逆反价值：狂飙突进、反抗权威、冲决罗网和狂热激情。没有积极自由提供的强意识形态支撑，新文化运动可能会像戊戌变法一样很快被传统社会的超稳定结构扼杀，五四运动更不可能呈现出火山奔涌的磅礴气势。

第二节　五四运动与积极自由理念的凸显

陈独秀、胡适等人不同的话语方式彰显了新文化运动时期两种自由理念的表征。受制于集体本位的传统思想底色，历经第一次世界大战、两次复辟、巴黎和会等众多重大历史事件洗礼，五四运动之后的积极自由话语日益凸显，个体价值本位的消极自由观念渐渐黯淡。五四运动的突发性、有效性和迅速改变中国社会格局的能力，让"公理战胜强权"幻想破灭之后几乎无路可走的中国知识界看到希望的曙光，十月革命和马克思列宁主义的重大意义被重审和凸显。五四运动是中国现代自由主义文学思潮的重要转折点，它预示着积极自由的高音部愈加昂扬，消极自由的低音部愈加低沉。张灏在重审"五四"思想复杂性时，指出其个人主义与集体主义、理性主义与浪漫主义等方面的"两歧性"，认为"五四"思想的两歧性表明其多元和辩证，预示着其在未来朝着不同方向延展和分化的可

---

① 王本朝：《中国现当代文学思想史的对象、理念及方法》，《甘肃社会科学》2020 年第 5 期，第 14 - 21 页。

能。[①] "五四"思想的两歧性,亦可理解为积极自由和消极自由的张力。两种自由理念的两歧性,预示着"五四"落潮之后新文化运动知识分子群体星散的必然。如果说晚清以来两种自由理念大都以文化选择和思想争锋的话语方式存在,那么五四运动之后,积极自由的革命话语则在中国逐步演变为一种事关民族国家生死存亡的主流话语。

一、"一战"愿景幻灭与民族主义

五四运动后积极自由思潮的凸显,首先归因于第一次世界大战促使民族主义和自由主义价值理念的脱钩。新文化运动和五四运动是阻断数千年来中国传统社会超稳定结构的标志性思想史事件。经此事变,皇权再无机会复原。因此,史学界和文学界常常将这两个时间迥异的运动合称为"五四新文化运动"。换一个角度,新文化运动是启蒙的、文化的和有组织的社会思潮变革运动,而五四运动则是救亡的、政治的和突发的革命运动。新文化运动和五四运动存在启蒙和救亡的主题差异,文化和政治的领域之别,还有必然与偶然的机缘分殊。因新文化运动的启蒙特性与五四运动的民族主义和爱国主义特性不同,也有不少学者将新文化运动和五四运动区隔为两种紧密联系而属性不同的思想史事件。新文化运动是五四运动的思想准备,但五四运动对包括自由主义在内的西方现代价值体系的姿态发生突变,并非简单地承续新文化运动启蒙思潮的发展路径。晚清以来中国备受帝国主义的欺凌,但新文化运动提出的启蒙价值,如德先生、赛先生、平等、自由等价值观念依然是西方的主流价值,《新青年》知识分子群体大力倡导这些观念。从林法则和"强权就是真理"的社会进化论不但被严复和梁启超体认,也获得了鲁迅、胡适、陈独秀等众多新文化知识分子的认可。新文化运动时期的中国并未完全摆脱列强凌辱的耻辱现状,国内民族主义情绪尚未达到五四运动的广度和烈度。

严复翻译的《天演论》付梓后,物竞天择、弱肉强食的社会达尔文主义在中国知识界深入人心。五四运动前,中国知识分子心目中的公理和强权并不对立,他们大都默认西方制度中的先进性和列强的霸权之间有紧密的逻辑关系。戊戌变法之前,梁启超等维新派认为只有好的国家政体,才能有好的国民。戊戌变法失败之后,他们对转变政体几近绝望,于是观点发生逆转,认为"苟有新民,何患无

---

① 张灏:《重访五四:论五四思想的两歧性》,《开放时代》1999 年第 2 期,第 5 – 16 页。

新制度、无新政府、无新国家"①。梁启超的"新民"、鲁迅的"国民性"等民族的自我反思视角,大都在西方民主自由等价值体系的对比中建立。中国文化传统并未催生依照现代民族国家标准进行自我反思和检视的逻辑范式。我们长期生活在病苦之中,但并未感觉到病苦,因为我们一直认为自己就是世界的中心。正是西方思潮的涌入给中国知识分子提供了自我反思的参照系,他们在和西方先进科技和文化的对比中发现民族的劣根性,对身在"黑屋子"中的民众实施启蒙,让他们感知到自身的愚昧和苦痛。

五四运动期间,新文化阵营对待西方价值体系的态度出现了巨大转变,从"强权就是真理"转为"真理要战胜强权"。促成这一重大转变的重要触发点是第一次世界大战(以下简称"一战")。"一战"爆发时,《青年杂志》是一个旁观者,担心战事扩大影响中国。1918 年协约国获胜后,《新青年》知识分子对社会进化论的看法发生转变,认为德国战败是"公理战胜强权"的证明,公理为首,应与强权脱钩。德国西线遭遇失败、协约国获胜在望之际,李大钊在 1918 年 7 月指出:"世每谓欧战为专制与自由之争,而以德国代表专制,以联合国代表自由。"②他对协约国取得最终的胜利满怀期待,因为这是民主和自由的胜利。1918 年 12 月,协约国获胜之后,陈独秀更抑制不住内心的欣喜,不禁这样畅想未来:

> 自从德国打了败仗,"公理战胜强权",这句话几乎成了人人的口头禅。……凡合乎平等自由的,就是公理;倚仗自家强力,侵害他人平等自由的,就是强权。……强权是靠不住的,公理是万万不能不讲的了。美国大总统威尔逊屡次的演说,都是光明正大,可算得现在世界上第一个好人。……我们发行这《每周评论》的宗旨,也就是"主张公理,反对强权"八个大字,只希望以后强权不战胜公理,便是人类万岁!③

陈独秀满怀期待的文字在五四运动前半年传递了若干思想界新变。第一,自由平等是公理,加害者是强权。被侵害自由平等的中国是公理一方,而践踏中国的西方列强是强权。自由,这一价值理念,不再是西方的道德制高点,中华民族的自由也在这一制高点上。第二,"公理战胜强权"战胜"强权就是真理"。中

---

① 梁启超:《新民说》,《饮冰室合集》(第 19 卷,专集第三册),第 4984 页。

② 李大钊:《Pan...ism 之失败与 Democracy 之胜利》,《李大钊全集》(第三卷),第 89 页。

③ 陈独秀:《〈每周评论〉发刊词》,《陈独秀著作选编》(第一卷),第 453 页。

国知识界长时间以来接受的"弱肉强食"社会达尔文主义不再具备逻辑合法性，"一战"彰显的"公理战胜强权"已成国内乃至国际的主流话语。之前中国不讲公理，非因不占公理，而因夺我公理者强权太盛。第三，中国知识分子对"一战"之后建立的国际政治经济新秩序充满期待。中国应该获得鸦片战争后逐步丧失的领土和主权，知识分子们希望中国作为获胜的正义一方，能够凭借正义真理逐步收回被诸多西方列强掠夺的领土，至少在不远的将来就能看到战败的德国向中国人民交还在山东等地攫取的不正当利益。

现代知识分子秉持的西方价值观念，因为《凡尔赛条约》对中国的羞辱而发生动摇。日本即将接手德国在中国势力范围的消息，无疑是对中国知识界的迎头痛击和无情嘲弄，他们之前巨大的期待落空了。中国利益被强权集团肆意玩弄和操纵的真相，再次说明"强权就是真理"的真理性。知识界被羞辱的怒火奔涌而出，化为不可抑制的爱国主义和民族主义，燃烧在 5 月 4 日的北京街头。1919 年 5 月 18 日，李大钊在《秘密外交与强盗世界》一文中痛陈："这回欧战完了，我们可曾做梦，说什么人道、平和得了胜利，以后的世界或者不是强盗世界了，或者有点人的世界的色采了。谁知道这些名辞，都只是强盗政府的假招牌。我们且看巴黎会议所议决的事，那一件有一丝一毫人道、正义、平和、光明的影子！那一件不是拿着弱小民族的自由、权利，作几大强盗国家的牺牲！"①大梦初醒，所谓"世界上第一个好人"的威尔逊，原是出卖公理和正义，欺骗、愚弄和侮辱中国人的"骗子"。

1920 年，《新青年》同人将"一战"双方，无论是战胜国还是战败国，都视为以真理、正义和平等自命的伪君子。他们发现，过去曾经服膺的鼓励个体竞争、强调个人权利的社会达尔文主义，尤其是个体本位的自由理念，虽然能够保护个人利益和权利，推动社会创新发展，促进民族强盛，却最终酿成了殃及全球、人类历史上规模最大的现代民族国家间的血腥屠杀。巴黎和会作为"一战"的余续，真切地向国内民众尤其是知识分子传达了一个十分重要的信息：秉承自由主义价值体系的西方社会，强调个人权利和个人竞争，最后却陷入血腥的互相杀戮之中。于是，支撑中国知识分子心中自由主义信念的基石发生了动摇。"一战"向中国知识界宣告了基于自由竞争的西方价值体系的深重危机，促使他们反思包括消极自由主义在内的西方价值体系，并不得不重新思考中国的未来。

----

① 李大钊：《秘密外交与强盗世界》，《李大钊全集》（第三卷），第 221 页。

检索 1920 年以后的《新青年》关键词可以发现，五四运动后《新青年》知识分子转变了之前秉持的民主、自由、共和等西方价值观念，五四运动前使用频次极少的"社会主义"开始井喷。[①] 1923 年的《新青年》知识群体大都接受了马克思主义的阶级理论，他们不仅将"一战"视为帝国主义之间的邪恶战争，更将"一战"视为帝国主义和资产阶级对弱小民族和殖民地实施剥削和压榨的延续。思想史视野中的"一战"，对新文化运动思潮的转型和五四运动的爆发产生巨大影响。巴黎和会的消息传遍神州，身处"现代性困境"中的中国知识分子身上的民族主义和集体主义情怀被再次激发，举国的愤怒很快覆盖了启蒙话语，自由主义价值观很快被启蒙者自己亲手缔造的思想洪流淹没了。与其说是救亡压倒启蒙，不如说是革命压倒自由。中国社会的现实处境制约了中国自由主义的发展，规训了自由主义前进的路径。

五四运动后的中国，民族主义和爱国主义达到了晚清以来前所未有的高峰，个体本位的消极自由空间被进一步挤压。"个人主义的潮流在五四之后分化为两极，一是纳入了救亡图存的集体主义之中，成为革命文学的滥觞，另一种情况是一部分人仍然保持着个人主义和趣味主义的人格理想。"[②]曾经紧密联系的自由主义和民族主义，在五四运动之后确有分化。一面是以鲁迅为代表的积极自由传统和以创造社为代表的浪漫主义传统走向现代文学思潮的左翼，另一面是以胡适为代表的留英美知识分子坚守的消极自由传统走向现代文学思潮的右翼。

二、两次复辟与矫枉过正

新文化运动决绝反传统的积极自由姿态，不仅是知识分子群体的话语策略，更是"理念人"对国内时局的被动反应。1915 年，《青年杂志》创刊同年，袁世凯称帝闹剧上演，"复辟"成为新文化同人使用的高频关键词。1917 年，张勋再次攘夺国柄。辛亥鼎革数年，短短两年内，中国竟出现了两个皇帝，这是对共和制度的绝妙讽刺。历史再次证明，数千年来中国皇权"超稳定结构"的运行机制依然在暗中掌控社会进程，现代民族国家蓝图依然面临"家天下"复活的挑战。《新青年》关键词统计显示，张勋复辟对新青年知识分子群体造成巨大震撼。数年以

① 该数据基于章清博士制作的表格。参见金观涛、刘青峰：《中国现代思想的起源：超稳定结构与中国政治文化的演变》，第 372 页。
② 胡梅仙：《中国现代自由主义文学话语之建构(1898—1937)》，第 112 页。

后,我们依然能在鲁迅的文章中屡次看到张勋复辟对其思想观念的巨大冲击。① 1933 年,已经明显左转的鲁迅回忆起《新青年》知识群体发动文学革命和自己创作《狂人日记》的原因时说:"见过辛亥革命,见过二次革命,见过袁世凯称帝,张勋复辟,看来看去,就看得怀疑起来,于是失望,颓唐得很了。"②1918 年 7 月,因张勋复辟而南下上海的李大钊在诗中表达了深深的绝望:"英雄淘尽大江流,歌舞依然上画楼。一代声华空醉梦,十年潦倒剩穷愁。"③"中国民族今后之问题,实为复活与否之问题"④,两次复辟在某种程度上昭示着彼时顶层社会制度的合法性已经丧失,寄希望于依托现有秩序建立现代民族国家的理想将是无法实现的梦境。

积极自由是新文化运动和五四运动助推剂的主要成分。法国大革命对中国近现代文化的影响持续不断。甲午海战后,开眼看世界的中国知识分子就已经将法国大革命纳入重要参考视野。法国大革命让谭嗣同、梁启超为之神往,让严复忧心忡忡,更限制了《群己权界论》在彼时的社会影响力。相比易卜生式"有益于社会"的温婉个人主义,相比群己权界主导下的个体自由本位,积极自由裹挟的革命话语方式更有战斗力、攻击力、突进力和共情力。陈独秀的"文学革命论"远比胡适的"文学改良刍议"决绝,前者不允许他人质疑的霸气远比"文学进化论"鼓舞人心。新文化运动开始前,中国知识分子已经越来越多地将卢梭民约论和法国式民主自由作为西方近代思想的代表。⑤ 法国式自由在陈独秀心中的地位无与伦比,《新青年》封面的法文刊名 LA JEUNESSE 也清晰传递出法国代表的欧陆积极自由传统在新文化运动中的主导地位。"五四"前后,高扬人性解放、狂飙突进、反抗一切压迫、不羁个人主义的积极自由知识分子,如陈独秀、李大钊、鲁迅、郭沫若等最后大多都趋向革命,趋向救亡主题主导的集体主义。而认同群己权界和个体自由的胡适、梁实秋、林语堂等人,大都远离革命,始终坚持个体价值本位立场。

---

① 北京鲁迅博物馆(北京新文化运动纪念馆)网站(http://www.luxunmuseum.com.cn/cx/)"鲁迅著作全编系统"查询的数据显示,鲁迅文章中以"张勋"为词条的文章有 7 篇,以"复辟"为词条的文章有 6 篇,而以张勋复辟标志"辫子"为词条的文章更是多达 20 篇。另外,他曾在 20 篇文章中批判过袁氏称帝。
② 鲁迅:《〈自选集〉自序》,《鲁迅全集》(第四卷),第 468 页。
③ 李大钊:《复辟变后寄友人》,《李大钊全集》(第三卷),第 21 页。
④ 李大钊:《东西文明根本之异点》,《李大钊全集》(第三卷),第 44 页。
⑤ 金观涛、刘青峰:《中国现代思想的起源:超稳定结构与中国政治文化的演变》,第 379 页。

很多学者反思新文化运动时，都谈到其矫枉过正的文化激进主义。"矫枉必须过正，越激烈越好，结果往往是以偏纠偏，为了克服这种错误而走到另一种错误上去了。"①或可假设，如果采用胡适消极自由的容忍和改良方案，没有陈独秀不允许反对者置喙的决绝气魄，新文化运动可能难成气候。1919 年，陈独秀把旧道德的惯性称为人类思想文化史上的障碍、恶德和惰性，他曾用讨价还价的例子说明在中国实行调和论是抱薪救火、扬汤止沸："譬如货物买卖，讨价十元，还价三元，最后的结果是五元。讨价若是五元，最后的结果不过是二元五角。社会进化上的性情作用，也是如此。"②矫枉必须过正，这也是鲁迅的结论。鲁迅对中庸国度的调和论危害耿耿于怀，用铁屋子类比中国社会改良和进步之艰难，他说："中国人的性情是总喜欢调和、折中的。譬如你说，这屋子太暗，须在这里开一个窗，大家一定不允许的。但如果你主张拆掉屋顶，他们就会来调和，愿意开窗了。没有更激烈的主张，他们总连平和的改革也不肯行。那时白话文之得以通行，就因为有废掉中国字而用罗马字母的议论的缘故。"③若说"一战"让《新青年》知识分子看透西方列强本质，让晚清以来西方现代文明在中国知识界的正义性和公理性大面积坍塌，那么，两次复辟则将皇权不愿退出历史舞台的历史惯性如此鲜活地横亘眼前，"理念人"不得不对支撑这一"超稳定结构"的强大文化基础——宗法伦理纲常及其史官体系发起决绝攻击。

三、五四运动胜利与革命话语

五四运动加速了中国知识界对革命话语的趋近脚步。这场突发政治运动取得胜利，向中国知识界明确表明革命已经凸显为一场具有巨大社会动员能力的社会运动方式。十月革命对中国思想史的价值和意义在五四运动后进一步凸显，革命的话语方式逐渐取得主导地位。五四运动对中国社会结构产生的巨大冲击，使得更多的中国知识分子开始关注政治，促使那些之前只关心思想启蒙、倡导西方价值体系的知识分子放弃渐进改良道路，亲和马列主义的阶级斗争和革命学说。虽然法国大革命从戊戌变法前后就已经在中国思想界产生重要影响，但对五四运动产生决定性影响的革命思潮不是法国大革命，而是更加迫近的、能为我国提供更为鲜活的社会进步样板的俄国十月革命。

---

① 王元化：《思辨录》，第 29 页。
② 陈独秀：《随感录》，《陈独秀著作选编》（第二卷），第 134 页。
③ 鲁迅：《无声的中国》，《鲁迅全集》（第四卷），第 14 页。

　　五四运动后,十月革命的胜利对中国的意义愈加重要,被压迫的中国人仿佛看到了民族新生的美好前景,马克思主义也在这一时期迅速传播。1919 年之前,《新青年》杂志(含《青年杂志》)的"社会主义"关键词为数寥寥,一共只在 20 篇文章中出现 34 次,出现频次远低于自由、平等、权利、民主、人权等关键词。但五四运动之后,社会主义一跃成为在文章篇目和词频使用上远超自由、平等、权利等关键词的最高频政治术语。1919 年当年,"社会主义"就在 19 篇文章中出现 124 次,文章篇目数几乎与之前所有年份之和相当,词频是之前多年词频总和的 4 倍左右。"社会主义"一词出现的频率在 1921 年中国共产党成立前后达到巅峰,在第 8 卷和第 9 卷《新青年》中,"社会主义"共在 105 篇文章中出现 1 236 次。从五四运动到 1926 年《新青年》停刊,"社会主义"一共在 207 篇文章中出现 2 173 次,占该词篇目总数的 91.2% 和词频总数的 98.5%。① 这一不寻常的矩阵分布,与自由、平等、权利等其他语汇的分布态势呈现出巨大时间段差异,显示出五四运动对马克思主义在中国传播进程的巨大推动作用,也体现了《新青年》知识群体在五四运动成功之后迅速转向马克思主义和社会主义的思想进程。

　　以李大钊为例,他在十月革命后思想发生了巨大转变。辛亥之前,比较了英美自由传统和法国自由传统对社会运动的影响后果之后,李大钊对前者相对认可,而对法国大革命评价不高。十月革命之前,李大钊依然对暴力革命持有相当的保留态度。1917 年 10 月,他在《暴力与政治》一文中检讨段祺瑞拒绝恢复张勋复辟前的国会以及南北军阀混战局面时说:"专制之世,国之建也,基于强力;立宪之世,国之建也,基于民意。……故凡依乎暴力以为革命之镇压者,无异恶沸而益薪,反对革命而适以长革命之果,依附暴力而适以受暴力之祸。"②1918 年 7 月,李大钊仍然认为自由政治的基础,"在理而不在力"③,反对强制、高压和暴力政治。但是在首次论及俄国十月革命时④,李大钊的观点迅速转变,他对法国大革命转为积极评价,认为 19 世纪全世界的文明都源于法兰西的血腥革命,而 20 世纪的文明也将因此发生巨大改变,"其萌芽即苗发于今日俄国革命血潮之

① 该数据基于章清博士制作的表格。参见金观涛、刘青峰:《中国现代思想的起源:超稳定结构与中国政治文化的演变》,第 372 页。

② 李大钊:《暴力与政治》,《李大钊全集》(第二卷),第 735、746 页。

③ 李大钊:《强力与自由政治》,《李大钊全集》(第三卷),第 24 页。

④ 河北教育出版社 1999 年版《李大钊全集》显示,李大钊第一次论及俄国十月革命,是在 1918 年 7 月 1 日发表在《言治》季刊第三册的《法俄革命之比较观》中。

中,一如十八世纪末叶之法兰西亦未可知"①。李大钊对法国大革命的肯定,是为高扬十月革命大旗而张目。他在认同法国大革命的价值之后,旋即礼赞十月革命的丰功伟绩:

> 俄国革命最近之形势,政权全归急进社会党之手,将从来之政治组织、社会组织根本推翻。……其最大之成功,固皆在最大牺牲、最大痛苦之后……今俄人因革命之风云,冲决"神"与"独裁君主"之势力范围,而以人道、自由为基础,将统制一切之权力,全收于民众之手。世界中将来能创造一兼东西文明特质,欧亚民族天才之世界的新文明者,盖舍俄罗斯人莫属。②

俄国十月革命颠覆根本、冲决罗网之力,已经不再是李大钊价值理念中阻碍政治自由的暴力因素,反而被认为是世界潮流。革命的号角,已经从遥远的 19 世纪的法国吹响到 20 世纪毗邻华夏的俄国。新的革命浪潮从西方到东方,从欧洲到亚洲,一种似乎唾手可得的政治蓝图如此鲜活地摆在《新青年》知识分子面前。协约国获胜之后,李大钊将"一战"的胜利与十月革命的胜利合并,并称之为"庶民的胜利""Bolshevism 的胜利"。他高喊:"什么皇帝咧,贵族咧,军阀咧,官僚咧,军国主义咧,资本主义咧,——凡可以障阻这新运动的进路的,必挟雷霆万钧的力量摧拉他们。他们遇见这种不可当的潮流,都像枯黄的树叶遇见凛冽的秋风一般,一个一个的飞落在地。"③他已经用马克思主义资产阶级和工人阶级对立的方法论认识"一战"和十月革命,并预言十月革命代表的马克思主义将成为 20 世纪人类共同觉悟的新精神。他还更进一步,将俄罗斯 19 世纪末以来的文学思潮视为革命文学的先声,认为"俄罗斯革命之成功,即俄罗斯青年之胜利,亦即俄罗斯社会的诗人灵魂之胜利也"④。他已经完全站立在激进派立场,认为"有了进步的举动,人就说是过激,因为他是在惰性空气包围的中间。其实世间只有过堕,哪有过激"⑤!

促使十月革命、马克思主义和社会主义在中国加速传播的社会史重大事件

① 李大钊:《法俄革命之比较观》,《李大钊全集》(第三卷),第 55 页。
② 李大钊:《法俄革命之比较观》,《李大钊全集》(第三卷),第 55、58 页。
③ 李大钊:《Bolshevism 的胜利》,《李大钊全集》(第三卷),第 110 页。
④ 李大钊:《俄罗斯文学与革命》,《李大钊全集》(第三卷),第 125 页。
⑤ 李大钊:《过激乎? 过堕乎?》,《李大钊全集》(第三卷),第 141 页。

是五四运动,巴黎和会的真相让中国知识界开始重新思考中国的未来。换言之,马克思主义并不是在十月革命发生之后立刻在中国产生巨大反响的,十月革命的炮声也并非第一时间就震醒沉睡的中国。巴黎和会上中国的利益被出卖,五四突发政治运动爆发出始料不及的巨大影响力并成功左右了中国的历史进程,中国知识界对西方列强的社会达尔文主义产生怀疑,新文化运动期间全盘西化的价值诉求发生动摇。在几乎无路可走的情况下,中国知识界重新发现了十月革命对中国的巨大借鉴意义,在此过程中逐步认识到马克思列宁主义在十月革命中发挥的巨大意识形态引领作用,进而决定走俄国的革命道路,并将马克思列宁主义作为指导思想。巴黎和会彻底击碎中国知识分子"公理战胜强权"的美梦之后,痛定思痛的李大钊在五四运动同时期就即刻开始撰写他第一篇关于马克思主义的长篇论文《我的马克思主义观》,这篇政论有别于他的许多论文,思维缜密,资料翔实,论述周全,且语义接近马克思原著。李大钊的转变到五四运动之后的"问题与主义"之争时愈加坚定,他不认可胡适奉行的英美渐进改良自由主义传统,认为在中国部分修补策略无效,"必须有一个根本解决,才有把一个一个的具体问题都解决了的希望"①。李大钊在五四运动之后看到了这种根本解决方案的曙光,这就是马克思主义。

马克思主义在中国的迅速传播,加速了思想界突破个人主义核心价值体系的进程。广义上说,马克思主义与自由主义并非毫无联系,且马克思主义绝不否认个人解放,"马克思已经看到了自由主义所暴露出来的一些内在矛盾,对其进行了迄今为止最为深刻的批判,从本质上突破了自由主义以个人为核心的框架,形成了崭新的以阶级为核心的学说"②。马克思主义突破了消极自由理念的个体价值本位,而以阶级斗争为中心,更贴合中国传统的集体主义思维定式和文化传统,易于被知识分子和广大民众接受。马克思主义的阶级革命学说,最终在李大钊的价值体系中成为核心中枢。李大钊和越来越多的知识分子从法国大革命和十月革命的结局中看到了中国这个古老社会的曙光,主张对中国的社会问题进行一次法国和俄国式的根本解决。以陈独秀转变为马克思主义者为标志,"问题与主义之争"最终以卢梭民约论、法国大革命、俄国社会主义等欧陆积极自由传统的胜利而告终。五四运动后,积极自由的声浪日益强大,英美消极自由传统和欧陆积极自由传统在五四运动之后的中国知识界彻底分道扬镳。

---

① 李大钊:《再论问题与主义》,《李大钊全集》(第三卷),第 310 页。
② 钱满素:《自由的基因:美国自由主义的历史变迁》,第 25 页。

第三节 现代作家的摩罗与绅士

文学观念是作家价值观的映射。中国现代自由主义文学思潮在文学情感、文本主题、思想特色、作家社群等方面的特征,与作家的自由观密切相关。现代文学吸收的文化思潮来自英美法俄日等,留学目的地国对现代作家文学观的影响,在其文学创作和批评活动中体现出来。留学生家庭出身、国内教育背景、个人性格气质等因素影响其留学目的地的择取,学成之后,他们的知识结构也印刻了留学目的地的文化基因。总体上看,留日学生出国条件宽松,学习境况不稳定,多学少成,回国后文武兼备、良莠不齐,而留英美学生出国前教育基础扎实,经过严格筛选,留学期间教育正规,学有所成,回国之后人才辈出,成就斐然。① 这一判断虽不能完全反映两派留学生的文学艺术成就,但对两派留学生知识体系和人生路径的描述基本符合客观事实。留学生回国后,在众声喧哗的话语场展开了激烈笔战。夏志清曾说:"我们即便是把自由派与激进派的纷争看做留美、留英学生与留日学生的纷争也不为过。"②留英美学生和留日学生的交锋,构成了现代文学思潮交响乐中最主要的两个声部。

一、东游的摩罗及其积极自由文学观

将留日派而不是留学欧陆派作为考察对象,主要原因是中国接受欧陆积极自由传统的影响大多通过日本这一中介。前往日本留学的学生在数量和规模上远远超出直接赴欧洲大陆留学的学生,欧洲大陆留学潮是前几批留日学生回国,意识到他们留日所学之源以后才发生的。当时大批赴日学生接触的西方思潮中,欧陆文化思潮占据主导地位。留日学生的激进主义思想倾向,大都源自以法国大革命、1848 年德国革命以及俄国十月革命为表征的积极自由传统。③ 这一点可以被陈独秀礼赞法国大革命,李大钊致敬青年德意志,青年鲁迅大量购买阅读德文书籍、醉心尼采超人哲学,郁达夫将卢梭及其民约论奉为

---

① 周晓明:《多源与多元:从中国留学族到新月派》,上海:华中师范大学出版社,2001。
② 夏志清:《中国现代小说史》,上海:复旦大学出版社,2005,第 17 页。
③ 留日学生中亦有高一涵这样的消极自由特征更加明显的知识分子。

圭臬等诸多事实印证。"法国启蒙思想主要通过日本传入中国。"①早在中国留学生大批赴日之前,日本就已经兴起"自由民权运动"了。19 世纪 80 年代以后,大批法国革命思想史文献被译介进入日本,法国大革命被日本思想界视为西方文明发展的标志。

留日学生与法国欧陆自由传统之间的联系,既有思想史原因,也有社会史因素。"卢梭式法国启蒙思想对新文化运动的深刻影响,源于中法历史文化的亲和性。英美虽为中国知识分子向往的自由民主的理想范型,但其独特的社会历史条件却是难以移植的。"②彼时,就有学者意识到中法社会思潮之间的联系。1912 年,杜亚泉观察到法国是中央集权的热土,英美是个人自治最发达的自营社会,中国的专制政治和集体依赖的国民性格与法国相近而与英法疏离。③ 关于中法之间的历史亲和性,五四运动后,远在大洋彼岸哈佛大学学习的吴宓和陈寅恪有过一次讨论。1919 年 8 月 31 日,吴宓读到法国大革命的历史,"愈见其与吾国之革命前后情形相类",陈寅恪说:"西洋各国中,以法人与吾国人,性习为最相近。其政治风俗之陈迹,亦多与我同者。美人则与吾国人,相去最远,境势历史使然也。"④在世纪之交的留日学生视野中,法国最符合他们对未来中国的民族国家想象,他们把法国视为西方文明的母体,把法国当作中国学习的榜样。据统计,辛亥革命前 15 年里,至少有 1014 种日文著作被翻译成中文,比此前半个世纪中国翻译西方书籍的总和还多,更远远超出同时期翻译英美等西方国家书籍的数目。⑤ 其中,法国大革命、社会主义和启蒙思想的书籍占据相当大的比重,这些书籍改变了中国思想界的面貌。

20 世纪前 10 年的中国学生赴日留学的潮流,"是到此时为止的世界史上最大规模的学生出洋运动",在规模、深度和影响方面,中国学生留日远远超过了中国学生留学其他国家。⑥ 留日学生对外国作家的关注,集中在欧洲大陆尤其是俄国作家群体。"中国和日本的知识分子之所以特别欣赏俄国小说是有特殊原

① 金观涛、刘青峰:《中国现代思想的起源:超稳定结构与中国政治文化的演变》,第 377 页。

② 高力克:《五四的思想世界》(增订本),北京:东方出版社,2019,第 60 页。

③ 杜亚泉:《论人民重视官史之害》,《中国近代思想家文库:杜亚泉卷》,周月峰主编,北京:中国人民大学出版社,2014,第 93 页。

④ 吴宓:《吴宓日记 第 2 册:1917~1924》,吴学昭整理注释,北京:生活·读书·新知三联书店,1998,第 58 页。

⑤ 熊月之:《西学东渐与晚清社会》,北京:中国人民大学出版社,2011,第 640 页。

⑥ 费正清、刘广京:《剑桥中国晚清史(1800—1911 年)》(下卷),第 342 页。

因的，因为这两个国家都想摆脱传统的枷锁，改革社会现状，建立较为合理的制度。而俄国小说里所表现的社会同情心，对权威和习俗所做的虚无主义式的反抗，对追求生命意义的热诚，对自己祖国的伟大的信心不移……这些都是当时中日青年迫切关心的问题。"①当时日本盛行的欧陆思潮和欧陆作家作品，与留日作家的积极自由倾向有紧密关联。

日本盛行的欧陆思潮对留日学生产生巨大影响，各个时期和各个地域的不同特质的西方思潮全部堆叠在一起，留日学生大多无意也无法厘定西方文化的整体样貌、时空累积顺序和思潮分野。② 他们大都将法国启蒙思想和社会主义思潮视为西方文化主流，把法国大革命代表的积极自由传统看作英美自由主义传统的延续，忽视了英美消极自由对法国大革命和欧陆启蒙建构理性的扬弃。"从事大量翻译工作的留日学生大多对西方文化、甚至对日本都不甚了解"，中国知识分子大都把法国启蒙思潮当作英美自由民主理念的进一步发展，"卢梭的平等自由观念逐渐成为革命仁人志士心目中西方民主自由的代表"。③ 前文梳理的梁启超自由理念中积极自由和消极自由交叉混杂、卢梭与穆勒含混合一的现象，就是留日知识分子途经日文翻译同时接受两种自由理念产生的误读和隔膜。留日知识分子对西方文化的"梁启超式的输入"是"无组织，无选择，本末不具，派别不明，惟以多为贵"的。④ 郁达夫对于卢梭的解读方式也有"梁启超式的输入"特征。从 20 世纪 20 年代末留英美知识分子与留日知识分子关于卢梭的论战，亦可看出其他留日知识分子身上的这一思想特征。

具体而言，留日知识分子的文学观有以下几方面的积极自由特征：

第一，创作目的注重启蒙和个性解放。像鲁迅一样，大多数留日作家攻读专业并非文学。他们大多先后辗转日文速成班和多所大学之间，亦多次往返祖国和日本之间，所学专业不稳定，学业未竟之例常见。他们"半路出家"搞文艺的原因之一是从明治维新知识分子的思想启蒙历程中看到文艺在改良国民性和开启民智方面的巨大作用。鲁迅办《新生》，翻译《域外小说集》，作《摩罗诗力说》《文化偏至论》。陈独秀二次革命失败后亡命日本，回上海创办《青年杂志》。虽然时

① 夏志清:《中国现代小说史》，第 17 - 18 页。
② 留日知识分子中高一涵发现了洛克和卢梭两位思想家在民约论上的不同，参见高一涵:《民约与邦本》，《青年杂志》一卷三号，1915 年 11 月 15 日。
③ 金观涛、刘青峰:《中国现代思想的起源:超稳定结构与中国政治文化的演变》，第 377 - 378 页。
④ 梁启超:《清代学术概论》，《饮冰室合集》(第 25 卷，专集第九册)，第 6837 - 6838 页。

间有先后,但他们用文艺开启民智的心路历程却相似。

第二,作品主题彰显摩罗精神和革命立场。留日知识分子,与留学欧陆的知识分子一样,政治立场、行为方式和情感基调都较为激进。"除了少数例子外,留法、留俄的学生以激进派的居多。"①贾植芳认为,用"激进"形容留日学生,大致不为过。② 陈独秀的文学革命,李大钊的青春中国,鲁迅的极端主我,郁达夫的自怨自艾,郭沫若的天狗自食,都可视为积极自由理念之表征。新文化运动时期,他们激烈地反抗三纲五常,反对皇权专制;大革命后,他们倡导普罗文学,开展左翼文学运动,提倡马克思主义,反抗国民党白色恐怖。以鲁迅为代表的左联骨干,大都是留日学生,他们的创作和批评大都体现出冲决罗网的战斗意志和不屈的斗争精神。"摩罗精神贯穿了现代中国留日作家的好几代人,可以说已经构成了中国现代文学的重要'精神传统'。"③从人生经历而言,留日学生大都生活坎坷,心路曲折,家道中落者常见,经济条件比留学英美者稍逊一等。留日派在留学期间生活环境不稳定,倾向全盘翻转和彻底改变,主张暴力革命。他们回国后,大多未能像从英美回国的知识分子那样在大学谋得稳定教职,因从事激进文学或政治活动而受到当局打压和辖制,生计辗转无定,经济基础和生活条件相对较差。也正因此,他们更能体验中下层民众的清苦生活,更易体恤贫苦大众的苦难,深切体会到"损不足以奉有余"的人之道,更倾向革命。

第三,文本价值理念混杂、不稳定。明治维新虽然为中国树立了学习西方的榜样,但日本的政治、经济和社会文化思潮一直处于流变中,西方各种外来思潮杂糅并进,缺少英美国家在长期的社会发展变革中累积下来的稳定的文化传统和价值体系,无法给留日学生提供可资借鉴的社会样板和发展模式。日本一直忙于在西方后面追逐,试图赶超,存在急躁冒进心态,以西方发展模式为依归,缺乏本民族独有的现代化发展模式。留日作家不像留英美作家那样服膺某一种哲学、抱定某一种主义、秉承某一种价值观念。他们回国后的政治态度混杂不定,思想内核杂糅矛盾,我们很难从某个留日学生身上找到相对清晰的思想接受轨迹。"他们总是处于不断探索、不断否定自我、不断追求、不断接受一个比一个更

---

① 夏志清:《中国现代小说史》,第 17 页。

② 贾植芳:《中国留日学生与中国现代文学》,《山西师大学报》(社会科学版)1991 年第 4 期,第 38－47 页。

③ 李怡:《东游的摩罗:日本体验与中国现代文学的发生》,南京:江苏凤凰文艺出版社,2018,第 4 页。

新的思潮的阶段。"①从创造社作家的人生道路、为人处世和文本审美中,可以发现颓废享乐的唯美主义、冲破藩篱的激进主义、哀怨暴露的浪漫主义、真诚细腻的自然主义、为底层普罗大众呼号的无产阶级革命激情等。留日新文学家的思想状态既有冲动冒进的一面,又有兼收并蓄的一面,既有极端化和情绪化,又有追赶时代、勇立潮头的气魄和勇气。留日作家"文学上的生命力,确实比留学英美的作家更强有力一些"②。贾植芳与勃兰兑斯对欧洲浪漫主义文学思潮的判断基本一致。

第四,文本情感流露出屈辱的民族创伤记忆和感伤情绪。甲午海战后,日本的爱国主义和民族主义达到前所未有的高潮,中国被认为是落后的弱国。虽然日本当局竭力周旋接纳中国留学生,但由于赴日学生人数太多,且日本的确存在对中国留学生的歧视,大部分学生的情况是很不好的。《沉沦》首句"他近来觉得孤冷得可怜"③,奠定了小说的情感基调。这个敏感自卑、孤独内省、激愤伤感的中国青年成为小说的核心人物。郁达夫的创作经历,生动说明了"中国文学是在一种充满了屈辱和痛苦的情势下走向世界文学的"①。民族国家历史的巨大反差,使得赴日留学生负载了沉重的民族国家的创伤记忆。《藤野先生》《沉沦》中揭示的微妙而又刻骨铭心的屈辱经历,大部分留日学生都有切身体会,他们所遭受的民族歧视和人格侮辱,给他们带来了巨大的心理创伤。

第五,叙事主体身份困境及其反抗意识。异族的歧视和压制,既导致留学生的主体性和民族身份认同困境,也促使他们产生了强烈的民族主义。留日学生普遍存在民族创伤记忆产生的自卑心态和民族国家认同困境。留日作家的文学创作过程,亦可视为知识分子寻找国族身份、重建民族国家认同的过程。留日前,国族沦丧而对自身的传统文化身份产生怀疑,原有稳定的主体性发生动摇,试图通过日本经验寻求重建。赴日后,发现日本虽成亚洲强国,但依然在追赶西方脚步,留日学生主体性建构的希望落空,进而滋生迷茫和怀疑。赴日之初的欣喜、好奇,甚至欣赏和钦佩,渐变为困惑、屈辱、迷茫、绝望和悲愤,他们变得激进,

① 贾植芳:《中国留日学生与中国现代文学》,《山西师大学报》(社会科学版)1991 年第 4 期,第 38 - 47 页。
② 贾植芳:《中国留日学生与中国现代文学》,《山西师大学报》(社会科学版)1991 年第 4 期,第 38 - 47 页。
③ 郁达夫:《沉沦》,《郁达夫全集》(第一卷),第 39 页。
④ 陈平原、黄子平、钱理群:《世界眼光:"二十世纪中国文学"三人谈》,《读书》1985 年第 11 期,第 79 - 87 页。

崇尚彻底地破坏、决绝地挑战、不断地变化甚至冒进。清末民初的留日学生"学到的主要教训似乎是理解了民族主义的重要性。他们在日本的感受必然使他们在同乡观念中增添了一种日益强烈的中国人的意识"①。面对国家的失败,他们不得不思考民族的前途,查究国民衰败的根源,反观日本的现状,认识到倡导现代西方科技和文化的紧迫性。

第六,集体主义认同和权威型社群形态。留日作家深重的民族情结与个性解放诉求,既互相支撑,亦互相抵牾。追求个性解放是个体诉求,建立现代民族国家是集体诉求,二者在某种情况下兼容是可能的,但依然有分殊。社群意味着接近性(proximity)、统一性(unity)和地点(place),可以被看作本尼迪克特·安德森的"想象的共同体"②。留日知识分子大都倾向于集体利益本位,在文学社群归属上,更倾向于权威型集团。大革命后成立的左联,其骨干成员大都有留日背景。左联是一个有着完整建制、组织严密、运转有效的科层组织,比新月社等自由主义文学社群的组织架构严密许多。③

二、西游的绅士及其消极自由文学观

要考察留英美知识分子自由理念的主要特征,需要简要梳理其个体的教育背景和生存轨迹。

首先看自由主义知识分子的核心人物胡适。胡适幼时在上海读书时,就接受了社会进化论启蒙。留美七年,他积极参加了美国的基层政治活动,这奠定了其一生思想和志业。罗斯福遇刺后,康奈尔大学史密斯大楼的楼管工人主持集会,胡适神往之至。他深受导师杜威实验主义影响,由此"一生相信自由主义"④。1934 年 12 月,温源宁将胡适思想取向定位为"近于厚重稳健,非近于犀利急进",称其是"演化的,非革命的",具有"盎格鲁-撒克逊的素养"。⑤ 胡明曾经对"胡适思想"进行过总结:积极开放的、既保持民族性,又充分世界化的文化立场;实事求是、服从验证、有几分证据说几分话、不相信任何没有证据的东西的思想方法;不苟且、不媚俗、独立、审慎而负责任的言论态度;坚持民主自由、反对

---

① 费正清、刘广京:《剑桥中国晚清史(1800—1911 年)》(下卷),第 347 页。

② [英]杰拉德·德兰蒂:《现代性与后现代性:知识、权力与自我》,李瑞华译,北京:商务印书馆,2012,第 169-170 页。

③ 王锡荣:《左联领导机构及任职考》,《新文学史料》2015 年第 1 期,第 48-55 页。

④ 胡适:《当前中国文化问题》,《胡适全集》(第 22 卷),第 748 页。

⑤ 林语堂:《且行且歌》,北京:群言出版社,2010,第 342 页。

暴力革命、主张改良渐进、奉行和平守法的宪政精神。① 其后两点与狭义自由主义的核心要义基本重合。胡适是为数不多的既被学界公认为自由主义者，同时本人也对自由主义信仰毫不讳言的现代知识分子。

其次看一身英美绅士风度的徐志摩。他进入北京大学后，曾拜梁启超为师。梁启超的积极自由思想对徐志摩产生了一定的影响，他一度对卢梭的民约论非常感兴趣。徐志摩承认自己二十四岁之前，对于诗的兴味远不如对于相对论或民约论的兴味。② 在1923年北大师生反对教育总长彭允彝的斗争中，徐志摩声援蔡元培与政府的不合作姿态，号召用"人格头颅去撞开地狱门"③，这当然有积极自由金刚怒目的一面。虽然徐志摩的确兼具欧洲浪漫主义的积极自由色彩，但英美留学背景使其更接近英美消极自由传统。游历欧美数年，长期浸润在欧美自由主义理念和行为方式中，使他成为对自由主义"天真"而"任性"的实践者。胡适认为徐志摩的一生，"真是一种'单纯信仰'，这里面只有三个大字：一个是爱，一个是自由，一个是美"④。徐志摩游历欧美时，西方社会已从暴力革命阶段进入成熟的自由社会阶段。出身富裕家庭、在西方游历数年的徐志摩，对革命十分忌惮，对包括左翼文学、革命文学和马克思主义文艺在内的诸多文艺思潮大都持批判态度。他在《〈新月〉的态度》一文中所宣扬的真、正、秩序、健康和尊严的文学理念，是新月派的文学纲领，也是自由主义文学思潮的宣言。

再看用"人性论"为缪斯护驾的梁实秋。赴美前，梁实秋结识了哈佛大学学成归来的吴宓、梅光迪等文化保守主义者，他说："对于南京一派比较守旧的思潮，我也有一点同情，并不想把他们一笔抹煞。"⑤这显示出其难得的理性和包容。回国后，梁实秋的一系列批评和政论显示出其与积极自由迥异的价值观：反对钳制言论自由、禁锢思想和取缔反对派，强调自由的限度；主张社会的渐进改良，反对革命、暴力和激进主义。"我们争自由，只是在纸上争自由"，绝不使用暴力革命的方式。⑥ 对于争取思想自由的策略，他希望当局容忍异己，宽容批评。⑦ 他试图剥除文学身上的革命话语，就文学"阶级性"和"人性"与鲁迅等左

---

① 胡明：《胡适思想与中国文化》，桂林：广西师范大学出版社，2005，自序第2页。

② 徐志摩：《徐志摩全集》（第三卷），第392页。

③ 陈从周：《徐志摩·年谱与评述》，上海：上海书店出版社，2008，第35－36页。

④ 胡适：《追悼志摩》，《新月》1932年第1期。

⑤ 梁实秋：《梁实秋自传》，南京：江苏文艺出版社，1996，第63页。

⑥ 梁实秋：《答鲁迅先生》，《梁实秋文集》（第六卷），第481页。

⑦ 梁实秋：《论思想统一》，《梁实秋文集》（第六卷），第435页。

翼作家展开激烈论战。抗战期间,他坚守个体价值本位,拒绝国家民族话语对文学的收编,因"与抗战无关论"备受批判,写作《雅舍小品》,用个体人生的诸多况味抗拒宏大历史叙事,孕育了 20 世纪 40 年代散文的一朵奇葩。"梁实秋被称作自由主义知识分子,近年来似已成定论",他具有"较为系统的自由主义文艺思想",与胡适、徐志摩、林语堂等构成了自由主义作家的核心阵容。①

最后看白色恐怖中揶揄时政的林语堂。林语堂在基督教文化的熏染下成长,在欧美游学四载。② 胡风认为,林语堂早期思想主要是"西洋旧的民主主义的凌乱的反映",当属"没有骨骼的自由主义"。③ 但也有学者认定"林语堂博士是个绝对的自由主义者"④。林语堂与《语丝》提倡的主张暗合,成为《语丝》主要成员。1925 年底,林语堂提出"费厄泼赖"和"不打落水狗",遭到鲁迅的嘲讽和批判。20 世纪 30 年代,林语堂在上海先后主办《论语》《人间世》《宇宙风》等杂志,倡导幽默、闲适和性灵,与左翼作家分道。"贯串林语堂一生的流氓气也就是其自由主义的思想",是他"在 30 年代提倡以闲适为格调的幽默小品的思想基点"。⑤ 在胡适等自由主义作家离开上海的四年多时间里,林语堂用幽默、闲适的方式,支撑着一种与左翼革命文学截然不同的文学样态。杨杏佛被害之后,上海的白色恐怖已经蔓延到林语堂家门时,他依然用"我们要谈女人了"⑥的隐喻姿态,反讽腐败时局,曲线争取自由主义话语权。

以上几位作家一般被称为自由主义作家,这是广义上的自由主义定义。一般而言,国内学界所指的自由主义作家,大都指具有英美留学背景的作家,准确地说,他们是消极自由理念的作家。留英美作家身上展现的绅士风度,一般体现为群己权界、渐进改良、容忍处事、个体价值本位、反对暴力等价值诉求,这些消极自由理念是探寻现代自由主义文学思潮主要特征的切入口。总体上看,留英美作家的消极自由文学观表现为以下几方面:

首先,情感特质上,主张以健康理性对抗狂飙突进。与留日知识分子相比,

---

① 高旭东:《梁实秋与中西文化》,北京:中华书局,2007,第 14、218 页。
② 1918 年,林语堂结识刚刚回国的胡适,两人一见如故。1919 年,林语堂携妻赴美,在哈佛大学比较文学所跟随白璧德(Irving Babbitt)学习西方文学。后转赴法国和德国,在耶拿大学就读。一学期后,林语堂转入莱比锡大学攻读语言学博士学位。1923 年回国受聘北京大学。
③ 胡风:《林语堂论》,《胡风全集》(第 2 卷),武汉:湖北人民出版社,1999,第 15、17 页。
④ 萧南:《衔着烟斗的林语堂》,成都:四川文艺出版社,1995,第 45 页。
⑤ 杨剑龙:《论语派的文化情致与小品文创作》,上海:上海书店出版社,2008,第 18 页。
⑥ 林语堂:《谈女人》,《人生殊不易》,北京:群言出版社,2010,第 155 页。

留英美学生的家庭环境和学习条件相对稳定,大都有丰厚的官费支撑,一定程度上融入了英美社会,非异乡人、多余人或零余人。英美消极自由传统秉持群己权界,坚决捍卫个体基本权利,同时也对个体权利设限,强调理性辖制情感。个体本位的个人主义反对无限张扬个性,即便是带有鲜明浪漫主义色彩的徐志摩,也与汪洋恣肆的个体情感、狂飙突进的个人意志保持一定距离,主张"看得正""看得整",倡导健康和尊严的表达。徐志摩在《〈新月〉的态度》中提出思想自由最主要的两个条件是"不妨害健康的原则"和"不折辱尊严的原则"。① 感伤派、颓废派、攻击派、偏激派、标语派、主义派等,均为"迷误的自由观念"。② 他批评绝对自由和情感放纵,主张理性,认为"先前我们在思想上是绝对没有自由,结果是奴性的沉默;现在,我们在思想上是有了绝对的自由,结果是无政府的凌乱"。③ 他说:"我们不敢赞许伤感与热狂因为我们相信感情不经理性的清滤是一注恶浊的乱泉,它那无方向的激射至少是一种精力的耗废……我们不崇拜任何的偏激因为我们相信社会的纪纲是靠著积极的情感来维系的……支离的,偏激的看法,不论怎样的巧妙,怎样的生动,不是我们的看法。我们要走大路。"④梁实秋在《现代中国文学之浪漫的趋势》中批评"不守纪律的自由活动"和"不守纪律的情感主义",认为"真实的自我,不在感觉的境界里面,而在理性的生活里"。⑤ 这一点,徐志摩和梁实秋等留英美作家是一致的。前期创造社和新月社都声明没有严密的组织和统一主义,但二者的情感基调迥异,前者汪洋恣肆、狂飙突进,后者除了追求自由的言论,更讲求理性表达。

其次,文学形式上,注重形式探索和改良。承认个体生命的价值意义,尊重每个人的合理选择,是消极自由理念的原则之一。在文学形式改良问题上,与留日派高呼"推倒—建设"的行为方式不同,"留美学生似乎更注意新文学形式的探索"⑥,注重在传统文学基础上进行改良。留英美知识分子主张容忍多元,反对睚眦必报、全盘否定和尖锐对立。梁实秋主张作家不能把创作的原则全部抛弃,

① 徐志摩:《〈新月〉的态度》,《徐志摩全集》(第三卷),第 195 页。
② 徐志摩:《〈新月〉的态度》,《徐志摩全集》(第三卷),第 196 页。
③ 徐志摩:《〈新月〉的态度》,《徐志摩全集》(第三卷),第 195 页。
④ 徐志摩:《〈新月〉的态度》,《徐志摩全集》(第三卷),第 196 - 198 页。
⑤ 梁实秋:《现代中国文学之浪漫的趋势》,《梁实秋文集》(第一卷),第 35 - 47 页。
⑥ 贾植芳:《中国留日学生与中国现代文学》,《山西师大学报》(社会科学版)1991 年第 4 期,第 38 - 47 页。

"作者要受相当的束缚,不能完全自由的东摭西拾"。① 除了《文学改良刍议》提出"八事"的改良纲要外,胡适还在《论短篇小说》《谈新诗》《建设的文学革命论》《易卜生主义》等文论和政论中对小说、诗歌、戏剧、语体等提出重建和改良方案。而全盘否定旧文学、不允许反对派质疑的陈独秀,在提出"文学革命论"之后,少有相关建设方案。创造社诸君对日本"私小说"的"创造性模仿",开创了中国现代小说自叙传和新诗积极浪漫主义的先河,展示出《沉沦》式惊世骇俗的颓废和感伤,以及《女神》式冲破一切传统诗歌形式和原则的"大喊大叫"。徐志摩在《〈新月〉的态度》中抱怨"这又是个混乱的年头,一切价值的标准,是颠倒了的"②。徐志摩的诗思没有郭沫若强烈和粗犷,更加讲求结构的整饬、音韵的调和、意象的美感和意境的隽永。

再次,社群生态上,组成包容多元的沙龙。留英美知识分子回国后,大都入职声誉较好的大学,生活相对稳定,贵族精英生活方式得以赓续。留英美知识分子社群是若干个人主义者的集合,有精神领袖,无组织权威,社群内部不追求文学风格的整齐划一。前期北京新月社,抑或后期上海新月社,除精神领袖胡适和行动灵魂徐志摩外,内部没有严密的科层组织,他们的共同信念是思想自由和理性表达。梁实秋说:"我们办月刊的几个人的思想是并不完全一致的,有的是信仰这个主义,有的是信仰那个主义,但是我们的根本精神和态度却有几点相同的地方。我们都信仰'思想自由',我们都主张'言论出版自由',我们都保持'容忍'的态度(除了'不容忍'的态度是我们所不能容忍以外),我们都喜欢稳健的合乎理性的学说。这几点是我们几个人都默认的。"③他还强调:"我们办月刊的几个人,本来没有什么组织,一直到现在还是很散漫的几个朋友的集合,说不上什么团体,不过因为大家比较的志同道合,都不肯随波逐流,都想要一个发表文章的机关,所以就邀合起来办这个刊物。"④《新月》一班人"除了共同愿意办一个刊物之外,并没有多少相同的地方,相反的,各有各的思想路数,各有各的研究范围,各有各的生活方式,各有各的职业技能。彼此不需标榜,更没有依赖"⑤,在文艺观点上,有着不少差异,但不影响合办一个刊物。梁实秋特别强调《新月》包容多元的编辑理念:"这几篇文章都是作者个人良心上的呼声,决没有经过团体的讨

① 梁实秋:《现代中国文学之浪漫的趋势》,《梁实秋文集》(第一卷),第 47、50、51 页。

② 徐志摩:《〈新月〉的态度》,《徐志摩全集》(第三卷),第 194 页。

③ 梁实秋:《敬告读者》,《梁实秋文集》(第六卷),第 457-458 页。

④ 梁实秋:《敬告读者》,《梁实秋文集》(第六卷),第 457 页。

⑤ 梁实秋:《忆〈新月〉》,《梁实秋自传》,第 144 页。

论和指使。我们编稿的手续是极简单的……我们每篇文章都是作者个人署名负责。"①徐志摩在《〈新月〉的态度》中说,《新月》的几个朋友,除了这个刊物之外,没有什么组织,除了想在学术上和文艺上取得一点成就之外,也没有什么思想的一致。② 除了当事人的回忆,也有研究者考察了新月社运行机制。新月社内在性格具有两面性,既强调个体的自由和独立价值,又需要作为社团群体的价值共识,他们的组织松散,没有明确统一的纲领、步调和行动,成员在政治、文化、文学和艺术上的主张亦有差异。留英美知识分子的教育背景、思想理念和行为方式造就了自由主义作家社群的包容和开放特征,与左翼作家社群的组织化结构呈现显著差异,两社群的文学观念、作品形态和文学审美差异也凸显出来。左右翼作家社群形态及其文学样态的差异,也体现出两种自由理念的差异。

最后,文本主题思想上,主张渐进改良。持消极自由理念的自由主义者认为,社会进步有赖于渐进改良,激进暴力推翻现有秩序会产生另一个专制机器。留英美知识分子在海外留学期间,英美社会已从暴力革命阶段步入稳定格局,反思革命暴力的思潮较常见,鼓吹激进反叛的思潮少见,他们更服膺群己权界理论。胡适留学日记显示,他一到美国就受到善待,并融入美国的基层社会生活③,他将英美社会视为中国的未来样板,有信心将自己所学运用到日后"树人"大业中。与胡适不同,青年鲁迅在日本感受到羸弱民族的屈辱,激发出决绝反抗的意志。胡适树人,久久为功,点滴改善,循序渐进;鲁迅立人,摩罗精神,撒旦气魄,当头棒喝,以求国民精神突变。"是故将生存两间,角逐列国是务,其首在立人,人立而后凡事举;若其道术,乃必尊个性而张精神。"④胡鲁同归而殊途。胡适在 1916 年 1 月 25 日致信友人许怡荪:

> ……适以为今日造因之道,首在树人;树人之道,端赖教育。故适近来别无奢望,但求归国后能以一张苦口,一支秃笔,从事于社会教育,以为百年树人之计;如是而已。
>
> ……明知树人乃最迂远之图。然近来洞见国事与天下事均非捷径所能为功。七年之病当求三年之艾。倘以三年之艾为迂远而不为,则终亦必亡

① 梁实秋:《敬告读者》,《梁实秋文集》(第六卷),第 458 页。
② 徐志摩:《〈新月〉的态度》,《徐志摩全集》(第三卷),第 193-194 页。
③ 李兆忠:《喧闹的骡子:留学与中国现代文化》,北京:人民文学出版社,2010,第 41 页。
④ 鲁迅:《文化偏至论》,《鲁迅全集》(第一卷),第 58 页。

而已矣。①

数日后，胡适致信 H. S. 维廉斯教授进一步阐释了自己对激进革命的立场：
"吾并非指责革命……吾不赞成早熟之革命，因为它们通常是徒劳的，因而是一
事无成的。……果子还未成熟，即去采摘，只会弄坏果子。"②当陈独秀高扬激情
四射的文学革命论时，胡适用"改良刍议"之名倡导文学变革，"八事"主张确比前
者细致缜密，更具操作性和建设性。胡适貌似平实的论述中，包含着严密的学理
和全新的知识背景，"由此确立了白话文学在中国文学史上的正宗地位"。③ 同
样，徐志摩《秋虫》等抒情诗和梁实秋《现代中国文学之浪漫的趋势》等文学批评，
也显示出对暴力革命的忌惮。梁实秋认为中国的浪漫主义文学打倒了中国的固
有标准，浪漫主义者的唯一标准就是"无标准"，所以他对反抗一切陈规的浪漫主
义抱有深刻的怀疑，也不知道"谁能把一个常态的标准从混乱中清理出
来"。④ 徐志摩对稳定社会秩序的渴求更是溢于言表："文艺创作活动的条件是
和平有秩序的社会状态，常态的生活，以及理想主义的根据。"⑤

英美社会给中国留学生提供的社会环境，比当时的国内环境安宁、富足、有
序，使他们看到了一个理想的社会模板，对中国套用这种模板充满期待。毛泽东
在《改造我们的学习》里指出留学生机械移植外国思潮的缺陷："他们从欧美日本
回来，只知生吞活剥地谈外国。他们起了留声机的作用，忘记了自己认识新鲜事
物和创造新鲜事物的责任。"⑥在战乱连连、秩序失范、民生凋敝的现状面前，留
英美知识分子的主张方枘圆凿，屡屡受挫。黄仁宇曾从"大历史观"的角度告诫：
"世界上任何国家以任何'主义'解决问题都不可能是依样画葫芦，都是要处在绝
境与'柳暗花明'之中突过难关，创造出一种新环境。"⑦消极自由的社会蓝图不
可谓不美好，胡适等人在政治、思想、文化、文学等各方面的奔走呼号不可谓不用
力，却无法给积重难返的现代中国提供解决实际问题的有效方案。

从文学场域到社会思潮，留英美知识分子在现代中国的影响力不可忽视，亦

① 胡适：《留学日记》，《胡适全集》（第 28 卷），第 306 页。
② 胡适：《留学日记》，《胡适全集》（第 28 卷），第 316 页。
③ 李兆忠：《喧闹的骡子：留学与中国现代文化》，第 51 页。
④ 梁实秋：《现代中国文学之浪漫的趋势》，《梁实秋文集》（第一卷），第 41 页。
⑤ 徐志摩：《我也"感"：与徐悲鸿先生书》，《徐志摩全集》（第三卷），第 345 页。
⑥ 毛泽东：《改造我们的学习》，《毛泽东选集》（第三卷），第 798 页。
⑦ [美]黄仁宇：《万历十五年》，北京：中华书局，2007，第 250 页。

相对有限。"他们从欧美回来,一踏入国门,就发觉与留日派知识分子所建立起来的文学哲学系统,大相径庭。于是他们只好采取守势,专心致力于研究中国社会各方面的问题,然后做建设性的批评,以抗拒左翼分子和激进分子破坏性的影响力。他们其中有不少在大学里教书,培养自由学风和研究文学的严肃精神。"①他们既反对国民党的专制独裁和白色恐怖,与其展开人权论战,捍卫个人基本权利,为当局所不喜;又反对暴力革命,成为左翼作家眼中的"帮忙""帮闲""正人君子"和"丧家的""资本家的乏走狗"。一面是专制独裁,一面是暴力革命,现代自由主义知识分子的历史境遇可能就此注定。

三、激进派与自由派

受制于异域空间的散点结构分布,以及放洋和回国时间的错位,20 世纪 20 年代中期以前,留日知识分子与留英美知识分子之间并未形成有效的场域争鸣和实质性交锋。鲁迅回国后,历经数年抄写经书和古碑的沉潜时光,直到 1918 年发表《狂人日记》才登上文坛。胡适留美期间的《尝试集》《终身大事》等创作,确开风气之先,但文本相对粗糙,影响力有限,他直至新文化运动期间发表《文学改良刍议》才爆得大名。更不要说创造社诸君在五四运动之后才成立同人社团,狂飙突进的《女神》和自怨自艾的《沉沦》到 1921 年才在国内付梓。只有他们的主干成员陆续回国,秉持不同的办刊宗旨聚合在不同的文学期刊周围,在创作中将艺术特色和情感特征全面呈现,在批评论战中将他们的文学观念和价值取向深度阐释,才可能出现两种自由理念的场域对立和话语张力。

这一张力格局,要待五四运动落潮,现代文学第一个十年的中后期才得以形成。伴随现代大学空间布局的调整,知识分子同人团体和刊物逐步建立,军阀势力和国民革命的军事博弈加剧,大学风潮和人事纷争渐趋白热化,留日和留英美知识分子先后卷入时政和话语纷争,历经一系列生存空间和文学话语空间的组合和重构,渐渐形成两大阵营。五四运动落潮后,新文学和传统古典文学之间的较量依然延续,但随着 1920 年教育部颁令国民学校一年级和二年级改用白话文,新旧文学之争不再是矛盾的轴心,新文学内部激进革命思潮和自由主义思潮之间的论战逐渐成为博弈焦点。胡适、梁实秋之于美国,徐志摩、林徽因之于英国,鲁迅、郭沫若、郁达夫之于日本,瞿秋白、蒋光慈之于俄国,最终在态势上形成了以胡适为首的欧美派和以鲁迅为首的日俄派。两个阵营,被对方扣上"正人君

---

① 夏志清:《中国现代小说史》,第 18 页。

子"和"荡子浪人"的帽子,笔墨官司不断。大体而言,留日作家大多偏感性、情感激越、狂飙突进,作品主题思想偏决绝反叛、反抗专制和奴役,倾向暴力革命;留英美作家偏理性、情感谦和温婉,尊重现有秩序,主张包容多元,渐进改良,反对激进革命。前者表现为金刚怒目,冲决罗网,横扫一切压迫和专制的"摩罗诗力",以"撒旦派"面目示人,后者表现为理性包容、注重秩序、渐进改良的绅士风度。

摩罗精神贯穿了几代留日学生,构成了"五四"新文学、革命文学、左翼文学、延安文学等现代文学版图中举足轻重的精神传统,给中国现代文学版图打上了深深的革命烙印。与留日学生备受歧视的糟糕学习体验不同,留英美学生具有相对积极的生存体验,他们少有"异乡人"的创伤记忆,反而有"主人翁"的自豪感和参与意识。当留日学生无法在大学里找到民族身份认同,"郁达夫们"沦为哀怨的多余人、零余者时,"胡适们"几乎完全融入了美国社会,以主人翁的心态参与了美国的基层政治生活。陈衡哲笔下的美国大学学风浓厚,学生勤奋,教师和善,校园生活朝气蓬勃,师生关系平等而自由。"关于英美派知识分子与留日派知识分子的思想差异,这是深深影响着现代中国思想文化发展的大问题,值得我们长期关注和思考。"①留日摩罗与留英美绅士的思想差异,是欧陆自由主义传统和英美自由主义传统的差异,是两种自由理念的分野,这种差异和分野塑造了现代文学思潮的主要格局。

鲁迅对京派和海派的定论为学界所熟知,他还对 20 世纪 30 年代文坛的两派留学生作家进行过精辟的分析。1929 年 5 月,鲁迅对当时盛行的"不是过激,便是反动"的革命文学提出反思,认为"外来的东西,单取一件,是不行的"。② 他指出,中国文学界在选取外来文学思潮的过程中,盲人摸象,条块分割,作者将宝爱的外国作家奉为圭臬,对别人推崇的外国作家不甚了了。鲁迅对新月派"挟洋自重"很不满,对后期创造社诸君"政治先行,文艺后变","生吞活剥"的革命文学理论也提出批评,他认为"创造社有革命文学,时行的文学。不过附和的,创作的很有,研究的却不多,直到现在,还是给几个出题目的人们圈了起来"。③ 作为彼时文坛的参与者和见证者,鲁迅以特有的洞见拨开迷雾,观察到留日知识分子和留英美知识分子彼此对立分割的场域分布,对新文化运动十余年来的新文学版

---

① 李怡:《东游的摩罗:日本体验与中国现代文学的发生》,第 281 页。

② 鲁迅:《现今的新文学的概观》,《鲁迅全集》(第四卷),第 136 页。

③ 鲁迅:《现今的新文学的概观》,《鲁迅全集》(第四卷),第 137 页。

图的反思可谓一针见血。

一个故事的结局往往是提纲挈领的，它使此前的一切显出了意义，开篇、中段似乎只是为了它而存在。①　喧嚣的中国现代史在 20 世纪中叶尘埃落定，自由主义知识分子的所有努力都似乎已经写好了结局。摩罗精神最终赢得现代文学版图，英美消极自由传统终被压制和遮蔽。与其说历史天平终向留日学生代表的积极自由传统倾斜，不如说后者与现代中国内外交困的时局无法耦合。

知识分子的社会角色有悲有喜，他们中的有些人往往注定是悲剧命运的承担者，"他们要提前预告一个时代的真理，就必须承担时代落差造成的悲剧命运"②。英美自由主义作家在现代中国的历史境遇，似乎已经尘埃落定，但时至今日，似乎英美海归派在国内扮演的知识精英角色更加重要，英美学术规范和西游绅士的话语权让东游摩罗遭受越来越多的"现代性质疑"。"我们是否真的只能在'大江东去'的感叹中接受历史'转折'的现实？中国现代文学的精神传统是否就应当按照今天英美学术的'规范'进行重写？这都是一些难以解决却又必须解决的问题。"③当时的"激进"与"自由"，究竟是"同一事物的不同侧面"，还是"不同事物的不同特性"？④　哪一个才是中国现代文学弥足珍贵的传统？ 这些问题似乎召唤着我们重新回望历史，在历史自我演化的逻辑理路中寻找答案。

第四节　后"五四"时代新文学自由场域的乖离

新文化运动高扬民主、科学、自由和个性解放的大旗，将秉持不同理念的现代知识分子吸引在麾下。无论留日的李大钊、陈独秀、鲁迅，还是留英美的胡适，都同时致力于开启民智、反抗纲常名教的斗争。五四运动延续了新文化运动的价值理念，又改变了新文化运动的思想导向。随着《狂人日记》等白话作品逐步奠定创作实绩，复古势力无力挑战和撼动文学革命话语权，新文化知识分子内部的理念纷争逐渐显露出来。"问题与主义"之争后，陈独秀、李大钊的革命路径与胡适的渐进改良路径显性分离。1923 年鲁迅在《〈呐喊〉自序》中说："独有叫喊

① ［英］弗兰克·克默德：《结尾的意义：虚构理论研究》，刘建华译，沈阳：辽宁教育出版社，2000，第 169 页。
② 欧阳哲生：《自由主义之累》，《开放时代》1999 年第 4 期，第 60 - 64 页。
③ 李怡：《东游的摩罗：日本体验与中国现代文学的发生》，第 4 页。
④ 王本朝：《日本经验与中国新文学的激进主义》，《晋阳学刊》2010 年第 3 期，第 114 - 118 页。

于生人中,而生人并无反应,既非赞同,也无反对,如置身毫无边际的荒原,无可措手的了,这是怎样的悲哀呵,我于是以我所感到者为寂寞。"①鲁迅感叹五四运动之后,新青年同人星散。"北京虽然是'五四运动'的策源地,但自从支持着《新青年》和《新潮》的人们,风流云散以来,一九二〇至二二年这三年间,倒显着寂寞荒凉的古战场的情景"②。新文化阵营因缘再会的契机渺茫,等待他们的是文人分道和文坛分野。

一、摩罗与绅士的显性分化

1924 年是留学英美作家群和留日作家群出现显性分化的年份,是中国现代自由主义文学思潮的关键时间节点之一。这个节点是由此前数年新文化阵营的隐性分化格局累积到某一突发事件而产生的。1919 年 6 月,陈独秀因散发传单被捕。陈独秀出狱后为躲避北洋军阀监视于 1920 年初南下上海,《新青年》编辑事务也随之南迁上海。此后《新青年》由陈独秀一人主编,原编辑同人之间意见分歧,知识共同体开始溃散。1923 年 1 月,蔡元培因北大教授被北洋军阀政府迫害愤而离职南下,久不北上理事。新文化阵营先失阵地《新青年》,再走领袖蔡元培,北大知识分子共同发声的话语平台逐渐瓦解,共同的人事纽带断裂,留日知识分子与留英美知识分子之间罅隙渐深。新文化运动退潮期知识分子的落寞和彷徨,可以在这一时期鲁迅的小说集《彷徨》中寻找到明显的痕迹。《在酒楼上》主人公吕纬甫曾是新文化运动时期的振臂前驱者,之后迫于生计教授"子曰诗云"度日,人生如苍蝇一般画了一个圈,回到原点,买醉酒楼上。《孤独者》主人公魏连殳亦从革命激情陷入困顿寂寞,他用放纵和自戕自我毁灭,像荒郊的一匹孤狼,愤怒嘶吼,直至耗尽最后一滴心血。

1924 年年底,《晨报副刊》抽稿事件后,《语丝》和《现代评论》两个期刊先后诞生了。前者以留日知识分子为主干,后者以留英美知识分子为主干。语丝派和现代评论派是新文化阵营分裂后出现的两个典型的同人社群,这两个社群是中国自由主义思潮分化和自由主义文学凸显的标志。③ 两社群成员并非一成不变,社群之间非各自封闭、完全敌对,二者价值理念也是同异互现,但这两个社团的总体思想风貌迥异,对"女师大风潮""五卅惨案""三一八"惨案等突发社会事

① 鲁迅:《〈呐喊〉自序》,《鲁迅全集》(第一卷),第 439 页。
② 鲁迅:《〈中国新文学大系〉小说二集序》,《鲁迅全集》(第六卷),第 253 页。
③ 胡梅仙:《中国现代自由主义文学话语之建构(1898—1937)》,第 112 页。

件的立场分歧严重,在既有社会秩序、社会进步方式等问题上显示出明显的对立。

《晨报副刊》成为留英美知识分子同人社团的大本营后,语丝社亦不掩饰同英美自由主义知识分子团体抗衡的意图。在以鲁迅为首的《语丝》同人继续坚守《新青年》反传统启蒙立场时,具有浓厚英美留学知识背景的《现代评论》派也依然坚守现代启蒙价值观,但二者启蒙的目的不同。语丝社决绝反对专制和强权,"排旧促新、放纵而谈、说古论今、不拘一格",历经"女师大风潮""五卅惨案""三一八"惨案以及大革命,始终四面出击,不向任何势力妥协,战斗力极强。除了与留英美知识分子抗衡,语丝社还反对复古倒退,反对帝国主义,反对军阀政府,后期也反对国民党政府。语丝社"实际上继承了《新青年》批判旧思想、旧文化、旧道德和鞭挞社会丑恶与黑暗的精神传统"[①]。而现代评论派从新文化运动的狂飙突进和全盘否定姿态中脱离,在倡导自由、民主、平等观念的同时,试图在中国建立英美社会架构。现代评论派对待当局的姿态和语丝社有很大差异,他们主张人格独立,试图以客观公正的自由身份参与社会事务,对时局发言,以影响当权者。现代评论派的政治立场,类似中国传统的谏诤,不是反对当权者。反叛突进者面对一切黑暗势力和专制强权都毫不妥协地斗争,群己权界者则追求在理性秩序基础上捍卫个体基本权利。

二、反抗者与帮闲者的对立

1925 年"女师大风潮"期间,鲁迅和留英美知识分子的分歧逐渐加深。"女师大风潮"中,各方力量介入,校潮、学潮继而政潮,历程繁复,不赘。现代评论派一面反对国民党在大学推行党化教育,提倡政教分离,反对国民党以办教育为名,把学校当作个人或政党的武器,一面批评学生运动不合常规和公理。现代评论派出于对社会秩序和教育规章的尊重,对当局维护社会稳定的举措表示一定程度的理解。语丝派不能接受"各打五十大板"的所谓客观和理性,认为任何对强权的理解和同情都是助纣为虐,表面是出来说句公道话,实际上是在为当局"帮忙""帮闲",与当权者沆瀣一气。虽然胡适没有公开介入这场争论,但以陈西滢为首的现代评论派与鲁迅的论战,也让胡适成为"正人君子"之流的一员。

"五卅惨案"之后,语丝派与现代评论派的分歧也十分明显。面对巨大的平民伤亡,两派知识分子同声谴责帝国主义戕害我无辜生命,但是他们对事件背后

---

① 陈怀琦:《语丝社研究》,复旦大学博士论文 2005 年,第 1 页。

的深层原因存在巨大争议。留英美知识分子将惨案看作政治秩序问题,聚焦"暴民"和"赤化",信赖西方社会的法制和秩序。即便国民遭受重大生命损失,他们依然希望在国内法律和国际秩序框架中解决问题,主张中国虽弱但也是现代文明体系的一部分,群众运动要在遵守社会秩序的前提下继续推进,要从外交、法律等方面惩罚肇事者,获得赔偿,保障国民的合法权利。他们对于之后群众上街游行继而局势失控甚为失望,批评群众缺乏理性,不守法制和秩序。而在语丝社看来,"五卅惨案"是中国人民的巨大民族屈辱,弱小民族当然有反抗的权利,弱者即便手握真理也难以摆脱任人宰割的悲剧,这是巨大的不平等。鲁迅将"五卅惨案"看作民族国家独立自主问题,认为"公道和武力合为一体的文明,世界上本未出现"①。鸦片战争以来,中国深受丛林法则之苦,强权就是真理,彼时依然有人对列强抱有幻想,试图求助其他列强,希望国际秩序主持公道,以获得同等待遇,这是与虎谋皮。鲁迅不但对开枪的英国巡捕满腔怒火,也对满嘴公理和秩序的国内留英美知识分子嗤之以鼻。留英美知识分子所谓的客观和理性,在军阀横行的时代背景下,"极易变成对革命暴力的批判和对反革命暴力的辩护"②。"女师大风潮"中现代评论派站在国内当权者的一边"维持公理","五卅惨案"后无疑他们又站在国外列强一边"维持公道",自然面目可憎。

同样的论争在"三一八"惨案发生后再次上演。惨案发生后,两派同时谴责政府暴行,为避免学生再次伤亡,呼吁学生不要贸然上街游行,但双方对北洋军阀政府的姿态迥异。现代评论派认可现政府,呼吁司法独立、天赋人权,元首犯罪与庶民同罪。淋漓鲜血面前,他们表现出不偏不倚的理性姿态,一方面要求收集惨案证据,找出惨案主谋元凶,在法律框架之下严惩肇事者,另一方面认为惨案主要责任在学生和群众,学生不去碰硬,就不会有牺牲。但鲁迅并不信任当时的北洋军阀政府,对当权者从善如流的可能性不抱任何希望。他认为请愿无可厚非,在中国却可能导致无谓的牺牲。正在写作《无花的蔷薇之二》的鲁迅笔锋急转,称惨案发生的那天是"民国以来最黑暗的一天",认为"这不是一件事的结束,是一件事的开头"。③ 他高喊:"我懂得衰亡民族之所以默无声息的缘由了。沉默呵,沉默呵!不在沉默中爆发,就在沉默中灭亡。"④他认为现代评论派解构

---

① 鲁迅:《忽然想到》,《鲁迅全集》(第三卷),第 94 - 95 页。
② 邱焕星:《鲁迅与女师大风潮》,《鲁迅研究月刊》2016 年第 2 期,第 4 - 15 页。
③ 鲁迅:《无花的蔷薇之二》,《鲁迅全集》(第三卷),第 279 - 280 页。
④ 鲁迅:《记念刘和珍君》,《鲁迅全集》(第三卷),第 292 页。

了牺牲者的意义,亵渎无辜,是笔杆子帮助枪杆子。

鲁迅对现代评论派那种看似理性公平的绅士风度分外厌恶,称《现代评论》的"正人君子"暗箭伤人,"丑态而蒙着公正的皮",是段祺瑞的"帮闲"。① 现代评论派看似公允的态度继续伤害了无辜生命,"可恶的流言,又居然很奏了效。于是便将请愿者作共产党论,三百多人死伤了"②。鲁迅在国民革命的过程中产生的政治意识和阶级自觉,促使他与英美自由主义知识分子在思想路径上加速区隔。最终,新文化知识分子联合战线彻底破裂,留日知识分子与留英美知识分子、革命与反革命的左右对立形成。③

三、后"五四"时代两种自由的乖离

语丝派和现代评论派在"女师大风潮""五卅惨案""三一八"惨案等一系列论争中,对当权者的镇压和群众的反抗问题发生激烈对抗,这凸显出留日知识分子与留英美知识分子的自由理念差异。

惨案接连发生,论战轮番上演,语言愈加刻薄,罅隙愈加深广。鲁迅在这条反抗之路上一路前行,走入人生低谷和彷徨期,直到定居上海,最终成为左翼文学的旗帜。鲁迅的反抗逻辑没有固定对象,反抗的可能是"女师大风潮"中的教育部官员,可能是"五卅惨案"的租界列强,可能是"三一八"惨案中的北洋军阀政府,也可能是随后的国民党政府,抑或是左联时期手拿鞭子的"奴隶总管",甚至是看不见的吃人的历史、漫漫黑夜和绝望。"苟有阻碍这前途者,无论是古是今,是人是鬼……全都踏倒他"④,这是绝不妥协地反抗黑暗,毫无保留地冲决罗网,是典型的积极自由倾向。在石头和鸡蛋面前,鲁迅站在鸡蛋一边。他的反抗逻辑赋予一切弱者反抗的正义性,赋予弱小民族反抗帝国主义列强的正义性,当然也赋予广大底层民众革命斗争的正义性。

现代中国的改革步履维艰,搬动一张桌子都要流血。中国传统皇权社会是一种定期崩坏的停滞性结构,历经毁灭性的崩溃之后,旧王朝在新王朝基础上迅速原样重建。中国社会通过周期性崩溃遏制进步和演化,形成"超稳定系统"

---

① 鲁迅:《答 KS君》,《鲁迅全集》(第三卷),第 119 页。

② 鲁迅:《可惨与可笑》,《鲁迅全集》(第三卷),第 285 页。

③ 邱焕星:《当思想革命遭遇国民革命》,《中国现代文学研究丛刊》2018 年第 11 期,第 49 -
77 页。

④ 鲁迅:《忽然想到(五至六)》,《鲁迅全集》(第三卷),第 47 页。

(ultrastable system)。① 没有异质思潮和外部力量的干预，中国单纯的周期性崩溃—修复结构将循环往复。"中国社会在崩溃以后被不变的意识形态蓝图修复，就在这种崩溃再修复的反复震荡中，社会基本组织方式和结构通过改朝换代的方式维持不变，而不能演化到新形态中去。"②现代中国的点滴进步，无一不是砸烂和破坏旧物、付出极大代价才取得的。现代中国的启蒙者，时常置身于巨大的困境。超稳定社会结构中的"人肉盛宴"一次次上演，改变的希望渺茫。20 世纪 20 年代中期的鲁迅，深感铁屋子的万难毁坏，四顾茫然。面对"即使搬动一张桌子，改装一个火炉，几乎也要血"的强大社会惯性，"不是很大的鞭子打在背上，中国自己是不肯动弹的。我想这鞭子总要来，好坏是别一问题，然而总要打到的"。③ 左转前的鲁迅还有些困惑，困惑革命的鞭子从哪里来以及如何来。

鲁迅洞见了中国传统社会治乱循环、原地踏步的规律。改变中国的路径，不是通过学理的苦思冥想得来的，而是从现实的苦痛中寻找到的。幼时族中长辈讽刺改良派康有为图谋不轨时，鲁迅也曾俯首听命，"屏息低头，毫不敢轻举妄动"，虽"两眼下视黄泉""满脸装出死相"，但"心的反抗"已经滋生。④ 辛亥鼎革，五四新变，中国依然如旧，数千年来风雨如晦难见青光。创造新文化取代旧传统，才能有效阻断超稳定系统的历史惯性，粉碎传统宗法道统和纲常伦理复辟的机会。20 世纪 20 年代中期的鲁迅，尚未能找寻到打破超稳定社会结构的路径，直到他在大革命的血污中转向马克思主义这一具有超强动员力的意识形态。⑤

历经数次交锋，鲁迅对旧营垒礼教纲常惯性之巨大、反抗专制强权之艰难、思想界加速分化和对立之格局有了更深的体验。暴力机器屠杀无辜之后，以维持公理和秩序自居的留英美知识分子出来帮忙或帮闲，让鲁迅分外厌恶。他对"费厄泼赖"精神嗤之以鼻，主张痛打落水狗，战斗到底，不妥协，不退让，不容忍。"叭儿狗"⑥势利、骑墙、温顺、臣服、没有野性，"它却虽然是狗，又很像猫，折中，

---

① 金观涛、刘青峰：《开放中的变迁：再论中国社会超稳定结构》，第 5 页。

② 金观涛、刘青峰：《中国现代思想的起源：超稳定结构与中国政治文化的演变》，序言第 5 页。

③ 鲁迅：《娜拉走后怎样》，《鲁迅全集》（第一卷），第 171 页。

④ 鲁迅：《忽然想到（五至六）》，《鲁迅全集》（第三卷），第 44 页。

⑤ 对于超稳定的社会结构而言，社会变革需要的不是改良和容忍，不是温和渐进的变化，而是激进的革命，需要更加具有社会动员力，更加具有冲击力和破坏力的意识形态。"马列主义是比三民主义具有更大社会动员力的强势意识形态。"（金观涛、刘青峰：《开放中的变迁：再论中国社会超稳定结构》，第 21－22 页。）

⑥ 此处写作鲁迅在《论费厄泼赖应该缓行》一文中使用的"叭儿狗"。

公允，调和，平正之状可掬，悠悠然摆出别个无不偏激，惟独自己得了'中庸之道'似的脸来"。① 中国历史，尤其是民国以来的历史一次次证明，放过落水的"叭儿狗"，他们将来一定会咬人、告密，甚至杀人。"继续跌扈出没着的也还是这一流人，所以秋瑾的故乡也还是那样的故乡，年复一年，丝毫没有长进。"②"犯而不校"是恕道，"以眼还眼以牙还牙"是直道，恕道可贵，直道亦可行。③ 落水狗和落水人同理，不可一味怜悯。"绅士们之所谓自由平等并非不好，在中国却微嫌太早……反改革者对于改革者的毒害，向来就并未放松过，手段的厉害也已经无以复加了。"④对"叭儿狗"手下留情，就是给明天留下祸根。现代评论派这样貌似公允的谏诤之臣，对政府的批评不一定有效，对革命者的责备一定有害，故必在"踏倒"之列。

　　思想理念与现实生活之间并非都能互相印证，思想家和社会现实之间的隔膜现象亦不鲜见。"书斋生活是有着这样的自以为是的缺点的，而在东洋，却比英美尤有更多的危险，所以要收纳思想家的思想，应该十分注意。"⑤1927 年 6 月 1 日，鲁迅翻译了这篇《书斋生活与其危险》，并在《译者附记》中指出："公正的世评使人谦逊，而不公正或流言式的世评，则使人傲慢或冷嘲。"⑥这可视为对胡适、陈西滢等人空谈群己权界、表面公允持中，实则为专制帮闲的批判。20 世纪 20 年代中后期留日知识分子和留英美知识分子对历次突发社会事件的论争，进一步凸显了两种自由理念的分野。后"五四"时代，以鲁迅为代表的积极自由文学思潮与以现代评论派、新月派同人为代表的消极自由文学思潮分野日深。陈西滢在随后编选自己文集的时候，将与鲁迅等人论战的文字悉数删除，但鲁迅却把交战文字全部收录于文集中，立此存照。向任何压制新生事物的专制力量发起反击，这就是鲁迅积极自由理念的重要表征。

　　当然，《现代评论》和《语丝》文化同源而且人际交熟，两派之间除了对立，观点并非全部水火不容。现代评论派并非章士钊和段政府的"叭儿狗"，《现代评论》登有大量批评北洋政府和章士钊的文字，例如吴稚晖谩骂章士钊的文章《章士钊——陈独秀——梁启超》和《我们所请愿于章先生者》等，几乎与语丝社同

① 鲁迅：《论费厄泼赖应该缓行》，《鲁迅全集》（第一卷），第 287 页。
② 鲁迅：《论费厄泼赖应该缓行》，《鲁迅全集》（第一卷），第 289 页。
③ 鲁迅：《论费厄泼赖应该缓行》，《鲁迅全集》（第一卷），第 289 页。
④ 鲁迅：《论费厄泼赖应该缓行》，《鲁迅全集》（第一卷），第 291-293 页。
⑤ ［日］鹤见祐辅：《思想·山水·人物》，鲁迅译，北京：人民文学出版社，2007，第 84 页。
⑥ 鲁迅：《〈书斋生活与其危险〉译者附记》，《鲁迅全集》（第十卷），第 304 页。

调。曹聚仁认为《现代评论》比《语丝》"更富综合性,更富文学意味,更有绅士的气度,也更有自由主义的气氛。他们这两种周刊,有时是互相敌对的,但在新文学运动的继承工作上,却又是十分协调的"①。留英美知识分子主张渐进改良,不赞同暴力革命,在激进变革的年代,自然显得保守。两派在政局变动和政党势力的推动下,最终被塑造成革命和反革命的对立派别。②

曹聚仁认为《现代评论》所发表的政论,"也是第一流的好文字,那是《语丝》社所不写的"③。一个要求法治,一个要求反抗,看似矛盾的观点源自相同的诉求,即国家和民族的未来向何处去。胡适说"朝上走",鲁迅认为是"隐约其词",因为"怎样的'新',却并无明白的表示"。④ 曹聚仁把语丝派和现代评论派都视为现代自由主义知识分子的思想园地,认为他们共同的理想依然是在延续新文学运动的思想革命路径。他这样评价《语丝》:"从新文学运动来说,这又是一块纪念碑。它替小品散文开了大路,也替自由主义者找到一个向路。"⑤胡适"朝上走"的路,鲁迅的"新路","那路向,最明显的表示",是五四新文化运动以来一直延续的"关于中西文化的讨论",这一路径"可使我们明白'五四'落潮后的自由主义者的意象"。⑥ 将主张反抗压迫的语丝派与坚持法治和公理的现代评论派都视为自由主义文学社团,可能会造成概念的混乱,但从两种自由理念出发,曹聚仁的判断亦大致不差。

新文化运动初期,胡鲁的反传统指向一致。鲁迅批判历史"吃人",胡适倡导易卜生主义,他们都奋力拆解文化专制。后"五四"时代,《新青年》同人在革命和改良路径选择上发生分歧,留日知识分子力主矫枉过正,倾向于来一次"根本的解决"⑦,留英美知识分子认为"果子还未成熟"⑧,渐进改良,久久为功。现代知识分子逐渐演化成两大阵营,"在中国建立一个什么样的国家成为第一要务,思想革命则被挤到一个不为人注意的角落"。⑨ 彼时,国外帝国强权就是真理,弱

① 曹聚仁:《文坛五十年》,上海:东方出版中心,1997,第 172 页。
② 邱焕星:《鲁迅与女师大风潮》,《鲁迅研究月刊》2016 年第 2 期,第 4 – 15 页。
③ 曹聚仁:《文坛五十年》,第 173 页。
④ 鲁迅:《我和〈语丝〉的始终》,《鲁迅全集》(第四卷),第 171 页。
⑤ 曹聚仁:《文坛五十年》,第 171 页。
⑥ 曹聚仁:《文坛五十年》,第 171 – 172 页。
⑦ 李大钊:《再论问题与主义》,《李大钊全集》(第三卷),第 310 页。
⑧ 胡适:《留学日记》,《胡适全集》(第 28 卷),第 316 页。
⑨ 廖久明:《"五卅运动"与"五四后思想革命"的夭折》,《重庆社会科学》2007 年第 12 期,第 52 – 55 页。

小民族只能接受被欺压凌辱的命运,国内武人专权战乱连连,苦难的中华民族如何延续五四新文化运动的思想革命,的确无所措手。历史已经证明,辛亥鼎革数年后,无论北洋军阀政府还是南京国民党政府,都既不能向外争取中华民族的独立主权,也不能向内保障国民的基本权利,除了反抗和革命的积极自由之路,留给后"五四"时代"理念人"的可选项并不多。

第五节 京沪文化生态与自由主义文学社群的流转

20世纪20年代中后期,北京文化生态持续恶化,大批文人南下,历经辗转,大都定居沪上,现代文学中心南迁上海。留日知识分子和留英美知识分子分道,"反抗摩罗"抨击"自由绅士"的论战硝烟散尽,北京文坛的门户之争也暂时消隐。大革命血雨腥风之后,昔日文坛对手客居沪上。国内政令不及,加之发达的文学出版和文化消费体系,促使左右翼作家纷纷于沪上组建社团。随着国民党书报检查制度日渐完备,上海文网渐趋收紧,腹背受敌的自由主义作家在掀起了人权论战之后再次星散各地。日寇全面侵华后,民族救亡趋紧,文人颠沛流离西南各处,自由主义文学浪潮不再,隐匿在40年代的抗日救亡宏大叙事中。

一、文化故都陷落

得益于由北京大学等现代大学机构营造的现代知识分子生存空间,北京成为现代文学第一个十年当之无愧的文学中心。"大学一直是知识分子的避风港,因为它允许他们在不同程度上处于日常事务的世界之外。大学保护理念人免受商业或政治领域的紧迫压力。"①现代大学为知识分子提供了商业和政治压力相对较小的基本生活条件,让他们葆有生活的尊严和相对稳定的社会地位。围绕大学机构,20世纪20年代前后的北京齐聚了大部分新文学作家,包括大学教授、教育部官员、报刊编辑、青年学生,还有来京追寻文学梦的外地青年。他们创作、批评、翻译、编副刊、建社团、组沙龙,互相论争,话语纷纭。在京的徐志摩等留英美知识分子与文学研究会和创造社互动频繁,因文学批评而触怒文学研究会或创造社诸君,引起诸多笔墨官司。在修复关系的过程中,留英美知识分子

---

① [美]刘易斯·科塞:《理念人:一项社会学的考察》,郭方等译,北京:中央编译出版社,2004,前言第12页。

组建社团的意图渐显。1923 年,徐志摩发表《石虎胡同七号》,用诗意的笔触描写了新月社初期的生活环境:"我们的小庭院,有时荡漾着无限温柔……大量的塞翁,巨樽在手……连珠的笑声中,浮沉着神仙似的酒翁。"①早期新月社活动就在这位北京松坡图书馆英文干事的寓所里开展。1924 年 3 月,泰戈尔访华前夕,新月社"七号俱乐部"在石虎胡同七号好春轩挂牌②,此后新月俱乐部成立。徐志摩、胡适、陈西滢、陶孟和、凌叔华等得以聚首,欧美同学餐会、灯会、古琴会、书画会、读书会等文艺活动次第展开。③ 留英美知识分子在《晨报副刊》《现代评论》《诗镌》《剧刊》等文学园地里辛勤耕耘,用文字描摹了北京文坛的时代剪影。

这些绚烂的文坛之花随着北京文化生态的恶化快速凋零。《晨报副刊》《现代评论》《诗镌》《剧刊》等犹如闪亮的流星,划过后"五四"时代的北京上空,同留日知识分子的文学空间一样逐渐星散,继而在另一个时空择机新生。"女师大风潮""五卅惨案""三一八"惨案等时局突变,是引起留日知识分子和留英美知识分子纷争的导火索,也是北京文化生态的晴雨表。导致北京文学生态恶化的根源,是中国现代军事强人政治和碎片化社会格局。④ 20 年代的北京,前期财政吃紧,危局不断,学潮蜂起,抗议频发;后期张作霖独霸,舆论钳制,白色恐怖,杀戮横行,知识分子生命受到严重威胁。具体而言,北京文学生态衰落表现为以下几方面:

第一,大学领袖与当局矛盾逐步加深,知识分子群体渐失精神领袖。陈独秀被捕后南下,回沪续办《新青年》,蔡元培不久也离京。蔡南下,标志着大学精神领袖与当局的隔膜逐渐加深,与北大同人的纽带关系渐渐疏远,与其有深谊的胡适、鲁迅等精英知识分子失去了共同的挚友,文人纷争也逐渐显现,派系摩擦加剧。

第二,当局随意裁撤合并高校布局,学潮风起,经费不足,文人生计不保。1924 年 11 月初,女师大校长杨荫榆开除未及时返校的三位学生,引发校潮、学

---

① 徐志摩:《石虎胡同七号》,《徐志摩全集》(第四卷),第 116 - 117 页。

② 韩石山:《徐志摩传》,北京:北京十月文艺出版社,2001,第 140 - 143 页。

③ 具体细节参见刘群:《饭局·书局·时局:新月社研究》,武汉:武汉出版社,2011,第 22 - 194 页。

④ 从 1926 年 6 月 22 日到 1927 年 6 月 16 日,北京连换了三届政府,平均任期没有一届超过四个月。参见北京大学历史系《北京史》编写组:《北京史》(增订版),北京:北京出版社,1999,第 425 - 426 页。

潮,继而政潮,鲁迅和林语堂都受到牵连,鲁迅还一度被革职。京师学务局不顾教职员和学生反对,武装接收高校。如此随意和强悍的学校格局变革,如此频繁和激烈的学校风潮,在中国现代教育史上极为罕见。另外,军阀割据,兴兵备战,财政吃紧,各大高校深受欠薪之苦。北京大学等八所高等院校教员开始联合索薪。索欠无果,师生到国务院请愿,军警对师生动武,教授被打得头破血流。即便请愿、游行、静坐和呼号,到最后"每个月也只能领到三几成薪水,一般人生活非常狼狈"①。在京知识分子的物质生活条件每况愈下,一时间人心浮动,许多人不得不开始"逃荒"。

第三,舆论钳制愈紧,生命安全受到威胁。"三一八"惨案发生后,徐志摩深受打击。想到那些断臂残肢,他感到难以名状的悲哀和愤慨,他说:"这深刻的难受在我是无名的,是不能完全解释的。"②当局镇压,师生反抗,军警武力加码,如此恶性循环,一发不可收。《语丝》《现代评论》等新文学期刊也被迫陆续停刊。记者邵飘萍和林白水被枪决后,林语堂知道"北洋政府是开始下毒手了",在院子里预先准备绳梯,准备遭遇不测时"跳墙逃走"。③ 奉系军阀大举入关后,张作霖在京实施白色恐怖。1927年,即将回国的胡适,收到在京好友快信,被告知宜暂缓回国,因为多人无缘无故被捕,言论自由和人身自由都得不到保障,从北京收发的书信和电报都要受到严格的审查,报纸出现大片空白,"这期的《现代评论》也被删去两篇论文,这种怪现象是中国报纸的历史上第一次看见"。④ 1927年4月,李大钊被捕就义,首善之都已经不适现代知识分子容身。新文化运动和五四运动的发源地,"倒显着寂寞荒凉的古战场的情景"⑤。徐志摩则感叹:"听说有钱的人都搬走了,往南,往东南,发财的,升官的,全去了。……北京就像一个死城,没有气了。"⑥1926年始,鲁迅、林语堂南下厦门,胡适远游欧洲,徐志摩、梁实秋隐居沪上,"北京的文艺界星流云散,更谈不到什么门户之争了"⑦。群贤毕至的文化古都,渐失往日神采。

---

① 梁实秋:《忆〈新月〉》,《梁实秋自传》,第142页。
② 徐志摩:《自剖》,《徐志摩全集》(第二卷),第409页。
③ 林语堂:《林语堂自传》,南京:江苏文艺出版社,1995,第99页。
④ 张慰慈:《张慰慈致胡适》,《胡适来往书信选》(上),中国社会科学院近代史研究所中华民国史研究室编,北京:社会科学文献出版社,2013,第303页。
⑤ 鲁迅:《〈中国新文学大系〉小说二集序》,《鲁迅全集》(第六卷),第253页。
⑥ 徐志摩:《死城(北京的一晚)》,《徐志摩全集》(第五卷),第69页。
⑦ 梁实秋:《北京文艺界之分门别户》,《梁实秋文集》(第六卷),第356页。

二、文学魔都升起

离京之后,何以为家? 这是包括留日知识分子、留英美知识分子在内的所有居京知识分子首先考量的问题。1927 年 4 月,国民党在上海等地秘密"清党",酿成"四一二"反革命政变等众多捕杀共产党员的血腥惨案。北伐大局初定,国民政府定都南京。但离京文人几经辗转,少有人落脚新都,而最终居沪。他们之所以选择定居大革命的血腥屠场,大多出于两点考量。首先是规避政治风险。南京乃兵家必争之地,1927 年 2 月,"时局起了变化",北伐的炮声逼近南京,新婚不久的梁实秋夫妇与躲避战祸的难民一起逃离南京。① 上海租界因"治外法权"而成为国内政令不及之"飞地",在武人杀伐面前,文人能暂得栖身。"四一二"反革命政变发生时,虽然租界允许反动派武装通过,并封锁了道路以防止搜捕时有人藏匿,但租界内部依然相对安全。"四一二"反革命政变令上海战栗,而彼时蒋介石在南京、广州、武汉、南昌等城市均同期开展秘密"清党"行动,浙江、江苏、福建、安徽、广西等省区也以"清党"之名屠杀共产党员和革命群众。身在广州的鲁迅目睹"清党"变成杀戮,革命变成"人肉的筵宴",青年被"劈劈拍拍的拍手拍死"。②

其次是上海的文学场域构型。上海,冒险家的乐园,现代中国的钥匙和现代中国的缩影,古老中国在这里首次经历了东西方文明的集中交汇,理性、法治、科学、高效、扩张的西方现代工业文明,与守旧、传统、直觉和低效的封建农业文明杂糅并进。雄厚的现代工业基础、繁荣的金融体系、独立的法治环境、便捷的交通网络、发达的现代出版业、完善的公共文化空间等,使得上海成为 20 世纪 30 年代中国物质财富、知识精英和社会思潮最为集中的现代都市。这些物质和精神储备,为 20 年代中后期文化中心的南移奠定了坚实的基础,也为自由主义文学思潮的发生和发展提供了历史机遇。

30 年代上海的文学场域包括三个方面。第一,当时国内最优越的物质生活条件。得益于在国内国际贸易、金融、投资和产业格局中的重要地位,上海成为 30 年代中国乃至亚洲物质最繁华、衣食住行和日常生活最便捷的城市之一。第二,平等、自由、包容的都市文化形态。30 年代的上海成为贩卖各种思想的大市场,各种思潮在这里汇聚。西方现代自由贸易、公平竞争、注重契约等自由主义

---

① 梁实秋:《梁实秋自传》,第 130 页。
② 鲁迅:《通信》,《鲁迅全集》(第三卷),第 465 页。

经济原则在上海得到尊奉。"这思想的市场上也是摆满了摊子,开满了店铺,挂满了招牌,扯满了旗号,贴满了广告。"①第三,当时中国最完备的公共文化空间。现代上海的沙龙、咖啡馆、科学协会、月刊或季刊、跑马场、各种体育运动俱乐部、世界最长的酒吧、业余和专业剧团、西文报纸、公共图书馆、报馆、出版社、印刷厂等公共文化娱乐空间相对完善。②范园、愚园、张园、徐园、半淞园、南京路新雅大酒店、三马路小花园"陶乐春"、北四川路新雅茶店、南京路大东茶室、四马路"一品香"番菜馆、虹口内山书店、北四川路公啡咖啡店、霞飞路813号DD'S咖啡馆等餐饮、会客、清谈之地一应俱全。③电影院、歌舞厅、绸缎庄、旧书店、八卦刊、消闲街、洋公园、打牌馆,沈从文在《海上通讯》中忠实记录了30年代上海鲜活的样貌。④这些公共文化空间,是知识分子理念生成和传播的"孵化器"⑤,为现代自由主义知识分子提供了沙龙、餐会、结社和创作场域。

　　30年代上海自由主义文学思潮的风云际会并非偶然,其背后有着深层的场域构型。经济上,上海的现代工业基础和自由贸易活动以及中外移民混杂的格局促进了自由主义思想的传播;政治上,"治外法权"的"飞地"地缘政治格局成为异质思潮的保护伞,也为自由主义文化思潮的发展提供了政治大舞台;文化上,现代出版业和相对自由的言论平台,为现代自由主义知识分子提供了较为成熟的生存基础和文化空间。30年代,上海坐标内的文学团体数量和作家人数远超20年代之北京,这一阶段当属现代文学史上社群生态最繁复的阶段。

三、海上升新月

　　文人播迁上海,不仅孕育了革命文学浪潮,也为自由主义文学思潮的凸显提供了契机。文化人向上海的迁徙,造成了中国现代思想文化一次历史性的大转移。"它不仅引起了文化中心的南移,而且导致了中国现代思想文化性质的根本变化。"⑥这一根本变化体现在激进派留日知识分子社群身上,也体现在具有消

---

① 徐志摩:《〈新月〉的态度》,《徐志摩全集》(第三卷),第194 - 195页。徐志摩在文中罗列了感伤派、颓废派、唯美派、功利派等13家"店铺"。

② [美]费正清:《剑桥中华民国史(1912—1949年)》(上),杨品泉等译,北京:中国社会科学出版社,1994,第132 - 443页。

③ 关于上海公共文化空间与上海作家生活的细节,参见叶中强:《上海社会与文人生活(1843—1945)》,上海:上海辞书出版社,2010,第245 - 301页。

④ 沈从文:《海上通讯》,《沈从文全集》(第11卷),太原:北岳文艺出版社,2009,第85 - 88页。

⑤ [美]刘易斯·科塞:《理念人:一项社会学的考察》,第4页。

⑥ 旷新年:《1928:革命文学》,济南:山东教育出版社,1998,第20页。

极自由倾向的留英美知识分子社群身上。

1927 年 7 月,在沪留英美知识分子组建的股份制同人出版机构新月书店开张,书店利用上海的文化生产消费体系,展现出市场导向的规范化企业运作能力,充分利用现代传媒,张扬了新文化的生命力和商业价值。① 新月书店不仅印刷、出售书籍期刊,还积极拓展其他业务,兼售文具、稿纸、信笺等文化用品,提供字画装裱等文化服务,更经营广告业务,除了书籍广告,更刊载纸商、银行、食品、餐饮等商业广告。因推销有方,经营有道,新月书店很快便在 20 世纪 30 年代竞争激烈的上海出版界占得一席之地。新月书店的文学史贡献,首先集中于文学和文化丛书、著述的出版发行上,文学、政治、哲学、教育、社会等各类型专著和译著陆续付梓。文学是最重要的版块,侧重小说、诗歌、戏剧和中外名著的推广和译介。其次,新月书店为留英美知识分子同人的著作出版提供了有力条件和坚实支撑,提升了自由主义知识分子的文化影响力。再次,新月书店还扶持了一批年轻作家,如陈梦家、沈从文等。最后,新月书店超越门户之见,出版了一批文学研究会作家和左翼作家的作品,例如冰心的译著《先知》、胡也频的《圣徒》等,其中《圣徒》是新月书店开张后第一批推出的书籍。

除了书店,更能体现自由主义知识分子上海文学活动实绩的是《新月》月刊。1927 年底,徐志摩开始组稿,1928 年 3 月 10 日,《新月》创刊号面世。如同《新青年》封面的法文标志着该杂志鲜明的欧陆积极自由色彩一样,《新月》月刊封面则采用英国 19 世纪著名文艺杂志 *The Yellow Book* 的形式,里面的插画也大多取自英美现代绘画和雕塑,彰显着英美自由主义色彩。创刊号上刊登了徐志摩撰写的发刊词《〈新月〉的态度》。在这篇檄文中,他开篇高举"人格独立"大旗,大谈"健康"与"尊严",把思想界和文坛的左翼和右翼横扫一遍,指责荒歉年代的各种思想派别都是毫无界限的放纵和混乱。② 《〈新月〉的态度》虽然略显空泛,却有挑战文坛之意。《新月》杂志的编辑理念因人而异,栏目也多有更迭,但在第 2 卷第 2 期开始谈政治之前,一直都贯彻同人文艺杂志的宗旨,对新诗、小说、散文、戏剧等作品的推介、批评和理论研究均不遗余力。此外,《新月》还发表了靳以、巴金、王鲁彦、胡山源等其他流派作家的作品。

居沪一年之后,胡适打破不谈政治的沉默,开始发表政论。而梁实秋接手编辑《新月》第 2 卷第 2 期以后,开始了一轮"海上论战风",一改以前温文尔雅、谦

---

① 刘群:《饭局·书局·时局:新月社研究》,第 225 页。

② 徐志摩:《〈新月〉的态度》,《徐志摩全集》(第三卷),第 199 页。

谦君子之风,一面与鲁迅、郁达夫等左翼作家展开论战,一面对日益保守反动的国民党愈发不满。鲁梁论战,胡适与国民党当局的人权论战,是这一时期《新月》的两副面孔。

梁实秋和鲁迅的论战由来已久,在《新月》时期达到白热化。后期创造社、太阳社等革命文学作家的参与,使得论战的话语纷争更加喧嚣。梁实秋的《中国现代文学之浪漫的趋势》以及前期发表在《新月》上的《文学的纪律》《文学与革命》等,倡导理性、秩序和德行,反对狂放不羁的浪漫主义和激进反叛的革命文学,已经令鲁迅、郁达夫不快。梁实秋的《论批评的态度》反对将文学批评和个人攻击混为一谈,对大革命后的左翼文学战斗精神提出批评。如果说这些还仅限于影射鲁迅的话,《新月》第2卷第6期和第7期合刊上的《文学是有阶级性的吗?》《论鲁迅先生的"硬译"》则与鲁迅短兵相接,将文学阶级性、人性、翻译问题等双方论战的核心分歧挑明。而《新月》第2卷第9期的《答鲁迅先生》《"资本家的走狗"》《"无产阶级文学"》等直接让鲁迅拍案而起。

1929年,国民党的党化教育和舆论专制已经无孔不入,将思想界活力完全禁锢。当时的出版界风声鹤唳、草木皆兵,甚至连一个学者怀疑三皇五帝的教科书都被封杀,印刷该教科书的商务印书馆被罚款一百万元。新文化运动以来,胡适、陈独秀等同人倾尽全力推进中国思想的解放事业,反对礼教否认上帝。联想到这些筚路蓝缕的岁月,胡适痛感国民党业已走上了封建保守的反动之路。此外,胡适还从当局压制言论和出版自由的行为中,看到了书报检查制度的恶行。胡适敲打说,国民党渐渐失去人心,一方面是因为其在政治上专制极权,另一方面是因为其思想僵化保守。"压迫言论自由,妄想做到思想的统一。殊不知统一的思想只是思想的僵化,不是谋思想的变化。……前进的思想界的同情完全失掉之日,便是国民党油干灯草尽之时。"①

早在1929年9月,梁实秋就已经预料到《新月》论战风的结局,他在《新月》第2卷第6期和第7期合刊中敬告读者:"天有不测风云,刊物也许不能永年,在中国现在这事真说不定。"②最终让《新月》停刊的不是梁实秋与鲁迅的论战,而是胡适等人与国民党当局的话语博弈。不久,《新月》在1930年收到当局的查封密令。自由派文人,左冲右突,两面受敌,既与左翼作家激烈笔战,又不为国民党

① 胡适:《新文化运动与国民党》,《胡适全集》(第21卷),第433-434页。
② 梁实秋:《敬告读者》,《梁实秋文集》(第六卷),第459页。

所喜。对自由主义知识分子而言,在沪"情形当然是相当狼狈"①,但在他们自己看来,这段上海岁月,是苟全性命的"逃荒"之旅,亦是鬻文为生的权宜之计,更可谓萍踪偶聚升"新月",功不唐捐终入海。

四、劳燕分飞成陈迹

如果用"三十年河东,三十年河西"来形容 20 世纪 30 年代中国现代文学中心的南移,那么就可以用"天下没有不散的宴席"来概括 30 年代中后期自由主义文人的星散。30 年代上海文化生态的恶化,与 20 年代中期以来北京文化中心陷落的过程如出一辙。到 1930 年,"新月一伙人差不多都离开上海了",回顾几年来度过的上海岁月,顿觉"劳燕分飞,顿成陈迹"。② 文人离沪进程掺杂了很多因素,除了国内政局,还有日寇侵华的外部原因,从自由主义文人的视角检视这种文化格局的变迁,也有值得反思之处。

首先,自由主义文人离沪的原因和他们当初离京的原因一致,即上海的文化生态亦逐渐逼仄。1930 年夏,应国立青岛大学③校长杨振声之邀,梁实秋离开上海赴青岛任教,担任外文系主任兼图书馆馆长。激辩许久的鲁梁之战未让梁实秋退却,真正让他疲惫的,是上海越来越逼仄的言论空间,这个空间不是左翼剥夺的,而是国民党当局钳制的。南京国民政府成立后,对上海的舆论控制逐渐严密,白色恐怖和法西斯统治的力度加大,织就了一张包含制度和法律的"文网"。人权论战中,自由主义文人遭到全国范围内的舆论谩骂、各级党部的通缉威胁以及其他文人的合力攻击。知识分子与专制权力之间的矛盾是一个螺旋互动进程,出版物的锋芒越是锋利,当局的查禁力度就越大,"文网"就会愈收愈紧。1930 年 7 月 15 日,胡适在聚餐中说:"上海租界今日已不能保障言论自由;故上海无法有独立的言论出现。"④语中透露出离沪之意。国民党对作家创作的辖制、对知识分子言论自由的侵害,甚至对生命的剥夺,使得上海文化生态的恶化程度几乎能与 20 世纪 20 年代中期的北京比肩。在这种局面下,大批知识分子像他们先前离开北京一样,不得不放弃数年来苦心经营的"安乐窝"和文化环境,再次远走青岛、武汉等地。1927 年前后南迁的文化中心,逐渐失去了应有的魅

---

① 梁实秋:《梁实秋自传》,第 132 页。
② 梁实秋:《忆〈新月〉》,《梁实秋自传》,第 151 页。
③ 国立青岛大学是今山东大学的一个曾用名,前身是省立山东大学和私立青岛大学。国立青岛大学于 1928 年开始筹备,1930 年正式成立,1932 年改名为国立山东大学。
④ 胡适:《日记·十九·七·十五》,《胡适全集》(第 31 卷),第 667 页。

力,上海的文化光芒也逐渐黯淡了。

其次,渐趋安定的北京在召唤。即便在文人纷纷南下后的 20 世纪 30 年代,北平依然是重要的文学副中心。胡适等众多 30 年代生活在上海的原北大教职员,依然密切关注北大的发展动向。胡适在北大存放的书籍一直没有大面积南迁,居沪期间,他曾数次北上。就连身在南京的一帮国民党政府官员,也都想回北大去。① 1929 年 1 月 16 日,胡适坐火车经南京赴北平参加协和医院的董事会。此时,由他挑起的人权论战正酣,面对当局施加的巨大压力,他不禁心生去意,对北大更加难以割舍。胡适等人与当局进行针锋相对的人权论战,最后落得《新月》被查封、胡适被迫辞去公职的结局。北大人事纷争已于 1930 年 9 月落幕,胡适再次北上,不久正式接到北大聘书。②

1930 年 11 月,胡适举家启程赴京定居,自由主义社群的灵魂人物离沪,上海文化生态愈加恶化,新月社诸君亦有去意。梁实秋早前就已经赴青岛任教,徐志摩北上天津,随后赴京,任教北京大学英文系。北归的自由主义作家,依然试图续写上海的"功业",但 1931 年 11 月 19 日,徐志摩坠机罹难。新月社群失去了情感联系纽带和"一片可爱的云彩",其绅士风度顿时黯淡。新月社"辉煌的一页已经随着时间的流逝掀过去了,他们的勉强维系并没有阻止分化的到来"③。日寇铁蹄渐渐逼近,"七七事变"的炮火蜂起,在京知识分子除少数留守外,皆分阶段南迁,他们一路颠沛流离,最后大多汇聚西南。

日寇大举侵华,中国再次回转到救亡图存的危难时刻,个体价值本位在民族国家话语面前既不合时宜,又显得孱弱无力,自由主义文学思潮在 20 世纪 30 年代的上海达到顶峰之后顿成陈迹。抗战中后期,南迁的自由主义知识分子星散于重庆、武汉、昆明各处,北京"石虎胡同七号"的餐会和上海胡适家的沙龙再也无法实现,《新月》的传奇更不能续写。他们或在民族危急时刻违背 20 年不谈政治的初心,收起一直爱惜的羽毛,受命出使美国;或在重庆北碚的山坡上躲避日机轰炸,醉心于《雅舍小品》的个体日常生活叙事,执拗地书写"与抗战无关论"。时代洪流中,现代自由主义知识分子固执坚守消极自由理念,极力抵挡阶级革命叙事和抗日救亡宏大民族叙事对文学审美性和个体性的收编,始终坚持个体价值本位。他们在时代的罅隙中寻找最适宜生存的文化空间,亦为此经受来自各

① 胡适:《日记·十七,五,廿三》,《胡适全集》(第 31 卷),第 115 页。
② 胡适:《日记·十九,十,十》,《胡适全集》(第 31 卷),第 742 页。
③ 刘群:《饭局·书局·时局:新月社研究》,第 449 页。

方面的指责和批判,引发现代文学论争史上的诸多公案。现代文学格局无法摆脱地缘政治的牵绊,现代知识分子的文化生态脆弱,他们的话语权孱弱无力,他们对个人命运的掌控度亦有限。中华人民共和国成立后,积极自由理念主导的文学样态获得了国家意识形态支撑,革命文学传统取得全面胜利。

消极自由维度的自由主义文学与左翼文学或革命文学相互比照,彼此赋予对方特定的文学史价值。撇开积极自由向度的左翼革命文学思潮,消极自由意义上的狭义自由主义文学思潮无从着手,反之亦然。自由主义文学思潮,滥觞于晚清,突发于新文化运动,转捩于五四运动,后"五四"时代两种自由理念乖离。英美消极自由知识社群在 20 世纪 20 年代的北京与激进派产生诸多话语纷争,于 30 年代的上海左冲右突,达到话语巅峰,后星散于 40 年代前后的抗日救亡宏大民族叙事中。积极自由大多体现在留日知识分子群体中,一般表现为狂飙突进、决绝反抗、金刚怒目、畅言革命的浪漫主义文学、革命文学、左翼文学思潮;而消极自由大多体现在留英美知识分子群体中,一般表现为绅士精英、容忍理性、渐进改良、反对暴力的右翼文学思潮。

作为文化生产场域的自由主义文学思潮是一个系统,此系统除了包含自由主义知识分子这一核心要素外,还包括社会、经济、政治、文化等要素。自由主义文学思潮的彰显、自由主义社群的聚散与社会场域流转有着密切关系。第一,民族国家语境和社会政治环境规约着两种自由理念的申发。晚清以来民族独立和现代国家进程的紧迫需要,给予积极自由思潮更多的历史空间。碎片化政治格局和军事强人专制辖制了消极自由文学思潮发展的空间。20 年代文人因北京白色恐怖离京,30 年代文人因国民党在上海的舆论高压离沪。第二,现代大学为自由主义文人提供了适宜的生存空间,大学稳定则自由主义文学繁荣,大学闹风潮或欠薪,自由主义知识分子即劳燕分飞。第三,自由主义社群的雅集和日常生活,需要完善的现代都市文化空间的支撑。第四,文人精神领袖和社群核心纽带对自由主义文学社群的塑造也很重要,胡适到沪和北上,徐志摩南下和遇难,都对新月书店、《新月》月刊和新月社的社群活动产生重大影响。

第四章

现代自由主义作家的自由文学观

在意识形态支撑力度、文本传播数量和读者接受面上，"左翼"文学思潮以及中华人民共和国成立后的革命主流文学远超自由主义文学思潮。秉持消极自由理念的留英美作家的作品，一般不为民族国家宏大叙事统摄，不做当权者附庸，不宣传革命和阶级对立，坚守个体价值本位，主张理性节制，倡导文化包容和多元。自由主义文学曾被批判为"闲极无聊，借以消磨时间的文字游戏"，自由主义作家的价值观也曾被定位为"精神的空虚和堕落"。① 历经时代淘洗，自由主义文学思潮的文学史价值也因读者的"同情之理解"，获得了相对客观的评价。在支撑自由主义文学思潮美学特质的文学观念中，消极自由理念的草蛇灰线若隐若现。

第一节　论胡适的自由文学观

"什么都没有完成，但却开创一切"②的胡适是现代文学观念史研究的焦点之一。虽然形式和意境粗陋，胡适却以《尝试集》独占白话新诗鳌头；虽然模仿易卜生名著，他却以《终身大事》开现代剧本先河。学界将《文学改良刍议》《历史的文学观念论》《建设的文学革命论》《论文学改革的进行程序》等一系列文论，视为观察胡适文学观的重要文献。实际上，胡适文学观不仅体现于其文论上，还体现在其政论、时评、翻译和创作上。《尝试集》以"知不可为而为之"的创作姿态践行

① 唐弢、严家炎：《中国现代文学史》（二），北京：人民文学出版社，1979，第31页。
② 邵建：《瞧，这人：日记、书信、年谱中的胡适（1891—1927）》，桂林：广西师范大学出版社，2007，封面。

实验主义方法论。他翻译《娜拉》是为《易卜生主义》张目,凸显了现代中国思想史的转型之力和启蒙之功。他对短篇小说翻译篇目的择取,以及对新文学文本的批评,更能体现其英美消极自由文学观。

一、新诗理论实验室《尝试集》

《尝试集》大胆试验的勇气自有消极自由的底色。此集带有鲜明的杜威实验主义特征,其"尝试"的命名可见"文学的实验主义"逻辑,也有从达尔文生物进化论延展而来的"死文字定不能产生新文学"之"文学进化论"痕迹。[①] 从意象要素来看,《尝试集》里收录的作品,如1916年创作的《蝴蝶》等"顺口溜"或"童谣",或1918年发表在《新青年》上的《人力车夫》等,几无诗意可言,可谓"新诗"非诗。公开出版这明知会遭人非议和嘲讽的"新诗",胡适并非没有自知之明,他曾在诗集再版时作序说明这些所谓"新诗"的由来和创作目的。鉴于新诗创作和批评的落寞,白话诗创作成果暂付阙如,相关的争论并不十分热烈,为夺人眼球,胡适不惜抛砖引玉。胡适在这些文本中凸显了两个基本诉求:人的个体价值和个人基本权利的合理边界。首先,诗歌咏物言情,《人力车夫》虽然没有"物",但却有"人",因为这个"人"——人力车夫的存在,使得胡适倾注的情感得到更好的表达。胡适真切地站在人力车夫的视角去思考和体会,表明精英知识分子对"人"的关注,尤其是对社会底层的劳动者的同情。一个卑微的社会底层劳动者,亦是一个鲜活的生命,自有其生存的价值和生命意义。那些在传统中国阶层体系中被压迫和受戕害的"非人"——引车卖浆者——在胡适的诗歌中获得了"人"的价值肯定。虽然《人力车夫》没有诗歌的意象和韵味,但是其通过人力车夫叙事视角传递的情感和思想,彰显了个体价值本位的消极自由理念。其次,胡适以自己为标杆,宣布"不必强拉人到我的实验室中来,他人也不必定要捣毁我的实验室"[②],这是在宣告一种彼此独立、不剥夺他人自由、自己亦不受外人干涉的群己权界消极自由理念。

胡适对西方消极自由主义传统的移植,也像他写的"四不像"新诗一样,并不完全成功。新诗之新,是对古诗的反叛,诗形、诗行、诗味、诗意、诗境、诗思等皆有所变。而中国新诗发展之艰难超出想象,无章可循,只能摸索前行。胡适借鉴西方新诗格式和诗境,却无法剥离传统文化底色,在中国古典诗歌传统与西方现

---

① 胡适:《尝试集·自序》,《胡适全集》(第10卷),第26、31页。
② 胡适:《留学日记·文学革命八条件》,《胡适全集》(第28卷),第439页。

代文学观念的交流中,才创作出今天看来颇为幼稚的口水诗、童谣诗。现代中国之新,是对古代传统制度的反叛,国家理念、政治规则、上层机构、下层组织等皆应改变。中国社会千百年来原地踏步、治乱循环的强大历史惯性,超出自由主义知识分子之预判。胡适借鉴英美消极自由主义传统,又不能摆脱军事强人政治和碎片化格局之掣肘,在现实与理想的权衡中,态度软弱、时而投机,甚至依附所谓的开明专制,不免令人疑惑和感叹。

　　诗歌位于文学形式金字塔的顶端,诗歌改革必牵一发而动全身。胡适有《文学改良刍议》之变革勇气和改革理路,却苦无作品支撑。理论与实践必互证呼应,胡适有以身作则之使命感,于是有《尝试集》付梓。《尝试集》虽不成功,却是新诗发展史初见萌芽,亦是新文化运动理论与实践的一次重要结合。作为"第一个吃螃蟹的人",成与不成,对胡适来说可能并不重要。今天看来,胡适等人提倡白话文,可谓大功告成,但彼时当事者并不敢奢谈成功。新文化运动同人呼喊呐吼不仅为文学,更为其核心目标——社会变革。《尝试集》里众多滑稽之诗引人发笑,笑后思忖,何尝不是一种探究。作为现代中国倡导消极自由核心价值观之执牛耳者,文学改良与社会改革能否成功,胡适亦无十足把握。

　　胡适现代新诗理论"实验室"的开山之功,与杜威的实验主义哲学方法论密不可分。与其说杜威是一个实验主义者,不如说他是一个自由主义者。杜威为了自由主义"作出了艰苦卓绝的努力,并一劳永逸地为自由主义赋予了进步的含义"①。杜威在20世纪30年代发表了《自由主义的含义》《自由主义:这个词的含义》《自由主义者为自由主义辩护》《自由主义与公民自由》等多篇文章,还在1935年出版了《自由主义和社会行动》一书。他认为美国的自由主义从过去到现在都与自由放任毫无关系,自由主义代表慷慨与宽容,特别是精神和品格方面的慷慨与宽容。虽然杜威发表这些自由主义理论的时间晚于胡适求学时间,但杜威思想的核心,群己权界、主张宽容、反对自由放任和极端个人主义等英美自由传统,在胡适的思想体系中都有明确的印记。新文化运动时期,面对陈独秀咄咄逼人的"不容他人之匡正"②论,胡适没有针锋相对,而是用《历史的文学观念论》《建设的文学革命论》《论文学改革的进行程序》等文章详细阐述渐进改良的文学进化学说。他提出"古文家亦未可一概抹煞",强调"吾辈所攻击者亦仅限于此一种'生于今之世而反古之道'之真正'古文家'",展现出对待传统文学并非一

①　[美]海伦娜·罗森布拉特:《自由主义被遗忘的历史:从古罗马到21世纪》,第240页。
②　陈独秀:《再答胡适之》,《陈独秀著作选编》(第一卷),第338页。

棒打死的理性姿态。① 他指出："我并不曾说凡是用白话做的书都是有价值有生命的。……我们提倡新文学的人,尽可不必问今日中国有无标准国语。我们尽可努力去做白话的文学。"②"创造新文学的进行次序,约有三步:(一)工具,(二)方法,(三)创造。前两步是预备,第三步才是实行创造新文学。"③这显示出从实践中检验和尝试的经验主义"文学方法论"。当有人提出从中国的大学开始全面推行白话文时,胡适认为"依我个人想来,也不该用这种专制的手段来实行文学改良",而应从低年级做起,循序渐进地推广,"要先造成一些有价值的国语文学,养成一种信仰新文学的国民心理,然后可望改革的普及"。④ 回望历史,白话文推广的历史进程,正是沿着胡适设计的路径循序渐进的,没有遵循陈独秀"推倒—建设"的革命逻辑。在新文学发轫期的语言文字基础载体问题上,胡适"尝试""试验""改良"的消极自由理念发挥了建设性作用。

二、群己权界的《易卜生主义》

在现代文学史上,胡适翻译《娜拉》的文学史意义,或并不亚于其创作《尝试集》。1918 年 6 月 15 日,《新青年》第 4 卷第 6 期刊登了胡适翻译的挪威戏剧家易卜生的《娜拉》。除了译文,本期还刊载胡适长篇政论《易卜生主义》,为个性解放运动注入了一剂强心针。《娜拉》不是胡适的第一部文学译作,也不是最后一部,却成为他最知名的翻译作品。胡适译文之前,一般会附介绍译文价值的按语。在所有按语中,可能当属《易卜生主义》最为繁复。或可以说,胡适在文学翻译领域为中国现代文学所做的贡献,并不亚于其文学创作。

胡适翻译文学作品所涉及的主题、素材、体裁和作家,体现其消极自由理念的文学观。早在上海读书期间,胡适就通过严译《群己权界论》体认到穆勒《论自由》的核心要义。1914 年 10 月 20 日,胡适在留学日记中写道:"昔约翰弥尔有言,今人鲜敢为狂狷之行者,此真今世之隐患也。"⑤他还特意指出"狂狷"的英文原文 eccentricity 是一种美德,可见当时他已经阅读过穆勒英文原本的《论自由》。⑥ 10 月 26 日,胡适反思狭隘的国家主义之弊,认为"爱国是大好事,惟当知

① 胡适:《历史的文学观念论》,《胡适全集》(第 1 卷),第 32 - 33 页。
② 胡适:《建设的文学革命论》,《胡适全集》(第 1 卷),第 55 - 57 页。
③ 胡适:《建设的文学革命论》,《胡适全集》(第 1 卷),第 60 页。
④ 胡适:《论文学改革的进行程序》,《胡适全集》(第 1 卷),第 74 页。
⑤ 胡适:《留学日记·卷七》,《胡适全集》(第 27 卷),第 527 页。
⑥ 胡适:《留学日记·卷七》,《胡适全集》(第 27 卷),第 527 页。

国家之上更有一大目的在,更有一更大之团体在",这个比国家更大的目的是人类的福祉,或曰人性(humanity),而人性之公道,在于"我之自由,以他人之自由为界",自由和人类的权利必须要有界限。① 他认为尼采的超人学说,"以无敌之笔锋,发骇世之危言,宜其倾倒一世","然其遗毒乃不胜言矣"。② 所以,他对尼采——作为青年鲁迅重要精神资源的德国哲学家——持批判态度。他说:"弥尔所谓'自由以勿侵他人之自由为界'也:皆吾所谓一致也。一致之义大矣哉!"③胡适批判尼采的思想武器来自穆勒的群己权界论。

　　穆勒的消极自由理念对胡适的影响深远。20 世纪 40 年代末,胡适总结自己从事的工作时,将第一类归纳为"消极的"事务。他认为自己消极意义上的工作"只是学弥尔(J. S. Mill)。这是一位十九世纪的大政治家,大经济学家,还可以说是大思想家。中国有严复译的《群己权界论》(On Liberty)就是他划时代的巨著。……弥尔这种批评政治,讨论政治的精神,我们可以学习,也是我们能做的"④。现有资料显示,胡适对穆勒群己权界论的进一步体认与其对易卜生主义的服膺过程同步。胡适论及易卜生《娜拉》的最早记录可追溯到 1914 年 11 月 3 日。当日,胡适与韦莲司二人辩论"容忍迁就与各行其是"时,胡适指出:"若人人为他人之故而自遏其思想言行之独立自由,则人类万无进化之日矣。弥尔之《群己权界论》倡此说最力,易卜生之名剧《玩物之家》亦写此意也。"⑤穆勒的消极自由理念为个人自由张本,坚守个人自由的底线,看似消极被动,实则是对个人自由的坚定维护。胡适可能正是从穆勒保障个体独立自由的群己权界角度认识到《娜拉》的思想价值的。"假定全体人类减一执有一种意见,而仅仅一人执有相反的意见,这时,人类要使那一人沉默并不比那一人(假如他有权力的话)要使人类沉默较可算为正当。"⑥穆勒在《论自由》中的这句话有多重解读角度:个人主义,言论自由,当然还有群己权界。1920 年,胡适整理杜威的演讲,提出真假个人主义,指出个人和社会的关系,批评独善的个人主义,即人不能跳出社会发展自己的个性。他提出"非个人主义的新生活",即"社会的"新生活概念。⑦ "五四"时

---

① 胡适:《留学日记·卷七》,《胡适全集》(第 27 卷),第 531 - 532 页。
② 胡适:《留学日记·卷七》,《胡适全集》(第 27 卷),第 532 页。
③ 胡适:《留学日记·卷七》,《胡适全集》(第 27 卷),第 535 页。
④ 胡适:《我们能做什么?》,《胡适全集》(第 22 卷),第 701 页。
⑤ 胡适:《留学日记·卷七》,《胡适全集》(第 27 卷),第 539 页。
⑥ [英]约翰·密尔:《论自由》,第 19 页。
⑦ 胡适:《非个人主义的新生活》,《胡适全集》(第 1 卷),第 707 页。

代的难题之一是群己界限如何设定的问题,或曰个人与社会的关系问题①,而这正是胡适在最初接触《娜拉》时最先思考并尝试解决的问题。

与其说《易卜生主义》在高举自我拯救、自我承担和自我坚守的个人主义大旗,不如说它在建构个人与社会的界限,以群己权界的消极姿态坚定捍卫个人权利。《易卜生主义》全文共出现 32 次"个人",83 次"社会",显示出胡适思维的基点不是个体单向,而是个体和社会的主客观双向互动。他在关注个体的同时,更关注社会和个人的关系。胡适痛陈社会戕害个人权利的种种表现。首先是家庭里的自私、怯懦、依赖和假道德;其次是社会的三大势力:被人操纵的法律、唯利是图的宗教和陈腐虚伪的道德;最后是个人和社会互相损害的恶性循环。胡适之所以推崇易卜生的戏剧,是因为其剧作深层的主题聚焦个人与社会的关系。易卜生戏剧揭露了家庭伪善,展示了社会黑暗,激发人们痛则思变的勇气。

> 易卜生的戏剧中,有一条极显而易见的学说,是说社会与个人互相损害;社会最爱专制,往往用强力摧折个人的个性,压制个人自由独立的精神;等到个人的个性都消灭了,等到自由独立的精神都完了,社会自身也没有生气了,也不会进步了。社会里有许多陈腐的习惯,老朽的思想,极不堪的迷信,个人生在社会中,不能不受这些势力的影响。……个人的能力有限,如何是社会的敌手? ……那些和社会反对的少年,一个一个的都受家庭的责备,遭朋友的怨恨,受社会的侮辱驱逐。②

鉴于此,胡适特别赞赏易卜生"个人须要充分发达自己的天才性,须要充分发展自己的个性"③的观点。胡适主张"救出自己"和"为我主义"。"为我主义"不是自私自利,而是"最有价值的利人主义"。④ 胡适认为,发展个性的前提是个人有自由意志,且要让个人担责任。"个人若没有自由权,又不负责任,便和做奴隶一样。"⑤家庭和社会一样,都要保障个人权利。"自治的社会,共和的国家,只是要个人有自由选择之权,还要个人对于自己所行所为都负责任。"⑥一个好的

---

① 杨念群:《五四的另一面:"社会"观念的形成与新型组织的诞生》,第 159 页。
② 胡适:《易卜生主义》,《胡适全集》(第 1 卷),第 607 页。
③ 胡适:《易卜生主义》,《胡适全集》(第 1 卷),第 612 页。
④ 胡适:《易卜生主义》,《胡适全集》(第 1 卷),第 613 页。
⑤ 胡适:《易卜生主义》,《胡适全集》(第 1 卷),第 615 页。
⑥ 胡适:《易卜生主义》,《胡适全集》(第 1 卷),第 615 页。

社会,应尽可能容忍像娜拉这样的独立女性,应鼓励像斯铎曼医生一样的一流人物。《易卜生主义》展现了发展个性的"自由意志"与"担干系、负责任"的双重维度,尤其强调个体"责任"。①　正如胡适在《不朽》一文中指出的,个体"小我"对于社会"须负重大的责任","对于那永远不朽的'大我'的无穷未来,也须负重大的责任"。②　所以,胡适强调的个体价值,是个体与社会二元的理性价值,他一直对个体承担社会责任念兹在兹,从未抛弃个体对社会的责任而谈论个人自由。这就是胡适在《介绍我自己的思想》一文中所言之"健全的个人主义的人生观"③,这种人生观有别于伸张、外倾、激进的精神意念,被称为"在心理状态上趋向平和、稳健,在意识深层信奉克制、收敛,在生活方式上侧重于内倾、自御"④的人生观。

鲁迅认为,"盖自法朗西大革命以来,平等自由,为凡事首,继而普通教育及国民教育,无不基是以遍施。久浴文化,则渐悟人类之尊严;既知自我,则顿识个性之价值;加以往之习惯坠地,崇信荡摇,则其自觉之精神,自一转而之极端之主我"⑤。在鲁迅看来,社会欲灭绝"个人殊特之性",使"全体以沦于凡庸",所以才要主张极端主我,这一认知与英美自由主义传统的区别非常明显。⑥　穆勒群己权界论张扬的是"主我"而非"极端",胡适的"为我主义"是社会客观语境下的个人主义,不是极端的精神层面的主观个人主义。鲁迅主张绝对自我,胡适主张相对自我;前者主张绝对自由精神,用积极自由反抗积极不自由,后者主张制度框架下的相对自由,用消极自由争取个人自由空间。

三、健全个人主义的短篇小说翻译

文学是胡适的副业,翻译是其副业的副业。1928 年 2 月 21 日,胡适复信翻译家曾孟朴说,60 年前,中国人就能阅读西方文字了,但是外国名著被译成中文的,至今还不满 200 种。在这 200 种里面,大部分是不懂外语的林纾通过助手转述翻译的。他鼓励曾孟朴将翻译这个"盛业""发挥光大","努力多译一些世界名

---

① 胡适:《易卜生主义》,《胡适全集》(第 1 卷),第 614 页。
② 胡适:《不朽》,《胡适全集》(第 1 卷),第 668 页。
③ 胡适:《介绍我自己的思想》,《胡适全集》(第 4 卷),第 662 页。
④ 张宝明:《胡适"健全的个人主义"与"自由"的分野》,《中国近代史上的自由主义》,郑大华、邹小站主编,北京:社会科学文献出版社,2008,第 404 页。
⑤ 鲁迅:《文化偏至论》,《鲁迅全集》(第一卷),第 51 页。
⑥ 鲁迅:《文化偏至论》,《鲁迅全集》(第一卷),第 52 页。

著,给国人造点救荒的粮食"。① 随后,胡适就有了翻译世界文学丛书的设想。1928 年 4 月 24 日,胡适与徐志摩和余上沅讨论西方文学的翻译计划。他说:"此事其实并不难,只要有恒心,十年可得一二百种名著,岂不远胜于许多浅薄无聊的'创作'?"②胡适有两种判断,一是西方文学的译介工作远远不够,二是他并不看好 20 世纪 30 年代中国文学的创作实践。1928 年 12 月 29 日,胡适给梁实秋写了一封长信,讨论翻译问题。他认为以英文为专长的知识分子不应将精力放在"转译"上,而应直接翻译英文原著,他说:"我想先选译一部美国短篇小说集,大概三个月后可以成十篇。"③因为事务牵绊,胡适翻译英美短篇小说的计划没有得到严格执行。现以胡适居沪期间翻译的三篇短篇小说为例④,探析胡适的消极自由翻译理念。

短篇小说《米格儿》的女主人公米格儿明眸皓齿、优雅迷人,六年前在马利镇开一家酒店,生意红火。米格儿的身边不乏大量的异性追求者,吉梅就是其中之一。有一天,吉梅得了重病,瘫痪在椅子上,医生断定他将不久于人世。米格儿果断地变卖酒店,来到一个远离熟人的小镇,克服生活上的困难,拒绝追求者的骚扰,悉心照料吉梅。而这个故事,是通过一群因河水泛滥被困在米格儿家的陌生人的视角逐步展现的。故事结尾处,在离开米格儿家之后,原本吵吵闹闹的一群旅客,个个心情庄严肃穆:

> 法官先生恭恭敬敬地脱下他的白帽子,开口说道:"诸位先生,你们的杯子里都有酒吗?"
>
> 都有了。
>
> "那么,大家一齐,我们祝米格儿的康健,上帝降福与她!"⑤

故事结尾,这群身份各异、各怀心事的旅客被米格儿的人格魅力打动。胡适认为,哈特是美国近代以来短篇小说的大师,他善于描写美国西部开拓时期的生

---

① 胡适:《论翻译:与曾孟朴先生书》,《胡适全集》(第 3 卷),第 803 - 804 页。

② 胡适:《日记·十七、四、廿五》,《胡适全集》(第 31 卷),第 58 页。

③ 胡适:《致梁实秋》,《胡适全集》(第 23 卷),第 524 页。

④ 三篇短篇小说分别为:美国小说家哈特的《米格儿》(*Miggles*)和《扑克坦赶出的人》(*The Outcasts of Poker Flat*)以及美国小说家欧·亨利的《戒酒》(*The Rabaiyat of a Scotch High ball*)。

⑤ [美]哈特:《米格儿》,胡适译,《胡适全集》(第 42 卷),第 395 页。

活场景,"富于诙谐的风趣,充满着深刻的悲哀,又长于描写人的性格,遂开短篇小说的一个新风气"。① 胡适的这篇译文在《新月》第 1 卷第 10 号发表后,作家苏雪林曾经在《生活》周刊上作文介绍它,主张"应该多翻译这一类健全的,鼓舞人生向上的文学作品"②。于是,胡适在 1930 年 2 月 3 日,又翻译了哈特的短篇小说《扑克坦赶出的人》。

《扑克坦赶出的人》是胡适"生平最爱读的小说"③,描写了一群受盗窃案牵连的流放者的故事。在被赶出来的两男两女中,那个叫比利大叔的其实是盗窃案的真正元凶,其余的两个妓女和一个赌徒都是无辜的。他们被永远驱逐出扑克坦,如果返回就有性命之忧。赌徒倭克斯平静地接受了这个判决,胡适是这样翻译他的心理状态的:

> 他是赌场上的好手,岂能不服从他的运气? 在他眼里看来,人生不过是一场输赢未定的赌博,派牌的人机会好煞也有限。④

一群人被驱逐之后,被困在风雪交加、人迹罕至的山腰,进退维谷。幸好遇到了带有马匹和粮食的少年汤姆及其十五岁的女友平儿姑娘。汤姆是倭克斯的铁杆赌友,和女友私奔自此地,想去扑克坦开始新生活。不幸的是,趁大家熟睡,比利大叔偷走了马匹独自逃走了。无法行动的一群人饥寒交迫,靠着极少的粮食,在临时搭建的窝棚里苦苦支撑,冰天雪地里等待云开雪化的那一天。生死攸关面前,倭克斯要求汤姆独自下山求助,为女友争取一线生机。名叫"薛登妈妈"的妓女将自己的粮食节省下来给平儿姑娘,自己活活饿死。另一个妓女"公爵夫人"陪伴平儿,直至生命最后一息。而倭克斯则在给小屋外堆满取暖用的柴火后,走到山崖边饮弹自尽。胡适这样翻译小说悲壮的结尾:

> 他们在峡边一株最大的松树上,寻着一张纸牌,一张三叶牌(Clubs)的两点,用小刀子钉在树上。在这纸牌上,有铅笔写的很有力的字迹,写的是这样的一篇墓碣:

---

① 胡适:《胡适全集》(第 42 卷),第 381 - 382 页。
② 胡适:《胡适全集》(第 42 卷),第 396 页。
③ 胡适:《胡适全集》(第 42 卷),第 396 页。
④ [美]哈特:《扑克坦赶出的人》,胡适译,《胡适全集》(第 42 卷),第 398 页。

> 在这树下
>
> 睡着的是
>
> 约翰倭克斯,
>
> 他在一八五〇年十一月二十三日
>
> 遇着了一阵倒霉的运气,
>
> 到了一八五〇年十二月七日,
>
> 他把账结了。

冰僵在雪底下,一支手枪在身边,一颗子弹在心脏里,仍旧像生前的镇静,这里睡的是扑克坦的逐客之中的最强的,同时又是最弱的一个。①

对这三位有着不光彩历史的小人物的死,胡适倍加感叹。这篇短篇小说描写了一个赌鬼和两个妓女的死,他们已经预料到即将死去的命运,但是为了两个少年未来的美好生活,他们都改过自新。"十天的生死关头,居然使他们三个堕落的人都脱胎换骨,从容慷慨而死。三个人之中,一个下流的女人,竟自己绝食七天而死,留下七天的粮食来给那十五岁小姑娘活命。他们都是不信宗教的人,然而他们的死法都能使读者感叹起敬。"②胡适之所以将这篇小说视为生平最爱,是因为他被哈特高超的叙事手法吸引,更因为他看中文本撼人心魄的坚强人格和美好人性。

《戒酒》讲述的是男主人公、醉鬼巴伯·白璧德戒酒第一天的故事。因为下班要在酒吧里喝得酩酊大醉才回家,酒吧的熟人和妻子已经习惯了他满嘴酒气的举止,甚至妻子也变成了一个爱喝酒的人。白璧德突然决定戒酒之后,酒吧里的朋友和妻子迷惑不解,回家后的晚餐气氛变得古怪起来。结局是白璧德夫妇打破了各自的酒杯,决心"把这世界重新造过"③。戒酒是一种节制、理性、反省和健康的生活方式,胡适特地选取这篇译介给中国读者。

从作品主题来看,这三篇小说都是在传递健全的人格、坚韧向上的人生观和理性节制的生活方式。这种理性节制的生活方式,是胡适自称的"极端个人主义"的体现。他认为,个人自立自强,国家才能自立自强;没有个人的"小我",就

---

① [美]哈特:《扑克坦赶出的人》,胡适译,《胡适全集》(第42卷),第409页。

② 胡适:《胡适全集》(第42卷),第397页。

③ [美]哦亨利:《戒酒》,胡适译,《胡适全集》(第42卷),第410-418页。"哦亨利"今译"欧·亨利"。文中所引译文,皆出自本书,不另注。

没有社会的"大我",个人对社会的最大贡献是先把自己铸造成器。这种主张与《扑克坦赶出的人》中赌徒和妓女在生命最后一刻"努力做人,努力向上"的主题是吻合的。

1928年1月27日,胡适在创作的《人生有何意义》中说:"生命本没有意义,你要能给他什么意义,他就有什么意义。"①所以,与其终日冥想人生有何意义,不如思考一下现在有哪些有意义的事情可做。米格儿在男友吉梅遭遇人生困境的时候,没有逃避,她放弃了优越的生活,变卖酒店,远走他乡照料行将就木的男友。而那几个被赶出扑克坦的社会边缘人,面临绝境,不抱怨、不逃避,在生死关头捍卫个人的尊严,赌徒倭克斯的形象在结尾瞬间高大起来。他的坚毅和勇敢,与米格儿的坚韧、担当和独立人格,正是胡适所钦佩的。

四、见地不甚高之《虹》

胡适认为翻译远胜于许多浅薄无聊的创作,对20世纪30年代前后中国文学创作的实绩并不满意。胡适对新文学创作的评论多为正面的,负面的批评比较少见。1928年3月21日,胡适为陈衡哲的小说集《小雨点》作序,认为这篇小说具有很高的文学史价值,"试想当日有意作白话文学的人怎样稀少,便可以了解莎菲的这几篇小说在新文学运动史上的地位了"②。作为一个文学史家,胡适首先聚焦《小雨点》的文学史地位,而未关注这篇小说的主题、艺术特色等。但是当他1930年7月27日读到茅盾的长篇小说《虹》时,就比较苛刻了,他不但对故事情节、主题思想进行了评价,还将作者的前后作品进行对比。他在日记中写道,这本书的作者自称"要为近十年中的壮剧留一记录","前半殊不恶",但是后半部分写到梅女士来到上海之后,遇到革命者梁刚夫,继而很快投入革命,这种演变"似稍突兀,不能叫人满意",而且"作者的见地似仍不甚高"。③ 胡适对《虹》的评判耐人寻味。首先,他肯定了作者试图记录一个时代的"巴尔扎克"式小说笔法,认为这部作品的前半部分"殊不恶"。其次,胡适不满之处有二:一是主人公梅女士到上海之后的思想转变太过突兀,与前文脱节;二是作者本人的思想见解不甚高明。胡适对《虹》的批评,虽寥寥数笔,却耐人寻味。

《虹》的主人公梅行素的人生从一桩包办婚姻开始。当她在四川成都益州女

---

① 胡适:《人生有何意义》,《胡适全集》(第3卷),第818页。
② 胡适:《〈小雨点〉序》,《胡适全集》(第3卷),第787页。
③ 胡适:《日记·十九、七、廿七、廿八》,《胡适全集》(第31卷),第678页。

校接受新思潮时，父亲主导了一桩包办婚姻。她深爱姨表兄韦玉，遗憾的是韦玉患病在身，且优柔寡断、软弱无能。为了摆脱丈夫柳遇春的纠缠，梅女士离家出走，辗转重庆，乘船出夔门，在"五卅惨案"发生前夕来到上海。离开家庭羁绊，梅女士又入纷繁复杂的社会，在各种混乱思潮和情爱的交织中，她接近了革命者梁刚夫。在梁刚夫以及如火如荼的工人运动氛围的影响下，梅女士投入到革命斗争的洪流中。

首先来看胡适肯定《虹》前半部分的原因。在梅女士到达上海之前，她的人生轨迹在成都、重庆、泸州等地辗转，而每一次辗转，都是她个人独立和自由思想的表现。这种独立人格和追求个人幸福的决断力，定是胡适所赞赏的。女主人公有一系列"娜拉"式的行为特征：梅女士在女校学习时，在易卜生《娜拉》的指引下，培育独立自强精神，决心寻找个人幸福。剪发风潮中她毅然剪掉发髻，即便被父母呵斥、被轻薄少年嘲笑也不在意。当她无法说服自己接受未婚夫柳遇春时，勇敢地向自己深爱的姨表兄韦玉表明心迹。当她看穿了韦玉的软弱，并被其抛弃之后，决定"征服"柳遇春。当她发现丈夫柳遇春嫖妓的劣行，毅然在婚后离家出走，并设法到重庆与韦玉会面。当她在重庆设法摆脱柳遇春的纠缠来到泸州后，在小学教师的工作中寻个人价值，并成为革新派首领惠师长的座上宾和家庭教师。在她踏上开往上海的轮船时，心中依然充满着对未来生活的渴望和热情。这种人格独立和个性自由精神，也是胡适一贯主张的。"社会最大的罪恶莫过于摧折个人的个性，不使他自由发展"①，梅女士与逆境的坚定抗争，保持了鲜明的个性和自我意识，在胡适眼中自然"殊不恶"。

其次来看胡适批评《虹》后半部分的原因。胡适认为小说后半部分情节"稍显突兀"，作者"见地不甚高"。《虹》将一个青年知识女性的心路历程与当时的社会画卷结合在一起，用一个人命运和心灵的沉浮来反映和记录一个时代。我们能够从茅盾的《子夜》《蚀》《虹》等长篇小说中，找寻到19世纪二三十年代波澜壮阔的历史画卷。这种用个体命运串联一个时代的写作手法，奠定了茅盾在现代文学史上的地位。然而，20世纪30年代的茅盾在处理人物的最终归宿上，有一个隐性模式，即主人公在经过追求个人幸福的漫长旅程之后，最后大都融入"群众""洪流""运动"中。茅盾给主人公铺排的背景大多先是家庭和情感纠葛，最后进入阶级革命和工人运动。梅女士的人生轨迹也不例外。她一路挣扎反抗，最后在上海放弃了个人主义的独立生活，渐渐融入革命机体中。《虹》的结尾是这

---

① 胡适：《易卜生主义》，《胡适全集》（第1卷），第614页。

样的：

> 雨暂时停止。怒潮一样的人声还从南京路方面传来。……现在听得那呼噪的声音,她的热血立刻再燃起。她再跑到南京路时,满街都是水,武装的印度巡捕和万国商团在路左路右都放了步哨。南京路两旁的人行道上还是满满的人,间歇地在喊口号,鼓掌。……车上人手里拿着一面小小的纸旗。……旗上的红字是:"包围总商会去!"①

　　游行、集会、抗议、旗帜、愤怒的人潮、高喊的口号、紧握的拳头,这些带有鲜明工人运动和阶级革命的词汇,建构了一个群情激愤的革命图景。这种叙事模式,至少在两个方面挑战了胡适的自由主义价值观。首先,《虹》的革命叙事与胡适渐进改良的社会观念是对立冲突的。胡适一贯主张渐进改革,反对激进的暴力,认为社会进步和改良应该采取不流血的形式,在保证既有社会秩序、承认现有政府合法性的前提下,进行温和调整。他既不主张青年走出书斋参与到激进的游行示威队伍中,也反对那些鼓动青年人参加暴力革命的文学创作。一个冲出家庭羁绊到上海寻找个人自由的女青年,最后毅然决然地走进游行队伍,用身体对抗军警的水龙头,在胡适看来其思想转变的确"突兀"。由此,胡适"夜读茅盾"的"殊劣"印象不难理解。

　　其次,《虹》从"个人奋斗"到"集体革命"的叙事模式,与胡适个人独立和个体价值本位诉求截然相反。文本中前半部分曲折辗转的故事情节,成为革命事业的铺垫,主人公在去上海之前的个人奋斗历程,最后被革命话语赋予意义。梅女士在成都、重庆、泸州等地与家庭、社会的冲突和对立,验证了革命话语的合理性。这种叙事模式,与其说反映了知识分子在大革命时期的迷茫和无助,展示了现代青年反抗命运、追求个人自由和幸福的决心,不如说是在演绎个人奋斗汇入集体革命叙事模式的时代必然。在处理个人自由与集体自由的问题上,自由主义者的出发点是个人而非集体,即追求"单数"的自由,而不是"复数"的自由。茅盾的叙事模式,恰恰是用"复数"的自由,消解了"单数"的自由。胡适说《虹》"见地不高",可能关键即在于此。

　　胡适的消极自由文学观与其个体价值本位自由观互为表里。作为思想家、文学史家的胡适遮蔽了作为作家和翻译家的胡适。胡适忌惮革命,不认同左翼

---

① 茅盾:《虹》,《茅盾全集》(第二卷),北京:人民文学出版社,1984,第 269 页。

革命文学,试图用西方文学的译介来扭转这种文学格局。从晚清以来自由理念的发展流脉来看,集体自由压制个体自由的倾向,在梁启超、孙中山、陈独秀等身上表现明显。"当时很少有人意识到,民主制度其实是要依靠个人自由来保障的,自主的个人是民主制度最重要的社会基础。"① 胡适在《易卜生主义》一文中控诉社会对个人的戕害和压抑,痛陈社会越界挤压个人权利的恶果,这正是 30 年代胡适挑起的人权论战之鹄的。"人权派对国民党政府专制独裁本质的揭露、对他们剥夺人民基本人权的残暴行径的抨击,是大胆尖锐的,有的甚至可以说是深刻的。"② 一向温文尔雅的自由主义知识分子,即便在与左翼论战中也不失绅士风度,但是在人权论战中却显示出激烈的对抗姿态,这似乎难以理解。如果从捍卫个人最基本权利的消极自由角度出发去理解他们的行为方式,就容易多了。左翼革命作家的流血牺牲令人肃然起敬,自由主义知识分子和国民党专制独裁之间的抗争亦值得肯定。1932 年,宋庆龄、蔡元培等人发起的"中国民权保障同盟",胡适、林语堂等自由主义者以及鲁迅等左翼知识分子均名列其中。尽管左翼作家和右翼知识分子之间的价值观鸿沟不可弥合,类似"中国民权保障同盟"这样的共同体关系存续时间也比较短暂,但是,"在争取自由、民主、保障人权诸点上,自由主义者与左翼力量实际上存有某种同盟关系"③。五四运动以来,知识分子群体的分化日渐明晰,左右翼阵营的区隔加深,抵牾不断,但是自由、民主、平等、人权的价值观已经成为时代主潮,这些价值观依然是所有正直知识分子的基本共识,左翼还是右翼都未曾远离这些基本共识。

第二节　论徐志摩的自由文学观

徐志摩遇难后,胡适在 1931 年 11 月 29 日作的《追悼志摩》一文中延续了《易卜生主义》中群己权界的逻辑理路,将徐志摩理想主义的失败归咎于残酷的现实社会。徐志摩秉承极为单纯的理想,而"他的单纯的信仰禁不起这个现实世界的摧毁",所以不免归于失败,因此,徐志摩的失败"是一个单纯的理想主义者

---

① 袁进:《试论晚清人文精神思潮及其局限》,《文艺理论研究》2008 年第 2 期,第 59-64 页。
② 胡伟希、高瑞泉、张利民:《十字街头与塔:中国近代自由主义思潮研究》,第 283-284 页。
③ 胡伟希、高瑞泉、张利民:《十字街头与塔:中国近代自由主义思潮研究》,第 285 页。

的失败"。① 胡适认为徐志摩的失败值得同情和敬畏,因为在当时的现实中,只有徐志摩有信心,冒着极大的危险,牺牲了安逸、名誉、亲情,甚至自己的生命。胡适将徐志摩定位为一个对社会现实缺乏足够估计的拥有单纯信仰的人,暗示徐志摩的"爱—美—自由"信仰注定要在当时的社会中屡屡碰壁。徐志摩自由理念之维及其与 20 世纪二三十年代中国社会现实的矛盾冲突何在,值得深入辨析。

一、"妖魔的脏腑"内寻健康

徐志摩认为,19 世纪上半叶的中国患上一种名为"荒歉"的社会病,物质和精神双重贫困,国人的思想和肠胃均处于饥饿状态。世俗的烦扰和现代生活的负累,将人的性灵覆盖。治疗这种时代病,徐志摩开出的药方是:亲近自然,亲近生命,亲近"健康"和"尊严"的文学。他说:"我的意见是要多多接近自然,因为自然是健全的纯正的影响,这里面有无穷尽性灵的资养与启发与灵感。"②大自然是天成的,所有事物都是大自然的主人,不存在压制和奴役。他认为,现代人要成为自己"思想和命运的主人",不能做"时代和时光的奴隶",当前思想界的沉闷不能最终剥夺我们的理想。③ 现代人要摆脱浮躁生活方式的戕害,要反抗沉闷的都市生活,就要从大自然中寻找药方。

徐志摩,这个山水间的精灵,时刻渴望到山水和田野之间,困守都市却深深迷恋着乡村和自然。徐志摩回归自然的倾向,深受哈代的影响。哈代在其代表作《德伯家的苔丝》中展示的具有英国乡村特色的叙事场景,引发徐志摩的深刻共鸣。徐志摩认为,哈代在其创作和生活的六七十年间,最关心的是"一茎花草的开落,月的盈昃,星的明灭,村姑们的叹息,乡间的古迹与传说,街道上或远村里泛落的灯光,邻居们的生老病死,夜蛾的飞舞与枯树上的鸟声"④。而这种乡村叙事,恰恰展现了作家的本真思想。一位高明的诗人,会在描写山水的文字里暗示人生的方向,把对社会的观察和思考隐喻在自然风物的记录中。徐志摩试图摆脱世俗生活对人性的压抑,一次次出游,奔向大自然山川草木的怀抱。

徐志摩与陆小曼结婚后经由上海回硖石,在途中,他第一次看见"黄熟的稻

---

① 胡适:《追悼志摩》,《新月》1932 年第 1 期。
② 徐志摩:《秋》,《徐志摩全集》(第三卷),第 349 页。
③ 徐志摩:《秋》,《徐志摩全集》(第三卷),第 349 页。
④ 徐志摩:《汤麦士哈代》,《徐志摩全集》(第三卷),第 205 页。

田与错落的村舍在一碧无际的天空下静着,不由的思想上感着一种解放",当时真有做一个赤足乡下人的冲动,憧憬将来"退隐"回乡的那一天,到时候在自己田地里耕耘,在菜园里亲手种菜。① 尽管他渴望回归田园,但赤足在田间劳作的生活对徐志摩来说是不现实的。陆耀东认为徐志摩因对当时的社会现实不满,所以才寄情于山水,流连于寺庙,并向往情境优美之地。② 林语堂在谈到中国文学传统中的山水叙事时认为,中华文明之所以绵延不断,正是因为中国文学的"归田主义",文人厌倦城市生活,亲近自然,所以能保持一种淳朴和安宁的心境,"不至日久于浮华繁剧矫饰淫鄙之途"。③ 林语堂还感叹说:"中国人的心灵,若不时得山川花木的滋润,不知将枯燥到如何?"④青山绿水和田园风光对现代自由主义知识分子而言,亦是孕育诗情的摇篮。胡适和徐志摩曾数次到西子湖畔休养身心,领略山水风物。

　　流连山水在那个时代是奢侈品。1926 年 12 月 27 日,刚刚避乱于上海的徐志摩在日记中写道,本来想独自一人到僻静的教堂听几段圣诞的和歌,但是却穿上了臃肿的袍服去串演"腐戏";原本想在"霜浓月澹的冬夜独自写几行从性灵暖处来的诗句",但却"跟着人们到涂蜡的跳舞厅去艳羡仕女们发金光的鞋袜"。⑤ 次日,徐志摩将曼殊斐儿(今译曼斯菲尔德)的日记作为新年礼物送给妻子陆小曼,他在书上写道:"一本纯粹性灵所产生,亦是为纯粹性灵而产生的书。"⑥此时,徐志摩刚到上海避兵乱,还在回忆在村镇中度过的"既宁静又快乐"的生活。⑦ 遗憾的是,两个月对一个在山村风物中寻找性灵的诗人来说,实在短暂。

　　1927 年清明节,徐志摩抽暇回海宁硖石扫墓,诗人笔端的诗情开始涓涓流淌。他写道:"采桃枝,摘薰花菜,与乡下姑子拉杂谈话。阳光满地,和风满裾,致足乐也。"⑧寥寥数笔,欢快之情溢于言表。次日,徐志摩去杭州孤山,"偶步山

---

① 徐志摩:《日记·1926 年 9 月 19 日》,《徐志摩全集》(第五卷),第 346 页。

② 陆耀东:《评徐志摩的诗》,《徐志摩评说八十年》,韩石山、伍渔编,北京:文化艺术出版社,2008,第 313 页。

③ 林语堂:《游杭再记》,《人生殊不易》,第 227 页。

④ 林语堂:《游杭再记》,《人生殊不易》,第 227 页。

⑤ 徐志摩:《日记·1926 年 12 月 27 日》,《徐志摩全集》(第五卷),第 347 页。

⑥ 徐志摩:《日记·1926 年 12 月 28 日》,《徐志摩全集》(第五卷),第 347 页。

⑦ 徐志摩:《1927 年 1 月 5 日致恩厚之》,《徐志摩全集》(第六卷),第 328 页。

⑧ 徐志摩:《日记·1927 年 3 月 17 日》,《徐志摩全集》(第五卷),第 349 页。

后,发现一水潭浮红涨绿,俨然织锦,阳光自林隙来,附丽其上,益增娟媚"①。诗人采用的都是色彩艳丽、"浓得化不开"的词汇,句式简短跳跃,与上海期间昏昏欲睡的沉闷状态形成鲜明反差。休息一日之后,继续环游西湖北山、龙井一带,先去雷峰塔遗迹,然后到白云庵求签,在翁家山小坐,再去烟霞洞,"天时冥晦,雨亦弗住,顾游兴至感勃勃,翻岭下龙井,时风来骤急"。② 十年之后再次来到龙井,他不禁感叹:"泉清林旺,福地也。"③然后,一行人下九溪,仿佛入仙境,只见"翠岭成屏,茶丛嫩牙初吐,鸣禽相应,婉转可听",最令人难忘的是,漫山遍野的杜鹃花,"鲜红照眼,如火如荼",于是一行人不顾脚下尘土,上山采花,"集得一大束,插戴满头"。④ 在山水之间,徐志摩呼吸着大自然的气息,极目远眺,"吐纳自清,胸襟解豁"。⑤ 绿茶古树、游人村姑、杜鹃烂漫、山间溪流潺潺、楠木直插云天,这是何等难得的天赐神韵。徐志摩用散文意蕴、游记题材和诗意文笔,为我们建构了一个世外桃源。

徐志摩在繁忙、慵懒和琐碎的现代生存空间里,守望人类灵魂和精神的永恒。置身山水之间,他诗意勃发,而一旦回到上海,慵懒的状态再次来袭。1927年4月20日,徐志摩感到非常倦怠,"这几天就没有全醒过,总是睡昏昏的"⑥。诗意全无,连日记也不想写。离开山水滋润,诗人的性灵之窗关闭了。徐志摩将自然山水看作大自然中最永恒的事物,人类的肉身是短暂渺小的,但是思想却可以像自然一样永恒。在《变与不变》中,徐志摩用拟人的手法,通过树叶和星星的对话,提示人类思想的永恒。当树叶"抽心烂""卷边焦"时,他自己的心也在冷风中褪色凋零,但是当远方的群星现身时,灵魂的永恒即被唤醒:

> 这时候连翩的明星爬上了树尖;
> "看这儿,"它们仿佛说:"有没有改变?"
> "看这儿,"无形中又发动了一个声音,
> "还不是一样鲜明?"——插话的是我的魂灵!⑦

① 徐志摩:《日记·1927 年 3 月 17 日》,《徐志摩全集》(第五卷),第 349 页。
② 徐志摩:《日记·1927 年 3 月 18 日》,《徐志摩全集》(第五卷),第 350 页。
③ 徐志摩:《日记·1927 年 3 月 18 日》,《徐志摩全集》(第五卷),第 350 页。
④ 徐志摩:《日记·1927 年 3 月 18 日》,《徐志摩全集》(第五卷),第 350 页。
⑤ 徐志摩:《日记·1927 年 3 月 18 日》,《徐志摩全集》(第五卷),第 350 页。
⑥ 徐志摩:《日记·1927 年 4 月 30 日》,《徐志摩全集》(第五卷),第 351 页。
⑦ 徐志摩:《变与不变》,《徐志摩全集》(第四卷),第 325 页。

这让人联想起叶芝的那首著名的《当你老了》中的诗句：

> 垂下头来，在红光闪耀的炉子旁，
> 凄然地轻轻诉说那爱情的消逝，
> 在头顶的山上它缓缓踱着步子，
> 在一群星星中间隐藏着脸庞。①

人生易变，生命易老，但人的精神常驻，如明星般永恒。在"头顶的山上"，在"星星中间"，爱超越了肉体的存在而重生，并且升华。徐志摩在《汤麦士哈代》一文中，也将法国的法郎士与英国的哈代称为两个星系的核心，他说："他们是永恒的。天上的星。"②徐志摩认为他们是各自思想体系的核心，向宇宙放射夺目的光辉。他们的离去，不但是文学界的损失，更是19世纪以来人类思想界的损失。徐志摩用诗意文笔纪念人类思想史上的伟大灵魂，也是在明确表达对人类永恒精神财富的仰慕之意。

当时的中国似乎并没赋予诗人追求精神永恒的社会语境，而是让他在生活的泥沼中苦苦挣扎。诗意来自灵魂的颤动，而城市生活总无法捕捉生活的美丽瞬间。1928年5月29日，他将这种生活的无奈写进了短诗《生活》中：

> 阴沉，黑暗，毒蛇似的蜿蜒，
> 生活逼成了一条甬道：
> 一度陷入，你只可向前，
> 手扪索着冷壁的黏潮，
>
> 在妖魔的脏腑内挣扎，
> 头顶不见一线的天光，
> 这魂魄，在恐怖的压迫下，
> 除了消灭更有什么愿望？③

---

① 叶芝：《叶芝文集》（卷一），王家新编选，北京：东方出版社，1996，第27页。
② 徐志摩：《汤麦士哈代》，《徐志摩全集》（第三卷），第202页。
③ 徐志摩：《生活》，《徐志摩全集》（第四卷），第340页。

　　这首诗,被胡适当作解读那些年徐志摩"失败"生活的证据。不过,胡适将徐志摩定位为一个对社会现实缺乏足够估计的拥有单纯信仰的人,忽略了徐志摩与命运抗争和搏斗的历程。徐志摩的这首诗,表达了反抗黑暗和摆脱束缚的诉求。生活的碎屑和无奈,将人生逐渐逼进狭窄的通道中,如同不谙水性的人掉进没顶的冰冷湖水,一旦停止挣扎和扑腾,就会立刻窒息在冰冷的水中。徐志摩将这种无处不在的生存现实和生活压力比喻为"妖魔的脏腑",人在"阴沉,黑暗,毒蛇似"的甬道内摸索着,所触及的都是冰冷的"黏潮",看不见光明,看不见希望,只能束手就擒。如果说徐志摩以前担心的是生活的尘埃遮蔽了人性的光辉,生存的泥沼掩盖了人性的本真,那么在这首诗中,诗人变得更加绝望,分明连摆脱黑暗甬道的一线生机都没有了。只有联系诗人当时的生活处境和渴望摆脱生活羁绊的诉求,才能真正体会这首诗中极具象征意味的意象。

　　中国历代文人似乎都有一条退守山林间的隐逸之路,而现代中国的残山剩水,将现代知识分子归隐山林疗伤的机会都剥夺了。徐志摩在现代的嘈杂生活中挣扎,试图向山水间寻找人性本真和世界的永恒,即便如此,逃避现实的隐逸情怀也是一种奢望。1928 年收入诗集《志摩的诗》里的《恋爱到底是什么一回事》是一首爱情隐喻抒情诗。在这首诗中,徐志摩借用爱情主题吐露人心的"真"面貌,徐志摩将自己比喻为一只没有笼头的野马,跑遍了人迹罕至的旷野,继而又像那古时献璞玉的楚人,"手指着心窝,说这里面有真有真"。[1] 生存压力下伤痕累累的诗人,仍然执着于人性本真的守护。

二、革命话语中倡"真"格

　　徐志摩为人为文处处体现性灵所至和真诚性情。他倡导用笔端记录人生转瞬即逝的灵感和震撼。徐志摩在 1929 年 1 月 19 日作的《波特莱的散文诗》中指出,人生的意义并不需要全部从深沉幽玄的境界里探寻,在我们能够感知的瞬间震动里,在转瞬即逝的微小印痕里,都可以捕捉到生命的价值。"追摹那一些瞬息转变如同雾里的山水的消息",是文学家和艺术家们"最愉快亦最艰苦的工作"。[2] 他认为,作者要做"灵魂的探险者",捕捉心灵的细微震颤。作为"十九世纪的忏悔者",波特莱也是真正的"灵魂的探险者",这些探险者的工作就好比一片树叶的颤动最后引起一场飓风,起点是自身的意识,终点是"一个时代全人类

---

① 徐志摩:《恋爱到底是什么一回事》,《徐志摩全集》(第四卷),第 345 页。
② 徐志摩:《波特莱的散文诗》,《徐志摩全集》(第三卷),第 296 页。

的性灵的总和"。① 变幻无穷的大自然,可以提供无数次树叶颤动的机会,也就能无数次引发性灵深处的震颤。1929 年 12 月 10 日,徐志摩在日记中写道:"想去牯岭过夏,如去得成,亦是一福,穷困已甚,再不向大自然商借弥补破产无日矣。"②诗人担心的破产,不是物质的虚耗,而是精神的匮乏,在他看来,亲近大自然是弥补精神亏空的最有效路径。

"真"是徐志摩文学观的关键词之一。他认为艺术是独立的,艺术的最基本也是最高的标准就是"真",即"一个作家在他的作品里所表现的意趣与志向"。③ 这一点,徐志摩与林语堂有着天然的默契,林氏主张"性灵"文学,认为性灵的核心是"真","发抒性灵,斯得其真,得其真,斯如源泉滚滚,不舍昼夜,莫能遏之"。④ 林语堂直言:"文学本无新旧之分,惟有真伪之别。"⑤不过,林语堂是从中国传统文学的"方巾气"出发的,试图匡正时弊,而徐志摩更多的是从天性率真的感性层面出发的。徐志摩很少像林语堂和梁实秋那样撰写文艺批评,更很少去阐述"真"的来龙去脉,即便"健康和尊严"论备受鲁迅等左翼的攻击,他也极少反驳,仅仅是用日记、散文和诗行来无声地表达自己。徐志摩与画家徐悲鸿探讨艺术时说:"艺术是独立的。"⑥如果艺术批评可以用道德维度来衡量的话,艺术只有真伪之别。一个虚伪和投机的人,可以凭借他的小智慧混淆一时的视听,获得浮动的名声,但是"一经真实的光焰的烛照,他就不得不裎露他的原形"⑦,一个凭投机获得浮名的艺术家,无论他的手段多么高明,终难在文化史上占有一席之地。

徐志摩用"真"和"性灵"的标杆衡量现代作品。他认为写小说并不难,难的是能在小说中渗透作者的人生态度,从这个态度我们照见人生的真谛,也从这个态度我们认识作者的性情,不管是嘲讽、悲悯、苦涩,还是柔和,只要是有一个真实的人生态度,"它就成品,它就有格",这样的小说就有着艺术的奥妙和哲学的庄严。就此而言,徐志摩认为凌叔华的《花之寺》是一部"有格"的小说,不是草率的急就章,也不是虚伪的滥情物,而是发自作者的真实内心,值得读者细心体味

---

① 徐志摩:《波特莱的散文诗》,《徐志摩全集》(第三卷),第 298 页。
② 徐志摩:《日记·1929 年 12 月 10 日》,《徐志摩全集》(第五卷),第 359 页。
③ 徐志摩:《我也"惑":与徐悲鸿先生书》,《徐志摩全集》(第三卷),第 318 页。
④ 林语堂:《论文(下)》,《我行我素》,北京:群言出版社,2010,第 235 页。
⑤ 林语堂:《新旧文学》,《我行我素》,第 239 页。
⑥ 徐志摩:《我也"惑":与徐悲鸿先生书》,《徐志摩全集》(第三卷),第 318 页。
⑦ 徐志摩:《我也"惑":与徐悲鸿先生书》,《徐志摩全集》(第三卷),第 318 页。

的作品。① 小说中女主人公燕倩仿冒别的女孩写信给自己的丈夫,约丈夫在花之寺私会。丈夫幽泉是一个诗人,在那封情意绵绵的信之诱惑下,瞒着燕倩偷偷到花之寺赴约,结果苦等来的却是妻子。与其说徐志摩看中了文本中体现的已婚男女之间微妙的情感,不如说他更看重闷在家里的主人公试图到大自然中阅览山水的情致。

自我主权意志的个人主义是徐志摩文学观的基本底色。他否认阶级性,强调个体本位价值,但他找寻不到一种有效路径抵御革命叙事负载的反叛和突进的积极自由激情,只能亲近自然,试图从山水田园之间寻找生命的触动和灵感,用自然山水叙事抵抗阶级革命叙事。徐志摩在《〈新月〉的态度》一文中,鲜明地倡导理性节制激越的情感,反对暴力和仇恨,主张平和、和解和友爱。他说:"我们不崇拜任何的偏激因为我们相信社会的纪纲是靠着积极的情感来维系的,在一个常态社会的天平上,情爱的分量一定超过仇恨的分量,互助的精神一定超过互害与互杀的动机。"②为了保持社会思想的活力,不能不改革和反思,但是这种反思应该是渐进的、温和的、理性的。

三、"一团混乱"里寻秩序

徐志摩在《新月》创刊号《〈新月〉的态度》一文中感叹,在这个混乱的年头里,"一切价值的标准,是颠倒了的"。③ 当时思想界,堪称开满铺子、挂满招牌的大市场,知识分子犹如穿行在贩卖思想的杂货铺里。

稳定的社会格局是自由主义思潮发展的前提和基础,喧嚣的时代浪潮淹没了自由主义的声音。20 世纪 30 年代前后的上海,各种思潮在这里汇聚,徐志摩试图在"贩卖思想的杂货铺"里,恢复思想界的理性和秩序。灵魂要自由,思想不能随便,为了维护思想的尊严,必须遵守自由的限度。徐志摩认为商业上有自由,思想和言论更应自由,但是思想和言论的自由必须在一定的条件限制之下,这两个条件是"不妨害健康"和"不折辱尊严"。④ 商业经营的前提是健康,言论自由的界限是尊严。思想争鸣有利于社会进步,在一个活力四射的社会里,可以看见主流思想犹如"刚直的本干",其他思潮像"盘错的旁枝"和"恣蔓的藤萝"一

---

① 徐志摩:《〈花之寺〉序(片段)》,《徐志摩全集》(第三卷),第 294 页。
② 徐志摩:《〈新月〉的态度》,《徐志摩全集》(第三卷),第 196 页。
③ 徐志摩:《〈新月〉的态度》,《徐志摩全集》(第三卷),第 194 - 195 页。
④ 徐志摩:《〈新月〉的态度》,《徐志摩全集》(第三卷),第 195 页。

样点缀其间。① 近代以前的中国没有思想自由,呈现万马齐喑的沉默状态,现在思想有了自由,"结果是无政府的凌乱"。② 毫无节制的思想泛滥,逐渐远离了言论自由的积极意义,自由的观念被误读,容忍的美名被利用,其结果是毁灭性的。③ 徐志摩将英美消极自由的群己权界理念置于思想自由和言论自由范畴内,试图用理性和秩序规约泛滥无序的中国思想界。

徐志摩认定自由主义是舶来的西方意识形态,"思想自由观念本身就是新来的"。④ 彼时知识阶层直面西方各种眼花缭乱的"主义"话语,结果只是取回了一些肤浅的、外在的皮毛。⑤ 唯美主义脱离了人的现实生活,"与其咀嚼罪恶的美艳还不如省念德性的永恒"。⑥ 伤感派和激进主义缺少理性,"不经理性的清滤是一注恶浊的乱泉","狂风暴雨是不可终朝的"。⑦ 丧失了稳定的社会秩序,无论唯美、伤感还是激进,都无法"雕镂一只金镶玉嵌的酒杯"。⑧ 徐志摩担心的是,社会缺乏安定的秩序之后,人心也逐步丧失了积极的引导,走向仇恨、愤怒和狂热。

徐志摩倚重既有的社会秩序,想在纷乱的思想界确立一个中心。这个中心就是社会各种体力和智力合作的"总指挥"和"总线索",当时的中国缺少这种中心点,"从安逸到宽松,从宽松到怠惰,从怠惰到着忙,从着忙到瞎闯,从瞎闯到混乱",没有和谐、系统和目标,结果是:现代的中国,政治、经济、社会都"一团混乱"。⑨ 生命的枯窘和活力的消失源于思想主流的荒歉,"我们这民族已经到了一个活力枯窘的时期。生命之流的本身,已经是近于干涸了"。⑩ 黑白颠倒的价值观和混乱的思想界,导致了真善美标准的退场。

面对现代中国碎片化的社会格局,徐志摩找不到治疗顽疾的药方,他只能提倡爱心和善意来缓解这种社会秩序的"荒歉"。他认为苦恼是人生的常态,但是如果人们能用仁爱和同情之心去面对这个世界,用爱来克服人性的弊端,便可

---

① 徐志摩:《〈新月〉的态度》,《徐志摩全集》(第三卷),第 195 页。
② 徐志摩:《〈新月〉的态度》,《徐志摩全集》(第三卷),第 195 - 196 页。
③ 徐志摩:《〈新月〉的态度》,《徐志摩全集》(第三卷),第 196 页。
④ 徐志摩:《〈新月〉的态度》,《徐志摩全集》(第三卷),第 195 页。
⑤ 徐志摩:《我也"惑":与徐悲鸿先生书》,《徐志摩全集》(第三卷),第 320 页。
⑥ 徐志摩:《〈新月〉的态度》,《徐志摩全集》(第三卷),第 196 页。
⑦ 徐志摩:《〈新月〉的态度》,《徐志摩全集》(第三卷),第 196 页。
⑧ 徐志摩:《〈新月〉的态度》,《徐志摩全集》(第三卷),第 196 页。
⑨ 徐志摩:《我也"惑":与徐悲鸿先生书》,《徐志摩全集》(第三卷),第 343 页。
⑩ 徐志摩:《我也"惑":与徐悲鸿先生书》,《徐志摩全集》(第三卷),第 345 页。

"减少一些哭泣,增加一些喜笑,免除一些痛苦,散布一些安慰"。① 徐志摩用"爱"的理想主义作为改良社会和政治格局的策略,的确显示出诗人的浪漫和天真。

> 我不知道风
> 是在哪一个方向吹。②

徐志摩的这句诗,道尽了自由主义知识分子"彷徨于无地"的困惑迷茫。当时中国社会矛盾如此尖锐,贫富差距如此悬殊,人民生活如此悲惨,"必须有一个根本解决,才有把一个一个的具体问题都解决了的希望"③。陈独秀、李大钊、鲁迅等新青年同人与胡适等英美自由主义者在"问题与主义"之争后渐渐分道扬镳,他们考量的核心点却是中国的风应该向"哪一个方向吹"。辗转求索中,陈独秀和李大钊认定要通过马克思主义阶级革命对中国的政治经济和文化进行一次"根本解决",鲁迅在大革命后也逐渐左转,而胡适、徐志摩等留英美知识分子依然处于"不知道风是在哪一个方向吹"的苦苦思考中。在这个问题上,更为感性的徐志摩表现出痛苦的煎熬,而胡适则一直呈现出谦谦君子之风。"中国近代整体上是一个革命的时代,自由主义疏离革命,时代也便冷落他们。"④政治上,他们处于革命暴力与专制暴政之间;文化上,他们夹杂在文化保守主义和文化激进主义之间;文学上,他们又置身"民族主义文学"与左翼革命文学之间。在传统文化的卫道士眼中,留英美知识分子是批判并寻求变格的"叛徒";在反叛突进的积极自由勇士眼中,他们是软弱骑墙的"伪士"。

四、武化时代的堂吉诃德

徐志摩的政治诉求、自由思想、文学理念和日常生活与他所生活的时代,似乎有诸多抵牾,他把这些苦痛和烦忧都融进诗行中。许倬云将晚清以来军事强人政治格局称为"近代中国的武化现象"。所谓武化,"意指军人以武装力量取得相当程度的自主性,并且逐步攫取经济资源,主宰部分甚至整个国家的权力"⑤。

---

① 徐志摩:《汤麦士哈代》,《徐志摩全集》(第三卷),第207页。
② 徐志摩:《猛虎集》,《徐志摩全集》(第四卷),第338页。
③ 李大钊:《再论问题与主义》,《李大钊全集》(第三卷),第310页。
④ 胡伟希、高瑞泉、张利民:《十字街头与塔:中国近代自由主义思潮研究》,第238页。
⑤ 许倬云:《万古江河:中国历史文化的转折与开展》,长沙:湖南人民出版社,2017,第496页。

中国历史上至少有三个为期约一个世纪的"武化时代"。除了汉末三国和残唐五代,近代中国,确切说从太平天国湘军崛起到 20 世纪中叶,也经历了约一个世纪的武化时代。除此以外,中国历史上大部分时期是中央集权的稳定统治时期,即便在稳定时期,甚至在各种"中兴"轮替世代,常备的武化也一直维持着,马放南山、刀枪入库的时期相对较少。常备武化是为了维持专制统治,自由异端之端倪即刻被扼杀。现代中国的武化现象并非始于民国,而是肇始于晚清。自湘军崛起到中华人民共和国成立,武化格局对近现代中国的政治、经济、文化等社会各方面产生极其重大的影响,思想史、文化史和文学史都受其影响和制约。

摧毁"单纯的理想主义者"徐志摩"单纯信仰"的,正是历时约一个世纪的武化时代。镇压太平天国后,湘军、淮军宛然东南一方诸侯。曾国藩、左宗棠、李鸿章之后,张之洞、袁世凯继起。现代中国的核心版图被地方军阀把持数十年。辛亥革命后孙中山赤手空拳开府南京,手无兵权,虽号召四方但终究被袁氏窃国。袁世凯称帝受挫而终,民国最大军事集团北洋军阀冯国璋、段祺瑞、曹锟觊觎元首之位,扰攘十余年。继而,北洋军阀分化为直、皖诸系。第二代军阀吴佩孚、孙传芳盘踞华北、华中及东南各省,奉系号令东北,阎锡山闭关自守山西,桂系李宗仁、白崇禧雄踞西南,蒋介石更仰赖黄埔系国民革命军恃武弄柄。30 年代,蒋介石缩编地方军阀,引发中原大战,双方盘桓不下百万之众。抗战前,中国各处武装力量总数在一百五十万以上,"抗战期间,中国不同政权的武装兵员人数,当有七八百万之数"。①

民国伊始的武化时代,黄仁宇称之为"碎片化时代"。当时"新的力量还没有产生","私人军事势力,限于交通通信等条件的束缚,也只能在一两个省区里有效",于是旧的力量之间开始相互绞杀,酿成混战局面。② "民国肇造以来仍然万事纷纭、了无是处,乃因为当日宪法、约法都是纸上文章,所谓内阁议会也是社会上之外界体。实际上旧体制业已崩溃,新体制尚未登场,军阀割据无可避免,因为过渡期间只有私人军事力量可以弥补组织上的真空,而这种私人的军事力量以个人间之私交(或是装饰门面的忠信)作联系,也很难在三两个省区之外生效。"③从许倬云和黄仁宇的角度观察,自由主义知识分子一直寄予希望的谏诤对象——那个所谓的国民政府——实际上是一个徒有虚名的国家机器,它的幻

---

① 许倬云:《万古江河:中国历史文化的转折与开展》,第 502-503 页。
② [美]黄仁宇:《万历十五年》,第 244 页。
③ [美]黄仁宇:《现代中国的历程》,北京:中华书局,2011,第 240 页。

象背后实则是纷乱零落、满目疮痍的破碎格局。

武化时代,如何实现自由主义价值诉求这个问题催生了自由主义的机会主义。自由主义知识分子在受挫之后,开始寻找其他契机。丁文江在 1925 年辞去北票煤矿工作,投奔孙传芳,任淞沪商埠督办公署总办。"他断定中国的权力掌握在相互摩擦的武人手里",在地方军阀掌控的相对便于管理的范围内,自由主义理想可能会实现。① 丁文江参政,既可以看作自由主义者的政治实践,也可以看作自由主义者对武人的屈服和迁就。中国从太平天国运动以来逐步走向武化,"不仅军事人口逐渐增加,而且谁掌握了武力,谁就能攫取经济资源及政治权力。即使发展实业与教育,也必须在'武化'的环境下始得有建设的机会"②。依傍地方军阀,这种选择建立在清醒的现实主义之上,也建立在对当时中国武化格局的判断上,但这种选择注定是悲剧性的,因为无论武化区域的行政能力多么强大,当时的中国都无法建立真正的民主政治。

此百年中国的物质建设不尽如人意,洋务运动之实业救国、孙中山之建国方略迟迟不得实施,很大程度上是因为维持武装力量所耗甚巨。此百年中国的国体政治一片专制纷乱,维新改良、辛亥共和乃至其后三民主义蓝图半途而废,很大程度上亦是因为手握暴力机器的军事强人拥兵自重。此百年来对中国文学主潮影响最大的是社会政治问题,以至 20 世纪中国文学的"兴奋点一直是政治","总主题是改造民族的灵魂","总体美感特征是一种现代的悲剧感,其核心是'悲凉'"。③ 当然,外族入侵、内部战乱、民智未开、民生凋敝也对中国文学主潮产生了巨大影响。作为民族苦难的见证者,徐志摩在诗歌、散文和演讲中记录了时代的伤痛,中原各地饿殍遍野,江南各处民生惨淡,今天读来依然触目惊心。在武化和碎片化时代的军事强人政治背景下,一个苦寻理性和秩序的自由主义知识分子似乎是大战风车的堂吉诃德。时代语境决定了徐志摩"单纯的理想主义"是灿烂的海市蜃楼,所谓"单纯的信仰"也早已写定悲剧性的结局。

徐志摩在作品中彰显的叙事困境,也是他人生悖论的一部分。徐志摩式的人生悖论并不典型,秉持英美消极自由理念的中国现代知识分子或多或少都有这样的人生悖论。在中国变局骤起、内忧外患之际,想要在中国践行改良,追求

---

① 胡伟希、高瑞泉、张利民:《十字街头与塔:中国近代自由主义思潮研究》,第 55 页。

② 许倬云:《万古江河:中国历史文化的转折与开展》,第 503 页。

③ 陈平原、钱理群、黄子平:《"二十世纪中国文学"三人谈·缘起》,《读书》1985 年第 10 期,第 3-11 页。

秩序,而又不动摇原有的社会结构和文化根基,几乎是不可能的。或可将徐志摩"一个单纯的理想主义者的失败",看作消极自由理念实践的失败。

> 自由主义之所以失败,是因为中国那时正处在混乱之中,而自由主义所需要的是秩序。自由主义的失败,是因为自由主义所假定应当存在的共同价值标准在中国却不存在,而自由主义又不能提供任何可以产生这类价值准则的手段。它的失败是因为中国人的生活是由武力来塑造的,而自由主义的要求是人应靠理性来生活。简言之,自由主义之所以会在中国失败,乃因为中国人的生活是淹没在暴力和革命之中的,而自由主义则不能为暴力与革命的重大问题提供什么答案。①

英美自由主义在中国的失败,消极自由主义在中国的失败,或者单纯理想主义者徐志摩的失败,也与知识分子角色牵绊有关。徐志摩将知识分子软弱无力的原因,归结于社会混乱的大环境,但他似乎并未意识到知识分子自身的角色困境。1928 年 5 月,"济南惨案"再次引发了徐志摩对自己社会担当的深刻自省,他认为知识分子想站出来说话,但是没有底气,处于两难之中。他说:"既不能完全一任感情收拾起良心来对外说谎,又不能揭开了事实的真相对内说实话,这是我们知识阶级现下的两难。"②徐志摩的话耐人寻味,如果对外说谎是不能做到的,为什么不能对内说出事实的真相呢? 一方面国民党当局的钳制政策限制了知识分子的言论,另一方面自由主义知识分子与当局要员之间千丝万缕的联系,牵制了其批判国民党当局的话语力度。他认为当时的中国知识分子,能战胜悲观和沮丧情绪是很困难的,他们想去为人生的理想而奋斗,但是因为现实社会对那些眼前不见实效的事业不感兴趣,知识分子既难发现可以持守的思想,也很难找到意气相投的同人。

现代自由主义知识分子处于孤立无援状态,一方面与农民阶级——这个"民族里活力最充足的"阶级完全隔绝,另一方面因为教育背景和生活方式导致创造力缺失和社会影响力屡弱。③ 知识分子生活在"腐化、惰化、城市化、奢侈化"的

---

① [美]格里德:《胡适与中国的文艺复兴:中国革命中的自由主义(1917—1937)》,鲁奇译,南京:江苏人民出版社,2005,第 294 页。

② 徐志摩:《日记·1928 年 5 月 X 日》,《徐志摩全集》(第五卷),第 359 页。

③ 徐志摩:《秋》,《徐志摩全集》(第三卷),第 347 页。

环境中,逐渐远离大自然的灵性,埋首于语言的迷宫中,一味偏向于纤巧、浅薄、诡辩和程式化的知识生产方式,渐渐失去了自身的尊严和"统辖领导全社会活动的无上的权威"。① 徐志摩对知识分子社会阶级角色的定位,对知识分子脱离底层的危险,以及对知识分子群体思想惰性的后果,亦有较为清醒的思考。然而,他对中国社会底层阶级的态度矛盾而游移。他一方面承认农民阶级是我们"民族里活力最充足"的阶级,同时又从内心里轻视农民阶级,发自内心地不信任他们。

丧失底层群众支持的自由主义知识分子只能孤军奋战。徐志摩在 1927 年年底所作的散文《年终便话》中抱怨说:"希望早给劈碎了当柴烧。在这小火上面慢慢的烤糊了理想。……再别高谈什么人生。生活就比是小孩们在地上用绳子抽着直转的地龙。东一歪西一跛的。嗡嗡的扁着小嗓子且唱。"② 灰色的人生里,有太多的不如意。徐志摩和胡适在上海汇合后,开始筹备《新月》杂志和新月书店,准备向灰色的人生挑战。在《〈新月〉的态度》一文中,徐志摩满怀激情地展望《新月》杂志的办刊意图,希望集合几个有共同文学理想的同人,"希望为这时代的思想增加一些体魄,为这时代的生命添厚一些光辉"③。文学的目的着眼于生命的存在和思想的延续,而《新月》背后的野心不言自明:在混乱的知识界树立一种"健康"与"尊严"的主流形态。徐志摩大声呼喊:"我们不能不醒起,不能不奋争,尤其在人与生的尊严与健康横受凌辱与侵袭的时日!"④

自由主义知识分子的理想在现实面前不堪一击。鲁迅认为《新月》内容太薄弱,"不过日本的中学生程度"。⑤ 1929 年 3 月,《新月》面世一年之后,徐志摩在《编辑后言》中总结说:"在开始时本刊同人也曾有过一点小小的志愿,但提到志愿我们觉得难受。……我们再不敢说夸口一类的话:因为即使朋友们姑息,我们自己先就不能满意于我们已往的工作。我们本想为这时代,为这时代的青年,贡献一个努力的目标:建设一个健康与尊严的人生,但我们微薄的呼声如何能在这闹市里希冀散布到遥远?"⑥徐志摩不得不承认,在当时的社会语境中,新月同人

① 徐志摩:《秋》,《徐志摩全集》(第三卷),第 347 页。
② 徐志摩:《年终便话》,《徐志摩全集》(第三卷),第 186 - 187 页。
③ 徐志摩:《〈新月〉的态度》,《徐志摩全集》(第三卷),第 193 - 194 页。
④ 徐志摩:《〈新月〉的态度》,《徐志摩全集》(第三卷),第 199 页。
⑤ 鲁迅:《致章廷谦》,《鲁迅全集》(第十二卷),第 99 页。
⑥ 徐志摩:《编辑后言(一)》,《徐志摩全集》(第三卷),第 302 页。

只不过是"站立在时代的低洼里的几个多少不合时宜的书生"①,他们的声音孱弱无力,几近自说自话。在更多的知识分子为人民的生存和自己的温饱苦苦挣扎大声疾呼时,徐志摩却高唱爱和美的歌谣,显得不合时宜。徐志摩曾说:"'伟大的灵魂们是永远孤单的。'不是他们甘愿孤单,他们是不能不孤单。他们的要求与需要不是寻常人的要求与需要;他们评价的标准也不是寻常的标准。"②一个荒歉年代的伟大灵魂,可能是徐志摩的人生角色的自我设定。这一理想人格可以支撑一个"单纯理想主义者"继续前行,亦可以抚慰在现实冷壁面前伤痕累累的孤独心灵。非同寻常的需要和非同寻常的标准是知识分子手中的双刃剑,因非同寻常而曲高和寡,也因非同寻常而伟大。徐志摩的灵魂是否伟大另当别论,但他的灵魂极有可能是孤单的。孤单的徐志摩被围困于荒歉而混乱的年代,从他的身上可以看到中国现代自由主义知识分子孤单的时代背影。

第三节　论梁实秋的自由文学观

"六十年笔耕生涯毁誉参半,十五卷皇皇巨著丹心一点",《梁实秋文集》封面对梁氏文学生涯的评价不失公允。该文集编者将梁实秋认定为"一个典型的特立独行的自由主义知识分子"③,"特立独行"切中肯綮。只要关涉文学自由,不论敌友,只管是非。余光中也称赞梁实秋"不愧为真正的自由主义者"④。吴福辉认为,梁实秋的文学成就大体有以下几个方面:散文、理论批评、翻译、编辑、教育和学术。⑤ 其中,梁实秋在散文和理论批评两方面自成一家。梁实秋在现代文学史上给人留下印象最深的可能是创作《雅舍小品》和鲁梁论战两点。学界对梁实秋的文学思想和艺术成就褒贬不一,但梁实秋的创作和批评实践,展现出约束文学情感、节制文学形式、坚守文艺独立价值、强调个体价值本位等消极自由特征。

① 徐志摩:《编辑后言(一)》,《徐志摩全集》(第三卷),第303页。
② 徐志摩:《白郎宁夫人的情诗》,《徐志摩全集》(第三卷),第223页。
③ 《梁实秋文集》编辑委员会:《出版说明》,《梁实秋文集》(第一卷)。
④ 余光中:《金灿灿的秋收(代序)》,《梁实秋批评文集》,徐静波编,珠海:珠海出版社,1998,第5页。
⑤ 吴福辉:《正视自由主义作家的人生理想》,《梁实秋与中西文化》,第24页。

一、捍卫文艺边界

梁实秋与以鲁迅为代表的左翼之间展开了密集论战,被带上"丧家的""资本家的乏走狗"①的"帽子"。剑拔弩张的鲁梁论战备受关注,某种程度上遮蔽了梁实秋对国民党当局文艺政策的激烈批判。实际上,梁实秋同时与左翼文坛和国民党当局的压制恐吓展开双面的较量。梁实秋在《论思想统一》一文中反对国民党对全国各级教育机构和文艺界硬性灌输三民主义和教条的做法,他认为人的思想是独立的,思想来自主体的理智判断,这一判断是根据其知识谱系和社会经验得来的。人云亦云、随波逐流的人不是有思想的人,这种人放弃了自己独立的判断和选择,是盲从、软弱、愚昧无知的表现。"武力可以杀害,刑法可以惩罚,金钱可以诱惑,但是却不能掠夺一个人的思想。别种自由可以被恶势力所剥夺净尽,惟有思想自由是永远光芒万丈的。"②梁实秋对国民党当局及其文艺政策的批判,不亚于左翼阵营对国民党当局"文网"的反抗。

现有资料显示,梁实秋可能是批判孙中山自由思想悖论最有力的中国现代知识分子之一。梁实秋的观点,可以视为消极自由理念对现代思想史上梁启超、孙中山、陈独秀等用集体自由统摄个体自由论点的最有代表性的反驳。在《孙中山先生论自由》一文中,梁实秋用个体价值本位挑战孙中山的集体价值本位,批判孙中山 1924 年前后对自由的矛盾态度。他发现,孙中山之前醉心"自由",在反对清廷的过程中,将"禁止言论自由"作为清政府的罪状之一,但是当国共合作之后,孙中山态度一变,认为中国人的自由已经很充分了,中国之所以一盘散沙,不是因为个人没有自由,而是因为个人的自由太多了,国家和集体的自由太少了,所以以后要强调服从和纪律,加强国家和政党的自由,限制个人的自由。梁实秋认为,中国人的自由绝非像孙中山所说的那样"太多了",而是"太少了",他说:"中国人一盘散沙,并不见得完全是由于'中国人的自由很充分'。这道理很明显,试看欧美革命后争得自由,何以又不曾有一片散沙的现象呢?"③在梁氏看来,个体自由和集体自由并不是绝对不相容的,二者相比,个体自由永远不能被集体自由取代。

在个人自由与国家自由之间的关系问题上,梁实秋采用两分法,将个人自由

---

① 鲁迅:《"丧家的""资本家的乏走狗"》,《鲁迅全集》(第四卷),第 251 页。
② 梁实秋:《论思想统一》,《梁实秋文集》(第六卷),第 429 页。
③ 梁实秋:《孙中山先生论自由》,《梁实秋文集》(第六卷),第 504 页。

与国家自由区别看待,还将个人自由与个人之间的团结协作看作两个问题。他说:"'人人牺牲自由,然后国家得自由'这句话,无论从哪方面去讲,是讲不通的。个人的自由与国家的自由,并不是相冲突的。……个人许多生活上必需的条件,不受别人无故剥夺或限制,这是个人的自由;国家许多生活上必需的条件,不受别国无辜剥夺或限制,这是国家的自由。"①他还强调:"国家在国际关系上应该有他的自由,个人在国家团体里仍然应该保存他的自由……个人自由是件事,个人间的合作、互助、团结,另是一件事。有了个人的自由,就不能合作、互助、团结,这是不通。"②如果将个人自由屈居集体和国家自由之下,也就走了梁启超的老路,因为脱离个人自由谈论集体和国家的自由等于本末倒置缘木求鱼。国家和集体需要纪律,革命党在党内实行严格的纪律是合理的,但是"这个革命党握到政权时是否可以对待党员的手段来对待人民,这又是一个疑问"。③ 在国家和集体遇到危难的时候,人民完全应该牺牲个人的财产、自由甚至生命,但是这并不是当权者随意剥夺人民思想自由、言论自由、财产自由、人身自由的借口。更主要的是,个人自由牺牲之后,不一定就有集体自由,"十个奴隶加起来不是一个自由人"。④ 梁实秋的结论是:"中国人民一方面亟须巩固团体,如孙中山先生所主张;一方面还是要争自由的,思想自由、言论自由、身体自由,都不能放弃的。"⑤在个人自由和集体自由之间的关系上,梁实秋与梁启超、孙中山的自由观有显著区隔,个体价值本位的英美消极自由理念特征显著。

最能体现梁实秋在思想自由问题上"左冲右突"特征的,当属《思想自由》一文。他认为,"中国现在令人不满的现状之一,便是人民没有思想自由",而妨碍思想自由的第一种人就是国民党当局,"滥用威权,侵犯人民言论出版自由,不准人民批评,强迫人民信仰某一种主义",第二种人是"热狂的宣传家",这种人用漫骂的文字和诬蔑的手段陷害、攻击异己,夸大宣传自己的主张。⑥ 这两种人都妨害人民的思想自由,因为人民要有思想自由,就必须创造一个和平、安定、没有压力的氛围,心平气和地讲道理,要人民"自己想,自己信","压力要不得,引诱也要

① 梁实秋:《两句不通的格言》,《梁实秋文集》(第六卷),第 522 页。
② 梁实秋:《两句不通的格言》,《梁实秋文集》(第六卷),第 522 页。
③ 梁实秋:《两句不通的格言》,《梁实秋文集》(第六卷),第 504 页。
④ 梁实秋:《孙中山先生论自由》,《梁实秋文集》(第六卷),第 505 页。
⑤ 梁实秋:《孙中山先生论自由》,《梁实秋文集》(第六卷),第 505 页。
⑥ 梁实秋:《思想自由》,《梁实秋文集》(第六卷),第 506 页。

不得"。① 而国民党用压制的方法靠外力来强制人的信仰,而不是冷静地诉于人的理性,是对人民思想自由权利的剥夺。

　　出于对言论自由和思想自由的捍卫,梁实秋坚决反对国民党打压、查禁和取缔马克思主义和普罗文学著作。他提出自由主义的容忍宽容原则:"我们现在的要求是:容忍!"②当局不仅要容忍批评的声音,还要相信民众的理性选择。他并不反对左翼文学刊物的发行和共产主义书籍的出版,认为查禁共产主义书刊和钳制舆论只会适得其反。梁实秋认为共产主义书籍的出版满足了人民自由阅读的需要,赞成像《资本论》等马克思主义著作的顺利流通,为读者的理性选择提供便捷,对当局的查禁行为十分不满。他主张各种主义的信仰者都享有充分的出版言论自由,因为只有这样"人民才有求知识的机会和选择的余地,才能有自由的思想"③。梁实秋的这一立场与弥尔顿的"意见自由市场"理论和穆勒的"真理与谬误互相竞争"理论具有逻辑一致性。针对国民党的打压和查禁,梁实秋在天津《益世报·文学副刊》上撰文说这是当局的一种愚昧之举,"凡是以政治力量或其他方式的暴力来压迫文艺的企图,我反对",当普罗文学受到查禁和取缔,"我的同情却在普罗这一面",因为"凡赞成思想自由文艺自由的人,对于暴力(无论出自何方)是都要反对的","对于真正爱好文学的人,文坛上生添出了一批普罗文学,这是该加欢迎的事"。④ 随着无产阶级文学渐趋成熟,梁实秋也认识到了左翼文学的发展不是个别作家的宣传,而是在中国具有现实的土壤,无产阶级文学已经成长为中国现代文学版图中的重要一翼。

　　梁实秋坚守思想自由和文艺自由的理性姿态,超出了党派政治的局限,捍卫了文学的独立和自由。他认为是否欣赏和附和普罗文学是一回事,取缔和查禁普罗文学是另一回事。无论喜欢与否,普罗文学在中国的存在具有现实的合理性和历史意义。作为对现有政府持"谏诤"姿态的自由主义者,梁实秋对于当局在文艺方面的作为也有谏言,他说:"老实说,假如我们中国大多数民众的生活不加改善,普罗文学的宣传之诱惑性将有增无减。当局不努力釜底抽薪,不设法改善民众生活,而偏要取缔投民众所好之普罗文学,这就是愚昧。"⑤用暴力铲除宣传,用宣传对抗宣传,都不是根本的办法,应看到普罗文学产生的社会根源,梁实

① 梁实秋:《思想自由》,《梁实秋文集》(第六卷),第 506－507 页。
② 梁实秋:《论思想统一》,《梁实秋文集》(第六卷),第 435 页。
③ 梁实秋:《思想自由》,《梁实秋文集》(第六卷),第 507 页。
④ 梁实秋:《文艺自由》,《梁实秋文集》(第七卷),第 223 页。
⑤ 梁实秋:《文艺自由》,《梁实秋文集》(第七卷),第 224 页。

秋的观点不失冷静。

任何一种政治话语权试图对文学进行政策约束，梁实秋都反对。1929 年 5 月，国民党开始在全国加大意识形态监控和三民主义宣传力度，对文艺界提出了具体的"文艺政策"，当时全国宣传会议第三次会议的决议明文规定要"创造三民主义的文学""取缔违反三民主义之一切文艺作品"。① 该决议"一破一立"，立的是"三民主义文学"，破的是与三民主义不合的封建文艺和无产阶级文艺。梁实秋对于这种用三民主义收编统治文艺界的行为进行了尖锐批判。梁实秋质问道："我就不知道'三民主义'与文艺作品有什么关系；我更不解宣传会议决议创造三民主义的文学，如何就真能产出三民主义的文学来。我们愿意等十年，二十年，三十年，请任谁忠实同志来创作一部'三民主义的文学'给我们读读。"②

梁实秋对"文艺政策"的批判，体现了他对文艺本体自由的执拗坚持。"文艺的价值，不在做某项的工具，文艺本身就是目的"，假如一种主义统一了文艺，那么这种"文艺"就不能被称为文艺了，文艺已经蜕变为主义的宣传工具了，因此"还是让它自由的发展去罢"。③ 梁实秋反对文学的"宣传"，是出于对文学自由的考量。在他看来，文学一旦成为宣传的工具，也就等于将文学降格为政治的传声筒，文学性就被政治意识形态取代。梁实秋虽然承认文学可以作为宣传的工具，但反对文学的全部目的都归结为宣传。1922 年 3 月 24 日，罗素在伦敦演说《自由的思想与官方的宣传》时指出，钳制言论和思想自由的工具有教育、宣传和经济压迫三种不同的形式和手段，其中，宣传的手段主要是通过煽惑情感、遮蔽理性，达到一种使人催眠的状态，剥夺人的言论和思想自由，最后导致社会上只有两种人：没有头脑的人云亦云者和没有气节的愤世嫉俗者。④ 该文在国内刊发之后，梁实秋非常认同，专门撰文阐发自己的观点。

二、为缪斯护驾

梁实秋承认文学受到社会外来条件的影响，但反对将文学贴上非文学标签，反对任何非文学话语权对文学的收编和统摄，坚决捍卫文学本体性。梁实秋认为"无产阶级的文学"这个概念是值得商榷的。⑤ 他认为，阶级性只是文学背景

① 梁实秋：《论思想统一》，《梁实秋文集》(第六卷)，第 435 页。
② 梁实秋：《论思想统一》，《梁实秋文集》(第六卷)，第 436 页。
③ 梁实秋：《论思想统一》，《梁实秋文集》(第六卷)，第 436 页。
④ 梁实秋：《罗素论思想自由》，《梁实秋文集》(第六卷)，第 427 页。
⑤ 梁实秋：《文学是有阶级性的吗？》，《梁实秋文集》(第一卷)，第 322 页。

研究的一部分,是文学的外部因素,不是文学的内部决定因子。"阶级并不能确定一作家或作品的意识与艺术",故不能将阶级性作为文学批评和鉴赏的主要标准。"文学的精髓是人性描写。人性与阶级性可以同时并存的,但是我们要认清这轻重表里之别。"①在梁实秋那里,人性是文学内部结构的核心部分,阶级是文学外部因素的一部分,轻重之分一目了然。

梁实秋说:"以经济为惟一的决定艺术的因素,以资产及阶级的标准来衡量文学,显然是偏激的鲁莽的。"②他认为文学的版图广大,阶级性只是其中很小的部分,过分强调阶级性,文学的领地就太狭隘了。"文学根本没有阶级的区别",即便将无产阶级文学算作新兴文学的一种,那也只是文学版图里的一部分新收获而已。③梁实秋在与鲁迅等左翼作家激辩过程中提出的"人性论"问题,是中国现代文学论争史中至关重要的问题。

"人性论"在现代文学论争史和思想史上的重要地位,非就"人性论"的合理性而言的,而是就"人性论"引发的"蝴蝶效应"而言的。鲁梁论战的议题牵涉广泛,枝蔓甚多,核心分歧之一是:文学应正视普遍的人性还是强调阶级性。梁实秋认为人性是普遍的,是恒久不变的存在,是文学的本源,阶级性只是文学的外在属性。鲁迅认为没有"人"就没有"性",人性因阶级而异,随时代变化,不能脱离阶级性谈普遍的人性,因为人不是抽象的,而是具体的,阶级社会里的人少不了阶级属性,上流社会的人是无法体会下层民众的艰辛的,于是有了鲁迅著名的"煤油大王"与"检煤渣老婆子"和"香汗"与"臭汗"的妙喻。④阶级性与人性之间的对立和冲突,不仅仅是鲁梁二人之间的分歧,更是左翼作家与自由主义作家分歧的核心之一。阶级斗争成为左翼作家文学创作和文学批评的核心话语,而人性的健康和尊严也是胡适、徐志摩等自由主义作家的"口头禅"。

梁实秋之所以否认"阶级性"而倡导"人性",主要是因为他认为过度宣扬阶级性会导致文学朝着非理性和非秩序的混乱方向发展,而"普遍人性"背后是常态性和纪律性表达。余光中认为,在这场"人性"与"阶级性"的论战中,梁实秋"明确地指陈文学的本质,而为缪斯护驾,表现的不仅是智者的眼光,更是勇者的胆识"⑤。梁实秋从文学的内部和外部因素出发,外科手术式地系统剥离文学肌

---

① 梁实秋:《人性与阶级性》,《梁实秋文集》(第一卷),第 488－489 页。
② 梁实秋:《〈唯物史观的文学论〉》,《梁实秋文集》(第六卷),第 492 页。
③ 梁实秋:《文学是有阶级性的吗?》,《梁实秋文集》(第一卷),第 329 页。
④ 鲁迅:《"硬译"与"文学的阶级性"》,《鲁迅全集》(第四卷),第 208 页。
⑤ 余光中:《金灿灿的秋收(代序)》,《梁实秋批评文集》,第 5 页。

体内的阶级性;从读者、作家、批评家的阶级属性和社会身份出发,剥除文学外部生产机制的"阶级性"因素。

首先是作者的阶级属性问题。梁实秋承认一个作家的出身和生活环境对艺术品位和创作风格会产生一定的影响,但是这种影响不能被无限制地夸大。"谁也不能肯定的讲,凡无产阶级文学必定是无产阶级的人才能创作",作家的身份与作品的价值并没有直接的关系,作家的创作力和艺术品位与阶级性也没有直接的联系。① 梁实秋不禁发问:"文学家就是一个比别人感情丰富、感觉敏锐、想象发达、艺术完美的人。他是属于资产阶级或无产阶级,这与他的作品有什么关系?"②这样,他将作者与阶级性剥离开来。

其次来看读者群与阶级性的联系。梁实秋用精英主义文学观念去审视读者群,认为文学创作是少数天才的创造,而欣赏文学的能力也是少数人才有的福气。"文学的价值绝不能以读者数目多寡而定",一部作品不能被大多数人所欣赏,或许并不是作品本身的原因,而是因为某时某地的读者群没有欣赏这些作品的能力,"好的作品永远是少数人的专利品,大多数永远是蠢的,永远是与文学无缘的"。③ 精英文学阳春白雪、曲高和寡,其价值并不因此减少;通俗文学流通甚广,读者如云,其价值也并非因此增加。"大众是没有文学的品味的,而比较有品位的是占少数",这些有品位的少数人与阶级出身也没有直接的关联,"讨论文学与大众的关系的时候,应该把经济的阶级的观念抛开,然后才能得到一个正确的观察"。④ 文学欣赏不同于饮食男女,读者接受文学的方式并不因为阶级产生差别。鉴赏文学之美的能力是一种"很稀有的幸福",这种幸福不能被任何一个阶级垄断,知识阶级和无产阶级都有懂得鉴赏文学的少数人,都有鉴赏力低下的浅薄无聊的人。他得出的结论是:"就文学作品与读者的关系上言,我们看不见阶级的界限。"⑤

最后来看批评家和批评活动与阶级性之间的关系。梁实秋秉持精英主义文学批评观,坚持"严正"的"人性"姿态,"文学批评的出发点是人对人生的态度,这是一个哲学的问题"。⑥ 他先从批评的标准入手,与阶级性划清界限。在他看

---

① 梁实秋:《文学是有阶级性的吗?》,《梁实秋文集》(第一卷),第 323 页。
② 梁实秋:《文学是有阶级性的吗?》,《梁实秋文集》(第一卷),第 323 页。
③ 梁实秋:《文学与革命》,《梁实秋文集》(第一卷),第 323 页。
④ 梁实秋:《文学与大众》,《梁实秋文集》(第一卷),第 480-481 页。
⑤ 梁实秋:《文学与革命》,《梁实秋文集》(第一卷),第 316 页。
⑥ 梁实秋:《文学批评辩》,《梁实秋文集》(第一卷),第 124 页。

来,当时的文学批评要么是在"谀颂",要么在"谩骂","其谀颂与谩骂俱根据于读者的印象,而无公允的标准"。① 批评就是"判"和"断","判者乃分辨选择的工夫,断者乃等级价值之确定",其判断的动机和目的既不是阿谀奉承,也不是攻击谩骂,而是"为研讨真理而不计功利"。② 判断的标准不能是臆想的,也不能是印象式的,而是固定的、普遍的。文学批评不是一种科学,文学批评的标准不是科学领域的公式和定理。"文学批评既非艺术,更非科学。文学的创作力与文学的鉴别力是心灵上两种不同的活动",人性是文学的内部因素,而且不受时空的限制,所以,"常态的人性与常态的经验便是文学批评的最后的标准"。③ 然后,梁实秋又从批评家的社会角色入手,将批评活动与阶级性剥离开来。他将批评家的批评与普通民众的鉴赏进行了明确区分,"大多数就没有文学,文学就不是大多数的"④。他认为,文学批评的主体单位是批评家,不是民众。普通民众没有严正的鉴赏能力,虽然可以给出文学作品的行情市价,但是不能固定文学作品的艺术价值。⑤

值得注意的是,梁实秋并未否定无产阶级题材存在的历史合理性。他认识到 20 世纪 30 年代中国民众生活的苦难境地,"中国人的现代的生活,除了一些军阀政客买办之外,大众都在极度的苦痛中。凡非麻木的人,没有不时时刻刻感觉生活压迫的"。⑥ 面对 30 年代初社会底层生活环境的恶化,以及工农革命局势的发展,他对于左翼作家描写的工农革命题材抱有一定的同情和认可。在《所谓"题材的积极性"》一文中,梁实秋承认:"阶级斗争既已由理论而成为实际活动,那么这斗争在文学里得到反映也是自然的。"⑦马克思主义在中国已经不是时髦的理论,而是已经演变为一种社会现实,既然中国有这种社会现实,那么作为反映生活的文学也可以记录这一社会现实。梁实秋将文学看作社会生活的一种能动反映,这种观点与马克思主义的世界观并不矛盾。他从文学题材的立场方面肯定无产阶级文学存在的价值,但否定阶级性是文学的核心属性,这种观点与其剥离文学阶级性的立场也不矛盾。

---

① 梁实秋:《现代中国文学之浪漫的趋势》,《梁实秋文集》(第一卷),第 49 页。
② 梁实秋:《文学批评辩》,《梁实秋文集》(第一卷),第 121 页。
③ 梁实秋:《文学批评辩》,《梁实秋文集》(第一卷),第 122 - 123 页。
④ 梁实秋:《文学与革命》,《梁实秋文集》(第一卷),第 314 页。
⑤ 梁实秋:《文学批评辩》,《梁实秋文集》(第一卷),第 126 页。
⑥ 梁实秋:《所谓"题材的积极性"》,《梁实秋文集》(第一卷),第 456 - 457 页。
⑦ 梁实秋:《所谓"题材的积极性"》,《梁实秋文集》(第一卷),第 457 页。

三、坚守个体本位

用外科手术法由外而内层层剥去文学与阶级性之间的必然联系后,梁实秋还试图将文学与革命松绑。他认为划分文学类型的尺度应是文学内在属性,而不是文学的外在标准。文学的分类,可以从时间上进行断代,也可以从空间上进行区域划分,"革命时期中的文学"称谓合理,但"革命的文学"这个名词不能成立,"外在的事实如革命运动复辟运动都不能借用做衡量文学的标准",除了"革命的文学","非革命的文学"同样有存在的价值和意义。①

首先来看梁实秋对革命的姿态。梁实秋对激进的革命和暴力颇为忌惮,并由此反思文学与革命之间的关系。在《文学与革命》一文的结尾,他呼吁道:"文学也罢,革命也罢,我们现在需要一个冷静的头脑。"②鲁迅曾在论辩中指责自由主义者软弱无力,最后为当局出谋划策,与独裁者沆瀣一气。对此,梁实秋回应说:"革命我是不敢乱来的,在电灯杆子上写'武装保护苏联'我是不干的,到报馆门前敲碎一两块值五六百元的大块玻璃我也是不干的,现时我只能看看书写写文章。"③他还特地强调新月同人无党无派,只是不平则鸣,没有攻击私人的意图④,这是一种非常典型的消极自由主义立场。

其次来看梁实秋对革命文学的解构。梁实秋认为革命是暂时的,而文学是永恒的,"伟大的文学家足以启发革命运动,革命运动仅能影响到较小的作家",如果将眼光拘泥于革命文学,就等于将文学的价值降格。"革命运动本是暂时的变态的,以文学的性质而限于'革命的',是不啻以文学的固定的永久的价值缩减至暂时的变态的程度"⑤,等到革命结束的时候,文学的意义就失去了,所以文学家的眼光要比革命更长远,要立足文学本身,注重文学价值的永恒,而不是只注重所处时代的政治格局。

文学家大都天性真挚,极富同情心,革命的激情对于文学并不是什么坏事。梁实秋承认,"革命运动对于文学的影响,是诱发人们的热情,激起人们对于虚伪的嫉恶,惹动人们对于束缚的仇恨。这种影响的本身不是坏的,纵然不能提高文学的价值,至少亦不致于文学的价值有损",关键的问题是,革命对文学的这种影

---

① 梁实秋:《文学与革命》,《梁实秋文集》(第一卷),第 311 – 312 页。
② 梁实秋:《文学与革命》,《梁实秋文集》(第一卷),第 318 页。
③ 梁实秋:《答鲁迅先生》,《梁实秋文集》(第六卷),第 480 – 481 页。
④ 梁实秋:《敬告读者》,《梁实秋文集》(第六卷),第 458 页。
⑤ 梁实秋:《文学与革命》,《梁实秋文集》(第一卷),第 317 页。

响会发生难以预料的不良后果，"不可避免的流于感情主义，以及过度的浪漫"。① 梁实秋建议当时的作家要把眼光放远一点，只有那些经不起革命洪流引诱的小作家，才会失去冷静的头脑，因为他们不能自持，一时激动。

"有绅士和名士气"的梁实秋，虽"不大适从于时代大潮流"，但其雅舍散文"行文优雅怡裕，舒徐自如，让人读来感到亲切，品尝到人生诸多况味，获得生活的真趣与愉悦"②，以至于八十余载后，梁实秋的雅舍散文系列依然受到读者的认可。肯定《雅舍小品》艺术成就的同时，也要追问梁实秋在北碚的半山腰不厌其烦地叙写个人衣食住行的动因。梁实秋说："于抗战有关的材料，我们最为欢迎，但是与抗战无关的材料，只要真实流畅，也是好的，不必勉强把抗战截搭上去。"③《雅舍小品》以第一人称视角展现的日常生活，无论是老鼠横行的陋室，还是房前静谧的月夜，都的确隐匿了战争的硝烟和离乱。换言之，在现代散文史上留下重要一笔的《雅舍小品》，不是抗战救亡的宏大叙事，而是与抗战无关的真实流畅的、日常琐屑的个人叙事。

时至今日，我们探求雅舍小品在现代散文史上的艺术成就时，考察其原始话语场，可以从消极自由理念出发，体味到梁实秋对革命救亡话语覆盖个体微观叙事话语的警惕，以及在民族国家宏大叙事面前对个体价值本位的坚守。

综上，梁实秋的文学观在中国现代文学史上是一种耐人寻味的存在：在中国传统文学面前显得"新"，这种"新"又非陈独秀式的对古代文学"重估一切价值"；在狂飙突进的"五四"新文学面前显得"旧"，这种"旧"又非吴宓式的"宝爱"伦理道德。在梁实秋的人生观里，道德的地位在人性之下，他认为道德的基础是人性，道德的标准也是人性。他曾说："我以为道德是基于固定的人性，凡合于人性者，古今中外无不适用，这便是道德的标准，并无新旧可辨。"④在当下看来，梁实秋的理性节制的自由主义文学观，在喧嚣飞扬的年代的确显示出某种特立独行的冷静。"从文学思潮的流脉看，梁实秋的这种批评和判断还是有眼光的"，梁氏既对顽固的文化保守主义保持警惕，又对过于激进的新文学思潮进行反拨，"在古典与浪漫之间"坚守着文学的本真理想，其"历史中间物"的文学史价值和意义也随着时代变迁而逐渐显现出来。⑤

① 梁实秋：《文学与革命》，《梁实秋文集》（第一卷），第 317－318 页。
② 钱理群、温儒敏、吴福辉：《中国现代文学三十年》（修订本），第 521 页。
③ 梁实秋：《编者的话》，《梁实秋文集》（第七卷），第 486 页。
④ 梁实秋：《文人之行》，《梁实秋文集》（第六卷），第 392 页。
⑤ 钱理群、温儒敏、吴福辉：《中国现代文学三十年》（修订本），第 177 页。

第四节　论林语堂的自由文学观

王兆胜认为,林语堂"对自由的理解在中国现代作家中少有能与之比肩者",他是一个在纷乱世事里特立独行的作家,"恐怕是 20 世纪中国最富于自由和逍遥精神的作家之一"。① 同时,林语堂也是最具有消极自由理念特征的现代自由主义知识分子之一,他对留英美知识分子肩负的自由使命有着明确的体认,这种体认在留英美知识分子群体中的确比较典型。他毫不保留地支持他人发表不同意见的权利,强调除了法律的许可之外,人还必须有道德、人性等方面的限制和自律。赴美不久,1937 年 4 月 16 日,林语堂在《自由并没死》一文中说:"所谓'自由没有死也'一语,盖吾国青年,眼光太狭且好趋新逐奇,右有法西,左有普罗,震于其名,遂谓德谟克拉西已成过去赘瘤,自由已化僵尸,再无一谈之价值。想来也是留英美学生太不努力之过,也是吾国青年好学而不深思之过。"② 虽然他并未解释为何自由理念在中国无法得到制度上的践行,但是他却把在中国倡导自由理念的使命看作留英美知识分子的使命。政治诉求上,他在左翼的攻击和国民党的白色恐怖之间"走钢丝",在当局鱼肉百姓和高压独裁之时呼唤法治和民权,在"谈女人"的旗号下毫不留情地揶揄政客,在平和微笑的姿态下隐喻时政。文学观念上,他在鲁迅提倡"匕首投枪"时大谈幽默和闲适,在左翼为现实的苦难哀鸣时高唱个人笔调和"性灵"之歌,在国破家亡的危难时刻放弃"救国"高调大谈"苍蝇之微",在白话文取得决定性胜利的 20 世纪 30 年代坚持用文言架构写作。他的消极自由观念使得他成为一个迥异于主流文学样态的作家,无论是其文学观,还是其作品主题和艺术技巧,都证明在自由主义作家群体和现代文学史上,林语堂是一个特立独行的存在。

一、文化理性与文化自信

林语堂主张文化包容和多元,与新文化运动矫枉过正的文化激进主义保持一定的距离。他并不认为中国文学传统与西方文学传统水火不容,"性灵"二字可能让人联想起晚明公安派的小品文,而"性灵"与西方文学中的个性和自我是

---

① 王兆胜:《林语堂大传》,北京:作家出版社,2006,序言第 3 页。
② 林语堂:《自由并没死》,《且行且歌》,第 271 页。

统一的。一个过分紧跟时代潮流的作家，一个担心被时代遗弃而"说虚伪投机的合时话"者，已经失去了自我，方寸已乱，最终要被时代抛弃；而在这个"熙熙攘攘、世事纠纷"的世界上，"只有一个字可做标准，就是'真'"，所以，那些不怕落伍、敢于说出"襟腑独见"的人，他的文章和思想反而不会被时代消灭。① 林语堂批评 30 年代的中国文坛目光短浅、趋炎附势，认为英美文化与中国文化的不同之处在于，美国文化虽然有投机的成分存在，但却能够容忍批评，中国文化不但有投机的成分，而且十分"笼统"，不能容忍异己观点，甚至连自己的传统都不能容忍。首先，当时的部分中国人极端地认为凡是舶来品都是好的，凡是古董都不好。"富家不肖子弟不能开发先人遗业，只数家珍以示人，固然不足取。然富家子弟卖祖上园宅去买汽车、造洋房，未必是兴冢之象。"②其次，当时国内有人谈文言色变，不能批判吸收古代文学的糟粕与精华，未能意识到盲目欧化的语体对中国语言的伤害。林语堂包容性的文化建构逻辑与陈独秀"推倒—建设"的文学革命论有巨大差异。

作为文化多元主义者，林语堂反对文化独裁和思想统一。林语堂致力于在中国文化中倡导容忍精神，对蔡元培执掌北大时期胡适、辜鸿铭等新旧两派齐聚讲学的局面十分赞赏，认为这是中国文化中的"宽大自由"③。由此不但可以看出林语堂的文化包容心态和容忍品格，更可以看出他独立思考、特立独行的品质。

林语堂发现当时中国民众的忍耐并非美德，而是劣根性。忍耐与容忍一字之差，但却相差甚远。忍耐为被动，容忍为主动，忍耐有逆来顺受之意，容忍则有包容异己之意。中国民众忍耐但不包容的国民性，使得中国社会进步举步维艰。当时大部分的中国普通民众，忍受了饥寒交迫，忍受了军阀混战，甚至当日寇铁蹄践踏家门，当局下令不抵抗，也忍了。只要还有一口饭吃，只要还有一条活路可走，他们就会忍耐下去。但是，国人的容忍和包容胸怀十分狭窄，一旦掌握了话语权，就排除异己，最终导致一盘散沙。在梁启超、孙中山等抱怨中国人太自由以至于一盘散沙的基础上更进一步，林语堂洞察出当权者清除异己与被奴役者麻木退让的国民劣根性。梁启超和孙中山所说的自由太多之人乃手握话语权者，而被奴役者之所以一盘散沙是因为他们的自由太少。

① 林语堂：《时代与人》，《且行且歌》，第 27 页。
② 林语堂：《时代与人》，《且行且歌》，第 26 页。
③ 林语堂：《临别赠言》，《且行且歌》，第 253 页。

在自由主义者看来,容忍、理性和秩序三者密不可分,缺乏容忍就会缺乏理性,没有理性就谈不上秩序。林语堂在《今文八弊》一文中批判中国思想界走极端、缺乏理性,他认为30年代中国的思想界犯了冷热病,"忽而复古,忽而维新,所复的是最迂腐的古,所维的是最皮毛的新。好比一人发寒痦。冷一阵,热一阵,冷得像入冰山,热得像上油锅"。① 中国文化传统中的"事理通达心地和平"的精神早已损失殆尽。林语堂爬梳了思想界和文学界"冷热病"的原因,认为这种病症的病根早在新文化运动之前就已经埋下。一是国家衰弱,文化凋敝,人心混乱,西风压倒东风,混乱不得安静。对中国思想界混乱无序的认知,林语堂与徐志摩见解相同。徐志摩在《〈新月〉的态度》一文中对挂满各种招牌的思想界感到无所适从,所以竖起"健康"和"尊严"大旗。二是潮流太复杂,东西交汇青黄不接,东方与西方、传统与现代的桥接进程难以顺利推进。这一点,林语堂与梁实秋看法一致,梁实秋认为中国文学之所以丧失了标准和纪律,就是因为旧的道德体系被完全打倒,而新的道德体系还未建立起来,所以用人性论补偏救失。三是感情过于冲动,主见难于捐除。国家危难,知识分子心急如焚,见贤思齐又求保守,心中失去了"主裁","自大狂"和"忧郁症"频发,言辞激越,失去了理智。②

走极端、缺理性是文化自信力不足的表现。林语堂认为30年代中国思想界的激烈狂、忧郁狂、夸大狂等病症,根源于近代以来国力衰弱所导致的文化自信力的缺失。因为缺乏自信,所以思想界才将古典文学全部打倒;因为缺乏文化自信,所以思想界才在东西交汇的格局中迷失方向。他认为,一味反传统与一味复古一样,都是缺乏文化理智和文化自信的表现。"在这种各走极端,无理的急进与无理的复古,都已各暴露中国文化精神理明心通态度之遗失。"③林语堂对待传统文化的姿态与新文化运动以来的激进潮流迥然不同,显示出多元主义和容忍包容的文化观念。现代文学史上,主张文学渐进改良者不乏胡适这样的消极自由主义者,但从文化理性和文化自信角度指陈中国现代文学的激进之弊的,却是林语堂。

二、"性灵"的个体价值本位

林语堂文学观念的核心关键词之一"性灵",体现出鲜明的个体价值本位。

---

① 林语堂:《今文八弊》,《且行且歌》,第105页。
② 林语堂:《今文八弊》,《且行且歌》,第106页。
③ 林语堂:《临别赠言》,《且行且歌》,第253页。

林语堂对性灵的定义是："一人有一人之个性,以此个性 Personality 无拘无碍自由自在表之文学,便叫性灵。"①他提倡小品文,将个人笔调视为性灵文学的魂魄,文章不能十全十美,但贵在有我有真。林语堂是自由主义知识分子中倡导个体价值本位的文学观念并倾力实践的典型之一。批评者认为,林氏是在炒晚明公安派袁中郎之流"独抒性灵"的剩饭。鲁迅认为"小品"之名可追溯到《史记》,而所谓"性灵","现在大家所提倡的,是明清,据说'抒写性灵'是它的特色"。② 首先,从出发点看,公安派意在用"性灵说"反拨"后七子"复古拟古之风,林语堂也多次批判当时披着白话文的外衣表达尊孔复儒主题的文风。其次,从主张来看,公安派和林语堂都主张作家应该用不加粉饰的语言表现自己的真情实感。即便如此,仍然不能将林语堂与晚明文人视为同道。

　　林语堂的作品主题和文学主张立体多维,"个人""个性""法治""人权""思想自由""言论自由"等消极自由理念是探究其文学观的重要窗口。"性灵"背后,隐藏着林语堂对人类个体价值的倚重。他推重小品文的文学史地位,认为新文化运动以来,小品文是取得最好实绩的文学样态。林语堂认为小品文成功的原因很多:小品文表达方式多样,可议论,可抒情;小品文题材广泛,可描绘人情世故,可记录人生琐屑,可谈天说地等等。但小品文得以立足的根本原因,是"以自我为中心,以闲适为格调"③。在《论文》一文中,林语堂强调,"性灵就是自我",西方近代文学的一个重要特征就是抒情性和个人性,"一念一见之微都是表示个人衷曲,不复言廓大笼统的天经地义"。④

　　这一点可以从林语堂赴美之后的反思总结中得到印证。林语堂在《生活的艺术》中对他的个人主义观念进行了阐释,这种阐释有助于我们理解他提倡"性灵"的出发点。他认为哲学的开端是个人,归宿也是个人,"个人便是人生的最后事实。他自己本身即是目的,而绝不是人类心智创造的工具",而社会哲学的最高目标,"也无非是希望每个人都可以过着幸福的生活。如果有一种社会哲学不把个人的生活幸福,认为文明的最后目标,那么这种哲学理论是一个病态的、不平衡的心智的产物"。⑤ 个人的重要性,不仅在于个人是一切文明的最终目的,更因为人类社会的政治、经济和文化的进步,都是由无数个体组成的集体行为,

① 林语堂:《论性灵》,《且行且歌》,第 219 页。
② 鲁迅:《杂谈小品文》,《鲁迅全集》(第六卷),第 431 页。
③ 林语堂:《发刊〈人间世〉意见书》,《人生殊不易》,第 170 页。
④ 林语堂:《论文》,《我行我素》,第 227 - 228 页。
⑤ 林语堂:《生活的艺术》,北京:群言出版社,2010,第 83 页。

人类社会的各个方面都是"以个人的脾气和性格为基础"的。① 一个国家是民主还是独裁,是言论自由还是思想高压,社会问题"都须取决于各有关国家内的个人思想、个人情感和个人性格"。② 他说:"在一切人类历史的活动中,我只看见人类自身任性的不可捉摸的、难于测度的选择所决定的波动和变迁。"③在林语堂眼中,脾气、性格、自身任性等关键词,既可视为集体和国家行动的基础,也可视为人类社会历史变迁的基础,当然更可视为文学活动的基础。

支撑林语堂"性灵说"的个体本位主义是消极自由理念的基本出发点之一。相比胡适与国民党展开人权论战而招致当局弹压威吓,梁实秋"与抗战无关论"引起轩然大波和口诛笔伐,林语堂似乎并未因在民族国家宏大叙事面前张扬个体微观叙事而招致明显的批评。但林语堂对个体价值本位的坚决捍卫姿态,与胡适和梁实秋一样坚决。梁实秋的"与抗战无关论"被断章取义,仅因在中日决战的 1938 年底提出而即刻成为风口浪尖,而林语堂"宇宙之大、苍蝇之微"的小品文也可算冒天下之大不韪了。只不过,林语堂是在 20 世纪 30 年代的上海大谈风月,彼时中日尚未全面开战,救亡之局面尚未达到顶峰。即便如此,林语堂创办《论语》并向鲁迅约稿的时候,还是遭到后者的规劝和批评。

> 顷奉到来札并稿。前函令打油,至今未有,盖打油亦须能有打油之心情,而今何如者。重重迫压,令人已不能喘气,除呻吟叫号而外,能有他乎?
>
> 不准人开一开口,则《论语》虽专谈虫二,恐亦难,盖虫二亦有谈得讨厌与否之别也。天王已无一枝笔,仅有手枪,则凡执笔人,自属全是眼中之钉,难乎免于今之世矣。④

因重重压迫已经让人无法喘气,没有打油之心情,油滑不能,幽默亦不能。国难当头,文字成为消遣游戏,对用笔作"医国之国手"的启蒙者而言,鲁迅自然难以认同林语堂的创作主张。"九一八"事变之后,日寇觊觎全中国的野心昭然若揭,在那样一个外有列强倾轧、内有蒋氏专权的苦难年代,林语堂提倡幽默性灵,提出快乐无罪,容忍享乐主义,描摹生活情趣,多少难逃帮衬当局、粉饰太平、

---

① 林语堂:《生活的艺术》,第 86 页。
② 林语堂:《生活的艺术》,第 88 页。
③ 林语堂:《生活的艺术》,第 88 页。
④ 鲁迅:《致林语堂》,《鲁迅全集》(第十二卷),第 407 - 408 页。

逃避现实、麻痹读者之嫌。《论语》创办一年后，鲁迅公开说《论语》所提倡的东西，他"是常常反对的"①。因为这种小品文"靠着低诉或微吟，将粗犷的人心，磨得渐渐的平滑"②，且今日已经不再是提倡小品文的时代，"现已非晋，或明，而《论语》及《人间世》作者，必欲作飘逸闲放语，此其所以难也"③。胡风也对林语堂 20 年代中后期"凌厉风发"的文风变为 30 年代的"幽默闲适"深感惋惜，批评其坚守的"个性至上主义""既没有一定的社会土壤，又不受一定的社会限制"，指出其天马行空、"不带人间烟火气"、脱离社会具体语境而大谈个人主义的缺陷。④ 而林语堂恰恰是将小品文视为两千年来文学反映个性、"独抒灵性，不拘格套"的传统根脉。在文学反映个性还是社会这个问题上，胡风的文学社会反映论和社会改造工具论与林语堂的文学个性论不可通约。

　　20 年代中期，林语堂作为语丝健将，在京与各方力量周旋论战。鲁迅对"老朋友"林语堂的战斗力再熟悉不过。彼时，林语堂信任和肯定民众力量，反对国粹和文化保守主义。林语堂在《语丝》时期有不少金刚怒目的檄文，但他 30 年代的性灵小品与晚清以来中国文学传统中深重的家国情怀和惨淡的情感基调不合，与鲁迅等左翼作家的苦难意识和激进姿态不容，更与鲁迅匕首投枪直攫人心的杂文风格形成鲜明对比。林语堂并非对时局视而不见，亦非对民族国家漠不关心，他明知不可为而为之，或明知应为而不为，或有其坚持的理由。他之所以在这个风雨如晦的年代作打油、谈风月，是要坚守一个有血有肉个体的内在本真。他在《〈有不为斋丛书〉序》中极力为性灵小品辩解说：

　　　　难道国势阽危，就可以不吃饭撒尿吗？难道一天哄哄哄口沫喷人始见得出来志士仁人之面目吗？恐怕人不是这样一个动物吧。人之神经总是一张一弛，不许撒尿，膀胱终必爆裂，不许抽烟，肝气总要郁结，不许讽刺，神经总要麻木，难道以郁结的脏腑及麻木的神经，抗日尚抗得来吗？⑤

　　林语堂并未解构抗日的急重危难，也未否定民族国家叙事的必要性，仅仅在大部分作家选择救亡的时候，坚守写作方式的个人选择权，即在抗日救亡文学主

① 鲁迅：《"论语一年"》，《鲁迅全集》（第四卷），第 582 页。
② 鲁迅：《小品文的危机》，《鲁迅全集》（第四卷），第 591 页。
③ 鲁迅：《致郑振铎》，《鲁迅全集》（第十三卷），第 134 页。
④ 胡风：《林语堂论》，《胡风全集》（第 2 卷），第 18 页。
⑤ 林语堂：《〈有不为斋丛书〉序》，《人生殊不易》，第 203 页。

流话语的背后,打捞作为一个人的基本诉求。这与抗日期间提出"与抗战无关论"的梁实秋如出一辙。在林语堂看来,先做人再作文,先做人再救国;不能做人,作文和救国都妄想。这种态度是个人本位主义的精髓,是消极自由的核心原则之一。

鲁迅在书信和文章中数次表明对小品文的态度。鲁迅致信曹聚仁说他曾劝林语堂"放弃这玩意儿",他并不主张林语堂"去革命,拼死,只劝他译些英国文学名著"。① 鲁迅还先后在《小品文的危机》《"滑稽"例解》《论俗人应避雅人》等多篇批评文章中提及这一话题,林语堂似乎不为所动,说:"吾人不幸,一承理学道统之遗毒,再中文学即宣传之遗毒,说者必欲剥夺文学之闲情逸致,使文学成为政治之附庸而后称快。"② 林语堂坚持小品文创作立场,体现出与梁实秋"人性论""与抗战无关论"极为相似的消极自由文学观:文学负载"闲情逸致"之审美特性,不是政治的附庸和宣传的工具,要尽力剥除附加在文学上的阶级、革命和民族国家话语。

林语堂没有与鲁迅等左翼公开论战,似乎抱定宗旨,亦无怨怼之意。他对鲁迅的批评意见亦展现出难得的包容,《论语》举办一年之际,鲁迅明确"反对"小品文的《"论语一年"》就发表在该刊。鲁迅说:"在这种礼制之下,要每月说出两本'幽默'来,倒未免有些'幽默'的气息。这气息令人悲观,加以不爱,就使我不大热心于《论语》了。"③鲁迅对小品文的"悲观"、不喜和"反对"溢于言表,林语堂亦"无悔"。鲁迅逝世后,身处美国的林语堂在《悼鲁迅》一文中说:"鲁迅顾我,我喜其相知,鲁迅弃我,我亦无悔。……《人间世》出,左派不谅吾之文学见解,吾亦不肯牺牲吾之见解……鲁迅不乐,我亦无可如何。……鲁迅与其称为文人,无如号为战士。战士者何?顶盔披甲,持矛把盾交锋以为乐。不交锋则不乐,不披甲则不乐。……然鲁迅亦有一副大心肠……"④从中可见林语堂对奉行个性至上、个人本位文学观的笃定,亦可见林语堂对鲁迅的尊重与理解。战士倒下,遥望灾难深重的故国上空沉沉夜幕,曾经的"战士",活着的"消极的战士"悲壮又落寞。

周质平认为,"林语堂是带着浓重个人主义色彩的自由主义者,在他的价值体系中,个人的自由和独立是高于一切的"⑤。在自由主义理论体系中,个人是

① 鲁迅:《致曹聚仁》,《鲁迅全集》(第十三卷),第 198 页。
② 林语堂:《且说本刊》,《且行且歌》,第 135 页。
③ 鲁迅:《"论语一年"》,《鲁迅全集》(第四卷),第 582 页。
④ 林语堂:《悼鲁迅》,《且行且歌》,第 267 - 268 页。
⑤ 周质平:《现代人物与文化反思》,北京:九州出版社,2013,第 39 页。

本源,社会是在个人基础上构成的派生群体,集体和国家的建立不是为了统一个体的行动方式,而是为了保障个人自由。自由主义理念中,个人权利优先于集体、社会和国家权力,集体和国家如果不能保障个人权利和自由,就失去了存在的意义和价值。自由主义的基础是个人主义,在自由、民主和经济领域,自由主义首先强调的是个人的自由、个人的参与和个人的经济活动。① 这是西方学界口述历史、田野调查、微观经济学等研究方法的出发点之一,也是西方文学传统中传记、随笔等"非虚构"文学类型十分发达的原因之一。林语堂将整个人类活动都建立在个人选择的基础上,足以看出他在个人权利与集体权力之间明确权衡的消极自由立场。

林语堂在《宇宙风》发刊词中把文学与革命、国家命运等宏大命题剥离开来,认为"文学不必革命,亦不必不革命,只求教我认识人生而已",实际上,"文学亦有不必做政治的丫鬟之时",人生既不像喊口号那样简单,"可尽落你名词壳中",也不必瞻前顾后,人生有许多现实的细小之处值得书写。② 就此而言,林语堂与梁实秋在捍卫文艺自由的诉求上是一致的。"文调愈高,而文学离人生愈远,理论愈阔,眼前做人道理愈不懂。这是今日不新不旧不东不西不近人情的虚伪社会所发生的虚伪文学现象。"③《宇宙风》"以畅谈人生为主旨,以言必近情为戒约;幽默也好,小品也好,不拘定裁;议论则主通俗清新,记述则取夹叙夹议,希望办成一金于现代文化贴近人生的刊物"④。林语堂试图用贴近人生、贴近人情的文学,祛除虚情假意、造作浮夸的虚伪人生观,培植贴近人生的健全现代人生观。为了达到这一目的,《宇宙风》"不专谈救国",甚至愿意放弃对"幽默"的追求。至此,林语堂提倡幽默闲适文风之鹄的水落石出,幽默不是圭臬,闲适亦非旨归,个人自由和文学自由才是目标。

三、花中带刺的消极反抗

林语堂的消极自由文学观,不仅表现为坚守个人笔调,也表现为揭露和反抗当权者肆无忌惮戕害和侵吞个人基本权利之恶行。这种反抗面目,是其小品文风格的另一面:幽默中嘲讽,油滑中批判。"有花有刺"⑤,这是林语堂小品文风

---

① 李强:《自由主义》,长春:吉林出版集团有限责任公司,2007,第156页。
② 林语堂:《且说本刊》,《且行且歌》,第135-136页。
③ 林语堂:《且说本刊》,《且行且歌》,第135-136页。
④ 林语堂:《且说本刊》,《且行且歌》,第136-137页。
⑤ 林语堂:《无花蔷薇》,《且行且歌》,第138页。

格中绵里藏针的战斗性特征。1933 年 1 月 1 日,他在《论语》半月刊上撰文,提出"消极民权"概念,"即人民生命、财产、言论结社出版自由之保障"。① 这是现代自由主义知识分子群体中目前能够查阅到的最接近消极自由理念的表述。

包括胡适、梁实秋、徐志摩等众多留英美学生在内,几乎所有英美自由主义知识分子都在专制面前坚决捍卫个人基本权利,他们虽然实质上奉行消极自由理念,却从未对个人权利的积极层面和消极层面,或曰两种自由理念进行理论区分。就此而言,林语堂或是现代自由主义知识分子中最具有消极自由理论自觉的那一位。此外,林语堂捍卫个体基本人权的檄文,是在胡适等自由主义知识分子陆续离开上海之后发表的,他在孤军奋战。此时,林语堂曾经参加的平社聚餐会早已解散,新月同人星散各处,挑起人权论战的胡适以及支持者梁实秋等已经离沪,他几乎是自由主义知识分子群体在上海仅存的"硕果"。

1929 年前后,胡适等人与当局进行针锋相对的人权论战。国民党当局为了绞杀言论自由,不惜杀一儆百,中国民权保障同盟总干事杨杏佛于 1933 年 6 月 18 日被害。身为该同盟发起人之一的林语堂,并未因此彻底放弃对言论自由和思想自由的争取,谈"幽默"就是他争取"喊痛的自由"之迂回策略。林语堂主办的刊物貌似谈苍蝇,实则谈政治,貌似嬉皮笑脸,实则鞭辟入里,"叫笔端舌端可以不受枪端的干涉,也就是文人与武人之争",他将自由主义知识分子与国民党当局之间的话语权博弈称为"蔷薇之刺"。② "任何禁锢和压迫都无法遏制人们对自由的渴望。这时,作家以寓言、反讽、影射等手法丰富了语言艺术……他们以退为进,在逃避迫害的途中顽强地表达思想。"③林语堂的许多小品文实际上是铿锵有力的政论,但是出于对回避当时的上海书报检查制度和维系刊物生命的考量,他采用了比较隐蔽的迂回策略。单从文章的题目很难看出其政论性质,而这些看似游山玩水、饮食男女的题目下面,时刻暗藏玄机:《谈女人》嘲讽当局杀戮异见人士;《谈天足》讨伐国民党钳制思想自由;《春日游杭记》批判当局的不抵抗政策;《适用青天》讽刺当局滥用刑法、人治代替法治;《吾家主席》调侃国民政府主席到处巡游、不问国事;《奉旨不哭不笑》嘲讽当局压制民众抗日激情;《假定我是土匪》影射军阀中饱私囊、鱼肉百姓;《今年大可买猪仔》批判国民党尊孔卫道……这样"只谈风月"式的题目,很好地躲避了书报检察官的视线,给 30 年

---

① 林语堂:《又来宪法》,《我行我素》,第 204 - 205 页。

② 林语堂:《谈言论自由》,《我行我素》,第 95、98 页。

③ 林贤治:《读〈欧洲书报检查制度的兴衰〉》,《书屋》2000 年第 12 期,第 31 - 34 页。

代中国社会的众生相留一生动写照。这一系列政论小品,构成了林语堂在上海期间的政治隐喻序列。从中可以窥见 30 年代中国的内忧外患,可以透视民国政局的波谲云诡,可以感受人民大众的水深火热,可以体会现代知识分子的满腔激愤之情。

从《春日游杭记》就可窥一斑而知全豹。这篇所谓的游记,实际上是一篇暗藏玄机的政治讽喻小品。文章开篇说:"某月日,日本陷秦皇岛,觉得办公也不是,作文也不是,抗日会不许开,开必变成共产党。于是愿做商女一次,趁春日游杭。该当有人说,将来亡国责任,应由幽默派文人独负吧?"①国破家亡,当局禁止抗议,只能游山玩水,文章开篇就为全文定下了讽喻的基调。于是作者夹叙夹议,在杭州山水的影踪里不时对当局的种种丑态进行揭露。他还写道:"近日推诿误国责任颇成问题,国民党推给民众,民众推给政府,政府推给军阀,军阀一塌刮子推给共产党,弄得鸡犬不宁,朝野躁动。"②数个短句构成顶针格式,大敌当前国人推诿扯皮的滑稽闹剧跃然纸上。当林语堂发现西湖上的一座建筑物破坏了西湖的景致,就用调侃的口吻说:"何时率领军队打入杭州,必先对准野炮,先把这西子脸上的烂疮,击个粉碎。"③显然,能干出这等行径的不是军阀就是当局,林语堂在这里是在暗讽国家生死存亡之际当权者依然"商女不知亡国恨,隔江犹唱后庭花"。在虎跑观看和尚煮茶,发现特制的茶壶,凉水灌入开水即溢出,他揶揄说:"倘如中国政府也能如虎跑和尚的聪明,量入为出,或是每回取之于民的必有相当的给施于民,那么──中国也就不至于是中国了。"④遇到卖假古董的商贩,"我"揭穿商贩的把戏说:"你不好,打倒你,我来做。"商贩对答:"你来做,还不是一样?"⑤林语堂将军阀势力轮番鱼肉百姓的丑态刻画得入木三分。

林语堂善于用隐喻的手法,在正襟危坐姿态下揶揄时事。他在《如何救国示威》一文中,逐一列举将领政要的救国策略:何应钦的"公娼却病强种办法"、戴季陶的"道场经咒救国法"、冯玉祥的"穿草鞋救国法"、某将军的"跳舞救国法"等等,令人啼笑皆非。⑥ 一片滑稽闹剧背后,是作者难言的悲哀和激愤。1929 年10 月,胡适曾经在《新文化运动与国民党》中,猛烈抨击国民党逐渐走向反动保

① 林语堂:《春日游杭记》,《我行我素》,第 19 页。
② 林语堂:《春日游杭记》,《我行我素》,第 19 页。
③ 林语堂:《春日游杭记》,《我行我素》,第 21 页。
④ 林语堂:《春日游杭记》,《我行我素》,第 23 页。
⑤ 林语堂:《春日游杭记》,《我行我素》,第 25 页。
⑥ 林语堂:《如何救国示威》,《我行我素》,第 210 页。

守的倾向。两年后，国民党不时提倡大修祠堂和恢复祭祀，对此，林语堂没有采用胡适的长篇檄文方式，而是用短短三个打油短句进行了辛辣讽刺。他的《今年大可买猪仔》全文是："今年大可买猪仔。羔羊牛犊也可以；明年就要贵起来。有人提倡置祠祀，猪业公会请注意。"①林语堂在小品文写作中不会放过任何一个揶揄时政的机会，紧紧抓住当时中国内忧外患的政治创伤，探索中国政治体制的弊端和国民劣根性的根基，试图以小品文的方式唤醒民众、批评当政者。

林语堂在《论幽默》中说过："幽默只是一位冷静超远的旁观者，常于笑中带泪，泪中带笑。"②笑是幽默的表象，泪是幽默的实质。所以，解读林语堂的幽默，不能仅仅注重"会心一笑"的智慧，更要体味微笑背后的隐喻层面。林语堂的小品文有强烈的社会指向和政治目的，巧妙地将文学话语与现实政治结合在一起。林语堂的幽默和隐喻是一种思维方式。人类政治、经济、文化等各个领域都有隐喻的身影，在政治叙事的文本中，隐喻的表现力尤为突出，便于让普通民众了解复杂的政治问题，有助于增强作者的说服力。林语堂十分擅长这种极具讽刺效果的思维方式，他用民间童谣影射赋税之重，用吃人的老虎隐喻国民党当局的钳口术，用虎跑和尚的茶壶隐喻军阀贪婪等等，有意宕开笔墨，顾左右而言他，最后点到为止，韵味悠长。

鲁迅和胡风对林语堂在那个血腥的时代还能大谈"性灵""幽默"颇为不解。胡风还把在上海写作小品文时期的林语堂称为"没有骨骼的自由主义"③。不过，唐弢对林语堂在上海期间创作风格的改变，曾有耐人寻味的评价："作为流氓鬼的前期林语堂是战斗的，但骨子里已经隐伏着绅士气，所以他主张'费厄泼赖'（Fair play）；而当他成为绅士鬼的后期，骨子里也仍然伏有一点流氓气。"④林语堂的上海小品文创作，不但印证了唐弢对林语堂创作风格的深入洞察，而且也提醒我们思考另一个重要问题：林语堂身上的流氓气和绅士气究竟是两个概念，还是在本质上是合二为一的？ 消极自由理念的被动性和执拗性既支撑了林语堂的流氓气，也塑造了他身上的绅士气。在他的文学观念中，理性秩序诉求表现为退守的"花"，而捍卫最基本的个人权利底线则凸显为坚硬的"刺"。

作家创作过程既是审美写作，也是一种政治性写作。作家将内心秉持的价

---

① 林语堂：《今年大可买猪仔》，《人生殊不易》，第 101 页。
② 林语堂：《论幽默》，《我行我素》，第 74 页。
③ 胡风：《林语堂论》，《胡风全集》（第 2 卷），第 15、17 页。
④ 唐弢：《林语堂论》，《鲁迅研究动态》1988 年第 7 期，第 44 - 48 页。

值观念投射到外在世界,生存体验与客观世界持续不断地互动。胡适、徐志摩、梁实秋、林语堂等自由主义作家的文学观念、创作和批评实践,既是艺术形式的政治性写作,也是政治形式的艺术性表达。奥威尔说:"我最想做的事情,是使政治性写作也成为一门艺术。这是因为,在开始的时候,我总是感觉到党派偏见和不公。当我坐下来写一本书时,我并不对自己说:'我要写一本艺术作品。'我写它,是因为有一个谎言需要我去揭穿,有一些事实需要我引起公众的注意。"[1]奥威尔的文本验证了政治性写作可以达到的巨大艺术成就。消极自由理念的作家群体在革命话语和民族国家叙事日益高涨的年代,执拗坚持个体价值本位,节节退让又无路可退,步步前趋又无路可走,被左翼革命文学阵营批判,更不为国民党当局所喜。他们理性地观察,节制地表达,在诗歌、散文、戏剧、小说、政论、翻译、批评等诸多领域多有创获,与革命文学嘹亮的高音部相比,他们的声音低沉而又执拗,他们的消极自由文学观及文学活动丰富了现代文学版图的多元化图景。

---

[1] [英]乔治·奥威尔:《政治与文学》,李存捧译,南京:译林出版社,2011,第10-11页。

中国现代文学自由理念的三重悖论

——兼以鲁迅为比照

　　王富仁将鲁迅的《呐喊》《彷徨》视为中国反封建思想革命的一面镜子，同样，鲁迅还是观察中国现代自由主义文学思潮，或曰观察中国现代文学消极自由理念的一面镜子。鲁迅就是这样一个奇特的存在，他在中国现代文学研究领域无处不在，又"在而不属于"。王彬彬曾指出，鲁迅与自由主义之间的关系，"是极值得重新探讨的"。① 郜元宝在探讨鲁迅与自由主义的关系时指出，鲁迅提出平等在自由之先，并不是为个人自由设置条件，而是叹息"自由的条件"太多。② 个人的绝对独立和自由并不存在，而且"只有当社会发展到相当高的程度，具备了足够的主客观条件，个人才有可能摆脱对小群体的依赖而相对独立地生活"③。"自由的条件"问题，既是反思消极自由与现代中国文学耦合关系的路径，又是观察鲁迅与英美自由主义知识分子自由观差异的角度。消极自由的行为主体须被限定在一定条件范围内。穆勒、伯林和哈耶克，他们倡导的个人自由只能在消除专制独裁、形成"意见自由市场"的"成年的社会"和"成熟的人类"中才能实现。④ 自由主义思想家探讨消极自由时，对论题条件进行厘定和限制，体现了他们的严谨和审慎。换一个角度来看，这种近乎苛刻的条件限定，亦凸显了消极自由在现代中国语境下的悖论。消极自由理念在某种程度上尽力回避一个贫病交加个体和一个被压迫民族如何实现自由的问题，也回避个人和集体在不平等状态下如何争取自由的问题，而这正是现代中国及其文学思潮场域不得不面对的问题。晚清以来，尤其是新文化运动以来，中国人的自由权利面临着内外双重不

① 王彬彬：《鲁迅的脑袋和自由主义的帽子》，《鲁迅研究月刊》2000 年第 11 期，第 27 - 29 页。
② 郜元宝：《再谈鲁迅与中国现代自由主义》，《鲁迅研究月刊》2000 年第 11 期，第 16 - 24 页。
③ 钱满素：《自由的基因：美国自由主义的历史变迁》，第 304 页。
④ ［英］约翰·密尔：《论自由》，第 11 - 12 页。

平等：国内，极少数人的自由建立在最广大人民不自由的基础上；国外，西方列强的自由建立在中华民族不自由的基础上。由此，消极自由在现代中国语境中显示出多重悖论和道德困境。消极自由理念支撑的社会方案既无法破除几千年来纲常与人身依附造成的个人不平等和超稳定专制结构，也无法让积贫积弱的中华民族在强权面前赢得公理，这也是在现代文学思潮论争史上留英美知识分子备受左翼知识分子诟病之处。

第一节　埃及农夫悖论与主奴结构

在讨论"那些衣不蔽体、目不识丁、处于饥饿与疾病中的"①埃及农夫如何保障个人基本权利时，伯林采用回避策略。他认为从机会的角度而言，穷人和富人自由的上限和下限相同。② 但事实上，对于那些因为各种外在约束无法使用自由权利的人来说，消极自由理论上的机会和可能性大都可望而不可即。两种自由理念均含解除个体桎梏的诉求，亦认可个体生命的思维、道德、利益、良知、智慧、情感、性格和行动具有独立自主性，保障个人的尊严和潜能。现代留英美作家坚持没有个人"小我"，就无社会"大我"，群己权界的最终目的是维护个体最基本的权利。胡适认为个人对社会的最大贡献是先把自己铸造成器，因为"社会最大的罪恶莫过于摧折个人的个性，不使他自由发展"③。徐志摩坚守爱、美和自由的"单纯信仰"④，在挂满招牌的思想界和碎片化时代中寻找秩序和尊严。梁实秋主张个人权利不受别人无故剥夺或限制，这是个人的自由；国家权利不受别国无故剥夺或限制，这是国家的自由。但是不能国家有自由，个人无自由。⑤ 林语堂强调所有社会问题"都须取决于各有关国家内的个人思想、个人情感和个人性格"⑥。然而，正如梁实秋人性论表现出的对普遍人性而非阶级性的倚重，中国现代自由主义作家认为普罗大众与教授、艺术家的人性没有本质区别，他们可能认定所有人的最低限度和最高限度的自由并无二致。他们决绝捍卫的个体本

---

① ［英］以赛亚·伯林：《自由论》，第 173 页。
② ［英］以赛亚·伯林：《自由论》，第 173 页。
③ 胡适：《易卜生主义》，《胡适全集》（第 1 卷），第 614 页。
④ 胡适：《追悼志摩》，《新月》1932 年第 1 期。
⑤ 梁实秋：《两句不通的格言》，《梁实秋文集》（第六卷），第 522 页。
⑥ 林语堂：《生活的艺术》，第 88 页。

位价值观,可能是出于教授、艺术家的精英立场,他们的"爱与美""健康尊严""独抒性灵""个人笔调"是否俯就和观照现代中国绝大多数活生生的、苦难的个体,这让同时代的左翼作家们耿耿于怀。正如胡风批评林语堂在 20 世纪 30 年代提倡"幽默""性灵"的内在残酷性:"忘记了在食不果腹衣不蔽体的人们中间赞美个性是怎样一个绝大的'幽默',忘记了大多数人的个性之多样的发展只有在争得了一定的前提条件以后。问题是,我们不懂林氏何以会在这个血腥的社会里面找出了来路不明的到处通用的超然的'个性'。"①回答这个追问,林语堂似乎也可以像梁实秋、伯林或者穆勒那样把自由置于平等之前。"要想给每人本性任何公平的发展机会,最主要的事是容许不同的人过不同的生活。"②这是消极自由理念主张的行为方式。但若因此对现代中国绝大多数民众的苦难冷眼旁观,"允许"那些饥寒交迫而又麻木不仁的阿 Q、祥林嫂和闰土们一代代循环他们的命运,等于剥夺了他们公平发展的机会。

中国现代自由主义作家面临的困境,正是消极自由的"埃及农夫悖论"。与否认个人自由阶级性的梁实秋等一样,伯林亦回避个人自由不平等的道德基础,即底层平民实现个人自由的棘手问题。有些情况下,个人自由并非每一个人的第一需要。对那些被愚弄、压迫和损害的个体来说,积极自由和消极自由的意义并不等同。"向那些衣不蔽体、目不识丁、处于饥饿与疾病中的人提供政治权利或者保护他们不受国家的干涉,等于嘲笑他们的生活状况;在他们能够理解或使用他们日益增长的自由之前,他们更需要医疗援助或受教育。"③埃及农夫对衣物或医疗的需要的确超过个人自由。但伯林认为个人自由对所有人一视同仁,埃及农夫需要的最低限度的自由和未来可能需要的更大限度的自由,与教授、艺术家和百万富翁的自由相同。这种判定可能在理论上自洽,抑或符合高度发展的英美社会,但若说祥林嫂与鲁四老爷、闰土与官绅、阿 Q 与赵太爷的最低限度的自由与可能需要的更大限度的自由相同,并不令人信服。

消极自由理念在自由和平等中选择前者,这一选择无法摆脱思想史的终极价值选择困境。"一视同仁和绝对平等意味着压制了拔尖人物的自由",绝对自由主义是可怕的,绝对平等同样也是可怕的。④"为着一些终极价值而牺牲另一

---

① 胡风:《林语堂论》,《胡风全集》(第 2 卷),第 19 页。
② [英]约翰·密尔:《论自由》,第 75 页。
③ [英]以赛亚·伯林:《自由论》,第 173 页。
④ [伊朗]拉明·贾汉贝格鲁:《伯林谈话录》,第 134 页。

些终极价值的需要，就成为人类困境的永久特征。"①在平等与自由二者的排序问题上，梁实秋与鲁迅存在巨大分歧。这种分歧不但暴露在鲁梁论战关于"人性论"和"阶级论"的激辩中，早在 1927 年的《现代中国文学之浪漫的趋势》一文里，梁实秋就已经明确提出："伟大的文学亦不在表现自我，而在表现一个普遍的人性。"②这篇文章提出"人性论"之前，还批评了以鲁迅的《一件小事》为代表的"人力车夫派"文学。梁实秋认为人力车夫凭借血汗赚钱糊口，是一种诚实的生活，既不值得怜悯，也不值得赞美。如果对人力车夫、农夫、石匠、打铁的、抬轿的和倚门卖笑的娼妓都表示无限同情，那这种同情的极端假设就是"人是平等的"，而"平等的观念，在事实上是不可能的，在理论上也是不应该的"。③ 中国现代作家在自由和平等价值理念上的不同选择，产生了文学观念、创作和批评的巨大张力，碰撞出持久激烈的火花。自由主义作家回避个体不平等的道德基础，遭到鲁迅等革命文学阵营的批判。大多数中国人温饱尚未解决，鼓吹法治意义上的消极自由，意义并不大，这可能是鲁迅反感中国自由主义者的重要原因。没有基本的生存条件和社会秩序，谈论消极自由无疑是奢侈的。连基本的做人资格都没有的奴隶，如何争取个人自由，这确是无所措手的难题。既然消极自由是一个机会概念④，即有多少门向你敞开，即便你没有选择这扇门，但你知道有哪些门可以进入。换言之，消极自由注重的是社会提供给一个人敞开的大门和机会有多少，而不是这个人能够实际走入的门以及利用的机会有多少。如果一个人因为社会地位和生活条件所限，无法走入那些朝他打开的门，或者无法利用提供给他的机会，这种消极自由对他而言并无意义。当一个社会无法保证人民最低限度的自由，人民贫病交加、衣不遮体、居无定所、颠沛流离，为他们打开一些空洞的门，告诉他们这些都是你的机会，是望梅止渴、画饼充饥。

　　鲁迅和留英美知识分子自由观的分歧在新文化运动之前就已经显现。鲁迅对严复"群己权界论"译名感到费解⑤，并不说明他不了解群己权界论。穆勒或可视为影响鲁迅自由思想的"第一人"⑥，但鲁迅可能对穆勒及其译者严复"群己

① ［英］以赛亚・伯林:《自由论》,第 44 页。
② 梁实秋:《现代中国文学之浪漫的趋势》,《梁实秋文集》(第一卷),第 47 页。
③ 梁实秋:《现代中国文学之浪漫的趋势》,《梁实秋文集》(第一卷),第 45 页。
④ 达巍、王琛、宋念申:《消极自由有什么错》,第 71 页。
⑤ 鲁迅:《关于翻译的通信》,《鲁迅全集》(第四卷),第 390 页。
⑥ 王福湘:《约翰・穆勒:鲁迅自由思想资源第一人》,《学术研究》2007 年第 12 期,第 141 - 147 页。

权界"而非直接伸张自由的主张持有异议。鲁迅很少孤立强调自由的价值,而是把自由放在具体的社会语境中,极其看重个人自由的平等性。自由大多抽象,而平等往往极易体现在具体事件中。声明对自由主义"都不了然"的鲁迅,可能是对鹤见祐辅的英美消极自由理念持有异议,或有意区隔自己与自由主义者的身份。温和容忍、理性多元的自由理念,在鲁迅看来是凌空蹈虚,不适宜中国。他说:"我自己,倒以为瞿提所说,自由和平等不能并求,也不能并得的话,更有见地,所以人们只得先取其一的。"①个人自由当然重要,但觉醒之后争取、实现并巩固个人自由的路径更加重要,没有平等加持,个人经济基础、社会身份和自我认同把持在别人手中,个人自由便是无根之木。

鲁迅塑造了诸多被侮辱、被损害、想自由而又不得的人物形象,他们面临各种"自由的条件",的确让人无所措手。② 看透历史"吃人"的狂人被拖回家,囚禁书房;已经被解放的堕民阿Q,放弃自尊,甘为幸福的奴隶;决心反抗夫权的爱姑想挑战乡村的不平等,却在"知书识礼"的七大人面前锐气尽失,接受被抛弃的命运。子君喊出"我是我自己的,他们谁也没有干涉我的权利"③,脱离父权又入夫权,她的死亡宣告个体本位主义在传统中国社会的失败。涓生和子君是满腔热血的觉醒者,也是孤立无援的失败者。摔门而出的娜拉有"我是我自己的"勇气,却极可能因为提包里没有钱而堕落或者回来。④ 摔门而出体现了个人不受外人干涉的消极自由,却无法解决出走之后的生存难题。胡适的易卜生主义虽指出社会病症,但并未开出药方,以至于鲁迅在《娜拉走后怎样》《伤逝》中继续深入探讨娜拉出走之后的社会命题。

英美自由主义传统不认可个人自由的阶级属性,造成消极自由在现代中国社会的不及物性。鲁迅对此似乎有清醒的判断。他不相信,在松油片和点灯、独轮车和飞机、镖枪和机关炮、吃人思想和人道主义并存的社会,中国能够成功移植、嫁接或倡导某一种成熟的西方现代国家模式。在"将几十世纪缩在一时"、一边不许"妄谈法理"一边"护法"、各种事物"都摩肩挨背的存在"的中国,顶层倾轧、法度失调、道德失范、秩序混乱,在绝大多数民众处于愚昧麻木甚至未开化的状态下倡导英美消极自由理念,"正如我辈约了燧人氏以前的古人,拼开饭店一

---

① 鲁迅:《〈思想·山水·人物〉题记》,《鲁迅全集》(第十卷),第 299－300 页。
② 郜元宝:《再谈鲁迅与中国现代自由主义》,《鲁迅研究月刊》2000 年第 11 期,第 16－24 页。
③ 鲁迅:《伤逝》,《鲁迅全集》(第二卷),第 115 页。
④ 鲁迅:《娜拉走后怎样》,《鲁迅全集》(第一卷),第 167 页。

般,即使竭力调和,也只能煮个半熟;伙计们既不会同心,生意也自然不能兴旺"。① 鲁迅用"正人君子"揶揄留英美知识分子,对他们所持的精英知识分子立场极尽嘲讽。他认为无论是留英美知识分子还是蒋介石政权,都不可能实现中国的进步,更不可能带领中国走向自由。鲁迅并没有像自由主义作家那样移植嫁接西方民主自由理念,倡导人人生而平等、个人的独立和自由、民主和法治等,而是在道德层面解构主奴二元对立结构,提出从"奴隶到人"的思维范式。鲁迅破除主奴社会结构的思维范式建立在"从小康人家而坠入困顿"②的生命体验基础上,也建立在他对数千年来"吃人"历史的基本判断上,非移植西方现代资产阶级革命思潮,更超越了自由主义意识形态。鲁迅对中国社会进步的期望并没有自由主义知识分子那样高,仅希望中国人都能从主奴二元结构中摆脱出来,争取做人的资格。

第二节 落后民族悖论与国族不平等

除了回避不平等个体的自由实现路径问题,消极自由也回避群体不平等的道德基础,即"落后民族"在丛林法则中如何实现独立自由的棘手问题,由此形成"落后民族悖论"。消极自由的个体本位与集体本位无法通约,而积极自由与集体的自我统治密切相关③,这是两种自由理念在个体本位和集体本位价值观上的核心分歧。为了剥除强加在个体生命之上、扼杀个性的各种不平等制度,自由主义思想家一开始就将个人而不是集体视为社会的基础。为避免"集体的暴政"和人们可能支持社会契约而成为"受制于一个暴君"的奴隶,集体、民族和国家的自由被排除在消极自由概念之外,哈耶克刻意区分"自由的人民"和"由自由人构成的人民"两个概念,将后者视为消极自由的根基。④ 消极自由理论家忌惮卢梭的公意说,将集体自由视为个体自由的对立面,回避将民族或国家的最基本权利作为消极自由的讨论对象。穆勒反对强迫他人自由,认为只要不妨碍他人,个人对只涉及本人的身体和心理的行为具有最高的主权,不受他人干涉。但他将那

---

① 鲁迅:《随感录·五十四》,《鲁迅全集》(第一卷),第 360 页。
② 鲁迅:《〈呐喊〉自序》,《鲁迅全集》(第一卷),第 437 页。
③ 达巍、王琛、宋念申:《消极自由有什么错》,第 71 页。
④ [英]哈耶克:《自由宪章》,第 32-33 页。

些能力尚未达到成熟的人类、"种族自身尚可视为未届成年的社会"以及处于"落后状态"的民族排除在"群己权界"范畴之外，认为"这条教义只适用于能力已达成熟的人类"，自由"在人类还未达到能够借自由的和对等的讨论而获得改善的阶段以前的任何状态中，是无所适用的"。① 目前为止，尚未发现哪位思想家明确指出，消极自由理念不适用于落后的现代中国，但这个问题无法回避。

穆勒在《群己权界论》中多次用中国古代极权社会作为反面例证，对这个古老民族独立自由前景的预判极其负面。② 但穆勒未曾预见到，这个曾经辉煌的国度自 19 世纪中期以来遭受了空前浩劫，发动这场浩劫的正是所谓"前进"和"发展"的欧美列强。《群己权界论》成书的 1859 年，第二次鸦片战争的硝烟正浓，穆勒仿佛站在联军舰队的炮口前，在大沽口眺望这个落后的民族，把所谓的"盎格鲁-中国之战"视为对中华民族的"帮助"。

"二战"之后，在反思极权主义思潮中，西方思想家对集体自由更为忌惮。面对少数人的自由建立在多数人不自由基础上的世界，伯林把自由和平等剥离。他主张自由就是自由，自由不是平等，也不是正义、文化、人的幸福和良心的安稳，"自由之所失也许会由公正、幸福或和平之所得来补偿，但是失去的仍旧失去了"。③ 他说："如果我、我的阶级或我的民族的自由依赖于其他巨大数量的人的不幸，那么促成这种状况的制度就是不公正与不道德的。"④他反对"将自由观念与地位、团结、友爱、平等观念或这些观念的某种联合相混淆"，认为在殖民地以及半封建社会中，"那些准备用自己以及别人的个体行动自由来交换他们群体的地位"的人，对自由有"深刻误解"，他们寻求的不是"个人的自我肯定"，而是"以集体的、社会化的形式出现的自我肯定"。⑤ 在阐述两种自由理念的过程中，伯林曾对积极自由"强制他人自由"等诸多悖论提出深刻批判，但他承认自由的平等性问题"困扰着西方自由主义者良心"，关涉"自由主义道德的基础"，却回避了世界上少数国家的自由建立在多数国家的不自由之上的现实。⑥

哈耶克则直接将集体自由作为民族主义排除在"自由"之外。他认为，只有在个体 freedom 而非集体 liberty 的条件下，即"只有在个人可以按照自己的决

---

① ［英］约翰·密尔：《论自由》，第 11 – 12 页。
② ［英］约翰·密尔：《论自由》，第 85 页。
③ ［英］以赛亚·伯林：《自由论》，第 174 页。
④ ［英］以赛亚·伯林：《自由论》，第 174 页。
⑤ ［英］以赛亚·伯林：《自由论》，第 208 – 210 页。
⑥ ［英］以赛亚·伯林：《自由论》，第 173 页。

定运用他的知识时,才有可能使任何个人所拥有的许多具体知识全部得到利用"。① 只有充分尊重个体生命选择个人命运的权利,个人的主观能动性才能充分地发挥。一个民族"摆脱外人的奴役,决定自己命运",是"将自由的概念用于集体,而非个人"。② 他把民族的自由和解放视为民族主义诉求,而非自由主义诉求。虽然主张个人自由的人也会支持民族自由,且民族主义和自由主义在某种情况下会产生重合,但"民族自由和个人自由在概念上相似,但绝不相同,追求前者并不一定增进后者,而追求前者有时还令人们宁可放弃异族多数人的自由统治,转而选择本民族的暴君;另外,它还为恣意限制少数派成员的个人自由提供了口实"。③ "打着自由的旗号怂恿人们放弃自由的花招也将永无完结。……对超越条件的集体力量的承认最后取代了对个人自由的信仰,而且极权国家也以自由的名义剥夺了人民的自由。"④积极自由和消极自由互相依存,又存在难以调和的矛盾。理论上,个人的发展和群体的发展是相互促进的,"个体差异增强了合作的群体的力量,使其超出个人努力的总和"。⑤ 强调个人的首要价值,并不意味着放弃集体的合作,而是追求个体在集体中的独立和自由。在个体基本生存权都无法保障的情况下,集体的话语权比较容易遮蔽个人话语。"当冲撞发生的时候,选择与偏好问题就会不可避免地产生。"⑥哈耶克将集体自由和个体自由进行明确切割,类似这种自由主义和民族主义的对立逻辑,给现代中国自由主义文学思潮提出了一个难题:对一个备受列强凌辱的民族国家而言,如何在寻求国家民族独立富强的同时保障个体的基本权利。这是从严复开始,就一直盘桓在中国近现代知识分子视野里的难题。

从鸦片战争到新文化运动的很长一段时间内,近现代知识分子译介和吸收了部分西方文化。严复借着译介赫胥黎生物进化论之机,移植和嫁接了另外一位英国社会学家斯宾塞的社会达尔文主义,翻译了《天演论》,这本书对胡适、鲁迅等现代知识分子产生巨大影响。适者生存、物竞天择的森林法则,运用到民族群体身上,就是"强权就是真理"的国际秩序。直到"一战"结束之前,中国现代知识分子大都接受了这种民族国家之间的自由竞争法则,而并未对其弱肉强食的

---

① [英]哈耶克:《致命的自负》,冯克利等译,北京:中国社会科学出版社,2000,第86页。
② [英]哈耶克:《自由宪章》,第33页。
③ [英]哈耶克:《自由宪章》,第33-34页。
④ [英]哈耶克:《自由宪章》,第35-36页。
⑤ [英]哈耶克:《致命的自负》,第89页。
⑥ [英]以赛亚·伯林:《自由论》,第42页。

不平等内涵提出尖锐质疑。作为战胜国之一的中国，在看到了"一战"之后国际新秩序给予中国应有"公道"的曙光之后，却被巴黎和会羞辱。新文化运动知识分子看清了弱小民族与帝国之间的不平等真相，被压迫民族在国际秩序中的不平等，弱小民族的生存、独立和自由问题前所未有地凸显。新文化阵营开始反思之前曾经追慕的西方价值体，弱肉强食的丛林法则受到挑战，"强权就是真理"的不平等本质遭到严厉批判，积极自由和消极自由的分野日益明晰。

20世纪20年代后的一系列重大历史事件促使鲁迅逐步趋近民族独立自由的逻辑理路。列强的自由建立在广大弱小民族和国家的不自由之上，这一残酷现实在鲁迅等新青年知识分子心中留下了深刻的烙印，他们对西方阵营主持正义公理越来越不抱希望，对西方列强主导的世界秩序产生深重怀疑，这促使他们寻求新的思想路径和社会模式。"五卅惨案"发生后，当现代评论派寄希望于西方公使团主持公理时，鲁迅却对他们的天真大泼冷水："公道和武力合为一体的文明，世界上本未出现。"①被压迫和受欺辱的中国人想与列强平起平坐地畅谈公理和正义，无疑是美梦一场。"五卅惨案"不是公理和正义的问题，而是民族的独立和国家主权问题，只有决绝反抗才是唯一出路。1931年"九一八"事变后，中国政府再次使用屈辱的"国联②告状"手法，试图让英、美、法等国代表组成的国联调查团主持公道，而鲁迅在《"友邦惊诧"论》里面劈头就是："日本占据了辽吉，南京政府束手无策，单会去哀求国联，而国联却正和日本是一伙。"③列强本是一丘之貉的真相，敲碎了所有对西方主导下的国际秩序抱有幻想的国人美梦。1934年，鲁迅满怀对国联主导世界秩序的愤懑说："先前信'地'，信'物'，后来信'国联'，都没有相信过'自己'。"④他将中国的未来寄希望于埋头苦干、为民请命、舍身求法、不自欺的"地底下"的"中国的脊梁"，只有最基层的广大民众的奋起反抗，才能实现中华民族的自救。⑤

当一个民族业已丧失独立资格，一个国家不具备完整的国土和主权，其人民最基本的生存条件都难以保障，社会运行的机制也失去效能，当权者的治理合法性就已经消解，能够保障消极自由最基本的理性和秩序也不复存在。19世纪中叶，未能建立强大、统一的民族国家是晚清厄运的开始，它将中华民族推向亡国

① 鲁迅：《忽然想到》，《鲁迅全集》（第三卷），第94-95页。
② "国联"的全称为"国际联盟"，是一个协调国际关系与合作的国际组织。
③ 鲁迅：《"友邦惊诧"论》，《鲁迅全集》（第四卷），第369页。
④ 鲁迅：《中国人失掉自信力了吗》，《鲁迅全集》（第六卷），第121页。
⑤ 鲁迅：《中国人失掉自信力了吗》，《鲁迅全集》（第六卷），第121-122页。

亡种的深渊边缘。无论如何,中华民族再也不能延续这样的梦魇。

第三节　现有秩序悖论与专制社会

除了回避个体不平等和民族不平等状态下自由的实现路径问题,消极自由极其倚重规则和秩序,认可现有政权合法性,回避专制社会的个人自由实现路径,使得消极自由诉求在专制体制下显示出理想化、脆弱性和非操作性弊端,由此引发群己权界的边界及其界定主体问题,形成消极自由的"现有秩序悖论"。消极自由是一朵娇贵的花,只有在具备一定条件的稳定社会秩序土壤中才能生长。消极自由理念的信奉者温和容忍,一般都认可现有秩序和当前政府的合法性,这虽然并不意味着将"权界"的主导权全部交给当权者,至少他们不会主张激烈的暴动推翻当权者。穆勒激烈地抨击专制,"凡是压毁人的个性的都是专制,不论管它叫什么名字,也不论它自称是执行上帝的意志或者自称是执行人们的命令"①,伯林也主张个人权利"在虽变动不居但永远清晰可辨的那个疆界内不受干涉"②,但是他们都在非专制条件下探讨群己权界的可能性。

弥尔顿的"意见自由市场"与专制水火不容,因为在消极自由的理论框架下,专制社会的言论自由不具有现实操作性。专制社会中,除了维护当权者的意见之外,其他所有的意见,无论是真理还是谬误都不能自由传播。穆勒认为除非个体能够按照自己的意愿生活,否则就没有意见自由市场,也没有真理的最终凸显。专制体制下,弥尔顿的《论出版自由》和穆勒的《论自由》中系统阐述的真理与谬误互相竞争,真理日益凸显、谬误自然沉落的设想永无实现之日,言论自由和出版自由永远是空中楼阁。留英美知识分子在现代中国倡导群己权界、容忍和秩序、渐进改良等一系列消极自由理念时,不能对晚清帝制、辛亥革命后的两次复辟、南京国民政府军事强人独裁等社会语境视而不见。

专制体制下,被统治者无权划定个体自由的界限。传统中国的正史"等于为帝王将相作家谱"③,近现代中国的历史亦表明,即便言论自由、出版自由等自由口号震天响,个体最基本权利的边界依然由手握生杀予夺大权的独裁者或武人

---

① ［英］约翰·密尔:《论自由》,第75页。

② ［英］以赛亚·伯林:《自由论》,第175页。

③ 鲁迅:《中国人失掉自信力了吗?》,《鲁迅全集》(第六卷),第122页。

划定，个人并无"权界"话语权。专制体制下的"永远清晰可辨"的个人权利界限是空头支票，"变动不居"有可能意味着一退再退。穆勒认为古代中国极权社会体制中的统治者和被统治者都是专制的奴隶，这种社会结构试图把全民族组建为一个纪律团体，组织越完善，团体内所有人受到的束缚越强烈，"管治者自己也成为他们的组织和纪律的奴隶，正不亚于被管治者之成为管治者的奴隶。中国的一个大官和一个最卑下的农夫一样，同是一种专制政体的工具和仆役"。① 穆勒对古代中国极权社会的反思不可谓不深刻，但他对如何破除维持中国超稳定结构的"完美机制"并无兴趣，亦束手无策。

鲁迅的横站或独站，胡适与国民党的人权论战，都表明现代中国个人自由的点滴进步，无一不是与专制强权决绝抗争的结果。消极自由的群己权界和个体本位，需要在专制社会解体之后才能真正实现。现代文学发轫期的社会现状，决定了现代文学自由品格带有鲜明的积极自由印记。陈独秀和鲁迅等新文化知识分子的个人主义带有极强的反叛性，缺少消极自由层面群己权界的相对性和社会规约性。他们之所以如此扩张个人权利而不强调"界限"，是因为专制极权下的奴隶从来没有获得过做人的资格。像法国大革命时期一样，个人主义也被新文化知识分子拿来作为攻击传统君主政治、进行思想启蒙的武器。新文化运动时期，传统中国的专制力量惯性依然强大，维系数千年来超稳定社会结构的史官文化和伦理纲常如魑魅魍魉，"护持元恶，抑塞士气，摧折人权"②，"窒碍个人意思之自由""剥夺个人法律上平等之权利""养成依赖性戕贼个人之生产力"③，致使国民"无独立自主之人格"④。国民"向来就没有争到过'人'的价格，至多不过是奴隶"，且变成奴隶之后，"还万分喜欢"。⑤ 个体自由面临着专制的戕害，"五四"思想家们只有抗争。

个人自由不仅是哲学理念，更是一种现实操作性活动⑥，仅有消极自由在理论上提供的机会是不够的。积极自由克服了消极自由在专制面前的理想主义缺陷。自由主义知识分子的人权论战，在中国现代政治史、思想史上都留下浓墨重彩的一笔，更是现代自由主义文学思潮得以凸显的高光时刻。然而，鲁迅却对其

① ［英］约翰·密尔：《论自由》，第 134 页。

② 李大钊：《大哀篇》，《李大钊全集》（第一卷），第 550 页。

③ 陈独秀：《东西民族根本思想之差异》，《陈独秀著作选编》（第一卷），第 194 页。

④ 陈独秀：《一九一六年》，《陈独秀著作选编》（第一卷），第 199 页。

⑤ 鲁迅：《灯下漫笔》，《鲁迅全集》（第一卷），第 223 - 224 页。

⑥ 达巍、王琛、宋念申：《消极自由有什么错》，第 71 页。

冷眼旁观，因为在专制独裁面前争人权是与虎谋皮。人权论战或可视为中国现代自由主义思潮的巅峰，却昙花一现，遂成绝响，留英美知识分子如此密集和激烈的发声再也没有出现过。留英美知识分子虽然批评国民党，但并不解构其统治合法性，他们试图用言论自由和舆论监督改造政府、改良政治、改进民主。无论如何严厉地批评国民党，无论如何激烈地反抗和论战，他们都不会与政府决裂。留英美知识分子认可国民党政府的合法性，并未挑战当权者的统治权威，仅采用汲黯式的谏诤立场，对政府随意侵犯公民人身、财产自由等最基本权利的法律和行为提出批评，就遭到独裁者的激烈弹压和迫害，这是专制体制下消极自由脆弱性的鲜活案例。这场论战再次宣告专制体制下渐进改良路线的破产，更加坚定了革命文学阵营践行积极自由的反抗决心。

　　人权论战深刻暴露了自由主义知识分子在专制极权面前的软弱性。一旦和当局的斗争威胁到他们的切身利益，或者威胁到他们的生存基础，回避和让步不可避免。鲁迅对新旧之间改良派、骑墙派有这样的批评：

　　　　此外如既许信仰自由，却又特别尊孔；既自命"胜朝遗老"，却又在民国拿钱；既说是应该革新，却又主张复古；四面八方几乎都是二三重以至多重的事物，每重又各各自相矛盾。一切人便都在这矛盾中间，互相抱怨着过活，谁也没有好处。

　　　　要想进步，要想太平，总得连根的拔去了"二重思想"。因为世界虽然不小，但彷徨的人种，是终竟寻不出位置的。①

　　在鲁迅视野中，留英美知识分子奉行的中国式消极自由，实质是"伪自由"，以帮忙或帮闲向专制体制屈服。新月派离沪后，鲁迅在反抗愈加沉重的文网时，以人权论战作镜鉴，直指当局独裁面目。他认为，同国民党展开人权论战的自由主义作家与《红楼梦》里上下不讨好的焦大境遇相似。忠厚老实的奴仆焦大曾有恩于宁国府的主子，未曾有一根反骨，堪称"贾府的屈原"，一日酒后出真言，将贾府上下骂个遍，"焦大的骂，并非要打倒贾府，倒是要贾府好"②，结果被塞一嘴马粪。新月派亦"何尝有丝毫不利于党国的恶意"，引经据典地对主人说："老爷，人

① 鲁迅：《随感录·五十四》，《鲁迅全集》（第一卷），第361页。
② 鲁迅：《言论自由的界限》，《鲁迅全集》（第五卷），第122页。

家的衣服多么干净,您老人家的可有些儿脏,应该洗它一洗。"①"不料'荃不察余之中情兮',来了一嘴的马粪:国报同声致讨,连《新月》杂志也遭殃。"②自由主义知识分子小骂帮大忙,谏诤成帮闲,最后沦为国民党装点言论自由门面的幌子。

鲁迅心目中的自由,是实践于当下、行动于眼前的做出来的自由,不是理论上的、机会意义上的群己权界,更不是"纸面上的纷争"③。像梁实秋那样"只是在纸上争自由"④是不能真正实现自由的,只有像撒旦和拜伦那样"立意在反抗,指归在动作"⑤,才能尝到自由的果实。争取个人自由,仅仅停留在话语争锋上是不够的,没有"牺牲了别的一切,用骨肉碰钝了锋刃,血液浇灭了烟焰"之彻底而决绝的反抗行动和牺牲意志,是无法真正实现自由的。⑥ 进而言之,"群己权界"由谁操作划定? 总统,领袖,法学家,还是知识分子?"一首诗吓不走孙传芳,一炮就把孙传芳轰走了"。⑦ 和军事强人谈人权和自由,无异于缘木求鱼。流血的社会革命是为了摆脱被压迫的命运,争取生存自由,不流血的文化和精神革命则是为了精神自由和自主。鲁迅后期虽更注重平等,但并没有否定自由。鲁迅并非始终是体制的反抗者,他也曾是既有社会秩序的支持者,但是亲身经历两次拙劣的复辟闹剧和多次无情杀戮之后,他对现有社会秩序的希望已经轰毁。鲁迅见证了胡适引入易卜生的戏剧以及易卜生主义的流播,更见证了个人本位主义在中国面临的重重阻碍。鲁迅赞赏易卜生敢于和社会黑暗战斗的勇气,也对《新青年》同人引入易卜生主义之后即刻陷于重围的孤立无援之境感到悲哀。

> 因为 Ibsen 敢于攻击社会,敢于独战多数,那时的绍介者,恐怕是颇有以孤军而被包围于旧垒中之感的罢,现在细看墓碣,还可以觉到悲凉,然而意气是壮盛的。
>
> 那时的此后虽然颇有些纸面上的纷争,但不久也就沉寂,戏剧还是那样旧,旧垒还是那样坚。⑧

① 鲁迅:《言论自由的界限》,《鲁迅全集》(第五卷),第 122 页。
② 鲁迅:《言论自由的界限》,《鲁迅全集》(第五卷),第 122 页。
③ 鲁迅:《〈奔流〉编校后记》,《鲁迅全集》(第七卷),第 171 页。
④ 梁实秋:《答鲁迅先生》,《梁实秋文集》(第六卷),第 481 页。
⑤ 鲁迅:《摩罗诗力说》,《鲁迅全集》(第一卷),第 68 页。
⑥ 鲁迅:《五十九·"圣武"》,《鲁迅全集》(第一卷),第 373 页。
⑦ 鲁迅:《革命时代的文学》,《鲁迅全集》(第三卷),第 442 页。
⑧ 鲁迅:《〈奔流〉编校后记》,《鲁迅全集》(第七卷),第 171-172 页。

易卜生主义高扬数年,摔门而出的中国女性出路并不多,被戕害的子君、祥林嫂和爱姑们的命运轮回上演,旧势力依然岿然不动。专制社会超稳定结构之牢固,传统纲常伦理之坚固,个人独立之艰难,文化启蒙之曲折,人心革命之必要,均可见一斑。易卜生政治革命与人心革命之取舍,"对于鲁迅的启发意义之巨大,甚至可以联想到整个20世纪中国文化精神的重构这一宏大主题"①。"不是胡适实验主义和专制体制的分分合合,而是鲁迅所阐释的文艺与政治的关系问题,最能体现二十世纪上半叶中国的现代性矛盾;在鲁迅的问题和对问题的阐释中,现代中国心灵自由与不自由的真切体验,最触目地映入眼帘。"②的确,"胡适在《终身大事》里有勇气并智慧地揭示了中国旧婚姻制度的反人性的文化根源,但是乐观的结局似乎表明制度崩溃,人自然就解放了。其实任务远比胡适想象的艰巨"③。比胡适更早接触易卜生思想的鲁迅,对专制之下个人独立自由问题的思考更持续、更艰深。

中国的娜拉们出走与否都是困境,她们需要独立的经济基础、坚韧的战斗意志,但金钱和斗争也不能确保一定能获得自由。《群鬼》里没有出走的阿尔文夫人,忍辱负重,甘愿为丈夫牺牲,最后失去了所有幸福。只有《海上夫人》中获得"完全自由"的艾梨达和《国民公敌》中的斯托克曼才可能是"地球上至强之人,至独立者也"④。人的真正的、完全的自由是一场心灵战争,"死守真理,以拒庸愚,终获群敌之谥。自既见放于地主,其子复受斥于学校,而终奋斗,不为之摇"⑤。鲁迅的积极自由理念由内而外的突进,关注个人内心和精神意志,胡适的消极自由理念由外而内的界定,关心外部社会政治的改良。

鲁迅用一系列作品延续并深化胡适提出的易卜生主义问题,他笔下的人物命运全方位再现了专制体制下个人本位主义的脆弱未来。中国传统社会具有维持原有超稳定结构的巨大惯性,各种变革均要承受无孔不入的社会阻力。三纲五常延续数千年的中国社会,不会容忍个性自由的反叛行为。当基本的容忍态度和个性独立意识尚未形成之时,个人独立必将付出巨大的代价。专制体制下

① 朱寿桐:《〈流亡文学〉与勃兰兑斯巨大世界性影响的形成》,《江海学刊》2009年第6期,第183-188页。
② 郜元宝:《鲁迅与中国现代自由主义》,《书屋》1999年第2期,第43-45页。
③ 陈玲玲:《中国易卜生传播史上的鲁迅与胡适》,《中国现代文学研究丛刊》2012年第9期,第39-47页。
④ 鲁迅:《摩罗诗力说》,《鲁迅全集》(第一卷),第81页。
⑤ 鲁迅:《摩罗诗力说》,《鲁迅全集》(第一卷),第81页。

一个真正个性发达的人,将要承受一系列社会考验,其结局或如吕纬甫在酒楼上迂缓沉醉,要么如魏连殳用自我毁灭捍卫绝对自由,或如爱姑一样瞬间屈服。子君对自己婚姻的结局负有重要责任,她将婚姻视为人生的全部,以为和涓生的自由结合就会换来独立的生活。但是当涓生说不爱她以后,子君脸色变作灰黄,这正说明她对这一结局缺乏足够的心理准备。子君无力承受巨大的打击,最终郁郁而终,她的死亡是纲常名教与个人独立意识残酷碰撞导致的。

启蒙者向被启蒙者传递强烈的出走信号,暗示像娜拉那样摔门而出就可以自我解放,这样的风险不言而喻。由于中国传统宗法社会的强大历史惯性,形而上地移植易卜生的解决方案,造成被启蒙者与现实的高墙迎面相撞。这是鲁迅不愿看到的。走出父权的子君,陷入无所依靠的迷茫,将自己的全部幸福寄托于婚姻,止步于"我是我自己的,他们谁也没有干涉我的权利"[1]的形而上的独立宣示,为生活琐事与邻居龃龉不止。她虽没有堕落,却放弃了奋斗,止步于婚姻,转了一个圈又"回来",最终为出走付出了生命代价。吕纬甫曾经是一个激烈的反封建斗士,去城隍庙拔掉神像的胡子,与友人连日探讨改革中国的方法,但"五四"潮退之后,他生计无着,只得靠讲授自己曾经大加讨伐的四书五经过活,他也像子君一样,犹如飞蝇,"飞了一个小圈子",最后回到原点。[2] 阿Q自甘为奴,或用精神胜利法聊以自慰,逃亡城市靠投机生活,借革命风潮觊觎上等人标签。祥林嫂也为生存奔波劳形,多次向他人求证人死后有无鬼魂,将生的希望寄托于捐门槛。以上诸多人物都为命运挣扎拼搏过,他们生活的韧性和求生欲望不能说不强,但生命的结局大都是悲剧。郜元宝指出,"鲁迅与自由主义的关系,实可当作个人和思潮、文学和意识形态之关系的一个有趣的个案来研究"[3]。鲁迅或许可以在这些小说中设计出一个超级启蒙者,一个像娜拉一样的决绝人物,但是他给出的答案令人窒息:中国历史的原地踏步,中国社会的铁屋子"万难毁坏"。

鲁迅对消极自由的超越,对中国社会格局的深邃洞察,显示出他建立在残酷社会现实之上的悲观主义,或曰建立在毁坏旧制寻找新生之路上的积极悲观主义。一般而言,人都会努力维持尊严和自我,并不擅长反叛,除非无路可走。更多的时候,我们倾向于接受现有秩序,接受命运的安排,接受个体在强大现实面

---

① 鲁迅:《伤逝》,《鲁迅全集》(第一卷),第115页。
② 鲁迅:《在酒楼上》,《鲁迅全集》(第二卷),第27页。
③ 郜元宝:《再谈鲁迅与中国现代自由主义》,《鲁迅研究月刊》2000年第11期,第16-24页。

前的无力,这可能是人性的消极面。现实让鲁迅无路可走,无路也要走的现实又促使他召唤"真的猛士"打开黑暗的闸门。鲁迅认为最大的人权是生存,活下去是第一要务,所以要为无尽远方和无穷人们扫除"阻碍这前途者"的压迫力量。① 从青年时期"极端之主我"的摩罗,逐渐转变成为"无穷的远方,无数的人们"扛起黑暗闸门的战士②,鲁迅从中国社会主奴二元结构出发,立足"吃人"格局下被压迫者主体性丧失的力量不对称的现实,呼唤荷戟"战士"直面鲜血,突破现存非人道的政治秩序和社会制度,用"狂人"立人,用"群之大觉"③建立"人国"④极境,用决绝抗争和"复仇"行动夺回本应属于自己的自由。由此,或可以说,鲁迅反抗绝望和虚无的积极自由姿态,拓展和深化了中国现代文学的自由品格。

---

① 鲁迅:《忽然想到(五)》,《鲁迅全集》(第三卷),第 47 页。
② 鲁迅:《"这也是生活"》,《鲁迅全集》(第六卷),第 624 页。
③ 鲁迅:《破恶声论》,《鲁迅全集》(第八卷),第 26 页。
④ 鲁迅:《文化偏至论》,《鲁迅全集》(第一卷),第 57 页。

| 参考文献 |

［1］ ÅKE W. SJÖBERG, ed. The Sumerian Dictionary of the University of Pennsylvania Museum ［M］. Philadelphia: Babylonian Section of the University Museum, 1992.

［2］ C.S. LEWIS. Studies in Words ［M］. Cambridge: Cambridge University Press, 1960.

［3］ CH. WIRSZUBSKI. Libertas as a Political Idea at Rome During the Late Republic and Early Principate ［M］. Cambridge: Cambridge University Press, 1950.

［4］ DAVID HACKETT FISCHER. Liberty and Freedom: A Visual History of America's Founding Ideas ［M］. New York: Oxford University Press, 2005.

［5］ ÉMILE BENVENISTE. Indo-European Language and Society ［M］. Coral Gables: University of Miami Press, 1973.

［6］ ERIC FONER. The Story of American Freedom ［M］. New York: W. W. Norton &Company, 1998.

［7］ HANNAH ARENDT. Between Past and Future ［M］. New York: Viking Press, 1961.

［8］ HANNAH FENICHEL PITKIN. Are Freedom and Liberty Twins? ［J］. Political Theory, 1988(16):523 - 552.

［9］ ISAIAH BERLIN. Liberty: Incorporating Four Essays on Liberty ［M］. Ed., Henry Hardy. Oxford: Oxford University Press, 2002.

［10］ JESSE L. BYOCK. Medieval Iceland: Society, Sagas, and Power ［M］. Berkely: University of California Press, 1988.

[11] JOHANNES BRONDSTED. The Vikings [M]. Baltimore: Penguin Books Inc., 1967.

[12] JOHN STUART MILL. On Liberty [M]. New Haven: Yale University Press, 2003.

[13] JOSEPH DE MAISTRE. Consideration on France [M]. Cambridge: Cambridge University Press, 2003.

[14] KATHERINE FISCHER DREW. The Lombard Laws [M]. Philadelphia: University of Pennsylvania Press, 1973.

[15] MAGNUS MAGNUSSON, HERMANN PÁLSSON. Njál's Saga [M]. Harmondsworth: Penguin Books Inc., 1980.

[16] MAURICE CRANSTON. Freedom: A New Analysis [M]. London: Longman, 1967.

[17] MICHAEL KAMMEN. Spheres of Liberty: Changing Perceptions of Liberty in American Culture [M]. Madison: University of Wisoonsin Press, 1986.

[18] ORLANDO PATTERSON. Freedom: Volume I: Freedom in the Making of Western Culture [M]. New York: Perseus Books Group, 1991.

[19] SIR FREDERICK POLLOCK, FREDERICK WILLIAM MAITLAND. The History of English Law before the Time of Edward I [M]. Cambridge: Cambridge University Press, 1968.

[20] STANLEY I. BENN. A Theory of Freedom [M]. New York: Cambridge University Press, 1988.

[21] THOMAS CARLYLE. The French Revolution: A History [M]. London: Chapman and Hall, 1837.

[22] W.B. GALLIE. Essentially Contested Concepts [J]. Proceeding of the Aristotelian Society, 1956(56):167-198.

[23] WILLIAM BEVERIDGE. Why I Am a Liberal [M]. London: Jenkins, 1945.

[24] [丹麦]勃兰兑斯.十九世纪文学主流[M].张道真等译.北京:人民文学出版社,1997.

[25] [德]海涅.论德国宗教和哲学的历史[M].海安译.北京:商务印书

馆,1974.

[26] [法]阿尔贝·索布尔.法国大革命史[M].马胜利等译.北京:北京师范大学出版社,2015.

[27] [法]阿列克西·德·托克维尔.论美国的民主[M].曹冬雪译.南京:译林出版社,2019.

[28] [法]邦雅曼·贡斯当.古代人的自由与现代人的自由[M].阎克文等译.上海:上海人民出版社,2017.

[29] [法]卢梭.社会契约论[M].何兆武译.北京:商务印书馆,2003.

[30] [法]马迪厄.法国革命史[M].杨人楩译.北京:商务印书馆,2011.

[31] [法]米涅.法国革命史[M].北京编译社译.北京:商务印书馆,2011.

[32] [法]维克多·雨果.论文学[M].柳鸣九译.上海:上海译文出版社,1980.

[33] [古罗马]爱比克泰德.哲学谈话录[M].吴欲波等译.北京:中国社会科学出版社,2004.

[34] [美]阿里夫·德里克.革命与历史:中国马克思主义历史学的起源[M].翁贺凯译.南京:江苏人民出版社,2004.

[35] [美]艾恺.世界范围内的反现代化思潮:论文化守成主义[M].贵阳:贵州人民出版社,1991.

[36] [美]本杰明·史华兹.寻求富强:严复与西方[M].叶凤美译.南京:江苏人民出版社,1990.

[37] [美]费正清,刘广京.剑桥中国晚清史(1800—1911年)(下卷)[M].中国社会科学院历史研究所编译室译.北京:中国社会科学出版社,1985.

[38] [美]费正清.剑桥中华民国史(1912—1949年)(上卷)[M].杨品泉等译.北京:中国社会科学出版社,1994.

[39] [美]格里德.胡适与中国的文艺复兴:中国革命中的自由主义(1917—1937)[M].鲁奇译.南京:江苏人民出版社,2005.

[40] [美]海伦娜·罗森布拉特.自由主义被遗忘的历史:从古罗马到21世纪[M].徐曦白译.北京:社会科学文献出版社,2020.

[41] [美]黄仁宇.万历十五年[M].北京:中华书局,2007.

[42] [美]黄仁宇.现代中国的历程[M].北京:中华书局,2011.

[43] [美]林毓生.史华慈思想史学的意义[J].世界汉学,2003(1):32-37.

[44] [美]林毓生.现代知识贵族的精神:林毓生思想近作选[M].丘慧芬编.香港:香港中文大学出版社,2020.

[45] [美]林毓生. 中国意识的危机:"五四"时期激烈的反传统主义[M]. 穆善培译. 贵阳:贵州人民出版社,1988.

[46] [美]刘易斯·科塞. 理念人:一项社会学的考察[M]. 郭方等译. 北京:中央编译出版社,2004.

[47] [美]罗兹·墨菲. 上海:现代中国的钥匙[M]. 上海社会科学院历史研究所编译. 上海:上海人民出版社,1986.

[48] [美]约翰·凯克斯. 反对自由主义[M]. 应奇译. 南京:江苏人民出版社,2003.

[49] [美]张灏. 梁启超与中国思想的过渡(1890—1907)[M]. 崔志海,葛夫平译. 南京:江苏人民出版社,1995.

[50] [美]周策纵. "五四"运动史[M]. 陈永明等译. 北京:世界图书出版公司北京公司,2016.

[51] [日]鹤见祐辅. 思想·山水·人物[M]. 鲁迅译. 北京:人民文学出版社,2007.

[52] [伊朗]拉明·贾汉贝格鲁. 伯林谈话录[M]. 杨祯钦译. 南京:译林出版社,2011.

[53] [英]安东尼·德·雅塞. 重申自由主义[M]. 陈茅等译. 北京:中国社会科学出版社,1997.

[54] [英]柏克. 法国革命论[M]. 何兆武,许振洲,彭刚译. 北京:商务印书馆,2010.

[55] [英]柏拉威尔. 马克思和世界文学[M]. 梅绍武等译. 北京:生活·读书·新知三联书店,1980.

[56] [英]弗兰克·克默德. 结尾的意义:虚构理论研究[M]. 刘建华译. 沈阳:辽宁教育出版社,2000.

[57] [英]哈耶克. 致命的自负[M]. 冯克利等译. 北京:中国社会科学出版社,2000.

[58] [英]哈耶克. 自由宪章[M]. 杨玉生等译. 北京:中国社会科学出版社,2012.

[59] [英]哈耶克. 自由秩序原理(上)[M]. 邓正来译. 北京:生活·读书·新知三联书店,1997.

[60] [英]霍布豪斯. 自由主义[M]. 朱曾汶译. 北京:商务印书馆,1996.

[61] [英]杰拉德·德兰蒂. 现代性与后现代性:知识、权力与自我[M]. 李瑞华

译. 北京:商务印书馆,2012.

[62] [英]罗素. 西方哲学史(下)[M]. 马元德译. 北京:商务印书馆,1976.

[63] [英]乔治·奥威尔. 政治与文学[M]. 李存捧译. 南京:译林出版社,2011.

[64] [英]以赛亚·伯林. 浪漫主义的根源[M]. 吕梁等译. 南京:译林出版社,2011.

[65] [英]以赛亚·伯林. 自由论[M]. 胡传胜译. 南京:译林出版社,2011.

[66] [英]约翰·密尔. 论自由[M]. 许宝骙译. 北京:商务印书馆,1959.

[67] 包天笑. 钏影楼回忆录[M]. 香港:大华出版社,1971.

[68] 北京大学历史系《北京史》编写组. 北京史(增订版)[M]. 北京:北京出版社,1999.

[69] 蔡元培. 蔡元培全集(第五卷)[M]. 中国蔡元培研究会编. 杭州:浙江教育出版社,1997.

[70] 蔡元培. 蔡元培文录[M]. 张昌华编. 北京:商务印书馆,2019.

[71] 曹聚仁. 鲁迅评传[M]. 上海:东方出版中心,1999.

[72] 曹聚仁. 文坛五十年[M]. 上海:东方出版中心,1997.

[73] 陈伯海. 近四百年中国文学思潮史[M]. 上海:东方出版中心,1997.

[74] 陈从周. 徐志摩:年谱与评述[M]. 上海:上海书店出版社,2008

[75] 陈鼓应. 庄子今注今译[M]. 北京:中华书局,1983.

[76] 陈怀琦. 语丝社研究[D]. 上海:复旦大学,2005.

[77] 陈玲玲. 中国易卜生传播史上的鲁迅与胡适[J]. 中国现代文学研究丛刊,2012(9):39-47.

[78] 陈梦熊.《鲁迅全集》中的人和事[M]. 上海:上海社会科学院出版社,2004.

[79] 陈平原,黄子平,钱理群. 世界眼光:"二十世纪中国文学"三人谈[J]. 读书,1985(11):79-87.

[80] 陈平原,钱理群,黄子平. "二十世纪中国文学"三人谈·缘起[J]. 读书,1985(10):3-11.

[81] 陈漱渝. "毋求备于一夫":曹著《鲁迅评传》重印序言[J]. 鲁迅研究月刊,1999(2):59-66.

[82] 达巍,王琛,宋念申. 消极自由有什么错[M]. 北京:文化艺术出版社,2001.

[83] 丁文江,赵丰田. 梁启超年谱长编[M]. 上海:上海人民出版社,1983.

[84] 董文成,李勤学. 中国近代珍稀本小说(陆)[M]. 沈阳:春风文艺出版社,1997.

［85］独应.论文章之意义暨其使命因及中国近时论文之失[J].河南,1908(4、5).

［86］高力克.五四的思想世界(增订本)[M].北京:东方出版社,2019.

［87］高小康.斯宾格勒魔咒:中国都市发展与文化生态困境[J].探索与争鸣,2011(6):10-15.

［88］高旭.高旭集[M].郭长海等编.北京:社会科学文献出版社,2003.

［89］高旭东.梁实秋与中西文化[M].北京:中华书局,2007.

［90］高一涵.共和国家与青年之自觉[J].青年杂志,一卷一号,1915年9月15日.

［91］高一涵.国家非人生之归宿论[J].青年杂志,一卷四号,1915年12月15日.

［92］郜元宝.鲁迅六讲(二集)[M].北京:商务印书馆,2020.

［93］郜元宝.鲁迅与中国现代自由主义[J].书屋,1999(2):43-45.

［94］郜元宝.再谈鲁迅与中国现代自由主义[J].鲁迅研究月刊,2000(11):16-24.

［95］郜元宝.中国现当代文学研究的史学化趋势[J].中国现代文学研究丛刊,2017(2)1-25.

［96］郜元宝.世界而非东亚的鲁迅:鲁迅与法兰西文化谈片[J].学术月刊,2020(1):121-141.

［97］顾肃.自由主义基本理念[M].南京:译林出版社,2013.

［98］顾准.顾准文集[M].上海:华东师范大学出版社,2014.

［99］韩石山,伍渔.徐志摩评说八十年[M].北京:文化艺术出版社,2008.

［100］韩石山.徐志摩传[M].北京:北京十月文艺出版社,2001.

［101］韩云波.论侠与侠文化的享乐特征:中国侠文化形态之三[J].天府新论,1994(2):68-73.

［102］韩云波.中国侠文化:积淀与承传[M].重庆:重庆出版社,2004.

［103］汉民.述侯官严氏最近政见[J].民报,1906(2):1-17.

［104］河西.史华慈的东方正典[J].读书,2010(5):39-43.

［105］洪子诚.问题与方法中国当代文学史研究讲稿[M].北京:北京大学出版社,2010.

［106］胡风.胡风全集[M].武汉:湖北人民出版社,1999.

［107］胡梅仙.鲁迅与中国现代自由主义[J].中国现代文学研究丛刊,2009(6):

1-13.

[108] 胡梅仙.中国现代自由主义文学话语之建构(1898—1937)[M].北京:中国社会科学出版社,2009.

[109] 胡明.胡适思想与中国文化[M].桂林:广西师范大学出版社,2005.

[110] 胡明贵.自由主义与新文学现代性品格[M].北京:人民出版社,2013.

[111] 胡适.胡适全集[M].季羡林主编.合肥:安徽教育出版社,2003.

[112] 胡适.追悼志摩[J].新月,1932(1).

[113] 胡伟希,高瑞泉,张利民.十字街头与塔:中国近代自由主义思潮研究[M].上海:上海人民出版社,1991.

[114] 胡伟希,田薇.20世纪中国自由主义的基本类型[J].中国人民大学学报,2003(5):133-139.

[115] 黄克武.自由的所以然:严复对约翰弥尔自由思想的认识与批判[M].上海:上海书店出版社,2000.

[116] 黄瑞霖.中国近代启蒙思想家:严复诞辰150周年纪念论文集[C].北京:方志出版社,2003.

[117] 贾植芳.中国留日学生与中国现代文学[J].山西师大学报(社会科学版),1991(4):38-47.

[118] 金观涛,刘青峰.开放中的变迁:再论中国社会超稳定结构[M].北京:法律出版社,2011.

[119] 金观涛,刘青峰.中国现代思想的起源:超稳定结构与中国政治文化的演变[M].北京:法律出版社,2011.

[120] 金观涛.在历史的表象背后[M].成都:四川人民出版社,1984.

[121] 金天翮.女界钟[M].上海:上海古籍出版社,2003.

[122] 景凯旋.东欧的两种现代性[J].关东学刊,2016(07):10-24.

[123] 康有为.大同书[M].章锡琛,周振甫校点.北京:古籍出版社,1956.

[124] 旷新年.1928:革命文学[M].济南:山东教育出版社,1998.

[125] 冷.催醒术[J].小说时报,1909(1):1-4.

[126] 李大钊.李大钊全集[M].朱文通等编.石家庄:河北教育出版社,1999.

[127] 李何林.近二十年中国文艺思潮论[M].西安:陕西人民出版社,1981.

[128] 李火秀.诗意回归与审美超越:中国现代自由主义文学研究[M].杭州:浙江大学出版社,2012.

[129] 李强.自由主义[M].长春:吉林出版集团有限责任公司,2007.

[130] 李石. 积极自由的悖论[M]. 北京:商务印书馆,2011.

[131] 李杨. 文学史写作中的现代性问题[M]. 北京:北京大学出版社,2018.

[132] 李怡. 东游的摩罗:日本体验与中国现代文学的发生[M]. 南京:江苏凤凰文艺出版社,2018.

[133] 李泽厚. 中国现代思想史论[M]. 天津:天津社会科学院出版社,2004.

[134] 李兆忠. 喧闹的骡子:留学与中国现代文化[M]. 北京:人民文学出版社,2010.

[135] 李贽. 李贽文集[M]. 张建业主编. 北京:社会科学文献出版社,2000.

[136] 梁启超. 饮冰室合集(典藏版)[M]. 北京:中华书局,2015.

[137] 梁实秋. 梁实秋文集[M].《梁实秋文集》编辑委员会编. 厦门:鹭江出版社,2002.

[138] 梁实秋. 梁实秋自传[M]. 南京:江苏文艺出版社,1996.

[139] 廖久明. "五卅运动"与"五四后思想革命"的夭折[J]. 重庆社会科学,2007(12):52-55.

[140] 林贤治. 读《欧洲书报检查制度的兴衰》[J]. 书屋,2000(12):31-34.

[141] 林语堂. 林语堂文集[M]. 北京:群言出版社,2010.

[142] 林语堂. 林语堂自传[M]. 南京:江苏文艺出版社,1995.

[143] 刘淳. 严复:先驱者的无奈:从20世纪中国自由主义思想史的一桩公案说起[J]. 福建论坛(文史哲版),2000(3):79-83.

[144] 刘禾. 跨语际实践:文学,民族文化与被译介的现代性[M]. 宋伟杰等译. 北京:生活·读书·新知三联书店,2008.

[145] 刘群. 饭局·书局·时局:新月社研究[M]. 武汉:武汉出版社,2011.

[146] 刘运峰. 中国新文学大系导言集[M]. 天津:天津人民出版社,2009.

[147] 柳宗元. 柳宗元集校注[M]. 尹占华等校注. 北京:中华书局,2013.

[148] 鲁迅. 鲁迅全集[M]. 北京:人民文学出版社,2005.

[149] 吕廷君. 消极自由的宪政价值[M]. 济南:山东人民出版社,2007.

[150] 毛泽东. 毛泽东选集[M]. 北京:人民出版社,1991.

[151] 茅盾. 茅盾全集(第二卷)[M]. 北京:人民文学出版社 1984.

[152] 欧阳哲生. 中国近代文化流派之比较[J]. 中州学刊,1991(6):65-71.

[153] 欧阳哲生. 自由主义之累[J]. 开放时代,1999(4):60-64.

[154] 欧阳哲生. 解析胡适[M]. 北京:社会科学文献出版社,2000.

[155] 皮后锋,杨琥.《国闻报》所刊《本馆附印说部缘起》之作者考辨[J]. 明清小

说研究,2011(3):196-204.

[156] 钱理群,温儒敏,吴福辉.中国现代文学三十年(修订本)[M].北京:北京大学出版社,1998.

[157] 钱满素.自由的基因:美国自由主义的历史变迁[M].北京:东方出版社,2016.

[158] 邱焕星.当思想革命遭遇国民革命[J].中国现代文学研究丛刊,2018(11):49-77.

[159] 邱焕星.鲁迅与女师大风潮[J].鲁迅研究月刊,2016(2):4-15.

[160] 秋瑾.勉女权歌[J].中国女报,1907(2).

[161] 任建树.陈独秀著作选编[M].上海:上海人民出版社,2014.

[162] 莎泉生.个人主义之研究[J].牗报,1908(8):1-13.

[163] 邵建.瞧,这人:日记、书信、年谱中的胡适[M].桂林:广西师范大学出版社,2007.

[164] 邵建.误读鲁迅(一)[J].小说评论,2002(1):17-20.

[165] 沈从文.沈从文全集[M].太原:北岳文艺出版社,2009.

[166] 沈固朝.欧洲书报检查制度的兴衰[M].南京:南京大学出版社,1999.

[167] 宋炳辉."新月"群体的历史命运及其文化贡献[N].文艺报,2013-5-20(5).

[168] 谭嗣同.谭嗣同全集(上)[M].蔡尚思等编.北京:中华书局,1981.

[169] 唐弢.林语堂论[J].鲁迅研究动态,1988(7):44-48.

[170] 唐弢,严家炎.中国现代文学史[M].北京:人民文学出版社,1979.

[171] 汪晖.汪晖自选集[M].桂林:广西师范大学出版社,1997.

[172] 汪晖.预言与危机(上篇):中国现代历史中的"五四"启蒙运动[J].文学评论,1989(3):17-25.

[173] 王本朝.日本经验与中国新文学的激进主义[J].晋阳学刊,2010(3):114-118.

[174] 王本朝.中国现当代文学思想史的对象、理念及方法[J].甘肃社会科学,2020(05):14-21.

[175] 王弼.老子道德经注[M].楼宇烈校.北京:中华书局,2011.

[176] 王彬彬.鲁迅的脑袋和自由主义的帽子[J].鲁迅研究月刊,2000(11):27-29.

[177] 王彬彬.鲁迅与梁启超[J].鲁迅研究月刊,2021(3):4-19.

[178] 王福湘.约翰·穆勒:鲁迅自由思想资源第一人[J].学术研究,2007(12):141-147.

[179] 王俊.四十年代自由主义文学研究[M].北京:中国社会科学出版社,2019.

[180] 王锡荣.左联领导机构及任职考[J].新文学史料,2015(1):48-55.

[181] 王元化.思辨录[M].上海:华东师范大学出版社,2017.

[182] 王兆胜.林语堂大传[M].北京:作家出版社,2006.

[183] 温儒敏.谈谈困扰现代文学研究的几个问题[J].文学评论,2007(2):110-118.

[184] 温儒敏.现当代文学研究中的"空洞化"现象[J].文艺研究,2004(3):23-27.

[185] 吴安新,李玲.侠与法的契合与分歧:基于自由维度的审视[J].西南大学学报(社会科学版),2009(6):38-41.

[186] 吴宓.吴宓日记 第2册:1917~1924[M].吴学昭整理注释.北京:生活·读书·新知三联书店,1998.

[187] 西滢.闲话[J].现代评论,第3卷第68期,1926年3月27日.

[188] 夏晓红.中国近代思想家文库·金天翮 吕碧城 秋瑾 何震卷[M].北京:中国人民大学出版社,2015.

[189] 夏志清.中国现代小说史[M].上海:复旦大学出版社,2005.

[190] 夏中义.卢梭在当代中国的回响(上):从思想史看王元化重估《社会契约论》[J].探索与争鸣,2011(1):8-12+1.

[191] 萧南.衔着烟斗的林语堂[M].成都:四川文艺出版社,1995.

[192] 熊月之.西学东渐与晚清社会[M].北京:中国人民大学出版社,2011.

[193] 徐静波.梁实秋批评文集[M].珠海:珠海出版社,1998.

[194] 徐枕亚等.中国近代小说大系:玉梨魂 孽冤镜 霣玉怨 雪鸿泪史[M].南昌:百花洲文艺出版社,1993.

[195] 徐志摩.徐志摩全集[M].韩石山编.天津:天津人民出版社,2005.

[196] 许倬云.万古江河:中国历史文化的转折与开展[M].长沙:湖南人民出版社,2017.

[197] 严复.严复全集[M].汪征鲁等编.福州:福建教育出版社,2014.

[198] 杨剑龙.论语派的文化情致与小品文创作[M].上海:上海书店出版社,2008.

[199] 杨念群. 五四的另一面:"社会"观念的形成与新型组织的诞生[M]. 上海:上海人民出版社,2019.

[200] 杨时革. 消极的自由与积极的自由:关于自由主义的理解[J]. 学术界,2007(3):124 - 127.

[201] 杨义. 中国现代小说史[M]. 北京:人民文学出版社,1986.

[202] 叶芝. 叶芝文集(卷一)[M]. 王家新编选. 北京:东方出版社,1996.

[203] 叶中强. 上海社会与文人生活(1843—1945)[M]. 上海:上海辞书出版社,2010.

[204] 殷海光. 中国文化的展望[M]. 北京:商务印书馆,2017.

[205] 余英时. 现代儒学论[M]. 上海:上海人民出版社,1998.

[206] 郁达夫. 郁达夫全集[M]. 吴秀明编. 杭州:浙江大学出版社,2007.

[207] 袁宏道. 袁宏道集笺校[M]. 钱伯城笺校. 上海:上海古籍出版社,2008.

[208] 袁进. 试论晚清人文精神思潮及其局限[J]. 文艺理论研究,2008(2):59 - 64.

[209] 袁一丹. "耻辱的门":"五四"前后刘半农的自我改造[J]. 汉语言文学研究,2021(1):73 - 83.

[210] 张宝贵. 杜威与中国[M]. 石家庄:河北人民出版社,2001.

[211] 张灏. 重访五四:论五四思想的两歧性[J]. 开放时代,1999(2):5 - 16.

[212] 张兰花. 曹魏士风递嬗与文学新变[D]. 杭州:浙江大学,2012.

[213] 张宁. 无数人们与无穷远方:鲁迅与左翼[M]. 上海:复旦大学出版社,2006.

[214] 张汝伦. 理解严复:纪念《天演论》发表一百周年[J]. 读书,1998(11):45 - 53.

[215] 张汝伦. 现代中国思想研究[M]. 上海:上海人民出版社,2001.

[216] 张体坤. 中国自由主义文学的话语建构与理论阐释[J]. 北京科技大学学报(社会科学版),2010(2):24 - 29.

[217] 章清. "国家"与"个人"之间:略论晚清中国对"自由"的阐述[J]. 史林,2007(3):9 - 29.

[218] 郑大华,邹小站. 中国近代史上的自由主义[M]. 北京:社会科学文献出版社,2008.

[219] 郑开. 庄子哲学讲记[M]. 桂林:广西人民出版社,2016.

[220] 支克坚. 论中国现代自由主义文学思潮(上)[J]. 鲁迅研究月刊,1997(9):

13 - 20.

[221] 支克坚.中国自由主义文学在昨天和今天[J].中国现代文学研究丛刊,2003(1):27 - 45.

[222] 指严.不知情[J].礼拜六,1914(14).

[223] 中共中央马克思恩格斯列宁斯大林著作编译局.列宁选集[M].北京:人民出版社,2012.

[224] 中共中央马克思恩格斯列宁斯大林著作编译局.马克思恩格斯选集[M].北京:人民出版社,1995.

[225] 中国社会科学院近代史研究所中华民国史研究室.胡适来往书信选[M].北京:社会科学文献出版社,2013.

[226] 周晓明.多源与多元:从中国留学族到新月派[M].武汉:华中师范大学出版社,2001.

[227] 周月峰.中国近代思想家文库:杜亚泉卷[M].北京:中国人民大学出版社,2014.

[228] 周振甫.谭嗣同文选注[M].北京:中华书局,1981.

[229] 周质平.现代人物与文化反思[M].北京:九州出版社,2013.

[230] 朱寿桐,刘聪.梁实秋图传[M].广州:广东教育出版社,2007.

[231] 朱寿桐.《流亡文学》与勃兰兑斯巨大世界性影响的形成[J].江海学刊,2009(6):183 - 188.

[232] 朱晓进等.非文学的世纪:20世纪中国文学与政治文化关系史论[M].南京:南京师范大学出版社,2004.

| 索 引 |

后　记

自攻读中国现当代文学学位以来，笔者关注的领域一直是现代文学思潮。在王本朝先生指导下完成硕士论文《吴宓视野里的新文学》之后，笔者师从博士生导师杨剑龙先生从事上海自由主义文学思潮的研究。在现代自由主义文学思潮研究领域，胡梅仙、胡明贵等诸学者均有丰厚成果，接续推进不易。2018年8月，受国家留学基金委委派，笔者前往克莱姆森大学安延明先生门下访学。安先生主治中国文学和比较哲学，他对这一选题很感兴趣，将"两种自由理念"和伯林的《自由论》推介给笔者，我们课后经常在校园长椅上讨论这一话题。考察中国现代文学场域中的积极自由理念和消极自由理念的知识分子群体以及他们的文学活动，是一个非常有诱惑力的选题。英国思想家伯林对两种自由传统的阐发，以及布兰迪斯大学费希尔教授对liberty和freedom语义学源流的梳理给笔者很多启发。两种自由理念像一把奥卡姆剃刀，剃除了自由主义概念的枝蔓，戳破自由主义含混而又坚硬的外壳，使得笔者得以直接面对现代文学的自由内核，不再有隔靴搔痒之憾。笔者找到了这一话题的新角度和新框架，在写作中突破了之前自由主义的概念泛化问题，在两种自由理念的相互比照中，不再拘泥于笼统的自由主义视镜。

如果说研究吴宓让笔者走进一个文化保守主义者的心路历程，研究上海自由主义作家让笔者体认到自由主义知识分子与左翼和当局左冲右突的时代语境，那么，两种自由理念视阈下的现代自由主义文学思潮研究让笔者认识到现代中国社会赋予新文化运动和左翼革命文学的历史合理性。漫长而又充实的阅读、思考和写作过程，让笔者沉浸在严复、梁启超、陈独秀、李大钊、鲁迅、胡适、徐志摩、梁实秋、林语堂等思想巨擘的文字中，仿佛触摸到他们为国家和民族富强、为开启民智、为捍卫民权而上下求索、殚精竭虑的赤子之心，也切身感受到他们在个体价值本位和国家民族利益至上之间长久的徘徊、犹疑和择取的坎坷心路。

　　写作过程中,笔者再次聆听了王铁仙、黄昌勇、范钦林、丁罗男、葛红兵等先生在博士论文答辩会上的录音。先生们的提点,遗憾当时未曾全面领会,现在听起来回味无穷。写作中时常感到犹如井底之蛙,下笔如履薄冰。巫小黎、李浩、李惊涛、陈武等先生和秦国娟女士对书稿提出了宝贵意见,《出版科学》编辑老师和《中州大学学报》编辑刘海燕女士让部分成果付梓。感谢杨剑龙、王本朝、安延明三位先生的耳提面命,感谢上海交通大学出版社冯愈副社长、张冠男主任和责任编辑刘陈女士为书稿出版付出的辛勤劳动。借出版之机向以上师友致以诚挚的感谢!

2024 年 3 月于钱塘江畔